Ce livre est également disponible
au format numérique

www.bragelonne.fr

STEVE CAVANAGH

LA DÉFENSE

Traduit de l'anglais (Irlande) par Benoît Domis

THRILLER B

Collection Bragelonne Thriller dirigée par Lilas Seewald

Titre original : *The Defence*

Première édition parue chez Orion Books en 2015

ISBN : 978-2-35294-885-8

Bragelonne
60-62, rue d'Hauteville – 75010 Paris

E-mail : info@bragelonne.fr
Site Internet : www.bragelonne.fr

Pour Bridie et Sam

« La peine d'abord – le verdict après. »

Lewis Carroll, *Alice au pays des merveilles*

1

— Faites exactement ce que je vous dis, ou je vous loge une balle dans la colonne vertébrale, dit une voix masculine avec un accent d'Europe de l'Est.

Je n'y décelai ni tremblement ni trace d'anxiété. Le ton semblait posé, mesuré même. Ce n'était pas une menace, mais l'énonciation d'un fait. Si je refusais de coopérer, il m'abattrait.

Je sentis la pression caractéristique d'une arme de poing au creux de mes reins. Mon premier réflexe fut de m'appuyer contre le canon et de me retourner vivement sur la gauche pour détourner le tir de mon corps. Mon agresseur était sans doute droitier, ce qui l'exposait naturellement davantage du côté gauche. Je pourrais profiter de cette ouverture pour lui assener un coup de coude au visage et gagner assez de temps pour lui casser le poignet et lui enfoncer l'arme dans le front. De vieux réflexes, mais je n'étais plus l'homme capable de tout cela. Je l'avais enterré en même temps que mon passé. Je m'étais relâché. C'est ce qui arrive quand on rentre dans le droit chemin.

Sans pression sur le robinet, le crépitement de l'eau sur l'émail s'amenuisa. Je sentis mes doigts qui tremblaient, alors que je levais mes mains humides en signe de reddition.

— Ce ne sera pas nécessaire, monsieur Flynn.

Il connaissait mon nom. Agrippant le lavabo, je redressai la tête et regardai dans la glace. Je n'avais jamais vu ce type. Grand et mince, il portait un pardessus brun sur un costume anthracite.

Il avait le crâne rasé et arborait une cicatrice verticale courant de l'œil gauche au menton. Enfonçant plus fort le canon de son arme dans mon dos, il ajouta :

— Quand vous sortirez des toilettes, je serai derrière vous. Vous mettrez votre manteau. Vous paierez votre petit déjeuner et nous quitterons cet établissement ensemble. Nous avons à parler. Si vous suivez mes instructions, tout se passera bien. Dans le cas contraire… vous êtes mort.

Bon contact visuel. Aucune rougeur sur le visage ou le cou, aucun mouvement involontaire, rien de révélateur. Je savais reconnaître un arnaqueur quand j'en avais un sous les yeux. J'avais appartenu à cette confrérie assez longtemps pour ne pas me tromper. Ce type n'avait rien d'un aigrefin. C'était un tueur. Et il n'était pas le premier à tenter de s'en prendre à moi ; chaque fois, je m'en étais sorti en réfléchissant, pas en paniquant.

— Allons-y, dit-il.

Il fit un pas en arrière et leva son arme pour me la montrer dans la glace. Elle avait l'air bien réelle : un revolver argenté à canon court. J'avais pris la menace au sérieux dès la première seconde mais, à la vision de cet instrument de mort dans le miroir, un frisson de peur parcourut ma peau. Ma poitrine se serra, mon cœur appuyait sur le champignon. J'avais été hors du coup depuis trop longtemps. J'allais devoir réfléchir et gérer la panique en même temps. Le revolver disparut dans la poche de son manteau et il me fit signe d'avancer vers la porte. Apparemment, la conversation était terminée.

— D'accord, dis-je.

Deux années d'études de droit, deux années et demie comme assistant stagiaire d'un juge, et près de neuf ans comme avocat en exercice, tout ça pour « D'accord » ? J'essuyai mes mains savonneuses sur mon pantalon et passai mes doigts dans mes cheveux châtain clair. Il me suivit hors des toilettes ; le café-restaurant était vide à présent. J'enfilai mon manteau, glissai cinq dollars sous ma tasse, puis me dirigeai vers la porte. Le balafré m'emboîta le pas.

Chez Ted était mon lieu de prédilection quand j'avais besoin de réflexion. J'ai perdu le compte du nombre de procès que j'ai préparés dans ces boxes, couvrant les tables de rapports médicaux, de photos de blessures par balle et de dossiers tachés de café. Dans le temps, je n'aurais jamais mangé au même endroit tous les jours. Bien trop risqué. Dans ma nouvelle vie, j'appréciais la routine quotidienne du petit déjeuner *chez Ted*. Je m'étais laissé aller et j'avais cessé de regarder par-dessus mon épaule. Dommage. Si j'avais été un peu vigilant, j'aurais pu le voir venir.

En sortant du restaurant, je me sentis à nouveau en sécurité. La ville, avec ses trottoirs grouillants de monde du lundi matin, sa circulation : tout cela avait quelque chose de rassurant. Ce type ne m'abattrait pas en plein cœur de New York, dans Chambers Street, à 8 h 15, et en présence de trente témoins. Je m'arrêtai à gauche du café, devant une quincaillerie abandonnée. Je sentis mes joues rougir, pincées par le vent de novembre, et me demandai ce que me voulait cet homme. Avais-je perdu un procès pour lui des années plus tôt ? Dans ce cas, je ne m'en souvenais absolument pas. Le balafré me rejoignit près de la vitrine condamnée du vieux magasin, me collant au point qu'aucun passant n'aurait pu se glisser entre nous. Son visage se fendit d'un large sourire, tordant la cicatrice qui lui divisait la joue.

— Ouvrez votre manteau et regardez à l'intérieur, monsieur Flynn.

Je fouillai maladroitement dans mes poches et ne trouvai rien. J'écartai alors les pans de mon pardessus et vis ce qui ressemblait à une déchirure, comme si la couture de la doublure en soie se défaisait. Mais ce n'était pas cela. Au bout de quelques instants, je compris qu'il s'agissait d'une fine veste noire. Ce type avait dû en glisser les manches dans mon manteau pendant que j'étais aux toilettes et je ne m'étais aperçu de rien en l'enfilant. Passant les mains dans mon dos, je tombai sur la fermeture en velcro d'une poche placée au-dessus de la ceinture. Alors que j'essayais de mieux voir, j'arrachai le velcro et plongeai mes doigts dans la poche ; je sentis un fil lâche.

Je tirai dessus. C'était bien un fil.

Un fil rouge.

Au bout du fil, je trouvai ce qui ressemblait à un boîtier en plastique d'où sortaient d'autres fils, eux-mêmes reliés à deux renflements dans la veste, de part et d'autre de mon dos.

Je cessai de respirer.

Je portais une bombe.

Il ne m'abattrait pas dans Chambers Street devant trente témoins. Il me ferait sauter avec Dieu sait combien de victimes collatérales.

— Ne tentez pas de vous enfuir ou cet engin explosera. N'essayez pas de l'enlever. N'attirez pas l'attention. Je m'appelle Arturas.

Il avait prononcé *Ar-turas* sans se départir de son sourire.

La gorge serrée, j'inspirai l'air métallique puis me forçai à expirer lentement.

— Calmez-vous, dit Arturas.

— Qu'est-ce que vous voulez ?

— Mon employeur a engagé votre cabinet pour le représenter. Nous avons une affaire à régler.

Ma peur diminua un peu : il n'en avait pas après moi, mais après mon ancienne boîte. J'allais me débarrasser de lui en le renvoyant vers Jack Halloran.

— Désolé, l'ami. Je ne travaille plus pour ce cabinet. Vous ne vous adressez pas à la bonne personne. Qui est votre employeur, exactement ?

— Je crois que son nom vous est familier : M. Volchek.

Oh ! merde. Il avait raison. Je connaissais effectivement ce nom. Olek Volchek était le patron de la mafia russe. Mon ex-associé, Jack Halloran, avait accepté de le représenter un mois avant que nos chemins se séparent. Quand Jack l'avait pris comme client, Volchek attendait son procès pour meurtre – un règlement de comptes entre gangs. Je n'avais pas étudié le dossier ni même rencontré Volchek. À l'époque, j'avais consacré tout mon temps à défendre Ted Berkley, un agent de change accusé de tentative d'enlèvement – l'affaire qui m'avait brisé, complètement. J'y avais perdu ma famille avant de me noyer dans le whisky. J'avais quitté la profession depuis environ un an, avec ce qui me restait de mon âme. Jack avait volontiers repris la boîte et je n'avais plus remis les pieds dans une salle d'audience depuis que le jury avait annoncé son verdict dans le procès Berkley. Et je n'avais aucune intention d'y retourner prochainement.

Pour Jack, c'était une autre paire de manches. Sa passion du jeu était la source de tous ses problèmes. J'avais entendu dire qu'il projetait de vendre le cabinet et de quitter la ville. Il avait probablement mis les bouts en gardant l'avance sur honoraires versée par Volchek. La mafia russe ne parvenant pas à le trouver, elle s'adressait donc à moi pour être remboursée. Quitte à me forcer la main. Avec une bombe dans le dos, quelle importance que je sois fauché ? Je finirais par le lui rendre, son fichu pognon. J'allais m'en sortir, en payant. Ce type n'était pas un terroriste, mais un mafieux. Les mafieux ne faisaient pas sauter les gens qui leur devaient de l'argent. Ils faisaient simplement le nécessaire pour récupérer leur oseille.

— C'est Jack Halloran que vous cherchez, pas moi. Je n'ai jamais rencontré M. Volchek. Jack et moi ne sommes plus associés. Mais ça n'a pas d'importance ; si vous voulez que je vous rembourse votre avance, je serai ravi de vous faire un chèque – immédiatement.

Que ma banque accepte de l'honorer était une autre histoire. J'avais à peine plus de six cents dollars sur mon compte, j'étais en retard sur mon loyer, les factures de ma désintox continuaient à s'empiler et je n'avais aucun revenu. Les sommes que me réclamait la clinique étaient mon principal souci, mais avec le volume de whisky que j'ingurgitais, si je n'avais pas décidé d'entreprendre cette cure, je serais probablement mort. Grâce aux séances d'assistance psychologique, j'avais compris qu'aucune quantité de Jack Daniel's ne pourrait effacer le souvenir de ce qui s'était produit au cours du procès Berkley. Depuis, j'avais cessé de picoler et j'étais à deux semaines de conclure un accord définitif avec mes créanciers. À deux semaines de recommencer de zéro. Si le Russe exigeait plus de quelques centaines de dollars, j'étais baisé – quelque chose de bien.

— M. Volchek ne souhaite pas récupérer son argent. Vous pouvez le garder. Après tout, vous allez le gagner, dit Arturas.

— Comment ça, je vais le *gagner* ? Écoutez, je ne suis plus en exercice et je n'ai pas pratiqué le droit depuis près d'un an. Je ne peux rien pour vous. Je rembourserai l'avance sur honoraires versée par M. Volchek. Laissez-moi juste enlever ça, s'il vous plaît, dis-je en saisissant la veste.

— Non. C'est vous qui allez m'écouter. M. Volchek a besoin que vous fassiez quelque chose pour lui. Vous serez donc son avocat et il vous paiera. Vous le ferez. Ou vous ne ferez plus rien dans cette vie.

Je tentai de parler mais ma gorge se serra sous l'effet de la panique. Ça n'avait aucun sens. Jack avait forcément informé Volchek de ma démission, j'en étais presque sûr ; il avait dû lui dire que je n'étais plus capable d'assurer. Une longue limousine blanche s'arrêta le long du trottoir. La carrosserie brillante et lustrée me renvoya mon reflet déformé. Une portière s'ouvrit à l'arrière, effaçant mon image. Arturas me fit signe d'entrer. Je tâchai de me calmer ; je respirai plus profondément, ralentis mon rythme cardiaque et m'efforçai de ne pas vomir. Les vitres fortement teintées plongeaient l'intérieur du véhicule dans une obscurité intense, comme s'il débordait d'une eau noire.

L'espace d'un instant, tout sembla étonnamment figé – juste moi et cette porte béante. Si je me sauvais, je n'irais pas loin – ce n'était pas une solution. Si je montais dans la voiture avec Arturas, il ne pourrait pas faire exploser la bombe. À ce moment-là, je m'en voulus terriblement d'avoir cessé d'entretenir les talents qui m'avaient permis de rester en vie toutes ces années et d'arnaquer des ténors du barreau avant même d'avoir mis les pieds en fac de droit. Si je n'avais pas été rouillé, j'aurais repéré ce type à des kilomètres.

Je pris ma décision et grimpai dans le terrier du lapin.

2

À peine assis, je sentis la bombe s'enfoncer dans ma chair.

Quatre hommes se trouvaient à l'arrière de la limousine, y compris Arturas, qui m'avait suivi à l'intérieur avant de fermer la portière et de s'installer à ma gauche avec toujours, sur les lèvres, son petit sourire déconcertant. Le moteur ronronnait mais la voiture resta à l'arrêt. Une odeur de fumée de cigare et de cuir neuf m'emplit les narines. Une vitre teintée séparait l'habitacle luxueux du chauffeur.

Un sac de sport blanc était posé sur le sol.

À ma droite, deux types en pardessus noir occupaient une banquette conçue pour six personnes. De véritables géants, tout droit sortis d'un conte de fées. L'un portait ses longs cheveux blonds noués dans un catogan. L'autre était brun avec une coupe en brosse et semblait vraiment énorme. Sa tête avait la taille d'un ballon de basket et il éclipsait aisément le grand blond. Mais c'était son expression qui m'effrayait le plus, son visage qui ne trahissait aucun sentiment : la terrible apparence d'une âme à moitié morte. Tout arnaqueur compte sur son habileté à manipuler les émotions et les réactions humaines. Mais il est impuissant face à une catégorie d'individus à part, immunisés contre ses méthodes habituelles et qu'il apprend vite à repérer pour les garder à distance : les psychopathes. Le géant brun en présentait toutes les caractéristiques.

Olek Volchek se tenait en face de moi, en costume noir et chemise blanche à col ouvert. Une barbe poivre et sel de plusieurs jours lui mangeait le visage ; ses cheveux étaient de la même couleur. Sans la malveillance qui couvait dans ses yeux, il aurait été plutôt bel homme. Je le reconnus grâce à ses apparitions dans les journaux et à la télévision. C'était un chef mafieux, un tueur, un trafiquant de drogue.

Et je n'étais pas pressé d'en faire mon client.

J'avais eu affaire à des gens comme lui toute ma vie – amis, ennemis, j'en avais même défendu. Qu'ils viennent du Bronx, de Compton, de Miami ou de Little Odessa, les hommes de ce genre ne respectaient qu'une chose : la force. J'avais beau avoir une trouille bleue, je ne pouvais pas me permettre de le montrer, sinon j'étais cuit.

— Je ne travaille pas sous la menace, dis-je.

— Vous n'avez pas choix, monsieur Flynn. Je suis votre nouveau client, répondit Volchek.

Il parlait avec un accent russe prononcé dans un anglais légèrement approximatif.

— Vous les Américains, vous avez une expression, je crois : « C'est la vie. » Vous pouvez rejeter la responsabilité sur Jack Halloran, si vous voulez.

— Je lui mets la plupart de mes problèmes sur le dos ces derniers temps. Pourquoi ne vous représente-t-il pas ? Où est-il ?

Volchek lança un regard à Arturas et, l'espace d'une seconde, lui renvoya son sourire indélébile, avant de se tourner de nouveau vers moi.

— Quand Jack Halloran a accepté mon affaire, il m'a prévenu qu'elle était impossible à plaider. Je le savais déjà. Quatre cabinets avaient étudié le dossier avant lui. Mais Jack pouvait faire des choses que d'autres avocats ne pouvaient pas. Alors, je l'ai payé et je lui ai donné un travail. Malheureusement, Jack n'a pas tenu ses engagements.

— C'est moche, mais ça ne me concerne pas, dis-je, tâchant de ne pas laisser ma voix trahir ma nervosité.

— C'est là que vous vous trompez.

D'une boîte dorée posée à côté de lui, il sortit un petit cigare couleur chocolat; il en mordit le bout, l'alluma et ajouta:

—Il y a deux ans, j'ai demandé à Little Benny de tuer Mario Geraldo pour moi. Benny a fait son travail. Mais ensuite, il a été arrêté et placé sous la protection du FBI. À mon procès, Benny dira que je lui ai donné l'ordre d'exécuter cet homme. Tous vos confrères à qui j'ai parlé m'ont affirmé que Benny serait le témoin-clé de l'accusation. Son témoignage me fera condamner. Aucun doute là-dessus.

Je serrais les mâchoires tellement fort qu'elles commençaient à me faire mal.

—Benny est sous la garde du FBI. Il est bien protégé et bien caché. Même mes contacts ne parviennent pas à le trouver. Vous êtes le seul à pouvoir l'approcher, parce que vous êtes mon avocat.

Il baissa la voix et dit:

—Avant votre contre-interrogatoire de Benny, vous enlèverez votre veste et, quand la salle d'audience sera vide, nous collerons la bombe avec du ruban adhésif sous la chaise à la barre des témoins. Au moment où Benny viendra s'asseoir, nous ferons exploser l'engin. Plus de Benny, plus de procès, plus de problème. *Vous* serez le poseur de bombe, monsieur Flynn. *Vous* irez en prison. Le procureur n'aura pas assez de preuves pour un nouveau procès, et je serai libre.

—Vous êtes complètement malade.

D'abord, Volchek ne réagit pas. Ni colère soudaine, ni menaces. Il resta simplement assis pendant un moment, la tête inclinée comme s'il réfléchissait aux différentes possibilités qui s'offraient à lui. Aucun son ne troubla le silence, à part les battements de mon cœur en train de se plier en deux dans ma poitrine. Je me demandai si ma sortie allait me valoir une balle. Je ne parvenais pas à quitter Volchek des yeux, mais je sentais les regards presque interrogatifs des autres sur moi, comme si je venais de glisser le bras dans une fosse aux serpents.

—Jetez un coup d'œil avant de décider, dit Volchek avec un signe de la tête à l'intention d'Arturas.

Ce dernier ramassa le sac de sport blanc et l'ouvrit.

La tête de Jack était à l'intérieur.

Mon estomac se noua. Ma bouche se remplit de salive. J'eus un haut-le-cœur, levai la main et toussai. Je crachai, luttai pour ne pas perdre pied ; je me cramponnai si fort à mon siège que je sentis mes ongles s'enfoncer dans le cuir. Mon calme de façade avait complètement disparu.

— Nous pensions pouvoir compter sur Jack. Nous avions tort. Mais nous ne prenons aucun risque avec vous, monsieur Flynn, dit Volchek en se penchant en avant. Nous avons votre fille.

Le temps s'arrêta ; je cessai de respirer ; mon sang se figea dans mes veines. Plus rien ne bougea.

— Si vous touchez ne serait-ce qu'un cheveu…

Il tira un téléphone portable de la poche de son pantalon et tourna l'écran vers moi. Amy se tenait au coin d'une rue sombre, devant un kiosque à journaux. Ma petite fille. Elle n'avait que dix ans. Quelque part dans New York, les bras serrés contre sa poitrine comme si elle avait froid, regardant l'objectif avec méfiance. Derrière elle, les gros titres de la presse se faisaient l'écho du naufrage d'un cargo sur l'Hudson le samedi soir.

Je ne m'étais pas rendu compte à quel point je transpirais ; ma chemise était trempée, tout comme mon visage et mes cheveux, mais je n'avais plus peur. Je me fichais pas mal de la bombe, du flingue ou de la paire de géants muets qui fixaient sur moi leurs yeux morts.

— Rendez-la-moi et je vous laisserai vivre, dis-je.

Cette promesse me valut les rires de Volchek et de ses sbires. Ils ne connaissaient qu'Eddie Flynn l'avocat ; ils n'avaient jamais eu affaire à l'Eddie Flynn d'avant : l'arnaqueur, l'homme des combats de rues, l'escroc. À dire vrai, je l'avais pratiquement oublié moi-même.

Volchek inclina la tête avant de parler. Il sembla peser soigneusement chaque mot.

— Vous n'êtes pas en position de proférer des menaces. Soyez intelligent. Rien n'arrivera à votre fille si vous faites ce que je vous demande.

—Laissez-la partir. Je ne ferai rien tant que je n'aurai pas la garantie qu'elle est en sécurité. Tuez-moi, si vous voulez. D'ailleurs, je vous le conseille fortement, parce que j'irai dans la tombe avec mes pouces dans vos yeux si vous ne la relâchez pas immédiatement.

Volchek tira sur son cigare, ouvrit la bouche et, l'espace d'un moment, il savoura le goût de la fumée qui dansait sur ses grosses lèvres.

—Votre fille est saine et sauve. Nous l'avons prise hier à l'arrêt de bus où elle attendait qu'on l'emmène pour une sortie scolaire. Elle pense que les hommes qui la surveillent sont des agents de sécurité qui travaillent pour vous. Vous avez reçu des menaces de mort dans le passé, et elle le sait. Votre ex-femme croit qu'Amy fait une randonnée pédestre à Long Island. L'école est persuadée qu'elle est avec vous. Personne ne remarquera son absence avant un jour ou deux. Si vous refusez de suivre mes instructions, je la tuerai. Mais ça sera un soulagement. Si vous ne coopérez pas, votre fille souffrira. Certains de mes hommes...

Il laissa volontairement sa phrase en suspens, feignant de chercher les mots justes, donnant à mon imagination le temps de bâtir un cauchemar. Tout mon corps se contracta, comme s'il se préparait à repousser une attaque physique. Je sentis un flot d'adrénaline furieux se répandre dans mon organisme.

—Disons que certains de mes hommes ont un goût *prononcé* pour les jolies petites filles.

Je me jetai sur Volchek. J'avais jailli de mon siège avant de savoir ce que je faisais. Gêné par l'absence de prise et l'étroitesse de l'habitacle, mais remonté à bloc, je décochai un crochet du droit tout à fait correct qui l'atteignit à la joue gauche, faisant sauter le cigare de sa bouche infecte.

Alors que je m'apprêtais à poursuivre avec un coup de poing à la gorge, du gauche cette fois, une énorme paluche me saisit et me souleva sans effort. Me retournant, je vis que le géant psychopathe m'avait attrapé. Il était sur le point de me remettre à ma place comme un enfant turbulent, quand mes vieux réflexes reprirent le dessus. Ma main droite se lança à l'assaut de son visage, enfonçant mes ongles dans son front charnu. C'était une réaction machinale et inconsciente ; une diversion. Ma main gauche glissa à l'intérieur de sa veste pour lui piquer son portefeuille. Il me fallut à peine la moitié d'une seconde. Rapide et en douceur. Finalement, malgré les années, je n'avais pas perdu mon doigté. Ni vu ni connu. Trop occupé à essayer de me refaire le portrait, le géant n'avait rien remarqué. Alors que je rangeais mon butin dans ma poche, un poing de la taille d'une assiette apparut devant mon visage. Je me détournai et sentis la brûlure de l'impact en travers de ma nuque. Je tombai, me cognant la tête sur le sol de la limousine.

Je gisais à terre, la douleur grondant sous mon crâne. C'était mon premier larcin en quinze ans – à l'instinct. J'avais retrouvé mes réflexes.

Non – en fait, je n'avais pas vraiment changé.

Les compétences et les techniques que j'avais développées et qui avaient fait de moi un arnaqueur de talent – distraction, manipulation, persuasion, suggestion, diversion, observation, etc. – m'avaient été aussi utiles dans la rue il y a bien longtemps qu'en salle d'audience ces neuf dernières années. J'étais resté le même. J'avais juste changé de terrain de chasse.

Mes yeux et mon esprit se fermèrent, et je cédai à une obscurité de plus en plus profonde.

3

Je repris conscience sur le cuir de la banquette arrière, la nuque douloureuse. L'un des gorilles, le grand blond avec ses faux airs de chanteur de hard rock suédois, pressait une poche de glace contre mon cou. L'odeur âcre et douce du cigare de Volchek me donna la nausée. On avait dû me ramasser sur le sol de la limousine et me jeter sur le siège. La fumée me piquait un peu les yeux mais je constatai que le psychopathe qui m'avait assommé n'était plus dans la voiture. Je pris la poche de glace et la laissai tomber par terre.

— On est arrivés au tribunal, dit Arturas.

Je me redressai.

— Au tribunal ? Pourquoi ? demandai-je.

— Le procès de M. Volchek commence ce matin.

— Ce matin ?

Me rappelant l'image de ma fille sur le téléphone de Volchek, je sentis la colère monter en moi ; tous mes muscles se contractèrent et la douleur dans mon cou devint insupportable.

— L'audience débute dans une heure. Avant d'y aller, nous devons être sûrs que vous serez à la hauteur. Autrement, nous vous tuons tout de suite et votre famille plus tard.

Arturas sortit son revolver et le posa sur son genou plié.

Il me tendit un beau verre dans lequel il faisait tourner un peu d'un liquide couleur d'urine. Il s'en dégageait une odeur de bourbon. Je l'avalai et une chaleur aigre, familière, m'envahit pour la première fois depuis la fin de ma cure de désintoxication.

Pendant une seconde, je songeai à la somme que je devais encore à la clinique, puis je chassai cette pensée. Si je devais me remettre à boire, ce moment en valait bien un autre. Je tendis la main et Arturas me resservit à partir d'un carafon en cristal appartenant au même service que le verre. Je l'engloutis rapidement et appréciai la sensation de brûlure. Un frisson me parcourut, je secouai la tête. J'essayai de m'éclaircir les idées, comme en agitant une Magic 8 Ball[1]. Je n'obtins aucune des réponses escomptées.

— Où est ma fille ?

— En sécurité et heureuse pour le moment, dit Arturas.

Il me versa une autre dose d'alcool que je ne bus pas immédiatement. Je commençai à réfléchir.

— Pourquoi avoir tué Jack ? demandai-je.

D'un signe de la tête, Volchek donna à Arturas le feu vert pour qu'il me mette au courant des détails.

— Tous les avocats que nous avons consultés nous ont assuré qu'avec le témoignage de Benny, le jury rendrait un verdict de culpabilité. Éliminer Benny nous a donc semblé logique ; une solution simple, mais il est introuvable. Nous avons... *convaincu* Jack de porter la veste, afin de pouvoir tuer Benny au tribunal. Malheureusement, il n'a pas pu aller jusqu'au bout.

Je me demandai quelle méthode de persuasion ils avaient utilisée avec Jack. Ils l'avaient sans doute torturé. C'était un trou du cul et un accro du jeu, mais il avait été mon associé ; mes sentiments à son égard s'adoucirent. Il n'était pas taillé pour porter une bombe. Dans ses bons jours, il pouvait déjà s'estimer heureux de trimballer sa mallette sans trébucher. Ils n'avaient pas dû le ménager.

— Pourquoi Jack ?

— Nous cherchions un type d'avocat bien particulier. Vous et Jack avez fondé votre cabinet en empruntant à des usuriers.

1. La Magic 8 Ball (en français « Boule magique numéro 8 ») est un jouet produit par Mattel et créé en 1946. Elle est censée prédire l'avenir et répondre à n'importe quelle question.

Jack avait mauvaise réputation : menteur et criblé de dettes. Il avait besoin d'argent ; après votre départ, ses clients ont commencé à le laisser tomber. Il nous fallait aussi quelqu'un qui puisse introduire la bombe au tribunal. Les contrôles de sécurité habituels seront renforcés aujourd'hui. Impossible de faire entrer clandestinement un engin explosif. Tout le monde est fouillé, puis subit un scan corporel avant d'être fouillé à nouveau – mais pas vous ni Jack. Nous le savons. Nous vous avons observés pendant des mois. Les gardes vous laissent passer directement – comme de vieux amis. Nous avons proposé à Jack la même chose qu'à vous : vous posez la bombe et vous portez le chapeau.

Arturas se cala dans son siège et lança un regard rapide à Volchek. Ces deux-là semblaient former une équipe à la routine bien rodée : Arturas exposait les faits de façon claire et nette. Ensuite, il laissait volontiers son patron se charger de l'intimidation.

— Il y a trois jours à peine, Jack était assis à votre place, monsieur Flynn. Il avait enfilé la veste que vous portez, avec la bombe à l'intérieur. Nous lui avons tenu le même discours. J'ai ouvert la portière de cette voiture et je lui ai ordonné d'aller faire son travail, expliqua Volchek en baissant les yeux vers le sol.

Il releva la tête à travers un voile de fumée, le visage encadré par une brume grise.

— Jack était tétanisé. Il s'est mis à trembler comme… comment dites-vous déjà ? un épileptique. Comme s'il faisait une crise. De la pisse a coulé le long de sa jambe. J'ai fermé la portière et nous avons conduit Jack chez nous.

Il tira à nouveau sur son cigare et en regarda le bout s'embraser.

— Je l'ai ligoté à une chaise. Je l'ai menacé de tuer sa sœur s'il ne faisait pas ce que j'exigeais de lui. Victor (il pointa le blond du doigt) nous a amené la sœur de Jack. J'ai pris mon couteau et je lui ai tailladé le visage, devant lui. « Et maintenant, tu vas le faire ? » j'ai demandé à Jack. Rien. Je l'ai travaillée avec ma lame et il est resté là, sans réagir.

J'avais l'impression d'avoir la poitrine coincée dans un étau. Ce monstre tenait ma petite fille entre ses griffes. Un bruit me fit légèrement sursauter : le craquement des articulations de mes doigts provoqué par la tension dans mon poing. Dans mon autre main, je serrais le verre de bourbon vide ; j'envisageai de l'enfoncer dans l'œil de Volchek avant de me raviser. Ma dernière tentative pour m'en prendre à lui avait plutôt mal tourné ; je préférais ne pas recommencer tout de suite.

Pas encore.

— J'ai compris que je ne pourrais pas compter sur Jack. Avant de l'achever, j'ai donné mon couteau à sa sœur pour qu'elle puisse se venger. Il a beaucoup souffert.

Une lueur infernale brilla dans ses yeux, comme s'il savourait ce souvenir.

— Jack n'avait plus toute sa tête, alors je la lui ai coupée pour l'offrir à sa sœur avant de la tuer. Elle était courageuse. Pas comme son frère.

Je regardai le sac de sport sur le sol, heureusement fermé à présent. Je songeai à Jack et recommençai à le haïr. Si j'avais pu, j'aurais envoyé voler sa tête tranchée dans l'Hudson à coups de pied. Je me serais défoulé. Jack méritait de reposer au fond du fleuve, à côté de l'épave de ce fichu cargo.

— Avec vous, nous n'avons pas le temps de faire un galop d'essai, continua Arturas. Vous emportez la bombe maintenant, monsieur Flynn. Restez calme. Pensez à votre fille. Une fois l'engin à l'intérieur, vous aurez fait un pas vers elle. Si vous êtes pris, vous irez en prison pour avoir tenté de faire sauter un édifice public. Vous serez condamné à la perpétuité, sans possibilité de libération conditionnelle. Qu'est-ce que vous en dites ?

Il avait raison. Dans cette ville, la justice n'était pas tendre avec les poseurs de bombe qui s'attaquaient aux bâtiments publics. Je serais dans la course pour la prison à vie, sans le moindre doute, avec pour seule circonstance atténuante d'avoir agi parce que la vie de ma fille était en jeu. Invoquer une contrainte de nature exceptionnelle ne constituait pas une défense irréfutable, mais j'éviterais peut-être la perpétuité.

Le même sourire sinistre s'étala à nouveau sur le visage d'Arturas. J'eus presque l'impression de pouvoir lire ses pensées. Volchek écrasa son cigare et m'observa à travers la fumée en train de disparaître. Deux hommes intelligents et impitoyables, mais chacun doté d'une forme d'intelligence différente. Apparemment, Arturas jouait le rôle du conseiller, il planifiait, envisageait toutes les possibilités et pesait les risques : un cérébral, un calculateur. À l'inverse, son patron, avec ses mouvements lents et gracieux comme ceux d'un grand félin traquant sa proie dans les herbes hautes, faisait preuve d'une intelligence primitive, instinctive – presque sauvage. J'avais la conviction que, quoi qu'il advînt, ces deux-là ne me permettraient pas de vivre pour raconter ce que je savais.

— Je n'ai pas mis les pieds dans ce bâtiment depuis des lustres. Qu'est-ce qui vous fait croire qu'on me laissera entrer sans me fouiller comme à l'époque ?

— Vous connaissez les gardes chargés de la sécurité et, plus important encore, ils vous connaissent, répondit Arturas. (Il se redressa sur son siège pour donner du poids à ses arguments.) Nous avons longtemps surveillé ce tribunal, monsieur Flynn. J'ai consacré presque deux ans à la préparation minutieuse de cette opération. Le poseur de bombe doit inspirer confiance, il doit être au-dessus de tout soupçon. C'est la seule façon d'introduire des explosifs dans ce bâtiment. Je vous ai vu, de mes propres yeux, arriver en courant parce que vous étiez en retard, faire sonner l'alarme et saluer les gardes en faction. Ils font comme si de rien n'était et vous laissent passer. Vous leur parlez. Ils vous connaissent. Ils prennent même vos appels pour vous.

Je ne possédais pas de portable – je n'aimais pas l'idée qu'on puisse déterminer l'endroit où je me trouvais en fonction de l'antenne relais la plus proche. Un problème hérité de ma vie d'avant. Jack avait eu beau m'acheter plusieurs de ces appareils, je n'avais jamais réussi à m'y faire et je les avais tous perdus. Quand j'exerçais encore, je passais mon temps au tribunal. En cas d'urgence, on pouvait me joindre via le téléphone public dans le hall. En général, un des gardes savait où me trouver. Quelques bouteilles de whisky au personnel de sécurité à Noël et un panier garni pour Thanksgiving, ce n'était pas cher payer pour ce genre de services.

Je commençais à avoir les idées un peu plus claires.

— Pourquoi vous compliquer la vie ? Un sniper pourrait descendre ce type au moment de son transfert.

Arturas hocha la tête.

— J'y ai pensé. J'ai envisagé tous les scénarios, mais nous ne savons ni où il se trouve ni comment il se rendra au tribunal. C'est donc la seule possibilité. Nous avons demandé à de nombreux cabinets d'étudier le dossier. De grosses firmes, dans toute la ville. Vous et Jack avez plaidé presque toutes vos affaires ici, à Chambers Street. Vous avez appris à connaître le personnel. Les autres facturent neuf cents dollars de l'heure, vous pensez qu'ils prennent le temps de discuter avec la sécurité ? Non. J'ai su que je tenais la solution le jour où je vous ai vus, Jack et vous, déclencher l'alarme en franchissant le portique sans que personne sourcille. Vous m'avez montré la voie.

Arturas était le cerveau de l'opération. Ce plan était clairement le sien. Il paraissait détaché, froidement rationnel ; j'imaginai qu'il en serait de même lorsqu'il appuierait sur la détente. On aurait pu dire le contraire de Volchek. Bien qu'il eût semblé calme après que je l'eus frappé, je sentais qu'un monstre était tapi derrière son apparente retenue, prêt à sortir les griffes et à bondir à tout moment.

Je me pris la tête entre les mains et respirai à fond, lentement.

— Un dernier point, monsieur Flynn, ajouta Volchek. Nous sommes des guerriers. Nous sommes fiers. Nous sommes *Bratva* : ça signifie « fraternité ». J'ai confiance en cet homme. (Il posa la main sur l'épaule d'Arturas.) Mais beaucoup de choses peuvent mal tourner. Vous devez faire entrer la veste dans le tribunal. La vie de votre fille ne tient qu'à un coup de téléphone. Vous pouvez le faire. Je le sais. Je vois aussi un guerrier en vous. N'essayez pas de me résister.

Il marqua une pause pour allumer un autre cigare.

— En arrivant ici il y a vingt ans, Arturas et moi n'avions rien. Nous avons fait couler beaucoup de sang pour parvenir où nous en sommes, et nous n'abandonnerons pas sans nous battre. Le procès doit durer trois jours. Nous vous en donnons deux. Nous ne pouvons pas prendre davantage de risques. Deux jours pour que Little Benny monte sur cette chaise et pour le tuer. S'il n'est pas mort demain à 16 heures, je n'aurai pas le choix. Je devrai m'enfuir. Plus le procès se prolongera, plus la procureure essaiera d'annuler ma liberté provisoire. Un avocat à neuf cents dollars de l'heure me l'a dit. Vous êtes assez malin pour savoir qu'il a raison.

J'avais déjà vu le cas se produire. Le plus souvent, le procureur ne dispose pas d'une preuve assez incriminante au moment de la lecture de l'acte d'accusation, quand l'accusé demande la liberté provisoire sous caution. Les analyses ADN et les rapports d'experts exigent du temps. Mais quand le procès démarre enfin, l'accusation a tous ses atouts en main ; si le procureur se sent en veine, il peut adresser une requête au juge pour que ce dernier annule la liberté provisoire de l'accusé. Si le juge accède à la demande, un garde passe les menottes à l'accusé en s'attardant parfois délibérément sur ce moment dévastateur aux yeux du jury. Son sort est scellé. Un regard de quelques secondes sur ces bracelets aura suffi : le jury rend systématiquement un verdict de culpabilité.

Je hochai la tête. Mon expérience m'avait familiarisé avec ce genre de tactique, inutile de le nier.

Alors qu'il m'annonçait son ultimatum, Volchek lutta pour que sa voix ne trahisse pas la brutalité de sa véritable nature.

— La cour détient mon passeport, conformément aux termes de ma mise en liberté sous caution. Trois fois par an, je fais venir de la marchandise de Russie par avion privé, sur une piste d'atterrissage commerciale pas très loin d'ici. Cet appareil arrive demain à 15 heures et repart à 18 heures. Si Benny est toujours en vie à 16 heures, ce sera terminé pour vous. Je dois être à bord à temps. C'est ma dernière chance de sortir des États-Unis. Mais je veux rester et me battre. Little Benny doit mourir avant demain 16 heures. Sinon, je vous tuerai, vous et votre fille. J'en fais le serment.

Le verre de whisky se brisa dans ma main.

J'eus la sensation de tomber. Mon corps s'affaissa et ma mâchoire se mit à trembler ; je serrai les dents pour les empêcher de claquer. Du sang gouttait d'une coupure dans ma paume, mais je ne sentais pas la douleur. Je ne pouvais ni bouger ni penser. Un gémissement sourd m'échappa. S'il arrivait quoi que ce soit à Amy, j'en mourrais. Rien qu'à cette idée, mon cerveau, mes muscles et mon cœur s'embrasèrent. Christine, ma femme, avait toléré beaucoup de choses de ma part. Les horaires impossibles, les coups de téléphone à 3 heures du matin des commissariats de quartier de toute la ville parce que les flics venaient d'arrêter un de mes clients, les dîners manqués… Je m'étais toujours réfugié derrière l'excuse que, si je faisais tout cela, c'était pour elle et pour Amy. Quand j'avais commencé à boire, un an plus tôt, elle m'avait mis à la porte. J'avais gâché ce que la vie m'avait offert de mieux. Mais si je perdais notre fille ? J'osais à peine imaginer une horreur pareille.

J'entendis soudain la voix de mon père, l'homme qui m'avait appris à filouter, qui m'avait dit quoi faire si j'étais pris en flagrant délit – « garde ton sang-froid en toutes circonstances. »

Je fermai les yeux et priai en silence. *Seigneur, aide-moi. Je t'en supplie, aie pitié de ma petite fille. Je l'aime si fort.*

Je m'essuyai les yeux avant que les larmes ne viennent, reniflai, puis fis défiler le menu de ma montre à affichage numérique jusqu'à la fonction minuteur. Je réglai le compte à rebours.

— Nous attendons votre décision, monsieur Flynn, dit Arturas en tripotant son revolver.

— C'est d'accord. Ne faites pas de mal à Amy. Elle n'a que dix ans.

Volchek et Arturas échangèrent un regard.

— Bien, dit Arturas. Allez-y ; je vous rejoindrai dans le hall, après le portique de sécurité.

— Si les gardes me laissent passer.

— Vous voulez que je demande à votre fille de prier pour vous ? lança Volchek.

Je ne répondis pas. Sortant seul de la limousine, je vis qu'Arturas me suivait du regard alors que je montais sur le trottoir.

— N'oubliez pas. Nous vous avons à l'œil, et nos hommes surveillent votre fille.

Je hochai la tête.

— Je n'opposerai aucune résistance.

Je mentais.

Comme ils m'avaient menti. Malgré leurs beaux discours et leurs promesses, demain à 16 heures, même s'il ne subsistait de Benny qu'une tache au plafond de la salle d'audience, ils ne relâcheraient pas Amy. Ils avaient l'intention de nous tuer, elle et moi.

Je ne disposais que de trente et une heures.

Trente et une heures pour doubler la mafia russe et récupérer ma fille. Et j'ignorais totalement comment m'y prendre.

Je m'enveloppai dans mon manteau, le boutonnai, en relevai le col et me tournai vers le palais de justice. La voix de mon père me chuchotait toujours à l'oreille – « garde ton sang-froid. » Ma main ne saignait plus. La température avait chuté ; mon souffle semblait geler et tomber devant moi. Alors que la brume froide s'éclaircissait, j'assistai à un spectacle inédit pour moi, en neuf années d'exercice quotidien du droit dans ce tribunal : une queue d'une quarantaine de personnes, composée de journalistes, d'avocats, de témoins, de prévenus et d'équipes de télévision, qui tous attendaient le procès du siècle devant le portique de sécurité.

4

Il règne une ambiance étrange, électrique, au début d'un procès important. Alors que je rejoignais la queue, je sentis l'excitation qui se dégageait de la foule, telle la chaleur faisant miroiter le bitume au fin fond du Texas. Parmi les personnes qui patientaient, certaines, comme l'homme devant moi, avaient acheté l'édition du matin du *New York Times*, qui publiait en une la photo de Volchek et titrait : « DÉBUT DU PROCÈS DE LA MAFIA RUSSE ». Ce type avait tout du chroniqueur judiciaire, free-lance ou pigiste pour une feuille de chou. On les repérait de loin : costume fripé, cheveux mal coupés et taches de nicotine aux doigts, révélatrices d'un gros fumeur. Je baissai vivement la tête dans les plis de mon pardessus, essayant de ne pas le regarder.

Le palais de justice de Chambers Street était un bâtiment ancien de style néogothique qui abritait vingt et une cours sur dix-huit étages.

Je comptai vingt personnes dans la queue devant moi.

On accédait au tribunal par un imposant escalier de quinze mètres de large qui menait à une rangée de colonnes corinthiennes. Le hall d'entrée délabré n'avait pas été redécoré depuis les années soixante. D'autres gens se pressèrent derrière moi, alors que nous montions lentement les marches. Je risquai un coup d'œil vers le bâtiment. Les statues, les bustes des anciens présidents et des premiers juges de New York avaient subi les outrages du temps.

Alors que j'arrivais en haut, je sentis la sueur couler le long de ma joue. Ma chemise collait dans mon dos, me rappelant la présence de la bombe, son contact étranger et chaud. Plus que douze personnes devant moi.

Pénétrer dans le palais de justice sans être fouillé paraissait encore plus improbable maintenant que lorsque cette possibilité avait été évoquée dans la limousine. Je retrouvai soudain dans ma main droite le stylo que j'avais machinalement sorti de ma poche. Avançant lentement vers l'entrée, je le fis distraitement rouler entre mes doigts. Une habitude qui, d'une certaine manière, m'aidait à réfléchir. Amy me l'avait offert.

À l'époque, je l'avais pris comme un cadeau d'adieu. Quand je buvais, je rentrais rarement chez moi. Environ une semaine avant la fête des Pères, Christine avait décidé que je devais quitter la maison et qu'Amy avait le droit de connaître la vérité. Ma femme m'avait dit qu'elle ne me reconnaissait plus et qu'Amy ne méritait pas d'assister plus longtemps à mon déclin.

Les enfants sont intelligents, et Amy plus que la moyenne. Elle avait su que quelque chose de moche s'annonçait dès qu'elle nous avait vus tous les deux debout devant la porte de sa chambre. Elle avait noué ses longs cheveux blonds pour qu'ils ne lui tombent pas dans les yeux pendant qu'elle travaillait sur son ordinateur. Comme d'habitude, elle portait son blouson en jean préféré par-dessus son pyjama; à part pour dormir ou aller à l'école, elle ne se séparait jamais de cette veste, couverte de smileys et de patchs de groupes de rock. Elle avait économisé son argent de poche de la semaine pendant tout un mois pour l'acheter dans une friperie, avant de la customiser à son goût. Je l'avais regardée pendant un moment – Christine aussi. Avant que l'un de nous ouvre la bouche, Amy avait écarté son ordinateur portable et s'était mise à pleurer. Nous n'avions pas eu besoin de lui dire quoi que ce soit. Elle nous avait vus venir à des kilomètres. Elle avait posé les questions classiques: « combien de temps serais-je parti? Était-ce permanent? Pourquoi n'arrivions-nous pas à nous entendre? » Je n'avais eu aucune réponse à lui donner. Je m'étais simplement assis à côté d'elle sur son lit, et je l'avais serrée dans mes bras. J'avais essayé de me montrer brave, mais je m'étais juste senti honteux. Un regard vers l'écran de son ordinateur m'avait appris qu'elle consultait un site web qui vendait des stylos personnalisables ; elle en avait choisi un avec l'inscription « meilleur papa du monde ».

Elle me l'avait offert peu après mon départ de la maison. Baissant les yeux, je lus le mot « papa » gravé sur l'aluminium brillant. J'en avais presque eu le cœur brisé. Je le fourrai dans ma poche revolver et vérifiai où en était la queue.

Dix personnes avant moi.

Le ronronnement de grosses machines attira mon attention vers le ciel. Le maire avait donné son accord pour d'importants travaux sur l'extérieur du bâtiment ; un vaste échafaudage suspendu abritait les ouvriers sur quatre étages depuis le toit. À partir du sol, on distinguait difficilement les hommes, mais même de si loin, je voyais la plate-forme osciller doucement au rythme du vent. Ils nettoyaient la poussière sur la maçonnerie à l'aide d'engins à haute pression et restauraient les sculptures cassées. Les promoteurs immobiliers auraient préféré tout raser et loger la justice dans des locaux meilleur marché. Mais avec un maire ancien avocat, une pétition n'avait pas tardé à circuler et à recueillir les signatures de conseillers municipaux influents. Le tribunal avait gagné le droit de rester. On en restaurerait l'extérieur tout en laissant l'intérieur continuer à se détériorer. New York était comme ça parfois, s'accommodant d'une façade clinquante pour dissimuler le cadavre en putréfaction caché dans la cave. En réalité, le palais de justice de Chambers Street avait une valeur historique : on y avait ouvert le premier tribunal de nuit des États-Unis. Une cour particulièrement importante, puisque tout prévenu devait être présenté devant un juge dans les vingt-quatre heures qui suivaient son inculpation. Avec trois cents arrestations par jour rien qu'à Manhattan, cela nécessitait une session supplémentaire de 17 heures à 1 heure du matin. Quand la récession s'était installée pour de bon, la criminalité dans la ville avait fait un bond. Maintenant, Chambers Street fonctionnait vingt-quatre heures sur vingt-quatre. La justice ne dormait jamais ici ; ce tribunal n'avait pas fermé ses portes depuis deux ans.

Alors que la queue progressait lentement, je commençai à entendre le « bip » occasionnel du portique de sécurité. Heureusement, je connaissais les gardes par leurs noms. C'était l'un des secrets de mon succès : être proche du personnel – de tout le monde, sans exception. On ne sait jamais quand on aura besoin d'un service. Un fax urgent à récupérer, un client indiscipliné à localiser, de la monnaie pour la machine à café ou, dans mon cas, quelqu'un pour venir me chercher quand on m'appelait sur le téléphone public du hall d'entrée.

Huit personnes devant moi.

Je regardai par-dessus l'épaule du chroniqueur judiciaire pour voir qui s'occupait de la sécurité aujourd'hui. Barry et Edgar étaient à la porte. Dans la plupart des tribunaux new-yorkais, les gardes sont en fait des policiers qui n'en ont pas le titre. Ils portent l'uniforme et sont armés. Ils ont le pouvoir de vous arrêter, de vous maîtriser et même, si vous représentez une menace jugée suffisante, de vous mettre hors d'état de nuire – de façon définitive.

Barry collectait téléphones mobiles, portefeuilles, clés et sacs sur des plateaux afin de les passer au scanner, tandis que leurs propriétaires franchissaient le portique détecteur de métaux en espérant ne pas émettre de « bip ». Edgar procédait aux fouilles et retirait les objets incriminés qu'il trouvait sur les personnes, avant de les faire défiler à nouveau sous l'arche grise jusqu'à ce qu'il s'estime satisfait.

J'aperçus également un jeune garde aux cheveux blonds qui ne m'était pas familier. Derrière lui veillait un quatrième agent de sécurité. Il se tenait à trois mètres en retrait du portique, les pouces passés dans sa ceinture en cuir, les bras pendus au-dessus de son ventre gonflé. La présence d'un homme en renfort n'avait rien d'inhabituel. Ce type ne me disait rien, avec sa moustache et ses petits yeux porcins noirs. Je ne me rappelais pas l'avoir vu, mais on avait déjà dû se croiser puisqu'il semblait visiblement me reconnaître. Barry, Edgar et le bleu se concentraient sur la vérification des gens en tête de la queue. Le regard du gros garde ne me lâcha à aucun moment.

Six personnes entre moi et le contrôle de sécurité.

J'essuyai la sueur qui coulait sur mon front.

Si je patientais bien gentiment, je serais soumis à la même procédure que tout le monde. J'essayai de me rappeler ma façon d'agir habituelle. Pour moi, entrer dans ce bâtiment avait été comme de me brosser les dents ; je l'avais fait chaque matin, mais je n'en gardais pas le moindre souvenir. Ignorais-je tout bonnement le portique ? Attendais-je qu'on me fasse signe de passer ? Les mains tremblantes, un goût amer dans ma bouche sèche, je sentis que j'étais sur le point de céder à la panique. Je n'arrivais pas à me rappeler une seule occasion où j'avais franchi ces portes.

Plus que quatre personnes avant moi.

La bombe me paraissait plus volumineuse et plus lourde à chaque pas. Le gros garde fixait toujours son regard sur moi. Peut-être que j'émettais tous les signaux d'alerte auxquels ces types prêtaient particulièrement attention. Depuis le 11-septembre, tous les fonctionnaires chargés de près ou de loin de faire respecter la loi étaient formés pour reconnaître une menace terroriste.

Je songeai à Amy, séchant ses larmes sur son pyjama, me suppliant de ne pas partir.

Non. Je ne laisserais plus tomber ma fille. Mon choix était fait. Les terroristes n'évitaient pas les files d'attente, ils restaient bien sagement dans la queue. Ils cherchaient à se fondre dans la foule et à passer inaperçus. Je décidai de la jouer au culot, en me montrant arrogant, aussi bruyant et odieux que possible, dans l'espoir que le gros garde me prenne simplement pour un connard, et pas pour un tueur kamikaze.

Les gens que je dépassais m'interpellèrent. J'entendis le chroniqueur judiciaire marmonner : « connard ! » Mon rythme cardiaque accéléra à mesure que je remontais la queue.

— Hé ! Barry. Laisse-moi passer en vitesse, d'accord ? Je suis à la bourre pour mon grand retour, dis-je, alors que je franchissais le détecteur de métal, causant un « bip ».

Le bruit était probablement le même pour tout le monde, mais il me parut assourdissant. Je regardai en direction du gros garde. Il n'avait pas bougé. Il avait toujours les yeux fixés sur moi. Edgar, en revanche, était occupé par la fouille d'un autre visiteur.

— Eddie ! s'exclama Barry. (Il se leva de son poste devant l'écran du scanner et fit le tour de la machine en traînant les pieds.) Faut que je te voie une seconde.

Je pressai le pas, mais le jeune blond écarta les bras pour me barrer la route. Il se tint ainsi, tel un crucifié, et je mis une seconde à comprendre qu'il voulait que j'adopte la même position – pour pouvoir me fouiller. Je n'obtempérai pas.

Le gros commença à avancer vers nous. Avais-je été découvert ?

J'envisageai de prendre la tangente. De pousser tous ceux qui me feraient obstacle et de rebrousser chemin sans demander mon reste. Derrière moi, un géant barbu bloquait la sortie, masquant presque toute la lumière du jour. Impossible de passer par là. Je refoulai mon envie de fuir, et mes jambes se mirent à trembler.

— Eh ! mon gars, d'habitude, on m'invite à dîner avant de me peloter, dis-je.

— Levez les mains, monsieur. Je dois procéder à une fouille rapide.

— Écoute, gamin, je suis pressé. On ne se connaît pas, mais crois-moi, j'ai pratiquement vécu ici pendant dix ans. Je suis avocat. Demande à Barry, ajoutai-je en essayant de me rapprocher de lui.

Sa paume ouverte flotta quelques centimètres au-dessus de la crosse de son Beretta ; il fit jouer ses doigts comme un mauvais acteur dans un vieux western.

Je m'arrêtai net.

— Quoi ? Tu me provoques en duel, cow-boy ?

Derrière moi, je sentais les gens qui nous évitaient. Tout serait terminé dans une fraction de seconde, à cause d'un gros plein de soupe et d'un gamin stupide qui voulait juste faire son boulot.

— Hank, laisse passer Eddie, lança Barry, venu à la rescousse.

Hank baissa les bras, leva les yeux au ciel et s'écarta. Le gros s'immobilisa et joignit les mains sur son ventre.

Barry agita un doigt vers moi en riant.

— À cause de ce fichu saint Christophe, tu finiras par l'avoir, ta fouille au corps, dit-il.

Comment ai-je pu l'oublier? pensai-je. Ouvrant un bouton de plus à ma chemise, je sortis une chaîne en argent. Avec un rire nerveux, je fis osciller la médaille en or blanc vers Barry.

Tout me revint.

À mes débuts d'avocat dans ce tribunal, j'avais déclenché l'alarme tous les jours. Barry, Edgar et d'autres m'avaient fouillé sans rien trouver; chaque fois que je repassais au scanner: « bip ». J'avais ce truc autour du cou depuis l'adolescence. Je ne l'enlevais jamais; c'était comme un membre supplémentaire. Je n'y pensais pas. On m'avait d'abord demandé si j'avais une plaque en acier dans la jambe. Chaque jour, une queue se formait derrière moi pendant que les types de la sécurité y perdaient leur latin, m'obligeant à me déshabiller presque entièrement. C'était Barry qui, un mercredi matin pluvieux, avait finalement trouvé la chaîne. Il en avait informé tous ses collègues. En y repensant, je ne me rappelai pas avoir été fouillé une seule fois après ça. Si je faisais « bip », je continuais sur ma lancée, et si un garde faisait mine de s'intéresser à moi, je lui agitais mon médaillon sous le nez. Même après le 11-septembre, on m'avait fichu la paix. J'étais devenu un visage connu; j'étais là tous les jours, aussi intouchable qu'un juge. J'avais représenté quelques gardes. À leurs yeux, j'avais commencé à faire partie des meubles, ils me considéraient comme un ami. Qui aurait fouillé un ami? Allez savoir pourquoi – l'adrénaline, la gravité de ma situation, l'alcool ou le coup sur la tête du géant russe? –, j'avais complètement oublié ma médaille avant que Barry la mentionne.

— Tu ne sais pas qui c'est ? lança Barry à son collègue. C'est M. Eddie Flynn, le meilleur avocat de New York. C'est vrai que tu n'es pas là depuis longtemps. Tu prends soin de lui et il prendra soin de toi. S'il a besoin de quoi que ce soit, tu m'appelles.

À contrecœur, Hank hocha la tête et se tourna vers la personne derrière moi pour l'inviter à franchir le portique. Barry devait probablement lui casser les couilles en permanence.

Je regardai le gros garde se retourner et s'éloigner.

C'était passé à deux doigts, deux tout petits doigts.

— Barry, je dois y aller. Je suis vraiment à la bourre pour le procès de la mafia qui commence ce matin ; je ne sais même pas dans quelle cour on m'attend.

— J'ignorais que tu représentais cette ordure. Tu as de la chance, en tout cas : c'est la juge Pike qui siège pour cette affaire et elle n'a pas fini son petit déjeuner. Edgar et moi, on va la chercher dans un quart d'heure. Désolé pour le bleu. Il est trop bête pour apprendre – et ce n'est pas faute d'avoir essayé. Viens par là, j'en ai pour une seconde.

Je regardai autour de moi mais ne repérai aucun des sbires de Volchek dans la queue. Cela dit, il avait très bien pu envoyer quelqu'un que je ne connaissais pas. Mon pouls bourdonnait dans mes oreilles. J'ignorais ce que voulait Barry. *Et s'il avait eu vent de quelque chose par Jack ? Et si les Russes me surprenaient en train de dire des messes basses avec Barry ?*

Je devais lui parler. Il devinerait immédiatement qu'il se tramait quelque chose de pas net si je refusais.

— D'accord, dis-je en tournant la tête dans toutes les directions, alors que nous nous isolions dans un coin du hall.

Barry me fit signe d'approcher.

— Ça concerne Terry. Et son problème de TMS.

Je remerciai Dieu en silence. Barry voulait une consultation gratuite pour son pote. J'aimais bien Barry. À quelques années de la retraite, cet ex-flic à la soixantaine passée n'aspirait qu'à une fin de carrière tranquille derrière sa machine à rayons X, avec des journées qui se terminaient au bar.

— Terry a engagé Hollinger et Dunne, et ils lui coûtent une fortune. Je lui avais dit de te consulter dès le début, mais il a insisté pour prendre l'avocat du syndicat. Je n'ai pas réussi à le convaincre. Il a déjà dû lâcher dans les soixante mille dollars et il n'a vu qu'un seul médecin. Tu veux bien jeter un œil à son dossier ?

Une bête affaire de troubles musculo-squelettiques ? J'aurais volontiers embrassé Terry sur la bouche avant de l'inviter à dîner au *Ritz* pour couper aux contrôles de sécurité.

— Dis-lui que je le représenterai gratuitement.

Barry sourit.

— Je vais l'appeler, tout de suite même. Il est au onzième étage.

— Écoute, Barry, je suis vraiment à la bourre.

— Pas de problème. Et merci. Quand il apprendra la nouvelle, il n'en croira pas ses oreilles.

Je parvins à me débarrasser de Barry plus vite que je ne l'avais espéré, et il reprit son poste derrière le scanner.

J'étais dans la place.

Me retournant, je m'adossai contre le marbre frais et sentis la bombe contre ma colonne vertébrale. J'observai un instant la foule qui entrait dans le palais.

Ma montre indiquait 9 h 30. Il nous restait peut-être une demi-heure avant le début du procès.

Arturas franchit le portique et récupéra une grosse valise Samsonite sur le tapis roulant après qu'elle fut passée au scanner. Il la posa sur le sol et me rejoignit en la traînant derrière lui.

— Bien joué, dit-il.

Je ne répondis rien. Il tendit le bras derrière moi et appela l'ascenseur.

Les portes s'ouvrirent et j'appuyai sur le bouton du treizième étage où se trouvait la seizième cour. Arturas appuya sur le bouton du dernier étage, le dix-huitième.

— On nous attend à la seizième cour, au treizième, protestai-je.

— On a réservé une salle en haut. Vous devez vous changer pour l'audience.

Les portes se refermèrent et j'entendis le contrepoids descendre, alors que nous entamions notre lente ascension.

5

Dans l'ascenseur qui m'amenait au dix-huitième étage, je ne pus m'empêcher de songer à l'influence qu'avait exercée ce tribunal sur ma vie. Le palais de justice de Chambers Street m'avait fait et m'avait brisé. Les vétérans des instances inférieures l'avaient surnommé « l'hôtel Dracula » sans que personne sache vraiment pourquoi. Certains pensaient que cela venait de la ressemblance avec Bela Lugosi d'un juge longtemps resté en poste. Pour moi, ce bâtiment avait réellement fait office d'hôtel pendant les six derniers mois d'existence de mon cabinet. Avec Jack Halloran, nous avions désespérément essayé de lutter contre la récession en capitalisant sur la forte hausse de la criminalité dans la ville – une mine d'or pour deux pénalistes motivés. Les cours d'assises étaient devenues notre terrain de chasse. Nous défendions nos affaires pendant la journée, puis restions traîner autour du tribunal de nuit pour faire notre marché parmi les nouvelles arrestations. La plupart des accusés n'avaient pas d'avocat quand ils comparaissaient, parce que la majorité des cabinets était fermée à cette heure-là ; seuls un petit nombre de pénalistes compétents maintenaient une permanence.

Nous assurions ensemble de 9 heures à 17 heures, puis nous nous répartissions les périodes de travail. Le lundi, je suivais la session de 17 h 30 à 1 heure de la première cour ; puis Jack prenait le relais pour le reste de la nuit. On échangeait le lendemain, et ainsi de suite. Quand je bouclais une affaire vers, disons, 3 heures du matin, parfois 5, il était trop tard pour rentrer à la maison.

Je m'endormais dans une salle de réunion ou, si un confrère l'occupait déjà avec un client ou pour faire un somme lui aussi, certains greffiers m'ouvraient le bureau d'un de leurs collègues. Ou alors j'allais prendre un verre avec le juge Harry, avant de m'écrouler sur son canapé. L'hôtel Dracula était gratuit : c'était sa seule qualité.

Le vieux tribunal aurait droit à un bilan de santé dans les six prochains mois. Un rapport de l'administration municipale avait estimé excessives les dépenses engagées par la mairie pour remettre à neuf l'extérieur. Dans la plupart des étages supérieurs s'entassaient des dossiers poussiéreux et du mobilier qui ne valait plus rien. Une bonne partie du personnel avait d'ores et déjà déménagé dans les nouveaux locaux de l'autre côté de la rue, ce qui avait porté un coup supplémentaire à la campagne visant à sauver ce lieu.

La porte de l'ascenseur s'ouvrit au dix-huitième : un plateau entier de bureaux vides. Il m'était arrivé d'y monter au petit matin pour dormir avant ma prochaine audience. J'avais perdu le compte des nuits passées au tribunal. Les installations du bâtiment n'étaient pas à la hauteur de sa mission ; le plus gros problème était le manque de salles de réunion. J'avais utilisé certains des bureaux abandonnés pour mes consultations. Mais à part un avocat venu parler à un client ou faire une microsieste à l'occasion, personne ne montait jusqu'ici.

Une odeur de moisi semblait s'infiltrer à travers les murs. Le ménage n'avait pas été fait depuis un moment. À droite en sortant de l'ascenseur, nous longeâmes un large corridor avant de nous arrêter devant la première porte sur notre droite. Arturas prit un trousseau de clés dans la poche de son manteau et en glissa une dans la serrure qui paraissait flambant neuve. Il avait prévu de m'amener ici. Il entra, traînant la valise derrière lui. Puis il referma la porte et donna un tour de clé. La pièce servait de vaste antichambre à l'ancien cabinet d'un juge. Elle contenait un bureau taché, trois canapés en cuir vert clouté et un antique photocopieur.

Une reproduction jaunie de *La Joconde* était accrochée dans un cadre au-dessus du bureau.

Une porte intérieure menait au cabinet lui-même. Je l'ouvris et aperçus, droit devant moi, une haute fenêtre à guillotine. Sur la gauche, une bibliothèque occupait la longueur de la pièce, chargée de recueils de jurisprudence et de livres de droit depuis longtemps périmés. Juste à côté, un petit bureau et son fauteuil. Sur l'autre mur, deux tableaux de piètre facture, des scènes de la campagne aride en Irlande, tentaient d'égayer le papier peint à fleurs qui se décollait par endroits. Sous ces croûtes se trouvait un canapé. La pièce sentait les vieux journaux et une épaisse couche de poussière recouvrait tout.

Je retournai dans l'antichambre ; Arturas tirait une housse à vêtements de la Samsonite. Après l'avoir ouverte, il me tendit un pantalon noir impeccablement plié ; il plaça la veste du costume sur une chaise. Puis il sortit de la valise une chemise blanche encore emballée et une cravate rouge neuve.

À part mon pardessus, je portais un chino léger et un blazer bleu marine sur une chemise bleue.

— Enlevez votre manteau, m'ordonna-t-il.

J'obéis ; la veste légère qui renfermait la bombe glissa hors de mon manteau. Alors qu'elle tombait par terre, entraînée par le poids de son contenu mortel, je plongeai dans le cabinet du juge en me couvrant la tête.

Rien.

Puis des rires.

Me sentant ridicule, je me relevai et retournai dans l'antichambre. La veste froissée gisait sur le sol ; Arturas souriait.

— Ne vous inquiétez pas. Ça ne craint pas les chocs. Il vous manque ça pour que ça fasse « boum », ajouta-t-il en sortant un petit objet noir de la poche de son manteau brun.

Ça ressemblait à la télécommande de fermeture centralisée d'une voiture : un ovale en plastique de la taille d'une boîte d'allumettes, avec deux boutons – un vert, un rouge.

— Un bouton pour l'armer, un autre pour la faire exploser. La bombe n'est pas très grosse. Son champ d'action ne dépasse pas un mètre cinquante, précisa Arturas.

Je ramassai la veste et la posai à plat sur le bureau de l'antichambre.

Quelqu'un frappa. Arturas ouvrit au grand blond que j'avais rencontré dans la limousine – Volchek l'avait appelé Victor. Le Russe referma derrière lui et fixa ses yeux sur moi.

Arturas retourna vers le bureau et la veste ; il tira sur le scratch en velcro et dégagea l'engin que j'avais senti à travers le tissu : deux blocs de mastic dur, rectangulaires et fins, avec ce qui ressemblait à un circuit imprimé sur le dessus. Des fils partaient du circuit vers ce qui faisait penser aux entrailles d'un vieux pager ou quelque chose d'approchant. D'autres fils reliaient cette partie au plastic blanc cassé. Le tout faisait à peu près la taille d'un bloc-notes de poche. Ce n'était pas très épais et, malgré les dégâts que cela pouvait causer, ça ne pesait pas bien lourd. Arturas plaça la veste de costume sur le bureau et passa les mains le long de la doublure. Il avait su que j'aurais besoin de me changer pour l'audience et le costume qu'il m'avait apporté semblait avoir été conçu pour dissimuler l'engin explosif dans une poche secrète. Il referma le scratch après avoir installé la bombe, puis souleva la veste. Elle paraissait parfaitement normale – impossible de deviner que quelque chose était caché dans le dos.

— Changez-vous, dit Arturas.

Attrapant le pantalon, la chemise, la cravate et mon manteau, j'entrai dans le cabinet.

— Permettez ? demandai-je.

Il hocha la tête.

Le pantalon m'allait très bien. Le col de la chemise blanche était beaucoup trop large, mais la bleue que je portais ferait l'affaire. Je laissai le reste de mes vêtements et la cravate, et revins dans l'antichambre pour essayer la veste. Arturas la tint ouverte devant moi, tel un vendeur de prêt-à-porter. Me retournant, je tendis les bras ; il les passa dans les manches et enfila la veste sur mes épaules. Elle me parut un peu ample, comme la chemise. Arturas marcha autour de moi, me regardant sous toutes les coutures, lissant le tissu, s'assurant que tout avait l'air normal.

— Ça ira. La chemise blanche était trop grande ? demanda-t-il.

— Oui. Surtout au niveau du cou.

Il hocha la tête.

Sans un mot de plus, je retournai dans le cabinet et relevai le col pour nouer ma cravate. Je surveillais les Russes du coin de l'œil. Arturas fermait la valise, qui semblait encore bien remplie. Victor regardait Arturas. Je pris subrepticement dans mon manteau le portefeuille que j'avais volé au géant russe dans la limousine. Si la veste avait été plus petite d'une ou deux tailles, j'aurais eu du mal à le cacher dans la poche intérieure de mon nouveau costume – mais le fait qu'elle soit un peu large jouait en ma faveur, personne ne le remarquerait. Je ne pouvais pas courir le risque de jeter un œil maintenant au contenu du portefeuille, cela devrait attendre. Même s'il ne révélerait probablement rien, j'étais diablement content de l'avoir. J'avais été capable de le barboter sans me faire voir : apparemment, je n'avais pas perdu la main. Ouvrant et fermant les poings, roulant des épaules, je tâchai de me calmer et de faire le point sur la situation.

Je trouvai un miroir sale dans un coin de la bibliothèque. J'essuyai la couche de poussière et m'assurai que ma cravate était droite.

Il n'y avait pas à dire : chaque fois que j'enfilais un costume et que je me regardais dans une glace, je ne voyais pas un avocat mais un arnaqueur.

Un homme comme mon père.

Tirer discrètement un portefeuille n'est pas une mince affaire. Maîtriser la pince ou la fourche exige du temps, des mains rapides et agiles, des nerfs solides ; en cas de problème, il faut savoir fuir ou jouer des poings, c'est selon. J'ai appris auprès d'un des meilleurs pickpockets, un véritable artiste – mon père, Pat Flynn. La plupart de ces hommes de l'art n'aiment pas le mot « pickpocket » ; ils préfèrent le terme « tireur ». Je garde un souvenir durable de mon père, assis dans son fauteuil devant la télévision ; il respire lentement, il semble presque mort ou endormi, et pendant tout ce temps-là, il fait passer une pièce de vingt-cinq cents entre les articulations de ses doigts, on dirait des gouttes de mercure glissant sur une fourchette.

Pour un homme de sa corpulence, il avait des mains petites et délicates ; chaque doigt bougeait avec la fluidité et la rapidité d'un danseur. Malgré la désapprobation de ma mère, il avait monté un réseau de paris illégaux qu'il gérait depuis l'arrière-salle de *McGonagall's*, à Brooklyn. Après une carrière d'escroc et de contrebandier à Dublin, il avait mis suffisamment d'argent de côté pour se payer son billet pour l'Amérique. À sa descente de bateau, il s'était rendu directement dans le *diner* le plus proche et avait commandé son premier hamburger. Comme il n'avait pas laissé de pourboire à la jeune fille de dix-neuf ans qui l'avait servi, elle l'avait pourchassé sur quatre pâtés de maisons avant de le rattraper. Il avait généreusement réparé son oubli et joué du charme que Dieu lui avait donné ; ils avaient commencé à sortir ensemble. La serveuse était une Italienne de la deuxième génération appelée Isabella. Mes parents, Pat et Isabella, s'étaient mariés en secret un an plus tard.

Après l'école, j'allais boire un soda au bar tout en observant mon père mener son équipe. Au plus fort de sa petite affaire, une quarantaine de courtiers prenaient des paris pour lui sur les courses de chiens et de chevaux, les rencontres de boxe et les matchs de football. Quand il en avait terminé avec eux, nous faisions une partie de billard. Puis il me soulevait et m'asseyait sur un tabouret de bar, posait son registre rouge tout usé à côté de lui et me montrait comment empalmer une carte, une pièce de dix cents, un dollar en argent, une montre ; comment dérober un portefeuille en regardant sa cible droit dans les yeux ; comment plier un billet de dix dollars pour le faire ressembler à une coupure de cent ; comment faire signe à un complice pour qu'il attire l'attention d'un client au moment de passer à l'action ; comment cacher de l'argent dans ses vêtements, là où personne ne pourra le trouver ; et tant, tant d'autres choses. Je me rappelle encore le goût du Dr Peppers, l'odeur d'agrumes de son après-rasage, l'aspect lisse du bar en bois de rose brillant et, en dessous, les jolies mains de mon père et leur magie.

Il avait d'abord refusé de m'apprendre. Mais à l'époque, même du haut de mes neuf ans, je me montrais déjà persuasif, et j'avais fini par le convaincre. Il avait accepté – à deux conditions. La première : ces leçons resteraient un secret ; maman ne devait jamais le découvrir. La deuxième : comme il ne pourrait pas m'empêcher d'affiner mes nouvelles techniques dans la rue, il entendait me donner les moyens de me défendre en cas de problème. Après une heure de classe au bar, il m'emmenait à la salle de sport et me regardait faire mes premiers pas de boxeur. Maman n'était au courant de rien. Elle travaillait tard, comme serveuse dans un restaurant à dix blocs de chez nous. C'était notre secret, à mon père et moi. Quand elle rentrait, il avait toujours préparé quelque chose de chaud pour elle. Puis elle se pelotonnait sur le canapé avec un roman sentimental, le plus nul possible, et lisait jusqu'à tomber de sommeil. À quatorze ans, j'avais battu tous les boxeurs corrects du quartier, y compris des jeunes de deux ou trois ans de plus que moi. J'étais rapide, je cognais dur et je n'allais pas facilement au tapis. Mon père voulait que je m'améliore ; après notre session au bar, nous prenions donc la ligne E en direction de Lexington Avenue pour que je puisse me mesurer à la crème des boxeurs de Hell's Kitchen, chez Micky Hooley qui tenait une salle dans 54th Street. C'est là que j'ai rencontré la plupart des types qui ont fini par travailler pour moi. L'un d'eux en particulier, Jimmy Fellini, un petit gars trapu avec un crochet du droit magistral, est rapidement devenu mon meilleur ami. Jimmy était promis à une belle carrière dans la catégorie des amateurs ; je n'avais manqué aucun de ses combats. Nous étions comme des frères à l'époque. Mais Jimmy n'était jamais passé pro.

À cause de ses obligations familiales.

Deux ans après que j'avais rejoint la salle de Mickey, mon père est tombé malade. Nous n'étions pas pauvres, et il avait toujours payé l'assurance santé pour toute la famille, jamais en retard, tous les mois, toute sa vie. La forme rare de cancer qui nous l'a pris n'était pas couverte par sa police. Il a engagé un avocat, le moins cher qu'il pouvait trouver. La compagnie d'assurances a fait appel aux services d'un des plus gros cabinets de la ville. L'affaire est passée devant le tribunal et j'ai vu notre avocat se faire crucifier. Ce n'était pas sa faute : il n'était vraiment pas de taille. Nous avons perdu, et même avec l'argent des amis et de la famille de Jimmy, nous n'avons pas eu assez pour payer les frais d'hôpital. Sans traitement adapté, mon père est mort dans les six mois.

Je n'étais pas présent à la fin. J'avais tenu sa main frêle et squelettique dans la mienne pendant onze heures dans sa chambre, quand je me suis levé pour aller chercher un soda au distributeur automatique. À mon retour, ma mère m'attendait devant la porte. J'ai tout de suite su que c'était fini. Elle n'a rien dit et m'a simplement donné sa médaille de saint Christophe en pleurant. Après ça, nous sommes restés seuls, maman et moi ; elle m'a élevé en faisant de son mieux. Elle m'a même permis de continuer à boxer tant que j'aurais de bonnes notes. J'ai rempli ma part du marché et obtenu mon bac avec mention. Le soir, je me suis toujours débrouillé pour que des macaronis au fromage ou deux œufs l'attendent à son retour du travail. La plupart du temps, elle ne mangeait pas, mais elle ne manquait jamais de me remercier. J'étais nul, comme cuisinier, et elle le savait, mais elle m'était reconnaissante d'avoir repris le rôle de l'homme dans la maison et d'entretenir ainsi le souvenir de papa. Elle a cessé de lire des romans sentimentaux pour regarder un peu la télévision avec moi avant d'aller se coucher.

Après mes études, j'ai commencé à boxer sur le circuit des combats clandestins pendant un an, tout en me faisant de petits à-côtés avec quelques escroqueries. Avant la fin de l'année, j'avais assez d'argent pour monter ma propre affaire. À dix-huit ans, j'étais prêt : j'avais imaginé l'arnaque parfaite, le moyen infaillible de voler jusqu'au dernier cent les gens qui avaient tué mon père – les compagnies d'assurances et les riches avocats qui les protégeaient.

Avec le recul, je me rends compte qu'ils n'avaient pas la moindre chance.

—Hé! l'avocat! dit Arturas depuis l'antichambre. C'est l'heure. Il faut y aller. Le procès va démarrer.

6

Laissant mon manteau et mon pantalon dans le cabinet du juge, je rejoignis les Russes à la porte dans mon nouveau costume. Arturas tirait la valise derrière lui.

— Qu'est-ce qu'il y a là-dedans ? demandai-je.

— Le dossier de Volchek – tous les papiers que Jack a préparés pour l'audience.

— La liste des témoins ?

— Oui ; Benny passe en dernier.

Je m'en serais douté. L'accusation gardait toujours son meilleur témoin pour la fin.

L'ascenseur nous déposa au treizième, où se trouvait la seizième cour. Les murs en pierre blanche du hall étaient ornés de quatre plaques immenses portant les noms des avocats et des juges tombés au combat pendant la Seconde Guerre mondiale. Toilettes et distributeurs automatiques étaient planqués dans les coins. À gauche, un long escalier en marbre montait à l'étage du dessus.

Devant nous se dressaient des portes en chêne à doubles battants, donnant sur la salle d'audience bondée.

La seizième cour était la plus majestueuse du bâtiment. Sur la gauche, quatre grandes fenêtres voûtées révélaient des toits familiers. Le sol en marbre semblait boire à petites gorgées le pâle soleil matinal. Des bancs en pin récemment installés constituaient la tribune réservée au public. Deux juges avaient menacé de démissionner si les anciens fauteuils de théâtre, infestés de puces avec les années – sans doute à cause du type de clientèle qu'attirait le tribunal –, n'étaient pas remplacés. Quand l'infestation avait touché les magistrats, c'était soudain devenu une priorité.

Vingt-cinq rangées de bancs étaient donc disposées de part et d'autre de l'allée centrale. Une balustrade séparait la tribune du public des tables de l'accusation sur la gauche, et de la défense, sur la droite. Toutes deux faisaient face au juge. La table de l'accusation était vide. Derrière la table de la défense, quelques sièges avaient été réservés pour Volchek et son entourage. J'entendis qu'on chuchotait mon nom alors que j'avançais dans la salle d'audience. Au fond du tribunal trônaient le bureau en acajou du juge et son fauteuil en cuir. À un peu moins de cinq mètres de la table de l'accusation se dressait la barre des témoins. Trois marches menaient à une demi-porte donnant accès au box en chêne où une chaise en acier à dossier droit et à l'assise rembourrée mais usée attendait les témoins. De l'autre côté, à trois mètres à droite de la table de la défense, se trouvait le box du jury et ses douze chaises vides. Les jurés faisaient face à la fois aux témoins et aux fenêtres derrière. Une pensée me traversa l'esprit alors que je prenais place.

— Est-ce que la sélection du jury est terminée ? demandai-je à Arturas.

— Oui, mais…

Avant qu'il puisse me répondre, Miriam O'Sullivan, procureure suppléante du comté de New York, fit son entrée dans la seizième cour, flanquée par un entourage de procureurs adjoints et d'auxiliaires juridiques ; trois types en costume sombre fermaient la marche. À l'apparence et à la façon de bouger des traînards, je reconnus des agents du FBI.

J'avais suivi l'affaire dans les journaux comme n'importe quel New-Yorkais. Deux ans plus tôt, un homme d'une quarantaine d'années, ayant des liens avec une famille italienne du crime organisé, avait été retrouvé mort, abattu dans son appartement. Un individu non identifié avait été arrêté sur les lieux du meurtre – *alias* Little Benny, comme on me l'avait appris. Benny s'était fait prendre en flagrant délit avec l'arme du crime et le corps de la victime. Le FBI devait surveiller Volchek depuis des années ; les fédéraux avaient sauté sur l'occasion pour proposer un marché à Benny. Ils étaient prêts à se montrer cléments avec l'homme qui avait appuyé sur la détente en échange de la tête de son patron. Après l'arrestation de Volchek, le *Times* avait révélé que le juge avait fixé sa caution à cinq millions de dollars. Volchek avait payé dans la demi-heure, en liquide.

Aucune frontière entre États n'avait été franchie dans ce meurtre et, pour autant que je sache, il n'était pas lié au trafic de drogue. Le NYPD et le bureau du procureur avaient donc refusé de lâcher l'affaire, et les fédéraux s'étaient chargés de la protection du témoin, histoire de garder un œil sur les débats. Un élément curieux m'avait frappé quand j'en avais pris connaissance la première fois dans la presse. Un seul chef d'accusation avait été retenu contre Volchek : meurtre. Aucune inculpation pour trafic de drogue, racket ou les autres chefs d'accusation habituels dans un procès lié au crime organisé. Il n'était poursuivi que pour homicide avec préméditation.

L'équipe de la procureure souleva avec effort des cartons remplis de paperasse sur sa table, saisit quelques chaises supplémentaires et entreprit de construire une forteresse de papier. Une tactique psychologique destinée au jury – « regardez toutes les preuves que nous détenons contre ce type. » L'État disposait d'une armée de juristes talentueux qui avaient eu des mois, et un budget illimité, pour préparer un dossier en béton.

Miriam semblait calme et professionnelle, l'image même de la plaideuse chevronnée. Dans son tailleur noir, elle n'était pas d'une beauté classique ; j'avais d'ailleurs entendu certaines personnes la décrire comme quelconque. Mais son attitude changeait dès qu'elle entrait dans une salle d'audience ; ses yeux prenaient une intensité presque hypnotique. Ça, plus ses jambes et une silhouette harmonieuse : visuellement, le jury en avait pour son argent. Non qu'elle eût besoin d'un avantage. Elle aurait pu ressembler à Danny DeVito que ça n'aurait pas fait la moindre différence. Miriam était une avocate redoutable – point. Elle s'était bâti une réputation dans des affaires de mœurs avant de représenter le ministère public pour des crimes sexuels. Durant les cinq années où elle avait poursuivi des délinquants sexuels, le taux de condamnation pour viol avait presque doublé. Puis elle était passée aux homicides et, pour l'instant, elle avait de bonnes chances de décrocher le job de procureure aux prochaines élections.

Arturas plaça la valise sur le sol, sous la table de la défense, avant d'aller s'asseoir au bout de la rangée, derrière moi. J'entendis des bruits de pas lourds et des murmures qui s'élevaient de la foule ; je n'eus pas besoin de vérifier pour savoir que Volchek faisait son entrée. J'ouvris la valise et regardai les sept dossiers qui s'y trouvaient – entre six et sept mille pages au total, probablement.

Le brouhaha gagna en volume. Je me retournai et vis Volchek descendre l'allée centrale, seul. Puis un homme de type hispano-américain se dressa au milieu de la foule. Il portait un bandana rouge et bleu, un tee-shirt blanc et un haut de survêtement. Des tatouages lui couvraient le cou, la mâchoire et une partie du visage. Ce n'était pas tant le fait qu'il se fût levé qui avait attiré mon attention que ses gestes : il battait des mains en cadence, lentement. Un Asiatique en costume noir se mit debout à son tour et se joignit à lui, bientôt imité par un troisième type, latino lui aussi, arborant également des tatouages noirs et élaborés sur ses bras nus et son cou.

Volchek adressa un signe de tête courtois à chacun des trois hommes en passant à leur hauteur, puis vint s'asseoir à côté de moi.

— Des amis à vous ? demandai-je.

— Non. Pas des amis. Mes ennemis. Ils sont là pour assister à ma chute.

Les lents applaudissements saccadés se turent.

— Et qui sont ces types, exactement ?

—Les Portoricains et les Mexicains travaillent pour les cartels sud-américains, ici à New York. L'autre est un yakuza. Ils tiennent à me montrer que si je vais en prison, ils reprendront mes affaires. Je leur réserve une surprise.

7

Jean Denver, une des rares femmes à exercer la profession de greffière à Chambers Street, émergea du cabinet du juge et m'adressa un clin d'œil. J'appréciais Jean ; mignonne et futée, elle aimait flirter. Elle poussait un lourd chariot à roulettes contenant quatre épais classeurs – les dossiers. La juge Pike était sur le point de faire son apparition. J'allais donc faire enfin connaissance avec le jury. Même l'avocat le plus chevronné du monde, le roi du contre-interrogatoire, a un gros problème s'il ne sait pas parler aux jurés. Et avant de leur adresser la parole, il faut les comprendre. La plupart sont là parce qu'on les y a forcés – les « volontaires » sont les pires.

Les muscles de mon cou se contractaient de minute en minute, comme si les fils de la bombe se glissaient dans mon dos pour m'étrangler.

Miriam s'approcha de ma table. Le regard perdu dans le vague, j'avais la tête qui tournait à cent kilomètres à l'heure. Avec un sourire chaleureux, elle agita un Post-it devant moi avant de le coller sur le bureau.

> « votre client est fichu. je vous garantis que j'aurai fait annuler sa liberté provisoire avant 17 heures. »

J'avais la bouche sèche. Cette note signait l'arrêt de mort d'Amy. Si Miriam avait raison et parvenait à convaincre la juge de revenir sur la mise en liberté sous caution de Volchek, Amy serait morte avant que les menottes aient eu le temps de chauffer autour des poignets du mafieux russe. Mes talons tapaient sur le sol en marbre ; jurant en silence, je m'efforçai de me calmer et de réfléchir.

D'ordinaire, Miriam n'en faisait pas une affaire personnelle. Comme la plupart des bons avocats, elle maintenait un certain détachement. Nous avions eu l'occasion de croiser le fer à plusieurs reprises dans le passé et en étions sortis à peu près à égalité. Lors de notre premier affrontement au tribunal, je l'avais sérieusement sous-estimée. Elle n'avait fait qu'une bouchée de moi. Mon client, surpris en train de vendre de la méthamphétamine devant une école, n'était pas parvenu à un accord satisfaisant en échange d'un plaider coupable. Nous étions donc allés au procès et cette ordure avait pris le maximum. Face au jury, Miriam avait exécuté une prestation parfaite. Calme, maîtresse d'elle, elle avait donné l'impression d'énoncer simplement les faits, sans jouer sur les émotions des jurés. Un mois plus tard, j'avais appris que le fils de Miriam fréquentait cet établissement et que mon client lui avait proposé de la drogue. Elle avait omis de m'en faire part et avait remporté la victoire haut la main. Bien que ce fût le bon verdict, un verdict qui n'avait pas fait un pli pour les jurés, la façon dont elle l'avait obtenu m'avait bluffé.

Sa note était censée déstabiliser la défense. J'en déduisis que Miriam était inquiète. Cette affaire sortait de l'ordinaire et pouvait avoir un impact fort sur la suite de sa carrière ; peut-être avait-elle une pression supplémentaire sur les épaules. Tout le monde s'attendait à ce qu'elle l'emporte. Si elle gagnait, avec les fédéraux tenant son témoin-vedette par la main, la nouvelle de sa victoire circulerait vite dans les cercles influents. Mais si elle perdait, elle pouvait dire au revoir à son boulot. Je tendis le Post-it à Volchek. Pour lui prouver que je n'échangeais pas d'informations avec la procureure à propos de la bombe ; et parce que j'avais besoin de lui faire peur pour l'obliger à envisager d'autres options. Si de tels ouvrages existaient, on lirait à la première page de la bible de l'arnaqueur exactement la même chose qu'en ouverture du manuel de l'avocat : « Donnez aux gens ce qu'ils veulent. »

— Elle attaque direct par votre liberté sous caution, dis-je.

Arturas se pencha par-dessus la balustrade. Je vis Volchek pâlir et se tourner vers lui.

— Tu n'avais pas prévu ça, lui reprocha-t-il.

— Elle ne peut pas commencer par ça. Vos confrères nous ont prévenus que la procureure essaierait, mais ils ne croyaient pas à ses chances de succès, répondit Arturas.

— Ils ont peut-être voulu faire preuve d'optimisme pour que vous leur confiiez votre affaire ?

Le visage d'Arturas se contracta. Il plissa les yeux.

— Elle est persuadée d'avoir un excellent premier témoin, quelqu'un qui peut changer la donne. Un bon procureur commence toujours un procès par un témoignage fort. Miriam Sullivan connaît son métier. Elle croit que son premier témoin lui permettra de vous passer les bracelets.

Volchek montra les dents et lança d'un ton hargneux :

— Tu m'avais dit que tu avais pensé à tout, Arturas. Tu as eu deux ans pour tout préparer. D'abord Jack, qui n'arrive pas à sortir de la limousine avec la bombe, alors ne parlons même pas d'entrer dans le tribunal… et maintenant, ça… (Il tendit le bras comme pour griffer le visage d'Arturas, mais se retint à temps.) C'est la dernière fois. Ne me déçois plus…

Il secoua la tête.

Arturas caressa sa joue. Quand il vit que je l'observais, il retira sa main. De près, je constatai que sa balafre n'avait pas encore complètement cicatrisé. Un liquide translucide suintait d'une section rouge, toute froncée, juste sous l'œil. Les gens comme Arturas ne se rendent pas aux urgences pour soigner ce genre de bobos ; celui qui avait recousu la plaie n'avait pas fait du très bon travail. Les médecins louches, défoncés sur ordonnance, ne sont pas connus pour leur respect des règles d'hygiène, ni d'ailleurs pour leur dextérité avec une aiguille. La cicatrice semblait chéloïdienne et infectée ; elle resterait probablement ainsi ; parfois, certains tissus endommagés ne guérissent jamais totalement.

Je commençai à m'interroger sur cette blessure. Peut-être s'agissait-il d'une punition infligée par Volchek pour un échec passé. Arturas concentra sa colère sur moi.

— Vous ne laisserez pas faire la procureure. La vie de votre fille en dépend. Je n'ai qu'un coup de fil à donner pour qu'on lui tranche sa petite gorge.

La rage fit disparaître toute anxiété de ma voix.

— Du calme. Ça n'arrivera pas. Elle aurait besoin de quelque chose d'incroyable pour obtenir l'annulation de la liberté sous caution de Volchek dès le premier jour. Dans tous les cas, je m'en occuperai.

J'entendis la porte du cabinet de la juge s'ouvrir. J'étais sur le point de plaider une affaire dont je ne savais rien. J'apprendrais la nature de la surprise que me réservait Miriam lors de son exposé des faits au jury. J'ajustai ma cravate, ma veste et sentis le poids de la bombe dans mon dos.

— Silence dans la salle ! Levez-vous pour Mme la juge Gabriella Pike ; affaire numéro 552192, l'État contre Olek Volchek sur un chef d'accusation de meurtre avec préméditation.

Sur ces paroles de l'huissier de la cour, une petite brune en robe sombre qui ne payait pas de mine entra en trottinant et s'assit avant la fin de l'annonce et bien avant que la plupart des gens aient décollé leurs fesses de leurs sièges. La juge Pike faisait tout en quatrième vitesse. Elle parlait vite, marchait vite et mangeait vite. Elle avait été une formidable avocate parce que, comme dans tout ce qu'elle faisait, elle était capable de réagir au quart de tour, ce qui lui permettait de mener des contre-interrogatoires dévastateurs. Elle pouvait changer de tactique à tout moment. Les bonnes personnes n'avaient pas tardé à remarquer ce talent hors du commun. Très ambitieuse, Gabriella était rapidement devenue la plus jeune juge de l'histoire de cet État. Et ayant elle-même exercé en tant qu'avocate, elle mettait son point d'honneur à pourrir la vie de ses anciens confrères.

— Veuillez vous asseoir ! cria l'huissier.

La foule s'installa.

La juge Pike me regarda.

— Monsieur Flynn, je croyais que votre associé plaidait cette affaire, remarqua-t-elle.

Elle parlait avec un accent de Brooklyn légèrement dilué, mais son débit de mitraillette le masquait bien.

Une douleur lancinante s'insinua dans ma tête.

— Je remplace mon ami pendant la durée de ce procès – à moins que Votre Honneur n'ait une objection ? dis-je, sans me faire trop d'illusions.

Je savais qu'elle ne s'y opposerait pas, et elle me le confirma. Changer d'avocat au dernier moment était chose courante. Dans les affaires criminelles, les clients renvoyaient sans arrêt leur avocat pour en engager un nouveau – jusqu'à cinq ou six fois par procès, en général parce qu'ils n'aimaient pas les conseils qu'on leur donnait ou la facture qu'on leur envoyait.

— Peut-on faire entrer les jurés ? demanda la juge Pike sans s'adresser à personne en particulier.

Un greffier s'éclipsa par une porte latérale pour aller les chercher.

Je priai pour que la chance soit avec moi, que j'aie des raisons d'espérer. La juge observerait le jury avec attention. Si le premier témoin de l'accusation était vraiment fort, cela pourrait lui donner suffisamment confiance pour qu'elle annule la liberté sous caution de Volchek. Mon mal de tête empira, je commençai à sentir la nausée monter. Pour l'instant, je ne pouvais que m'accommoder de ce qu'on m'offrait, en espérant que Jack ait fait les bons choix.

Les jurés entrèrent en file indienne et s'installèrent : six au premier rang et six à l'arrière, légèrement surélevés.

Si on m'avait demandé mon avis, je n'en aurais probablement gardé aucun.

Le premier juré était un homme, blanc, la quarantaine. Il portait une chemise en tissu écossais et des lunettes. Il semblait attentif, d'une intelligence moyenne – sans doute le pire des choix. Le reste du jury n'était pas composé de pairs de Volchek : cinq petites Noires proches de la soixantaine, vêtues de robes à fleurs, des femmes solides qui ne manquaient pas de charme mais n'auraient guère d'indulgence pour la mafia russe. Ensuite quatre autres femmes, entre trente et quarante ans : deux Blanches, une Hispano-Américaine et une Chinoise. Je repérai un Noir en chemise blanche et nœud papillon rouge. Pour un avocat de la défense, c'est signe de danger : personne ne s'accroche à ses opinions avec autant de véhémence qu'un type en nœud papillon. Le dernier juré était hispano-américain ; sa chemise était repassée avec soin, avec des plis bien marqués le long des manches. Il semblait n'avoir rien à se reprocher, présentait plutôt bien et quelque chose en lui indiquait une intelligence tranquille. Pas un bon choix non plus, mais probablement le meilleur du lot. Au moins quelqu'un qui écouterait. C'est vital d'avoir un membre du jury prêt à écouter. Son visage devient le baromètre de votre réussite : tant qu'il réfléchit, sourit et hoche la tête à certains de vos arguments, vous gardez une chance. Les autres se laisseront peut-être influencer par lui.

— Madame Sullivan, votre déclaration liminaire, je vous prie, dit la juge.

Un silence plein d'attente tomba sur la salle. Arturas sortit de la valise un bloc-notes et un crayon qu'il me tendit. Il avait pensé à tout. J'ouvris le bloc, mais repoussai le crayon au profit de mon stylo « papa ». J'étais prêt.

En général, ma première note concernait l'intitulé de l'affaire et les noms du juge et du procureur. Quand je baissai les yeux sur ma page, je constatai que je n'avais écrit qu'une chose – « Amy ». Il y a encore un an de ça, chaque semaine, j'avais hâte d'être à dimanche. C'était notre jour. Quel que fût mon procès en cours ou ma surcharge de travail, je préparais des pancakes pour le petit déjeuner et j'emmenais Amy à Prospect Park l'après-midi. C'était *notre* moment. Elle avait appris à faire du vélo sur le sentier qui allait au pont de Nethermead Arches et elle masquait mal son impatience d'annoncer la bonne nouvelle à Christine. Elle s'était endormie sur mes épaules en rentrant du zoo et avait bavé sur ma chemise ; nous avions aussi mangé une glace au bord du lac en regardant les oies voler au-dessus du hangar à bateaux ; nous avions parlé de ses meilleures amies et des enfants qui lui menaient la vie dure parce qu'elle était un peu différente. Amy ne s'intéressait pas aux boys bands ou aux rappeurs à la mode, et ne restait pas plantée devant la télévision. Elle aimait lire et écouter des groupes de rock classique, comme les Who, les Stones et les Beatles. Quand il pleuvait, nous achetions un tombereau de pop-corn et allions voir un vieux film. J'avais toujours attendu le dimanche avec impatience. Mais ce n'était plus notre jour ; depuis notre séparation, Christine avait souhaité qu'Amy ne soit pas agitée avant de retourner à l'école le lundi ; nous avions donc changé pour le samedi. En fin d'après-midi, je la ramenais chez sa maman, je l'embrassais et je rentrais dans mon appartement vide.

Dans la salle d'audience, tout le monde attendait que la procureure prenne la parole.

Miriam posa les coudes sur la table, puis croisa les mains délicatement sous son menton. Je l'avais déjà vue faire. Tous les yeux étaient sur elle, attirés par ce visage qui inspirait la confiance. Se levant de son siège, elle s'approcha et commença à dévisager chaque juré avec assurance, soutenant son regard. C'était sa façon d'établir un lien avec eux – et ça marchait. À ce moment-là, si elle avait affirmé que Volchek était coupable, ils l'auraient condamné sans hésiter.

— Mesdames et messieurs du jury, mon nom est Miriam Sullivan. Je suis chargée de poursuivre M. Volchek pour meurtre. Dans un moment, je vous donnerai un aperçu des preuves dont nous disposons. Je vous montrerai la carte qui vous mènera à la vérité. Elle vous indiquera l'itinéraire que nous emprunterons avant que vous déclariez M. Volchek coupable. Vous avez tous suivi la couverture de ce procès à la télévision ; M. Volchek est considéré par beaucoup comme le chef de la mafia russe. Notre principal témoin vous parlera de la vie à l'intérieur de la Bratva – le nom russe de ces organisations criminelles. En fait, vous constaterez que nous avons accumulé une montagne de preuves contre l'accusé.

Comme on pouvait s'y attendre, elle désigna d'une main manucurée la table de son équipe afin d'illustrer son propos. Ils avaient sans doute apporté tous les documents en deux ou trois exemplaires ; et peu d'entre eux probablement attestaient que Volchek était un assassin. Mais c'était l'impression qui comptait.

Elle poursuivit :

— C'est ce que vous aurez à peser : les preuves. Pas la couverture médiatique. À présent, je vais vous en dire un peu plus sur notre affaire, ainsi que sur le témoin expert qui affirmera que M. Volchek a donné l'ordre d'exécuter Mario Geraldo.

Je n'avais pas la moindre idée de qui elle parlait, mais mon instinct me soufflait qu'elle le ferait passer en premier pour tenter d'annuler la liberté sous caution de Volchek.

— Le plus important, pourtant, ce n'est pas notre expert, mais l'homme qui a appuyé sur la détente. Il vous dira que son patron, le chef de la mafia russe Olek Volchek, lui a donné l'ordre de tuer M. Geraldo. Cet homme, celui qui a tiré sur M. Geraldo, est sous la protection du FBI. Son ancienne et sa nouvelle identité seront tenues secrètes pendant les débats, car, en tant que membre repenti de la Bratva, sa vie est menacée. Au cours de ce procès, nous l'appellerons donc « Témoin X ».

Miriam marqua une pause pour l'effet, me laissant le temps de parcourir les notes que je venais de prendre. Je relus la phrase « Sa vie est menacée » et la soulignai. Deux fois.

8

Miriam expliqua pendant une heure aux jurés qu'ils devaient acquérir la conviction de la culpabilité de Volchek au-delà d'un doute raisonnable. Ils hochèrent la tête pendant cette partie de la déclaration liminaire, et elle continua en détaillant les preuves qu'elle apporterait.

— Mesdames et messieurs, vous entendrez d'abord le docteur Irving Goldstein, un expert médico-légal de l'analyse de documents. Son travail consiste à examiner des échantillons d'écriture pour déterminer qui en est l'auteur. Il s'est familiarisé avec la graphie de l'accusé à partir de documents administratifs que nous nous sommes procurés. Nous lui soumettrons un échantillon d'écriture pour qu'il nous confirme, avec une exactitude scientifique, que l'accusé en est l'auteur.

Les talons hauts des élégantes chaussures de Miriam claquèrent jusqu'à la table de l'accusation, où elle saisit quelque chose qui ressemblait à une sorte de billet de banque dans une pochette transparente scellée.

— Voici la pièce à conviction numéro 12. Un vieux billet de un rouble, déchiré en deux. L'une des moitiés est vierge ; l'autre porte le nom de Mario Geraldo, la victime, écrit au marqueur. Le Témoin X vous expliquera que son patron, l'accusé Oleg Volchek, lui a remis la moitié vierge ; il vous dira comment, en se servant de la deuxième moitié, celle avec le nom de la victime, on lui a donné l'ordre de tuer. Il vous dira que l'accusé utilise cette méthode, courante dans la mafia russe, pour ordonner une exécution. Comment savons-nous que l'accusé a écrit le nom de la victime sur ce billet ? Grâce au docteur Goldstein. Il vous confirmera que l'écriture correspond, sans aucun doute possible, à celle de l'accusé.

Miriam marqua une pause, tenant toujours le billet en l'air dans sa main. Voilà ce qui changeait la donne. Avec cette preuve, elle obtiendrait l'annulation de la liberté sous caution. Plusieurs des membres du jury regardaient déjà Volchek avec sévérité.

Je me balançai sur ma chaise et croisai les bras avant de chuchoter à Volchek assis à côté de moi :

— Penchez-vous en arrière. Souriez. Les jurés ont les yeux fixés sur vous. Ayez l'air détendu. Ils penseront que vous ne vous inquiétez pas le moins du monde et que tout va pour le mieux.

Nous sourîmes tous les deux.

— Vous vous foutez de moi ? repris-je, plus sérieux. Comment vous vous êtes débrouillé pour obtenir la liberté sous caution ?

— L'accusation n'avait pas cette preuve lors de la première comparution. L'expert n'a rendu son rapport qu'au début de cette année, expliqua Volchek.

Je réfléchis un moment.

— Qu'est-ce qui vous a pris d'ordonner une exécution par écrit ? Je n'ai jamais rien entendu d'aussi stupide. Dites-moi qu'elle ment et que nous avons de quoi la contrer.

Le sourire de Volchek s'évanouit. Il fronça les sourcils et sa voix se fit plus grave :

— Vous ne savez rien sur moi ou sur la façon dont je gère mes affaires. C'est une tradition. À l'époque de l'Union soviétique, les bandes étaient incontrôlables, mais on pouvait compter sur leur loyauté envers le chef. Cette loyauté ne s'étendait pas toujours à la base, aux *vor* – ceux que vous appelleriez les soldats. Si quelqu'un voulait monter dans les rangs de la Bratva, le moyen le plus simple était d'éliminer son plus grand rival. Comme il ne pouvait pas le faire lui-même, il se servait d'autres soldats. Il leur disait que le chef, le *pakhan*, avait donné l'ordre de tuer. Ils obéissaient sans discuter, et quand le *pakhan* l'apprenait, c'était déjà trop tard. J'ai vu des Bratva entières s'entretuer de cette façon. J'utilise la méthode traditionnelle pour être sûr que ça n'arrive pas. Cette méthode-là, insista-t-il, pointant du doigt la pochette que Miriam reposait lentement sur la table.

Il poursuivit :

— Le seul qui peut ordonner un meurtre dans mon organisation, c'est moi. Je contrôle toutes les exécutions. Comme ça, je ne déclenche pas de guerre avec les autres bandes, et j'empêche mes hommes de s'entretuer. J'utilise des « torpilles ». Un vieux nom soviétique pour « tueur à gages ». Un homme vient me voir, moi, et moi seul. Devant lui, je déchire un vieux billet de un rouble en deux. Je lui donne une moitié et il devient la torpille. Quand j'ai besoin d'éliminer quelqu'un, j'écris son nom sur ma moitié, que j'envoie à la torpille. Il vérifie que sa moitié correspond bien à celle qu'il reçoit. Si c'est le cas, il sait que l'ordre vient directement de moi. En respectant la tradition, mes hommes ont ma confiance et j'ai leur totale loyauté.

— Et ce fameux Témoin X, Little Benny, c'était votre torpille, hein ? Alors pourquoi est-ce qu'il a gardé le billet ?

— En Union soviétique, on appelait un billet de un rouble *tselkovy* ; ça veut dire « le tout ». Ça signifie que la torpille a ma confiance et ma loyauté pour toujours, de tout mon cœur. On est censé brûler le billet après la mission. La plupart ne le font pas et préfèrent le garder. Ces vieux billets sont difficiles à trouver de nos jours. C'est comme un titre d'honneur. Certains vont jusqu'à se le faire tatouer dans le dos. Je n'autorise pas les tatouages. Notre fierté se lit dans nos yeux, pas sur notre peau.

Je ne pouvais pas réagir, pas devant le jury, mais j'avais envie de me prendre la tête entre les mains et de hurler. J'eus l'impression que les murs de la salle d'audience se refermaient sur moi et que tous les regards étaient fixés sur moi. Je me sentais en danger. Je me demandai où était retenue Amy. Se sentait-elle, elle aussi, enfermée, piégée et effrayée ? Si je m'attardais trop sur son sort, j'allais devenir fou.

Je décidai donc de me mettre à réfléchir.

— Passez-moi les dossiers, dis-je.

Volchek jeta un coup d'œil dans la valise. Il sembla trouver ce qu'il cherchait, un dossier en particulier, et me le tendit. Le dos du classeur indiquait « EXPERTS JUDICIAIRES EN ÉCRITURE ET DOCUMENTS ». Je commençai à le feuilleter. Volchek avait frappé à la porte de presque tous les cabinets d'avocats au pénal de l'État et obtenu des rapports de plusieurs experts. Onze au total, d'après l'index. Il avait dû se sentir aux abois. Je parcourus les conclusions de chacune des analyses. Toutes disaient la même chose : Volchek avait écrit le nom sur le billet de un rouble.

Miriam continua sa déclaration liminaire.

— Mesdames et messieurs les jurés, vous entendrez également la famille de la victime – Tony Geraldo, qui vous parlera de la dispute qui a opposé son cousin à l'accusé. Il vous répétera les menaces de mort que M. Volchek a proférées à l'encontre de Mario Geraldo. Il vous dira qu'il craignait que l'accusé ne tue son cousin ou n'ordonne son meurtre.

Le nom de Tony Geraldo sembla remuer quelques souvenirs en moi, mais j'étais tellement à cran que je ne parvins pas à mettre le doigt dessus. Miriam avait adopté un rythme agréable.

— Vous entendrez le policier qui a procédé à l'arrestation et interrogé l'accusé. Il vous décrira les étapes de son enquête...

Je perdis le fil. J'avais trouvé la liste des témoins. Cinq en tout. Un petit groupe resserré et bien préparé. Miriam préférait éviter l'approche de certains de ses collègues procureurs qui alignaient les témoins au petit bonheur, dans l'espoir que quelque chose finisse par marcher. Elle était plus maligne que ça. L'expert judiciaire en écriture et documents, le docteur Goldstein, était le premier. Une bonne stratégie, pensai-je. Une façon de se débarrasser des trucs barbants dès le premier jour tout en laissant la défense se décarcasser avec une preuve tangible. Mais j'y vis ma meilleure chance. Volchek avait dû dépenser une fortune pour obtenir ces rapports qui lui avaient tous donné la même réponse – « c'est votre écriture. » Il n'avait pas réussi à dénicher un seul expert pour contredire le docteur Goldstein. Tous les avocats qu'il avait consultés lui avaient affirmé que Goldstein était inattaquable.

Je n'avais pas le choix. Si Goldstein était aussi bon que Miriam l'espérait, Volchek perdrait sa liberté sous caution d'ici à quelques heures, et Amy le paierait de sa vie. Je devais détruire le témoignage de Goldstein. En y parvenant, j'accomplirais deux choses. D'abord, il me resterait vingt-huit heures pour me tirer de ce mauvais pas ; ensuite, les Russes commenceraient à se fier à moi. Si Volchek était convaincu que je me démenais pour lui épargner la prison assez longtemps pour tuer Benny, je pourrais réfléchir tranquillement au moyen de lui fourrer cette foutue bombe dans le cul à la première occasion. Mais comme dans toute bonne arnaque, je devais d'abord gagner sa confiance.

Chez les escrocs, on appelle ça une « persuasion ».

— … et, mesdames et messieurs les jurés, conclut Miriam, si vous estimez que cette simple proposition est juste, alors vous *devez* déclarer l'accusé coupable. Nous vous prouverons sa culpabilité et vous *devrez* le condamner.

Miriam retourna s'asseoir. Le jury semblait fatigué.

— Monsieur Flynn, dit la juge Pike. Souhaitez-vous vous adresser au jury dès maintenant ou attendre la fin de l'audition des témoins de l'accusation ?

Je me levai lentement de ma chaise.

— Votre Honneur, je crois que les jurés ont besoin de temps pour absorber les propos de Mme Sullivan. Ne serait-il pas préférable de leur accorder une pause pour leur permettre d'aller prendre des rafraîchissements ? J'en profiterais également pour m'entretenir avec mon client.

C'était ma tactique habituelle, beaucoup de mes collègues l'employaient aussi. J'aimais parler à mon client après avoir entendu la déclaration liminaire du procureur. En général, c'était à ce moment-là seulement que la défense pouvait se faire une idée de la façon dont l'accusation utiliserait ses preuves. J'estimais nécessaire de vérifier avec le client la véracité de ce qu'avait avancé l'accusation. Je tenais aussi à me faire apprécier des jurés. Ils étaient restés assis près de deux heures à écouter Miriam. J'étais leur sauveur, celui qui ne les retiendrait pas plus longtemps et leur obtiendrait du café et des viennoiseries. En proposant ce moment de répit, je leur montrais que je me souciais de leur bien-être, que je les comprenais. Bientôt, ils n'auraient d'yeux et d'oreilles que pour moi.

Miriam, qui n'était pas dupe de ma manœuvre, essaya de regagner leurs bonnes grâces.

— Votre Honneur, je crains d'avoir été un peu longue, ce matin. Au lieu d'un simple café, puis-je suggérer que nous fassions la pause-déjeuner ?

— L'audience reprendra dans une heure, conclut la juge Pike.

La salle commença à se vider, et je sentis une main puissante se refermer sur mon épaule.

— On remonte, dit Arturas. Il faut qu'on discute.

Je n'avais pas le temps pour ça. J'avais une heure pour lire huit mille pages et préparer la meilleure déclaration liminaire et le plus brillant contre-interrogatoire de toute ma carrière. Je me retournai sur ma chaise et le regardai droit dans les yeux.

— On parlera plus tard. J'ai du travail. Et j'ai besoin de votre aide.

9

Victor ferma à clé la porte de l'antichambre que nous avions occupée plus tôt au dix-huitième étage. Arturas avait les bras croisés, il trépignait, visiblement nerveux et en colère. Son patron se laissa tomber sur le canapé, adoptant la position d'un simple spectateur.

— J'ai besoin d'un ordinateur portable ou d'un smartphone avec un accès à Internet, dis-je.

— Pourquoi ? voulut savoir Arturas.

Je l'ignorai et m'adressai directement à Volchek – c'était lui, mon client ; il attendait des réponses et prenait les décisions.

— Vos autres avocats ont tenté d'attaquer Goldstein de front, en faisant appel à leurs experts pour qu'ils affirment que le nom sur le billet n'était pas de votre main. J'ai vu les rapports dans la valise ; personne n'a accepté de témoigner en ce sens, parce qu'aucun type sérieux ne s'y risquerait. Au mieux, vous auriez pu obtenir de l'un d'eux qu'il émette l'opinion que cette écriture *pouvait* ne pas être la vôtre. Mais ces gens n'ont pas les références d'un Goldstein et quand ça tourne à la bataille d'experts, en général c'est le CV qui fait la différence.

Volchek hocha la tête. Il semblait convaincu, mais Arturas restait sceptique.

— Qu'est-ce que vous proposez ? Les autres cabinets ont eu des mois pour attaquer son témoignage. Vous pensez pouvoir faire mieux en une heure ? demanda Arturas.

— Si je ne trouve rien, Miriam Sullivan obtiendra l'annulation de votre liberté sous caution et vous finirez avec les menottes aux poignets avant même que Goldstein ait quitté la barre. Et dans ce cas, vous n'aurez pas le luxe de sauter dans un avion demain.

J'entendais Arturas grincer des dents. Il retroussa les lèvres dans une grimace et se mit à se balancer d'un pied sur l'autre. Il avait préparé ce coup depuis longtemps et n'aimait pas les impondérables. Mais c'était la règle du jeu. Entrer dans une salle d'audience, c'est un peu comme lancer les dés à Vegas – tout est possible.

Volchek m'écoutait. Sa liberté en dépendait.

— S'il devait arriver quoi que ce soit à un témoin de l'accusation pendant que vous êtes en détention… Je pense que je n'ai pas besoin d'insister sur la gravité des conséquences. On vous refusera la liberté provisoire sous caution jusqu'à ce que l'enquête ait suivi son cours et vous ait totalement blanchi. Combien de temps ça prendra ? Deux, trois ans ? Tout peut arriver en prison. L'État ne parviendra peut-être pas à établir un lien entre vous et la bombe, mais ce n'est pas pour autant qu'ils ne se feront pas une joie de vous mettre en cellule avec un cannibale de deux cents kilos. En espérant que vous puissiez échapper aux hommes du cartel. Vos potes dans la salle d'audience n'auront aucune difficulté à vous atteindre derrière les barreaux. Moi, je veux bien porter le chapeau pour sauver la vie d'Amy – tout plutôt que de la perdre. Mais vous, si vous partez en prison, c'est la fin.

Volchek échangea un regard avec Arturas, qui défroissa son pantalon et tenta de réprimer un sourire entendu. Malgré ce que je venais de dire à Volchek, j'étais convaincu que ni moi ni Amy ne sortirions vivants de cette histoire. Ils n'avaient aucune envie que j'aille raconter au FBI que la mafia russe avait enlevé ma fille pour me forcer à introduire une bombe dans un tribunal. Mais j'avais besoin que Volchek et Arturas pensent que j'avais gobé leur bobard.

— J'attends toujours de savoir ce que vous pourriez faire de plus que les autres avocats, dit Arturas.

Une question justifiée, à laquelle j'apportai une réponse simple :

— Mes confrères ont essayé d'attaquer le témoignage lui-même. C'est la mauvaise approche. C'est comme au football : si vous êtes une petite équipe fauchée et que vous devez rencontrer un adversaire plein aux as avec un quarterback absolument formidable, vous ne pouvez pas gagner à la loyale. Moi, je n'hésite pas. Face à un géant surdoué et rapide comme l'éclair contre lequel je ne suis pas de taille, je le sors du terrain. Je l'estropie. Sans lui laisser le temps de réagir, je le tacle avec une telle violence qu'il ne se réveille pas avant le début de la saison suivante. Vous connaissez le vieux dicton : « parfois, il faut jouer l'homme et pas la balle. » C'est pareil dans un tribunal : si je ne peux pas détruire le témoignage, je dois m'attaquer au témoin. Si le jury pense que Goldstein n'est pas crédible, ils n'écouteront même pas ce qu'il a à dire. J'ai besoin d'Internet pour fouiner à son sujet. De toute façon, on n'a pas vraiment le choix. Soit vous m'aidez, soit je porterai votre manteau pendant que l'huissier vous passera les menottes. C'est aussi simple que ça.

Volchek et Arturas hochèrent la tête pour marquer leur accord.

— Qu'est-ce que vous espérez trouver en une heure ? demanda Arturas.

— Je le saurai quand je le verrai.

Pour l'instant, j'étais dans le flou, mais j'avais ma petite idée. Un sourire s'esquissa, presque à contrecœur, sur les lèvres de Volchek. Il semblait intrigué.

— D'accord, dit Arturas en sortant son iPhone. Qu'est-ce qu'il vous faut ?

— Goldstein est de l'université du Wisconsin. Commencez par sa bio sur le site de la fac et essayez de trouver une liste de ses travaux, en particulier ses articles publiés en 2000, 2004 et 2008.

— Pourquoi ?

— Lors du contre-interrogatoire d'un témoin universitaire, je m'intéresse toujours à ces années-là. Ce sont les années de l'ARAE[1],

1. American Research Assessment Exercise.

un cycle d'évaluation des activités de recherche universitaires dont dépend le volume de fonds publics que perçoivent les établissements. Plus on publie, plus on fait rentrer d'argent dans les caisses. Ces années-là, les gars écrivent des trucs qu'ils n'oseraient jamais coucher sur le papier en temps normal, et on se retrouve avec des articles sur les fées ou les OVNI. Si on a une chance de trouver quelque chose pour discréditer Goldstein, ce sera probablement là.

J'avais découvert l'existence de l'ARAE en interrogeant plusieurs universitaires, quelques années plus tôt. L'ARAE ne manquait jamais de me fournir des munitions. C'est comme tout dans la vie : la piste de l'argent vous mène toujours où il faut.

Pendant qu'Arturas regardait sur le web, je lus le rapport d'expert de Goldstein. J'avais représenté Archie Mailor dans une affaire de fraude aux faux chèques bancaires ; j'avais déjà vu des analyses de ce genre. Archie avait été mon faussaire du temps de mes arnaques à l'assurance. Il avait du talent. Les faux papiers qu'il produisait pour moi étaient généralement d'excellente qualité. Pendant le procès, j'avais fait subir un contre-interrogatoire à l'expert judiciaire qui avait analysé l'écriture d'Archie et témoigné à propos des chèques frauduleux. J'avais quelques connaissances sur ce que les types comme lui cherchaient, mais je n'y avais pas pensé depuis un bail. Je me rappelai qu'ils étudiaient plus particulièrement les majuscules. En parcourant le rapport de Goldstein, j'eus la confirmation qu'il s'était bel et bien focalisé sur le G majuscule du nom « Geraldo » que Volchek avait écrit au marqueur sur le billet. Un expert en scène de crime avait analysé le billet de un rouble à la recherche d'empreintes digitales. Apparemment, celles de Little Benny et celles du policier qui avait manipulé ses affaires au commissariat avaient rendu illisibles ou complètement effacé les autres empreintes identifiables.

Au bout de sept minutes, Arturas tomba sur la bonne page du site de l'université : « Liste des publications 2008 » – rien. Pour 2004 : rien.

Il enchaîna sur l'année 2000, et là, bingo ! J'avais trouvé ma pépite. Comme la plupart de ses collègues, Goldstein avait voulu battre le fer tant qu'il était chaud – et faire rentrer les dollars par la même occasion. Il avait écrit une demi-douzaine d'articles ridicules pour augmenter sa production, son standing et sa paye.

Et parmi eux, j'en repérai un particulièrement mauvais qui me donna une excellente idée.

— J'ai besoin qu'on m'imprime ça. Il me faut aussi une photocopieuse, du papier, du café chaud – et qu'on me fiche la paix.

J'appelai Jean, la greffière de la juge, sur l'iPhone d'Arturas qui ne perdit pas une miette de notre conversation. Je la baratinai pour qu'elle accepte de m'imprimer l'article en échange d'une boîte de beignets, et je lui indiquai où le trouver sur Internet. Miriam ne connaissait sans doute même pas le nom de Jean. La plupart des as du barreau ignoraient ceux qu'ils qualifiaient de « petit personnel ». Ils avaient tort. Le plus souvent, le « petit personnel » pouvait rendre de grands services.

J'étais enfin au calme dans le cabinet du juge. Victor essayait d'allumer le photocopieur dans l'antichambre. Une fois que la machine fonctionnerait, je n'aurais besoin que d'un agrandissement de deux ou trois pages pour permettre au jury de mieux voir. J'étalai quelques papiers devant moi sur le bureau et regardai dans le vague, laissant mon plan prendre forme. J'avais toujours mal à la tête suite au coup qu'on m'avait assené à l'arrière de la limousine. Si je voulais avoir une chance de doubler les Russes, je devais les mettre à l'aise, les amener à me faire confiance – pour qu'ils cessent de me surveiller en permanence. Mon père m'avait appris qu'on ne pouvait pas arnaquer un honnête homme, mais qu'il était encore plus difficile de convaincre un pigeon malhonnête. Toute bonne arnaque reposait sur la confiance.

— Volchek, dis-je. (Il me fit signe de venir m'asseoir à côté de lui sur un des canapés.) Vos précédents avocats étaient des professionnels de grand talent. Mais ça, vous le saviez déjà, n'est-ce pas ? Et ces types vous ont affirmé que l'expert judiciaire en écriture tuerait votre défense.

Chaque action de Volchek semblait hésitante, réfléchie, planifiée. Comme s'il s'imposait une certaine retenue pour masquer sa vraie nature. Il alluma un cigare et le laissa brûler pendant qu'il pesait sa réponse. Il se décida enfin :

— Ils m'ont expliqué que, en soi, ça ne suffirait pas à me faire condamner.

— C'est juste, mais ils ont oublié de vous préciser que vous pourriez facilement perdre votre liberté sous caution et que l'accusation s'en servirait pour obtenir un nouveau procès, même après la mort de Benny.

Il ne dit rien. J'insistai.

— Et vos anciens avocats ont eu des mois pour travailler sur le témoignage de ce type, n'est-ce pas ?

— Oui.

— Ils n'ont trouvé aucune faille, exact ?

Volchek soupira.

— Exact. Où voulez-vous en venir ?

— Je vais neutraliser le témoignage de cet expert mais, en échange, vous me donnez une chance de gagner sans réduire Little Benny en purée.

Je demandai à Arturas de faire lire à Volchek l'article de Goldstein. Il le parcourut sur l'iPhone de son bras droit ; de la cendre de cigare tomba sur l'écran.

— Je ne vois rien là-dedans qui puisse nous aider.

— Faites-moi confiance. Si je démolis ce type, donnez-moi la possibilité de tenter le coup avec Benny. Je ferai tout ce qui sera nécessaire pour sauver ma fille. Elle est toute ma vie, et je suis prêt à aller en prison pour la protéger. Mais la perspective de passer le restant de mes jours dans une cellule de cinq mètres carrés ne me réjouit pas vraiment. Laissez-moi questionner Benny. Si les choses ne se déroulent pas comme je l'espère, j'appuierai sur ce bouton et l'enverrai moi-même rejoindre ses ancêtres.

La première règle de la bible de l'arnaqueur – donnez aux gens ce qu'ils veulent.

Avant qu'il tourne vivement la tête vers Arturas, je vis le regard de Volchek s'embraser. Il n'avait aucune envie de faire sauter un témoin en salle d'audience. C'était un risque énorme. Presque autant que de prendre la fuite. Il avait depuis longtemps perdu l'espoir de gagner ce procès. Et je venais de le lui rendre.

— Vous n'avez aucune chance. De meilleurs avocats, plus intelligents que vous, se sont déjà cassé les dents sur ce dossier, dit Arturas.

— Ça ne vous coûte rien de me laisser essayer. Au moins avec Goldstein. Je n'ai pas le choix. Soit je discrédite son témoignage, soit votre patron dort en prison ce soir.

La pièce devint silencieuse. J'entendais la respiration bruyante de Victor. Le bourdonnement des ventilateurs du photocopieur. Le klaxon d'une voiture dehors. Volchek était partant, je le sentais. J'apportais la réponse à ses prières.

— Une dernière chose.

— Quoi ? aboya Arturas.

— J'attends toujours mon café.

Faisant tomber la cendre de son cigare sur le sol, Volchek dit :

— Victor, va chercher du café pour M. Flynn.

10

La pause-déjeuner avait déjà dépassé de quinze minutes l'horaire prévu.

Consultant ma montre, je constatai qu'il ne restait que vingt-six heures à mon compte à rebours. C'était un modèle bon marché à affichage numérique, vraiment pas terrible, mais je l'adorais. Amy et moi étions nés le même jour – un 1er septembre. Lors de notre dernier anniversaire, j'étais passé la prendre le matin pour aller faire des courses. Christine et moi étions séparés depuis le mois de juin. Pour m'épargner la gêne de retourner dans la maison que j'avais un jour partagée avec ma famille dans le Queens, j'avais préféré sortir avec Amy pour lui laisser choisir son cadeau – je n'avais aucune idée de ce que pouvait désirer une enfant de dix ans. Alors que nous passions devant une bijouterie près de Broadway, j'avais senti Amy qui me tirait par la manche. Les montres exposées dans la vitrine avaient attiré son regard. Nous étions entrés et elle m'avait dit qu'elle en voulait deux, exactement les mêmes – une pour moi, une pour elle. Je lui avais répondu que sa maman m'en avait déjà offert une. Étalant sa crinière blond platine sur le comptoir en verre, elle avait examiné le modèle qu'elle avait choisi. Christine trouvait parfois notre fille un peu trop sérieuse ; ça l'inquiétait. Je ne l'avais pas écoutée. Je pensais simplement qu'Amy était plus mûre que la plupart des gamines de son âge et qu'elle faisait preuve de la curiosité intelligente d'un adulte.

Tenant la montre entre ses petits doigts, Amy avait dit :

— Papa, tu vas bientôt chez le docteur pour te soigner, hein ?

Elle faisait allusion au centre de désintoxication alcoolique dans lequel j'avais plus ou moins volontairement accepté de me faire admettre sur l'insistance de Christine. Le vendeur s'était éclipsé dans l'arrière-boutique pour nous donner un peu d'intimité.

Elle m'avait chuchoté le reste de son plan sur un ton de conspiratrice.

— Je me suis dit que si on avait tous les deux la même montre, on pourrait régler l'alarme sur 20 heures. Comme ça, le soir, tu penserais à m'appeler, juste pour parler ou pour me lire une histoire…

Elle avait été si sincère, si sérieuse. Et bien qu'elle eût été grande pour son âge, incroyablement mignonne, espiègle parfois, sa générosité se manifestait dans chacun de ses actes. Sa gentillesse m'avait sauvé la vie ce jour-là ; si je n'avais pas acheté ces montres pour notre dernier anniversaire, je n'aurais pas tenu le coup en désintox. Depuis, tous les soirs, nos sonneries se déclenchaient simultanément à 20 heures et je l'appelais. Depuis la clinique, je lui avais lu *Alice au pays des merveilles* au téléphone. Elle avait bien plus assuré dans son rôle de fille que moi dans celui de père.

Assis à la table de la défense, j'essayai de ne pas jouer avec mon stylo ; je ne voulais pas avoir l'air nerveux. Jean avait déposé l'article de Goldstein pour l'ARAE sur ma chaise.

La juge se faisait un peu désirer – elle pouvait se le permettre. Le public était essentiellement composé de journalistes de la presse écrite. À cause de la menace qui planait sur la vie du Témoin X, la télévision n'avait pas accès au tribunal. La présence de caméras restait une question sensible pour de nombreux magistrats. La plupart n'aimaient pas être filmés et n'hésitaient pas à invoquer des raisons parfois farfelues pour les exclure. Les salles d'audience n'étaient pas non plus équipées de systèmes de télévision en circuit fermé. Aucun juge n'avait envie qu'on l'enregistre en train de tenir des propos déplacés dans un moment d'inattention.

L'attente de la foule était perceptible. Tous ceux qui avaient entendu la déclaration liminaire de Miriam considéraient ce procès comme perdu d'avance pour la défense. Le chef de gang asiatique que j'avais vu plus tôt manifestait son impatience en secouant la tête. Pour lui, Volchek aurait probablement déjà dû être reconnu coupable.

Je ne pouvais plus me permettre de penser à Amy. Sinon, j'allais devenir fou. Volchek occupait la chaise réservée à l'accusé, à côté de moi. Arturas et Victor se trouvaient derrière nous.

Je refoulai mes émotions, ma peur, mes doutes, et me tournai vers le visage menaçant de mon client.

— Où est ma fille ?

— Pas très loin, et elle va bien. Je vérifie de temps à autre. Elle mange des chips et regarde la télévision. Si vous continuez à bien travailler, je vous laisserai peut-être voir une autre photo, promit Volchek.

Quelques minutes s'écoulèrent ; la juge n'était toujours pas réapparue. Ma déclaration liminaire serait simple, mais je m'inquiétais pour mon contre-interrogatoire du docteur Goldstein. J'en répétai mentalement les étapes – question, réponse, question, réponse – je ne sais combien de fois, essayant de parfaire mon style.

— J'espère que vous n'êtes pas responsable de ce retard, me dit Volchek avec un air accusateur.

Persuader ce type de me faire confiance se révélait plus difficile que je ne l'avais imaginé.

— Vous savez, mon père était un héros de la guerre, poursuivit-il. (Il leva les yeux vers le plafond très orné de la salle d'audience, alors que le passé lui revenait.) À lui seul, il a tué toute une équipe de snipers pendant la bataille de Stalingrad. Staline l'a décoré en personne. Ma mère était une Juive polonaise, libérée des camps ; elle est tombée amoureuse de lui – ce héros. (Ses traits s'adoucirent au souvenir de sa mère, il baissa la voix.) C'est elle qui m'a donné ce prénom, « Olek ». Ça signifie « protecteur ». Elle n'a pas vécu longtemps après la guerre.

— C'est moche. Pas facile, la vie en Russie, hein.

J'avais envie de lui dire que dès que j'aurais récupéré ma fille, lui non plus ne vivrait pas longtemps.

— Après la mort de ma mère, mon père a commencé à boire. Il a perdu ses deux jambes à cause du diabète. Je poussais son fauteuil roulant dans les bars de Moscou ; ses médailles brillaient dignement sur sa poitrine tandis qu'il vidait sa bouteille de vodka à petits coups. Je n'avais que douze ans, je n'étais pas beaucoup plus âgé que votre fille. J'étais fier de mon père.

Son regard devint celui d'un prédateur, plein d'amertume, alors qu'il poursuivait :

— Je me sentais moins fier quand il était vraiment soûl et cherchait la bagarre. Le lion en lui oubliait qu'il avait perdu ses jambes. Il provoquait les gens, puis se rappelait qu'il ne pouvait pas se lever. Alors, il disait : « Mon fils se battra pour moi. » Et j'étais obligé d'affronter l'ivrogne ou le mac qu'il venait d'insulter. Peut-être qu'il voulait simplement que je me montre à la hauteur du prénom que ma mère m'avait donné, ou que ça l'aidait à se sentir encore en vie. À seize ans, je l'ai tué, j'ai vendu ses médailles et j'ai acheté mon premier pistolet. Je l'aimais, pourtant. Je l'ai toujours aimé. Quand je perdais un combat, il me flanquait une terrible correction, mais c'était sa déception qui me faisait le plus souffrir. Si vous me décevez, monsieur Flynn, votre fille devra se battre pour vous.

J'avais envie de lui arracher la tête. Concentrant ma colère, je le regardai droit dans les yeux.

— Vous m'avez beaucoup observé récemment, répondis-je. Vous avez probablement appris où je vis et ce que j'ai fait ces derniers mois, mais vous n'avez aucune idée de mes compétences dans une salle d'audience. Je n'ai pas mon pareil pour lessiver un témoin – tous ces autres avocats que vous avez consultés sont des amateurs à côté. Je sais comment pousser l'accusation à la faute et rallier un jury à ma cause mieux que personne. (Je me levai, incapable de me contenir, et me penchai vers lui pour lui enfoncer ça dans le crâne.) Goldstein peut, à lui seul, mettre fin à votre liberté sous caution et vous faire perdre ce procès. Je vais l'en empêcher, mais en échange, je veux que vous me donniez ma chance avec Little Benny. Vous devez comprendre une chose : vous n'avez pas besoin d'une bombe pour gagner. Vous en avez déjà une : *moi*.

Alors que je crachais ces mots à la face de Volchek, je sentis des picotements dans ma nuque. Mes épaules se contractèrent ; je connaissais cette sensation, elle m'avait fait défaut ce matin-là, dans les toilettes de ce café-restaurant, quand Arturas m'avait pointé son revolver dans le dos. La vie d'arnaqueur n'a rien d'une sinécure. On finit par développer un sixième sens qui donne toujours une longueur d'avance sur sa cible ou les flics. En refusant d'écouter cette voix dans sa tête, on risque la prison, ou pis. Tout le monde possède cet instinct, mais peu de gens s'en servent. On a tous eu le sentiment d'être observés, d'avoir un regard qui nous perce la nuque, assis dans un bar ou ailleurs. Les escrocs se fient tout particulièrement à cet instinct. Ils l'affûtent. Et la sonnerie de mon alarme interne venait justement de retentir. En général, mon radar personnel m'avertissait quand on me surveillait, quand j'avais été repéré, et quand il fallait mettre les voiles.

À cette seconde, je sus que les yeux de Volchek n'étaient pas les seuls fixés sur moi.

Je levai immédiatement la tête et parcourus la salle du regard. La foule bavardait et riait, impatiente d'assister à la bataille à venir, telle une meute vorace à l'affût de la première goutte de sang versée. Je me concentrai sur le mur du fond, laissant ma vision périphérique s'arrêter sur d'éventuelles anomalies. C'est alors que je le vis. Un homme différent des autres : il n'était pas nerveux ; il ne parlait pas. Il se tenait parfaitement immobile – une statue dans une mer de mouvements.

Dès que je le repérai, je compris pourquoi j'avais senti sa présence dans la masse. Parmi la centaine de personnes qui occupait les bancs, lui seul était assis sans bouger et fixait intensément son regard sur moi.

Et je savais pourquoi.

Arnold Novoselic. J'avais croisé sa route quatre ans plus tôt et je ne l'avais jamais oublié, ce qui était déjà curieux en soi, parce qu'il faisait preuve d'une qualité aussi rare que sous-estimée : il passait inaperçu. Un anonyme parmi les anonymes, un homme insipide perdu dans la grande ville. Son front se dégarnissait presque jusqu'en haut de son cou épais. Il portait la même tenue que lors de notre première rencontre : costume beige, chemise ivoire et grosses lunettes à monture noire. Ce n'était pas son apparence qui en faisait quelqu'un de remarquable. Arnold cultivait ce look avec l'intention délibérée d'être aussi peu mémorable que possible. Il se cachait derrière cette façade et l'indifférence qu'elle suscitait chez les autres ; elle était son armure.

Arnold avait un don pour l'observation. Ce voyeur-né, toujours à l'affût, faisait peu attention à lui-même et, peut-être à cause de cela, personne ne faisait attention à lui. Un don qui convenait parfaitement à l'un des meilleurs consultants en jury du marché. Il était capable de dire dans quel sens balancerait le vote d'un juré, quelle était la dynamique sociale au sein d'un jury, quels en étaient les meneurs et les suiveurs. Pour cela, il s'appuyait sur ses observations personnelles, des analyses statistiques et raciales, et sur une compétence particulière qu'il préférait garder secrète.

J'avais rencontré Arnold Novoselic quatre ans plus tôt quand il m'avait offert ses services dans un dossier que je préparais contre une entreprise pharmaceutique. Ma première impression n'avait pas été bonne, je l'avais même trouvé un peu flippant, mais sur le papier il avait de loin les meilleurs résultats de sa profession. Il ne s'était jamais trompé. Il avait prédit avec exactitude le verdict dans toutes les affaires sur lesquelles il avait travaillé. Ça m'avait déjà mis la puce à l'oreille, mais ce qui avait surtout éveillé mes soupçons, c'étaient les quatre dossiers pour lesquels il avait prédit précisément le vote de chaque juré *avant* qu'on les sonde en fin de procès. Cent pour cent de réussite, quatre fois sur quatre. Or, dans ce domaine comme dans beaucoup d'autres, la perfection n'est pas de ce monde. Je lui avais donc demandé sans détours, dans mon bureau, quel était son secret.

Arnold avait compris qu'il ne pouvait rien me cacher et, pour une fois, il avait dit la vérité. Il m'avait révélé sa technique. Pendant que ses confrères jouaient aux devinettes, Arnold savait précisément ce dont parlaient les jurés parce qu'il lisait sur les lèvres.

Les jurés ne sont pas censés discuter d'une affaire en cours ailleurs que dans la discrétion de la salle de délibérations. En réalité, ils abordent la question entre eux presque constamment. Ils se chuchotent leurs commentaires à propos des témoins et pestent même parfois à des moments-clés de l'audience. Arnold voyait et lisait tout. Et il s'en servait.

Je fixai les yeux sur Arnold, assis à moins d'une dizaine de mètres derrière Volchek. Malgré ses efforts pour disparaître dans la foule, il ne pouvait pas échapper à mon regard ni me dissimuler son expression. La peur semblait presque goutter de son petit nez gras. Je savais qu'il avait lu sur nos lèvres pendant ma conversation avec Volchek. Arnold était au courant pour la bombe, cela ne faisait aucun doute. En revanche, la raison de sa présence et ce qu'il comptait faire de cette information restaient un mystère.

M'adressant de nouveau à Volchek, je dis :

— Donnez-moi une minute. Je dois parler à quelqu'un…

Mais je n'eus pas le temps d'achever ma phrase ; la salle venait de se lever pour saluer le retour de la juge Pike dans la fosse aux ours.

11

— Monsieur Flynn, votre déclaration liminaire, je vous prie, dit la juge Pike.

Elle semblait de bonne humeur aujourd'hui. Ce bon gros procès ultra-médiatisé lui offrait la possibilité de progresser dans sa carrière en mettant derrière les barreaux un célèbre mafieux russe.

L'exposé introductif est toujours important. C'est votre chance de bien cadrer l'affaire pour les jurés. Miriam les avait noyés sous les informations. Elle leur avait dit qu'elle disposait de plus de preuves qu'il n'en fallait pour déclarer l'accusé coupable. Elle leur avait parlé comme un être humain, pas comme une juriste. Je devais changer ça. Je me levai – et me mis aussitôt à tripoter ma veste. La bombe me gênait par son poids ; j'eus même l'impression qu'elle dégageait de la chaleur. Mon dos était en nage, pourtant j'étais plutôt détendu. Je me servis un verre d'eau ; mes mains tremblaient un peu. Une longue gorgée rafraîchissante me rasséréna. Je me sentais d'attaque. Miriam se tenait prête à prendre copieusement des notes sur ma défense. Son expert, le docteur Goldstein, était assis trois rangs derrière elle. Il ne s'attendait pas à être appelé à la barre avant tard dans l'après-midi, voire le lendemain matin. Je le reconnus d'après sa photo, horrible, sur le site de l'université – en vrai, il ressemblait encore davantage à un savant fou.

Je me tournai vers le jury en gratifiant ses membres d'un sourire.

—Mesdames et messieurs les jurés, c'est un plaisir d'être avec vous. Mme Sullivan vous a parlé pendant deux heures, je n'en aurai que pour deux minutes. (Cette petite pique me valut des rires en cascade.) Cette affaire concerne un crime terrible. Il appartient à l'accusation de prouver qu'Olek Volchek a commis ce crime. Si, à la fin de ce procès, vous n'êtes pas convaincus sans un doute raisonnable qu'Olek Volchek a commis ce crime, votre devoir sera de l'acquitter. Mais cette décision est la vôtre. Mme Sullivan vous a *sommés* de déclarer M. Volchek coupable. Nous *n'exigerons* rien de vous. Nous vous *demanderons* de considérer les preuves, nous vous *inviterons* à réfléchir à notre vision de cette affaire, et nous nous en remettrons à *vous* et à *votre* jugement. Et c'est tout ce que j'ai à vous dire à ce stade.

Je retournai m'asseoir.

Dans un procès criminel, le jury n'a que deux options : coupable ou non coupable. Miriam avait tenté de les pousser dans son sens. Je voulais laisser ma porte ouverte. Les jurés se comportent comme tout un chacun : ils n'apprécient pas qu'on leur force la main ; ils aiment avoir le choix.

Le docteur Goldstein regardait nerveusement ses papiers. Il était pris au dépourvu ; la surprise ne pouvait que m'être favorable. J'avais une décision à prendre : assurer sans faire de vagues ou essayer de piéger Miriam, cette dernière option pouvant facilement se retourner contre moi. D'un autre côté, en cas de succès, cela contribuerait à mettre le jury de mon côté.

Jouant le tout pour le tout, je me penchai vers Miriam ; Arturas tendit l'oreille pour ne pas en perdre une miette. Je l'avais prévenu de ce que je tenterais si cela me semblait opportun. Je ne voulais pas lui donner l'impression de comploter avec la procureure.

—Goldstein – c'est un graphologue. Ne l'appelez pas à la barre, ou vous le regretterez.

—Un graphologue ? Et alors ? demanda Miriam comme je l'espérais.

J'avais ma réponse toute prête.

— Goldstein est un expert judiciaire dont le travail consiste à déterminer la paternité d'un document à partir d'un échantillon d'écriture ; il s'agit d'une analyse scientifique. La graphologie tente d'interpréter la personnalité d'un auteur en fonction de son écriture ; ce sont des foutaises. Comme si un archéologue chrétien déterrait des os de dinosaure et continuait à prétendre que le monde n'est vieux que de cinq mille ans. On ne peut pas appartenir aux deux écoles ; c'est hypocrite. Ne l'appelez pas à la barre.

Je m'assis.

Elle allait le faire témoigner.

Une expression de colère se répandit sur son visage aux traits arrogants. La juge regarda dans sa direction. J'avais fini mon exposé introductif. Il était temps pour l'accusation de commencer à présenter ses preuves. J'avais pris Miriam au dépourvu. Apparemment, Goldstein était son seul témoin présent à l'audience. Elle se leva.

— Votre Honneur, j'appelle le docteur Irving Goldstein à la barre.

Surpris d'entendre son nom si tôt, le docteur Goldstein mit rapidement de l'ordre dans ses papiers, boutonna sa veste et s'avança. Son petit sourire affecté ne parvint pas à masquer sa nervosité. Après tout, c'était le plus gros procès de sa carrière. Si je réussissais mon coup, ce serait également le dernier. Il trébucha contre le pied d'une chaise en marchant vers la barre des témoins et serra ses feuilles contre lui. Son rapport était son rocher, et il s'y accrochait. Il avait toutes les raisons de se montrer confiant : tout ce qui s'y trouvait était exact, bien écrit. Je n'avais pas l'intention d'en contester le moindre mot.

Sans que personne en sache rien, j'avais misé sur le fait que Miriam se comporterait de manière prévisible comme la procureure brillante qu'elle était. Je la considérais comme une avocate de talent. Elle agirait comme moi dans sa situation, en utilisant l'un des arguments forts de son adversaire à son profit, en interrogeant le bon docteur sur la graphologie. Une façon de garder la question sous contrôle, de la rendre normale, ordinaire, ennuyeuse même. En laissant le temps au témoin de développer sa réponse autant qu'il le jugeait nécessaire, prenant ainsi de court la partie adverse. C'était ce que j'aurais fait ; Miriam ferait de même.

Je comptais là-dessus.

12

Goldstein avait la cinquantaine, un âge qu'il arborait probablement sur son visage depuis une trentaine d'années. Son costume semblait plus vieux que lui, et pour couronner le tout, il portait un nœud papillon.

Il prêta serment, ajustant ses lunettes pour lire la carte et réciter soigneusement les mots qui le mettaient à ma merci. Se versant deux verres d'eau, il s'installa pour une séance marathon à la barre. Miriam en finirait rapidement avec lui. Un bon avocat perd le moins de temps possible avec les experts, parce que, le plus souvent, ils sont chiants comme la pluie. Leur témoignage est vital, mais leurs explications sont assommantes, alors autant expédier les choses : « Qui êtes-vous ? Pourquoi êtes-vous plus intelligent que tous vos collègues dans votre spécialité ? Dites-nous ce que nous avons besoin de savoir et fermez-la. » Miriam lui avait probablement annoncé qu'il resterait à la barre toute une journée. Il ignorait qu'il n'en aurait que pour une heure ou deux.

Miriam brandit le rapport de Goldstein comme si, à lui seul, ce document était un phare qui la guidait vers la vérité et la condamnation de Volchek.

— Docteur Goldstein, veuillez exposer brièvement au jury votre domaine d'expertise, ainsi que les diplômes que vous détenez.

Sa question avait pour objectif de rassurer le bon docteur. « Dites à ces gens pourquoi vous êtes si malin. » Elle consistait à le faire parler, histoire de le mettre à l'aise.

— Je suis un expert judiciaire en écriture et documents. J'analyse l'écriture pour déterminer l'identité de l'auteur. J'ai fait mes études à…

Je décrochai pendant les cinq minutes où il se lançait des fleurs. Plus les jurés se laisseraient convaincre de son intelligence supérieure, plus il aurait l'air idiot au moment de la curée. Pensant peut-être avoir parlé trop longtemps, Goldstein manifesta une légère nervosité. Il commença à jouer avec son nœud papillon. Miriam interpréta correctement les signes et intervint pour le sauver.

— Merci, docteur. Votre CV est impressionnant. Pouvez-vous expliquer au jury pourquoi l'accusation a fait appel à vos services dans cette affaire ?

— Bien sûr. Si les jurés veulent bien ouvrir la liasse D à la page 287, ils verront les copies de deux moitiés d'un billet de un rouble, avec le nom de la victime sur l'une d'elles. Ce billet a été retrouvé dans la voiture du Témoin X. Il y reviendra lors de son témoignage. Je n'apporterai aucun commentaire sur ce point, mon rôle se limitant à déterminer si l'écriture sur le billet est bien celle de l'accusé.

Miriam marqua une pause pour laisser le temps aux jurés de trouver la bonne page, de voir le billet et de lire ce qui était écrit dessus.

« Mario Geraldo ».

— Docteur, comment avez-vous procédé ?

Miriam faisait bien attention d'utiliser le mot « docteur » aussi souvent que possible sans agacer la juge. La répétition du titre officiel d'un expert contribuait à accroître la confiance du jury.

— Ceci est l'écriture que l'accusé refuse de reconnaître comme la sienne. Afin de déterminer qu'il en est bien l'auteur, j'ai mené une analyse scientifique de documents écrits par l'accusé afin de faire une comparaison forensique.

— Où avez-vous obtenu les échantillons nécessaires, docteur ? s'enquit Miriam.

— Sur ses déclarations de revenus, ses dossiers de sécurité sociale, ses demandes de passeport et de naturalisation, et d'autres pièces administratives portant la signature de l'accusé ou son écriture.

— Et que vous a révélé votre *analyse forensique* ?

— J'ai établi la présence de caractères uniques et distincts, ou de formes de lettres si vous préférez, dans tous les échantillons, y compris celui contesté par l'accusé. En d'autres termes, sa façon de former les lettres et sa manière bien particulière de bouger son stylo pour créer chaque lettre m'ont suffi à déterminer un modèle d'écriture. À partir de là, je suis en mesure d'affirmer avec un degré de certitude considérable que l'accusé est l'auteur du billet que vous avez sous les yeux.

Le point important. Comme tout bon avocat, Miriam marqua une pause et regarda le jury, laissant cette information faire tout son effet.

— Donnez-nous un exemple, docteur, vous voulez bien ? demanda Miriam.

— Bien sûr, dit Goldstein, qui tira de son dossier un agrandissement de la lettre « G » correspondant, expliqua-t-il, au « G » de Geraldo dans l'échantillon contesté.

Il sortit également plusieurs copies légèrement plus petites d'autres « G » d'allure similaire qui provenaient de ces fameux documents administratifs. Il posa le tout sur un large chevalet pour permettre aux jurés de bien voir.

— En observant la construction du « G » de Geraldo, on remarque la présence d'une queue prononcée sur le « G », qui est formé d'une ligne continue descendant depuis le haut de la courbe du caractère. Le caractère ou la lettre est alors terminé par un petit trait horizontal qui commence à l'intérieur de la panse du « G » et s'élève légèrement de la gauche vers la droite. Cette lettre, ou caractère, est construite de manière identique dans tous les échantillons analysés, y compris les documents officiellement attribués à l'accusé. Je suis donc en mesure d'affirmer, avec un degré de certitude considérable, que c'est bien l'accusé qui a écrit le nom de la victime sur ce billet de un rouble.

— Avec quel degré de certitude, docteur ?

— Quatre-vingt-quinze à quatre-vingt-dix-neuf pour cent.

— Comment pouvez-vous en être si sûr ?

— À cause de la constance de la construction si unique de ce caractère dans tous les échantillons que j'ai étudiés. L'écriture sur ce billet appartient forcément à l'accusé.

— Docteur, qu'est-ce que la graphologie ? demanda-t-elle.

Miriam aurait pu faire parler Goldstein le reste de la journée, mais elle ne pouvait pas se permettre ce luxe, pas après une déclaration liminaire qui avait déjà pris beaucoup de temps. Elle devait activer les choses pour le jury. En outre, elle pensait sûrement que mon contre-interrogatoire s'étalerait sur des heures. Certains de mes collègues y voyaient un bon moyen de neutraliser un expert. L'obliger à débiter toutes ses théories, noyer le poisson et embrouiller les choses jusqu'à ce que son témoignage n'ait plus aucun sens et ennuie tout le monde. Je n'avais pas le temps pour ça. Et Amy non plus.

Le docteur Goldstein sembla un peu surpris par la question de Miriam, mais il parvint tout de même à sourire malgré l'embarras évident qu'elle lui causait. Il remua sur sa chaise, croisa les jambes et se mouilla les lèvres. La graphologie devait lui tenir à cœur, et il avait apparemment conscience qu'on pouvait l'attaquer là-dessus.

— La graphologie ? Eh bien, c'est un terme utilisé pour décrire une discipline qui étudie les rapports entre l'écriture manuscrite d'un individu et son caractère, ou encore la maladie ou la psychose dont il souffre. Elle n'a pas pour but de déterminer qui a écrit tel ou tel document. Elle s'intéresse plutôt à la personnalité de l'auteur.

Vas-y, Miriam. Pose-lui la question. Tu en meurs d'envie, pensai-je.

— Docteur, certains pourraient vous dire qu'un même individu pratiquant à la fois l'expertise en écriture et documents et la graphologie, c'est un peu comme un archéologue chrétien qui, appelé à la barre, témoignerait que la Terre n'a que cinq mille ans. En d'autres termes, une contradiction.

Bingo !

— Objection, Votre Honneur !

Je me levai d'un bond et, malgré ma joie à l'idée de coincer Miriam, je fis de mon mieux pour prendre un air outragé.

— Pour quel motif ? demanda la juge, avec une perplexité non feinte.

— Au nom de mes convictions religieuses, Votre Honneur : je crois en Dieu, et je n'accepterai pas que l'accusation mette en doute ma foi. Par ailleurs, je pense que Mme la Procureure ne devrait pas mêler notre-Seigneur Jésus-Christ à une bataille juridique. Sa déclaration est discriminatoire envers les chrétiens et implique un préjugé athée qui va à l'encontre de notre droit constitutionnel à la liberté religieuse. Quelles que soient les convictions de Mme la Procureure, elle n'a pas à les imposer à autrui ni à tourner ma foi en ridicule pour prouver qu'elle a raison.

Miriam me lança un regard meurtrier. Je ne pouvais pas l'en blâmer ; elle était tombée dans mon piège, et c'était un coup bas.

Les jurés semblaient vouloir me porter en triomphe. J'avais misé sur un jury chrétien dans cette partie de la ville, et j'avais vu juste. Quatre de ses membres avaient une croix autour du cou. Trouver l'idole d'un juré et l'agiter devant lui est le plus sûr moyen de le mettre dans sa poche. Il suffit de tomber sur la bonne. Si j'avais été à Vegas, ç'aurait été Elvis ou Sammy Davis Jr ; au Texas, parmi les fanas de football, Sammy Baugh ; dans l'Oklahoma, Mickey Mantle. Dans ce quartier de New York, quelque chose de libéral ou de chrétien marchait à tous les coups. La plupart des membres du jury me souriaient ; les autres étaient trop occupés à regarder Miriam de travers.

Carton plein.

Mais la juge n'était pas contente du tout. Elle me voyait venir avec mes gros sabots.

— Madame Sullivan, peut-être devriez-vous reformuler votre dernière question.

Mais Miriam avait terminé.

— Plus de questions, Votre Honneur.

13

Debout derrière la table de la défense, avec tous mes accessoires glissés en dessous, à portée de main, tel un prestidigitateur à deux sous, je pris soudain conscience que je n'avais rien préparé et que je risquais de me ramasser une gamelle d'une seconde à l'autre. *Pas de précipitation*, me dis-je. Je fermai les yeux un moment, juste le temps de respirer à fond ; pourtant, je savais que je la verrais dans le noir. Hanna Tublowski. Elle me rendait visite presque toutes les nuits, avant de m'endormir. La même image me réveillait chaque matin. J'avais essayé de chasser cette vision avec du bourbon et de la bière fraîche. Dès que je l'avais vue ce jour-là, j'avais acquis la certitude que mon cœur en porterait à jamais la cicatrice, et je n'avais pas exercé la profession d'avocat depuis. Le cours de ma vie semblait s'organiser autour du moment où j'avais accepté l'affaire Berkley, entre un avant et un après.

Quand j'ouvris les yeux, j'avais les idées claires. Je regardai Goldstein, mes questions à nouveau présentes à l'esprit.

— Docteur Goldstein, diriez-vous que, pour comparer des échantillons d'écriture, mieux vaut s'appuyer sur des documents de même nature ? Deux CV, par exemple, ou deux demandes de passeport ou de permis de conduire…

— Oui, mais cela n'est pas toujours possible. À moins que votre client n'ait donné deux fois l'ordre d'assassiner quelqu'un ; dans ce cas, je pourrais analyser les deux billets, répondit Goldstein, me regardant par-dessus la monture de ses lunettes.

Une vague de rires nerveux parcourut le public. Le bon docteur parut très content de lui. Je devais me montrer plus prudent.

— Vous avez affirmé que vous aviez acquis la quasi-certitude que l'auteur inconnu du billet et celui, connu, des échantillons, étaient une seule et même personne, mon client. Et vous êtes parvenu à cette conclusion en vous fondant sur votre analyse de la formation et de la construction des lettres, c'est bien cela ?

— Oui.

On lui avait visiblement recommandé de se montrer avare de ses paroles avec moi – que des réponses courtes et bien envoyées. Première règle du guide de survie en contre-interrogatoire pour les nuls : « moins j'en dis, mieux je me porte. »

— N'est-ce pas ainsi qu'on procède en graphologie ? En interprétant la formation des lettres et des mots ?

— Oui.

— Il y a donc une forte similitude dans l'analyse ?

— Jusqu'à un certain degré.

— Il y a donc une forte similitude dans l'analyse ? insistai-je, très lentement, comme si je m'adressais à un enfant qui faisait preuve de mauvaise volonté, afin de m'assurer qu'il m'avait bien compris.

À présent, il était obligé de donner une réponse sans appel pour éviter de passer pour un menteur ou un imbécile aux yeux du jury. En répétant ma question, je l'avais déjà fait paraître évasif.

— Oui. Il existe une forte similitude dans l'analyse.

Excellent.

— Mme la Procureure a tenté de vous interroger à ce propos. Je crois qu'elle essayait de vous demander si la graphologie pouvait être considérée comme un système d'analyse valable. Alors, qu'en pensez-vous ?

— Oui. Bien sûr que oui.

— N'est-il pas exact qu'un graphologue a interprété une tache dans la signature de John Wayne comme un signe de son inconscient lui disant qu'il souffrait d'un cancer du poumon ? Vous confirmez ?

Tournant le dos au témoin pour qu'il ne puisse pas voir mon expression, je lançai aux jurés un regard incrédule, comme si je n'en croyais pas mes oreilles. En fait, j'avais demandé au docteur Goldstein si un graphologue avait un jour fait une telle interprétation à propos de John Wayne, ce qu'il ne pouvait pas ignorer. Mais parce que je lui avais donné un support visuel fort, le jury avait entendu une tout autre question.

— Oui, dit-il, admettant, correctement, qu'un graphologue avait bel et bien fait cette interprétation.

Mais à cause de ma moue incrédule, le jury crut qu'il était d'accord avec cette théorie un peu folle, et pas uniquement qu'il reconnaissait son existence.

— C'est donc assez comparable à de la divination ?

— Non. Il s'agit d'une méthode d'analyse interprétative sérieuse.

— J'ignore ce que cela signifie, docteur.

Je me tournai vers les jurés et levai les mains en l'air pour lui faire comprendre que même l'avocat surpayé qu'ils avaient face à eux ne savait pas de quoi parlait ce type. Ils sourirent.

— Voyons si vous pouvez nous faire une démonstration concrète, ajoutai-je.

C'était le moment de passer à l'offensive sans que Goldstein s'en rende compte. Saisissant l'agrandissement d'une lettre « G » que j'avais fait sur la photocopieuse à l'étage, je le brandis à l'intention du jury. Puis, je le tournai vers le témoin, avant de le placer sur le chevalet, près du « G » du billet de un rouble. L'une à côté de l'autre, les deux lettres semblaient identiques. À ce stade, la plupart des procureurs auraient protesté, arguant du fait qu'il ne m'appartenait pas de mettre à l'épreuve les conclusions de l'expert, et nous aurions eu un débat sur le sujet. En général, les juges laissent une certaine latitude à la défense lors du contre-interrogatoire. Miriam ne souleva pas d'objection, parce qu'elle savait que j'obtiendrais ce que je voulais et qu'elle donnerait l'impression au jury de protéger son témoin. Quand cela était possible, elle préférait qu'ils s'en sortent sans qu'elle ait à intervenir.

— Docteur, ce « G » est construit de manière similaire au « G » trouvé sur le billet contesté ainsi que sur les échantillons portant la signature de mon client, exact ?

J'espérais qu'il confirmerait. Une minute sembla s'écouler, pendant laquelle lui et le jury fixèrent leur regard sur les agrandissements disposés face à eux. Une grimace déforma ses traits pendant qu'il les examinait.

Je dus l'encourager un peu.

— Ce « G » apparaît bel et bien similaire à celui du billet, n'est-ce pas ?

— C'est possible.

— Oui ou non ?

— Oui.

— Et celui-là ?

Je plaçai une nouvelle feuille de papier sur le chevalet. Le « G » semblait similaire, mais provenait d'un échantillon différent ; une autre lettre était en partie visible sur cette copie. Goldstein scruta laborieusement le document, mais pas aussi longtemps que le précédent.

— Oui. C'est très similaire.

— Les graphologues se font une opinion sur les gens en se fondant sur la façon dont une personne pourrait construire la lettre « G », c'est bien cela ?

— Oui.

— N'est-il pas également exact qu'un graphologue dirait que l'auteur de ce « G » est un *déviant sexuel* ?

J'élevai la voix, laissant ces deux derniers mots dominer ma phrase et résonner dans la salle d'audience – avec la certitude de réveiller tout le monde. L'écriture, quelle barbe ; le sexe, ça, c'est intéressant. Alors, les déviances sexuelles…

— Oui, répondit-il. L'auteur de ces « G » montrera des tendances à la déviance dans sa vie sexuelle.

Je marquai une pause. Je voulais faire travailler l'esprit des jurés, qu'ils s'interrogent sur cette déclaration.

— Vous connaissez Mme Miriam O'Sullivan, procureure suppléante du comté de New York ?

Il parut soudain nerveux.

— Oui, bien sûr.

— Mme Miriam Sullivan est-elle une déviante sexuelle ?

— Quoi ? Bien sûr que non !

— Votre Honneur... cria Miriam.

— Oui. Je m'en occupe, madame Sullivan, dit la juge Pike. Monsieur Flynn, ne m'obligez pas à vous rappeler à l'ordre.

— Mes excuses, Votre Honneur, mais me permettrez-vous de demander si Votre Honneur se livre elle-même à des pratiques sexuelles déviantes ?

Avec une conduite si scandaleuse, je courais le risque de perdre la sympathie du jury et de finir dans une des cellules au sous-sol du tribunal pour outrage.

La juge Pike me regarda par-dessus la monture de ses lunettes posées au bout de son nez à la plastique rectifiée, tel un tueur en série examinant sa proie par-dessus le capot de sa Chevrolet vrombissante avant d'écraser ce misérable ver de terre.

— Monsieur Flynn, vous avez dix secondes avant que je ne vous fasse jeter en prison.

Le jury semblait physiquement sous le choc.

Je sentis deux vibrations au creux de mes reins. Arturas avait amorcé l'engin. Je me rappelai ce qu'il avait dit plus tôt à propos du détonateur à distance : deux boutons, un pour armer, l'autre pour tout faire péter. J'en déduisis que la bombe était dorénavant prête à exploser.

14

Arturas me regardait comme si je tenais un couteau contre la gorge de sa mère. Il venait d'armer la bombe en guise d'avertissement, j'en avais la certitude : si j'étais mis en détention, il n'hésiterait pas à appuyer sur le bouton.

La juge Pike sembla léviter au-dessus de son fauteuil, comme si la fureur bouillonnant dans ses joues suffisait à la soulever.

— Votre Honneur, mesdames et messieurs les jurés, veuillez ouvrir la liasse B à la page 7, dis-je.

Je n'avais jamais vu des pages tourner avec tant de frénésie. Une fois arrivée au bon endroit, la juge Pike retourna à nouveau son regard indigné vers moi. Le jury paraissait perplexe.

Je me plaçai à côté du chevalet pour donner plus de poids à ma démonstration.

— Votre Honneur, le premier caractère est un agrandissement du « G » de votre signature apposée sur l'acte listant les étapes de ce procès, page 7 – Gabriella Pike. Exact ?

— Oui, dit-elle, toujours en colère, mais un peu intriguée à présent.

— Docteur Goldstein, selon vos conclusions, Mme la Juge aurait pu être l'auteure du billet litigieux.

— Non.

Je tirai un Post-it jaune de ma poche de pantalon et le tendis au juré hispano-américain bien habillé.

—Cette note m'a été remise par Mme la Procureure ce matin. Veuillez la faire circuler parmi les autres membres du jury.

« VOTRE CLIENT EST FICHU. JE VOUS GARANTIS QUE J'AURAI FAIT ANNULER SA LIBERTÉ PROVISOIRE AVANT 17 HEURES. »

—Vous constaterez que le « G » au début de « garantis » correspond en fait à la lettre agrandie ici même, sur cette affiche. La méthode de construction est identique à celle utilisée par l'auteur de l'échantillon d'écriture litigieux. N'est-ce pas, docteur ?

—J'ai déjà dit qu'elle était similaire.

—D'après votre témoignage, le billet du meurtre aurait donc pu être rédigé par l'accusé, Mme la Juge ou Mme la Procureure ?

—Non. Vous déformez tout.

—Laissons les jurés jeter un coup d'œil à ce billet. Ils pourront décider.

Un à un, les membres du jury examinèrent le rouble, puis l'agrandissement du « G » de « garantis », et enfin Miriam. Avec la même expression. Miriam venait de se faire surprendre la main dans la boîte à bonbons. Elle se prit la tête entre les mains. Le jury la trouverait présomptueuse, effrontée – certainement pas l'une des leurs.

—Soyons parfaitement clairs à ce sujet, docteur. Certains graphologues estiment qu'une personne qui met une queue prononcée sur ses « G » présente des tendances à la déviance sexuelle, mais tous ne sont pas de cet avis, n'est-ce pas ?

Croyant que je lui lançais une bouée de sauvetage, il l'attrapa sans réfléchir.

—C'est juste.

—Docteur, n'est-il pas exact que nous construisons les lettres de l'alphabet en fonction de la façon dont on nous a appris à écrire, que ce soit à l'école ou à la maison ?

—C'est un facteur déterminant, mais pas le seul. Certaines personnes modifient leur manière d'écrire en vieillissant, mais pas considérablement, je vous l'accorde.

— Et les sœurs qui m'ont appris à écrire à l'école catholique ? Le fait de mettre une queue à la lettre « G » lorsqu'elles l'écrivaient au tableau noir pour me permettre de la recopier ne faisait pas d'elles des déviantes sexuelles, n'est-ce pas ?

Les membres du jury qui portaient un crucifix semblèrent se redresser légèrement sur leur siège.

— Non. Bien sûr.

— Tout comme cela n'indique aucunement des tendances déviantes chez Mme la Juge et Mme la Procureure, ni d'ailleurs chez l'auteur de ce billet. Il est plus probable qu'on puisse attribuer cette graphie à la façon dont ils ont appris à écrire ; de nombreuses personnes construisent cette lettre précisément de cette manière, exact ?

— Vous avez raison.

— C'est une construction assez commune pour cette lettre ?

— Oui.

— Cette salle d'audience contient environ deux cents personnes. Combien, parmi elles, formeraient cette lettre de l'alphabet de la même façon ? Un quart ? Un tiers ?

— Bon nombre d'entre d'elles.

Il faisait marche arrière rapidement. Il but une gorgée d'eau en tremblant légèrement. Je l'avais obligé à me suivre sur une voie qu'il ne voulait pas emprunter, et il était pressé d'en sortir aussi vite que possible pour enchaîner.

Quand le Post-it de Miriam eut fini de faire le tour du jury, l'huissier le tendit à la juge, qui sembla encore plus furieuse contre Miriam que contre moi. J'en avais presque terminé avec Goldstein ; le couvercle était posé sur le cercueil, je n'avais plus qu'à le clouer.

— Il est impossible d'affirmer de quelqu'un qu'il est sexuellement déviant en se fondant uniquement sur son écriture, n'est-ce pas ?

— Oui. À la réflexion, c'est impossible, admit-il, se hâtant de prononcer enfin son divorce d'avec la graphologie.

Malheureusement, ce renoncement marqua la fin du docteur Goldstein.

— C'est ce que vous affirmez aujourd'hui ; pourtant, en 2000, dans un article intitulé « De l'identification des délinquants sexuels récidivistes par leur écriture », vous prétendiez être capable d'identifier violeurs, pédophiles et pervers sur la base de leur seule déclaration de revenus. Vous confirmez être l'auteur de cet article, n'est-ce pas ?

Je le brandis à l'intention du jury.

Goldstein regarda droit devant lui. Sa mâchoire et sa bouche s'activèrent en silence jusqu'à ce qu'il hoche la tête.

— J'interprète cela comme un « oui ». Donc, docteur, vous venez de témoigner, sous serment, qu'il était impossible de détecter des pratiques sexuelles à partir de l'écriture ; pourtant, en 2000, vous avez rédigé un article dans lequel vous affirmiez être capable d'identifier les délinquants sexuels grâce à leur écriture, allant jusqu'à prétendre pouvoir distinguer les différents types de prédateurs…

Je m'interrompis. Je ne lui avais encore rien demandé, mais j'exploitais cette pause pour regarder le jury, comme s'il m'inspirait la question à venir.

— Je pense que le jury aimerait savoir, docteur : mentiez-vous dans votre article en 2000, ou mentez-vous maintenant ? Où est la vérité ?

Une question sans bonne réponse – ce sont les meilleures, évidemment. Peu importe ce qu'il s'apprêtait à dire ; plus personne n'en croirait un mot. D'ailleurs, il ne dit rien. Il baissa simplement la tête. Deux des jurées noires eurent un mouvement de recul devant le docteur Goldstein, avec une expression de dégoût sur le visage. Le reste du jury semblait en colère contre lui. Certains de ses membres parurent indisposés par sa vue au point de préférer garder les yeux fixés sur leurs chaussures.

Miriam ne souhaita pas réinterroger le témoin. Son Post-it m'avait donné l'idée. Le « G » de sa note avait été écrit de manière très similaire à celle de la lettre « G » sur laquelle Goldstein s'était focalisé dans son rapport, et il ne m'avait pas fallu longtemps pour en trouver une troisième dans les liasses du procès. La chance avait voulu que la juge en fût l'auteure. Le docteur Goldstein regagna d'un air penaud sa place au fond de la salle d'audience.

— Ça suffit pour aujourd'hui, déclara la juge Pike.

Un garde armé se présenta pour escorter le jury dans la salle de délibérations en attendant de lui rendre sa liberté jusqu'au lendemain.

— Mesdames, messieurs, la Cour, dit l'agent de sécurité.

Pike claqua la porte de son cabinet en sortant. La salle commença à se vider. Il était 16 h 30. Miriam réunit son équipe en petit comité. La veste pesait lourd sur mes épaules. J'avais fait de mon mieux; si j'avais réussi mon coup, Volchek danserait bientôt la gigue. Il souriait; curieusement, Arturas, lui, ne semblait guère ravi.

Alors que les représentants de la presse se précipitaient à l'extérieur, je vis une silhouette, immobile dans la marée humaine: Arnold Novoselic. Il boutonna son manteau et se glissa le long des rangées de bancs, en direction de la table de l'accusation, sans me quitter du regard.

Je secouai la tête, mais il continua à me fixer avec un air déterminé. Au moins, je savais maintenant qu'il n'était pas là simplement en qualité d'observateur: il appartenait au camp adverse.

Miriam oublia ses collaborateurs dès qu'elle l'aperçut. Elle alla à sa rencontre et ils s'installèrent ensemble sur un banc vide. Je jetai un coup d'œil à Volchek; il était resté assis les bras croisés. Alors que je me tournais à nouveau vers eux, Miriam et Arnold détournèrent le regard. Arnold lui avait parlé de la bombe.

Ils se levèrent de conserve et se dirigèrent vers la sortie. Les collaborateurs de Miriam se hâtèrent de rassembler ses dossiers pour la suivre. Avant d'atteindre la porte, elle se retourna vers moi avec une expression perplexe. Ça ne pouvait rien annoncer de bon. Après la raclée que je venais de lui infliger, elle aurait dû me dévisager comme si j'avais rayé sa voiture à coups de clé. Mais elle embrassa du regard la salle d'audience et ses yeux s'arrêtèrent sur les trois hommes en costume impeccable que j'avais pris pour des fédéraux. Après les avoir attendus, toujours à la porte, Miriam présenta le consultant au FBI et ils s'en allèrent tous ensemble.

Je baissai la tête et jurai à voix basse. Dans mon contre-interrogatoire de Goldstein, j'avais été parfait ; j'espérais avoir gagné la confiance de la Bratva, mais cela risquait de ne pas durer. À en juger par l'expression de Miriam quand elle avait quitté le tribunal, j'avais une chance sur deux d'être arrêté en sortant de la salle d'audience, et Amy n'y survivrait pas.

15

À mesure que la salle d'audience se vidait, je me sentis de plus en plus mal à l'aise. Les Russes ne firent pas mine de se lever. Au bout d'une minute, je me retrouvai seul avec eux.

— Victor, va surveiller l'entrée, ordonna Volchek.

Le géant, avec ses épaules massives et son cou semblable à un pneu Michelin, avait le physique de l'emploi. Alors qu'il posait ses mains sur la balustrade, je remarquai que les articulations de ses doigts étaient difformes et couvertes de cicatrices. Son nez donnait l'impression d'avoir été mal remis en place après avoir été méchamment cassé. Ce type avait tout d'un boxeur. Après avoir acquis la réputation d'être un petit dur dans mon quartier, j'étais rapidement devenu le jeune boxeur le plus doué de Brooklyn. Mais quand j'avais commencé l'entraînement chez Mickey Hooley, j'avais vite compris que je n'étais pas taillé pour être pro. J'aimais quand même ce sport. Jusqu'à mes dix-huit ans, le temps que je n'avais pas consacré à la rue et à mes arnaques, je l'avais passé à la salle, à taper comme un sourd. Mais ça remontait à un bout de temps, et même si je n'étais pas dénué de talent, je ne donnais pas cher de mes chances face à Victor.

Victor marcha lentement vers la sortie pour se mettre en position, son dos large contre la porte à doubles battants, afin d'empêcher qui que ce soit d'entrer. Apparemment, Volchek et moi avions à causer.

— Je veux parler à ma fille.

— Si vous remettez ça sur le tapis, je la viole et je la tue, menaça Arturas.

Je ne comprenais pas quelle mouche le piquait. Il aurait dû être ravi que tout se soit déroulé si bien. Je me tus et me fis le serment, en silence, qu'Arturas souffrirait si je me sortais de ce mauvais pas. Volchek, par contre, semblait nettement plus satisfait.

— Vous avez bien travaillé, l'avocat. Si vous faites exactement ce que je vous dis, votre fille vous sera rendue saine et sauve, promit-il, en tentant d'adopter le sourire caractéristique d'Arturas. Nous ne prendrons pas le risque de repasser les contrôles de sécurité. Le palais de justice reste ouvert pour le tribunal de nuit. Vous dormirez dans le petit bureau à l'étage. Ne vous inquiétez pas. Gregor sera bientôt de retour pour vous tenir compagnie. Et Victor et Arturas seront là, eux aussi, pour vous surveiller.

Gregor était probablement le monstre qui m'avait mis KO dans la limousine. Quand j'avais repris conscience, il n'était plus dans la voiture.

J'avais passé plus d'une nuit dans ce tribunal et, avec le recul, je regrettais chacune d'elles.

Un jour, Christine m'avait expliqué qu'elle se sentait seule dans notre mariage. Au cours de notre dernière année en couple, j'avais rarement dormi à la maison. Jack et moi nous tuions au boulot, courant les audiences vingt-quatre heures sur vingt-quatre ; ma famille m'avait manqué, mais je m'étais dit que je le faisais pour elles, pour leur offrir une vie meilleure. Mais Christine et Amy ne souhaitaient qu'une chose : me voir plus souvent. Même avec les heures sup', l'argent ne rentrait pas aussi vite qu'on pouvait s'y attendre. Au point que Christine m'avait demandé si j'avais une liaison. Elle n'y croyait pas vraiment, elle avait simplement exprimé sa colère. La vie que je lui proposais ne correspondait pas à ce qu'elle avait espéré. À la suite du procès Berkley et de ma suspension pour une durée de six mois, j'avais trouvé refuge dans les bars, loin des personnes que j'aimais le plus. J'avais fini par comprendre que je ne voulais pas affronter Christine et admettre que toutes ces nuits passées à l'hôtel Dracula l'avaient été en pure perte ; que j'avais manqué les premiers pas sur les planches d'Amy dans la pièce de théâtre de l'école pour en découdre avec un juge dans une salle d'audience ; que j'avais sacrifié notre mariage pour rien. Jusqu'à l'année précédente, Christine et moi n'avions pas eu à nous plaindre : une maison sympa dans le Queens, une fille formidable ; je ne gagnais pas aussi bien ma vie que j'aurais pu l'espérer avec mes horaires impossibles, mais nous étions raisonnablement heureux. Du moins le pensais-je.

J'avais fait la connaissance de Christine en fac de droit. Au cours du premier mois, je ne lui avais pas adressé la parole. Je n'en avais tout simplement pas eu le courage. Ma promotion ne manquait pas de jolies filles riches ; en revanche, les gars comme moi, qui se pointaient en cours en jean déchiré et tee-shirt taché d'huile, et dont l'haleine empestait la bière ingurgitée la veille, étaient beaucoup moins nombreux. À l'époque, je n'étais pas laid, et j'attirais mon lot de nanas qui cherchaient à s'encanailler pour une nuit. Mais je voulais Christine. Nous nous étions rencontrés le lendemain de la Saint-Patrick. Je sortais en chancelant de *Flannery's* à 9 heures du matin, encore ivre, et j'avais sauté dans un taxi, direction la fac. Le chauffeur n'avait pas eu le temps de démarrer ; une fille avait ouvert la portière côté passager pour monter à côté de moi ; c'était Christine.

— On va bien au même endroit ? avait-elle demandé.

— Oui.

Dans la voiture, elle avait commencé à se déshabiller, ne conservant que ses sous-vêtements. Elle avait retiré son haut et son jean et les avait jetés sur le sol, puis elle avait mis du déodorant et sorti de son sac un pantalon et un haut propres. Pour elle aussi, une nuit fortement alcoolisée venait de se terminer. Pendant tout ce numéro, elle n'avait pas prononcé un mot. Le chauffeur et moi étions restés bouche bée. Quand il nous avait déposés, elle avait réglé la course, puis elle était descendue du taxi en glissant ses longs cheveux châtains derrière l'oreille.

— Désolée. Je ne t'ai pas choqué, j'espère ? m'avait-elle lancé.

— Non, avais-je répondu. Je suis ravi.

C'était ainsi que tout avait commencé. Nous nous étions retrouvés le soir même et étions tombés amoureux autour d'un pichet de bière et d'un panier de crevettes que je n'avais pas payés.

Elle était libre. C'était ce qui m'avait tout de suite plu chez elle. Après notre mariage, je l'avais aimée encore davantage lorsqu'elle m'avait tendu Amy pour que je la tienne dans mes bras. Amy avait l'esprit libre, comme sa maman.

Je sentis à nouveau au creux des reins la vibration qui m'avait surpris en pleine audience. Arturas avait dû désactiver l'engin.

— Vous savez ce qui m'a le plus épaté aujourd'hui ? dit Volchek. Vous n'avez pas bronché quand Arturas a armé la bombe. Maintenant, vous comprenez ce que vous avez à faire pour que tout se termine bien, pour vous et votre fille. (Il désigna la barre des témoins.) Si je vous laisse interroger Benny, qu'est-ce que vous lui demanderez ?

— Je ne le sais pas encore. Les angles d'attaque ne manquent pas : le fait qu'il tente de vous impliquer pour sauver sa peau, ou qu'il ait passé un marché avec l'accusation pour éviter la prison à vie alors qu'il est aussi crédible que le premier mouchard venu.

Le fil de ma pensée m'entraîna vers une question qui n'avait pas cessé de me travailler depuis que j'avais eu vent de cette affaire par les journaux. Volchek était jugé pour un seul meurtre, celui de Mario Geraldo, alors qu'il était à la tête d'une vaste organisation criminelle qui brassait des millions de dollars. Si Benny avait été arrêté en flagrant délit, pourquoi n'avait-il pas conclu un accord plus favorable ? Pourquoi n'avait-il pas balancé aux fédéraux tout ce qu'il savait sur les activités de Volchek, avant de disparaître dans le programme de protection des témoins, plutôt que de le livrer à la justice pour un seul homicide et de faire de la prison ferme quand tout serait terminé ?

— Si je m'en prends à Little Benny en lui reprochant de n'être qu'un mouchard, je risque de rencontrer un léger problème : il n'a rien lâché au FBI à propos de votre organisation. Ça lui donne une certaine crédibilité en tant que témoin, parce qu'il aurait pu parler, je me trompe ?

Volchek et Arturas gardèrent le silence. J'interprétai ça comme un « oui ».

— Il a déjà été jugé, n'est-ce pas ? J'ai lu dans le *Times* qu'un témoin anonyme dans un procès imminent contre la mafia russe avait été condamné à de la prison ferme. Pas difficile de faire le lien avec votre affaire. Il en a pris pour combien ? Dix ans ?

— Douze, dit Arturas.

— Alors, qu'est-ce qui l'a empêché de balancer la bonne came ? Ça n'a pas de sens. Pourquoi n'a-t-il pas échangé ses révélations sur votre organisation contre sa liberté et une nouvelle identité offerte par le FBI ?

Volchek cracha sur le sol, ses yeux cherchant ceux d'Arturas.

— Peut-être que Little Benny n'a pas complètement oublié sa loyauté.

Son regard sombre et féroce se tourna de nouveau vers moi.

— Peu importe. Je ne pense pas que vous gagnerez ce procès, monsieur Flynn. Vous pouvez essayer. Vous avez ma bénédiction. Mais dès demain, la bombe sera installée sous le siège. Pas cette nuit, nous ne pouvons pas courir le risque que le personnel de service la trouve. Mais demain, oui. Comme l'a prévu Arturas, conclut Volchek.

Alors qu'il prononçait le nom de son lieutenant, je crus à nouveau distinguer cette soif de sang dans son expression sinistre, comme si les meurtres qui avaient déjà eu lieu et les morts à venir étaient une source de plaisir sadique pour lui. Il était le patron de son organisation, pourtant il avait pris le temps de torturer lui-même Jack et sa sœur. Pour Arturas, l'usage de la violence faisait partie du boulot ; Volchek, lui, s'en délectait.

Toutes ses belles paroles sur la Bratva, la loyauté et la confiance n'y changeaient rien : quand un de ses hommes était arrêté par les flics, il pointait directement du doigt son chef, son *pakhan*, celui qui, en lui remettant un billet de un rouble, lui avait donné son *tselkovy*, tout son cœur. Aucune grande organisation criminelle ne peut survivre sans un certain degré de confiance. Elle doit pouvoir compter sur la loyauté de ses membres pour continuer à faire tourner les affaires. Volchek devait avoir la cinquantaine. Peu de gangsters parviennent jusqu'à cet âge, encore moins à ne pas finir derrière les barreaux. Cela témoignait d'une certaine loyauté au sein de la Bratva, une loyauté dont on attendait beaucoup. En cas de déception, les conséquences étaient inévitables. La balafre sur la joue d'Arturas en était probablement une forme de rappel. Volchek méprisait Little Benny. En le faisant exploser, il enverrait un message clair aux soldats de la Bratva, aux forces de l'ordre du monde entier et à toutes les bandes rivales : vous n'êtes à l'abri nulle part. Celui qui trahit la mafia russe le paie de sa vie.

L'obscurité tomba sur le bâtiment, alors qu'un gros nuage chargé de pluie avançait dans le ciel, atténuant la lumière déclinante du jour.

J'entendis un bruit, fort et insistant. Quelqu'un frappait à la porte de la salle d'audience.

16

Je regardai Victor et Arturas tomber à genoux et extraire, d'un compartiment secret dans un talon de leurs chaussures, une lame courbe meurtrière. Des couteaux dépourvus de manche pour réduire l'encombrement, coulés d'une pièce dans de la céramique, un matériau passant à coup sûr les détecteurs de métaux. Ce luxe avait un prix. On pouvait s'offrir un couteau tout à fait correct pour soixante-quinze dollars ; ceux-là avaient probablement coûté cent fois plus.

C'était leur solution de repli. Si tout part en couilles, on sort les lames. Pas de flingues. Arturas n'avait pas son gros revolver sur lui. S'il était impossible de faire entrer une bombe dans ce tribunal, c'était tout aussi vrai d'une arme à feu.

Victor colla son oreille contre la porte, son couteau dans la main gauche, le long du corps, la lame vers le haut, vers le plafond. Arturas paraissait plus à son aise avec le sien, qu'il tenait pointé vers le sol, dans une prise « pic à glace » idéale pour le combat, puisqu'elle permettait de frapper plus aisément. Avec cette prise, l'arme reste discrète ; elle n'est pas une cible facile pour un adversaire qui chercherait à vous désarmer. En outre, en portant ses coups de haut en bas, on leur donne davantage de force ; c'est aussi plus rapide. J'avais moi-même eu l'occasion de me servir d'une lame dans le passé – pour ma protection.

Arturas rejoignit Victor à la porte.

Ils écoutèrent.

Rien.

« bam ! bam ! »

Arturas me fit signe d'avancer.

— On va ouvrir. C'est vous qui parlerez. Débrouillez-vous pour régler le problème.

Victor prit la porte de gauche ; Arturas se posta à droite, tenant le détonateur dans sa main gauche. La bombe vibra à nouveau ; pour la première fois, je remarquai un voyant lumineux rouge sur le boîtier, probablement un signal d'activation.

Nos respirations résonnèrent doucement dans la salle d'audience.

— Et si ce sont les fédéraux ? demandai-je.

— Pourquoi est-ce qu'ils voudraient vous parler ? répondit Arturas.

— La procureure a engagé un consultant, Arnold Novoselic. Je l'ai aperçu dans le public aujourd'hui. Il sait lire sur les lèvres, il est réputé pour ça. J'ai peur qu'il nous ait surpris quand nous avons mentionné la bombe.

Volchek secoua la tête.

— Impossible. Ouvrez cette porte.

Arturas et Victor échangèrent un regard. Ils tirèrent chacun sur une poignée et un flot tumultueux de lumière se déversa dans la salle.

Ils étaient alignés tel un peloton d'exécution, mais au lieu d'une pluie de balles, je tombai sous les flashs d'une douzaine de reporters. Instinctivement, je mis mes mains devant mon visage pour protéger mes yeux de ce soudain assaut fluorescent.

Quand nous avions lancé notre cabinet, Jack avait insisté pour que nous fassions des photos publicitaires. J'avais dû rester assis dans une pièce très éclairée et sourire pendant quarante minutes pendant qu'un photographe surpayé s'efforçait de me donner un tant soit peu d'allure pour illustrer de futures affiches et autres mugs. Avec le recul, les mugs avaient été une erreur. Aucun client ne souhaite avoir le visage de son avocat sur sa tasse de café. Cela ne sert qu'à lui rappeler son accident de la route, son divorce, son inculpation pour meurtre ou viol, ou – pis – sa facture. Le souvenir de cette journée me fit sourire. Comme je m'ennuyais terriblement, j'avais sorti un jeu de cartes et j'avais soulagé le photographe et son assistant de mille cinq cents dollars – chacun. Bien obligé. À l'époque, Jack et moi avions tout juste de quoi nous payer un plein d'essence, alors une séance photo... Je grinçai des dents en repensant à Jack et au pétrin dans lequel il m'avait fourré.

Les mains en écran, je commençai à avancer. Les reporters ne s'y attendaient pas. Un grand type de la télé qui braquait un projecteur directement sur moi faillit même tomber. J'étais presque sûr que chacun d'eux m'avait déjà tiré le portrait dans le passé, avec un sourire idiot plaqué sur le visage et mon bras autour d'un voyou quelconque. Que cela me plût ou non, je fonctionnais d'après une sorte de barème : plus le crime dont on soupçonnait mon client était horrible, plus je le serrais de près devant l'objectif. Selon cette logique, j'aurais dû coller Volchek et lui mettre la main aux fesses. Tout avocat qui se respecte finit par avoir régulièrement sa bobine à la une et par connaître certains journalistes.

Derrière les photographes et les cameramen attendaient les vrais requins – les journalistes. Instantanément, je me retrouvai entouré de micros, d'enregistreurs et de mains implorantes. À part le naufrage du *Sacha* sur l'Hudson quelques jours plus tôt, cette affaire était l'événement dont tout le monde parlait en ville. Personne ne voulait passer à côté. Volchek était un des plus gros patrons du crime organisé à comparaître devant un tribunal moderne, et comme aucune caméra n'avait accès à la salle d'audience, ils avaient tous patienté pour pouvoir mitrailler et obtenir leurs petites phrases avant qu'il se réfugie dans un ascenseur.

« Eddie, comment pensez-vous défendre Volchek ? »

« Sacrée performance aujourd'hui, Eddie. Qu'est-ce que vous nous réservez pour demain ? »

« Monsieur Flynn, est-ce que votre client va témoigner ? »

On me lança une dizaine d'autres questions simultanément. Je traversai le couloir jusqu'aux ascenseurs, puis me tournai vers la meute.

Personne n'avait remarqué Volchek ; Victor continuait d'avancer, lui faisant un rempart de son corps. Au signal du carillon, les portes s'ouvrirent. Victor traîna les valises qui contenaient les dossiers et contourna les journalistes sur leur gauche, alors qu'ils focalisaient toujours leur attention sur moi. Il se faufila furtivement dans la cage et me fit signe de le rejoindre. Volchek recula dans un coin, tandis que Victor et Arturas se postaient devant l'entrée. Comprenant enfin qui faisait l'objet d'une telle protection, les reporters appelèrent les photographes à la rescousse, mais il était trop tard.

Les portes commencèrent à se refermer. Arturas et Victor étaient un peu à cran, ils respiraient bruyamment, leurs mains fourrées dans les poches de leur manteau, serrant sans doute leurs couteaux. Les yeux grands ouverts, ils étaient attentifs à toute menace. Des types comme eux pouvaient se révéler dangereux dans ce genre de situation. Peur plus adrénaline formaient un mélange explosif chez n'importe qui, probablement mortel chez quelqu'un comme Arturas. Une main tendue empêcha la fermeture des portes qui s'écartèrent à nouveau. Ce n'était pas un journaliste trop enthousiaste, comme je l'avais espéré, mais Barry, l'agent de sécurité. Il avait l'air d'un type qui m'avait cherché toute la journée. Alors que les portes se rouvraient, il me rejoignit dans l'ascenseur.

— Eddie, je dois encore te remercier pour ce que tu fais pour Terry. Quand je lui ai annoncé que tu acceptais de le représenter gratuitement, il a pratiquement sauté au plafond. Il a appelé sa femme ; ils veulent absolument t'inviter à dîner.

Comme beaucoup de gens que leur travail force à rester longtemps debout, Barry avait fini par développer une posture qui soulageait le corps en atténuant la douleur autant que possible. Il fit peser son poids sur sa jambe droite, attendant une réponse de ma part, la main nonchalamment posée sur la crosse de son Beretta 45.

Victor appuya à nouveau sur le bouton du dernier étage.

Par-dessus l'épaule de Barry, je vis Miriam en train de parler à l'un des fédéraux, le plus grand. Il portait un élégant costume bleu marine, une chemise blanche et une cravate bleue. Ses cheveux étaient si noirs que je le soupçonnai de les avoir teints. Miriam me pointa du doigt. L'homme du FBI me regarda, puis il avança dans notre direction. Se doutant qu'il n'arriverait pas à temps, il leva les yeux vers le panneau lumineux qui indiquait les étages. Dès qu'il saurait où nous nous serions arrêtés, il n'aurait aucune difficulté à nous retrouver.

Les portes de l'ascenseur se fermèrent.

« Bon sang ! Barry. Qu'est-ce que tu fous ? J'ai une bombe sur moi », voilà ce que j'avais envie de lui dire.

Je n'en fis rien, bien sûr.

Barry attendait que j'accepte l'invitation de son ami à venir déguster un hachis Parmentier autour d'une bonne bière, mais je ne me sentais pas capable de croiser son regard. C'était à cause de moi qu'il se retrouvait dans cet ascenseur. Si je n'avais rien dit à propos de l'affaire de Terry, si j'avais poliment refusé de m'en mêler, il ne serait pas là. Arturas serra les lèvres.

J'observais Barry du coin de l'œil. Il mâchait un chewing-gum. Les muscles de ses mâchoires se contractaient et se décontractaient sur le côté de sa tête, produisant un léger bruit humide alors qu'il faisait rouler le chewing-gum dans sa bouche. L'ascenseur ralentit au dix-huitième étage.

— Dix-huitième ? s'étonna Barry en voyant le numéro allumé sur le panneau de contrôle. Tu restes toute la nuit ?

— Oui. Grosse affaire. C'est calme, là-haut, et on a besoin d'espace. En bas, les salles de réunion sont trop petites. Je serai là avec mes clients. Si j'ai le temps, j'irai peut-être faire un tour au tribunal de nuit un peu plus tard. Qui siège aujourd'hui ?

— Le juge Ford.

— Pour le dîner, préviens Terry que ce sera pour une autre fois. Dis-moi, c'est toujours OK de travailler ici, j'espère ? Ça fait un bail que je ne suis pas venu.

— Bien sûr. Ça arrive sans arrêt. Hier, j'ai trouvé un oreiller, une brosse à dents et un rasoir dans la salle de réunion du dixième étage. Tant que tu ne t'installes pas définitivement, aucun problème. Après tout, c'est un bâtiment public, et on ne ferme jamais ; fais comme chez toi. Moi-même, je fais des heures sup' aujourd'hui, alors je m'assurerai que personne ne vienne te déranger. Avec les collègues, on pense commander des pizzas un peu plus tard. Tu veux que je t'en fasse livrer deux ou trois ?

— Non, merci, Barry. Mais c'est sympa de ta part.

L'ascenseur s'ouvrit au dix-huitième. Barry s'écarta pour nous laisser sortir.

— Pour être honnête, vu l'état de cet endroit, je crois que les femmes de ménage ne montent plus ici depuis belle lurette, dit Barry avec un rire moqueur.

Il resta dans la cage pour redescendre. Nous retournâmes dans l'antichambre et le cabinet que nous avions occupé précédemment. Arturas ouvrit la porte et nous le suivîmes à l'intérieur. Il la referma et était sur le point d'introduire la clé dans la serrure quand je l'arrêtai.

— Attendez. Le FBI ne va pas tarder.

Arturas et Volchek se pressèrent autour du moi.

— Qu'est-ce que vous nous chantez là ? demanda Volchek.

— Je viens de voir la procureure me pointer du doigt à l'intention d'un des fédéraux – le type en costume bleu. Le consultant dont je vous ai parlé a dû la prévenir pour la bombe. Ils sont en route. L'un d'eux regardait le panneau lumineux qui indique les étages.

— Victor, à l'ascenseur, ordonna Volchek. Je veux savoir où il s'arrête et dans quel sens il va.

Nous restâmes dans l'antichambre, attendant silencieusement le retour de Victor.

— Il vient de passer le dix-septième ; il descend, cria Victor depuis le couloir.

— S'il s'arrête au quatorzième, ils remonteront immédiatement, dis-je.

— Seizième.

Volchek et Arturas se tournèrent vers moi, mais je ne me sentis pas capable de soutenir leurs regards. Les yeux baissés, je priai pour que l'ascenseur poursuive sa descente.

— Il s'est arrêté au quatorzième, annonça Victor.

Arturas posa la lame de son couteau contre ma joue.

Volchek composa un numéro sur son portable.

Mes jambes commencèrent à trembler, mon pouls à cogner contre mes tempes.

Le correspondant de Volchek décrocha rapidement.

— C'est Olek. On va peut-être devoir tuer la fille. Restez en ligne et n'agissez pas sans avoir reçu mon ordre.

Il laissa tomber son bras, tenant son téléphone le long du corps, tendant l'oreille vers Victor, qui lui confirmerait ou non que l'ascenseur se dirigeait vers nous.

Tremblant comme une feuille, je secouai les mains et serrai les mâchoires. J'attendis.

17

Je luttais contre la panique, mes pensées se bousculaient dans mon esprit. Arturas augmenta la pression de la lame sur ma joue.

— Attendez, dis-je. Calmez-vous. Ils ne vont pas m'arrêter. Pas au risque de fiche le procès en l'air. Le consultant a parlé à la procureure, et c'est elle qui s'est adressée au FBI. Pour Miriam, cette affaire contre le chef de la mafia russe est une chance unique dans sa carrière. Elle ne laissera jamais les fédéraux me coffrer, parce que sans moi, vous n'avez plus d'avocat. Même s'ils montent, n'en tirez pas de conclusion hâtive. C'est pour la galerie. Je vais les baratiner et ils repartiront bien gentiment. Ne faites pas de mal à Amy, je vous en supplie.

Ces derniers mots restèrent coincés dans ma gorge.

— L'ascenseur vient de passer le quinzième étage ; ils arrivent, annonça Victor depuis le couloir.

— C'est terminé, dit Volchek. Arturas, tue-le. On se casse.

Mon cœur cessa de battre, alors que Volchek levait le téléphone à son oreille.

— Non ! Vous ne pouvez pas. Les fédéraux seront là d'un instant à l'autre. Vous n'avez plus le temps. Je vais leur parler. Je me débarrasserai d'eux. J'en suis capable ! criai-je.

— Il a raison, Olek. C'est trop tard pour fuir, soutint Arturas, le visage blême de peur ; son plan s'effondrait sous ses yeux.

— Seizième étage, lança Victor.

— Laissez-moi faire. Je suis votre seule chance.

Volchek hésita et baissa la tête. Il se retourna brusquement, en proie à une furieuse envie de céder à la violence, mais il se contint. Il jura. Je me tins prêt, bras écartés, jambes bien plantées dans le sol. Je n'aurais besoin que d'une seconde pour saisir le poignet d'Arturas de ma main droite, le tirer vers ma poitrine et le maintenir fermement avec la lame contre ma peau ; une demi-seconde de plus pour l'empoigner par le coude et, d'une poussée vers le haut, lui casser le bras et lui luxer l'épaule. Cela ne suffirait tout de même pas pour soulager Volchek de son téléphone avant qu'il n'ordonne de tuer ma fille.

— Dix-sept, dit Victor en revenant dans l'antichambre.

— Tout le monde assis. Arturas, passez-moi un dossier. Nous sommes dans cette pièce pour travailler sur votre affaire. Du calme – je vais nous arranger ça, ajoutai-je, presque à bout de voix.

Arturas éloigna le couteau de ma joue et le retourna, dissimulant la lame aux regards.

— Si vous tentez quoi que ce soit ou si je vous vois simplement vous lever, je fais trancher la gorge de votre fille. Vous m'avez compris ? lança Volchek.

— Oui.

Il reprit son téléphone.

— Je raccroche. Si vous recevez un SMS de ma part dans les minutes qui viennent, vous tuez la fille.

Je le regardai pianoter sur le clavier tactile du mobile, puis il tendit l'écran vers moi. C'était un SMS.

« Tuez-la. » Sous le message, deux options : « supprimer » et « envoyer ».

— Mon téléphone sera sur cette table. Je n'ai qu'à appuyer pour qu'elle meure. Ne l'oubliez pas.

J'entendis un carillon, suivi du bruit métallique des portes de l'ascenseur. Nous nous dépêchâmes de nous asseoir, Volchek et moi au bureau. Arturas me lança un des dossiers extraits de la valise ; je l'ouvris à une page au hasard. Arturas et Victor s'installèrent sur le canapé.

L'espace d'une seconde, je vis un homme passer dans le couloir, se retourner pour faire signe à quelqu'un et disparaître à nouveau. Derrière lui arriva un grand type, en chemise blanche et costume bleu marine – l'agent du FBI aux cheveux noirs plaqués en arrière que j'avais aperçu en compagnie de Miriam un peu plus tôt. Il s'arrêta devant la porte, fit un geste circulaire à l'intention de son collègue, puis entra dans le bureau.

— Bill Kennedy, FBI, se présenta-t-il, brandissant sa pièce d'identité. (Je ne m'étais pas trompé. Je flaire les fédéraux de loin.) Eddie Flynn ?

— C'est bien moi. Si vous n'y voyez pas d'inconvénient, je suis en réunion avec mon client. Il passe en jugement pour meurtre, au cas où ça vous aurait échappé. Alors, si vous voulez bien nous excuser...

Je me détournai de lui et croisai le regard de Volchek. Son téléphone était posé sur le bureau. Le SMS était toujours là, attendant d'être envoyé ou détruit. Je cachai mes mains comme on le fait dans ce genre de situations – quand c'est possible –, parce qu'elles vous trahissent. Elles tremblent, ou bien vous serrez les poings trop fort, à vous en blanchir les articulations, pour masquer votre angoisse.

— Je regrette, mais vous allez devoir me suivre, dit Kennedy.

— *Je* regrette, mais je n'ai pas de temps à perdre avec les petits jeux du FBI. Fermez la porte en sortant.

— Monsieur Flynn, ne m'obligez pas à vous arrêter.

— C'est une idée de la procureure ?

— J'ai été informé d'une possible alerte à la bombe. Je sais ce que j'ai à faire, mais j'espère que nous pourrons clarifier cette situation et éviter une arrestation. Si vous voulez bien m'accompagner pour en parler. Cela ne prendra que quelques instants.

Volchek secoua légèrement la tête, de manière presque imperceptible, puis il posa ses doigts sur son téléphone mobile.

— Je n'irai nulle part.

— Levez-vous, monsieur Flynn.

— Non, répondis-je d'une voix ferme.

Mes mains commencèrent à bouger nerveusement sous la table.

Kennedy sortit un Glock 19 de sa veste et le tint contre sa cuisse.

— Monsieur Flynn, ceci est mon dernier avert…

Je le coupai :

— Vous êtes probablement l'agent du FBI le plus stupide que j'aie jamais rencontré.

— Vous voulez que je vous mette les points sur les *i* ? Si vous n'êtes pas debout dans dix secondes, je vous arrête, dit Kennedy en élevant la voix.

Deux hommes avancèrent dans le couloir derrière Kennedy ; l'un sur la gauche, l'autre sur la droite. Les agents que j'avais vus plus tôt avec lui. Ils avaient dû prendre l'ascenseur avec Kennedy et fouiller tout l'étage pendant que ce dernier s'occupait de moi. Ils étaient tous deux vêtus d'un costume noir et d'une chemise blanche. L'homme sur la gauche avait un petit air italien – une peau saine, des yeux limpides, vifs. Son collègue, un rouquin à la moustache négligée, était trapu et musclé.

Je ne sais pas si je vis ou si je sentis Volchek bouger. Ça n'avait pas réellement d'importance. Je tendis le bras vers son téléphone pour l'arrêter, mais sa main n'était plus sur le combiné, mais à côté, posée sur le bureau. En me penchant, je constatai que le brouillon du SMS apparaissait toujours à l'écran, avec les options « envoyer » et « supprimer ». J'entendis Volchek expirer puis croiser les bras.

— RAS dans le reste de l'étage, annonça le jeune agent.

Les deux hommes remarquèrent que Kennedy avait dégainé son arme.

— Qu'est-ce qui se passe, Bill ? demanda le rouquin.

Kennedy ignora son collègue.

— Monsieur Flynn, votre temps est écoulé.

Il empoigna le Glock et le brandit devant lui, pointé vers le sol.

— Doucement, Bill. C'est juste un avocat, intervint l'agent aux cheveux roux.

Kennedy ne sembla pas l'avoir entendu. Je l'étudiai attentivement. Il tenait le Glock à deux mains : la droite autour de la crosse de l'arme, la gauche en coupe pour stabiliser au moment de tirer. La peau autour de l'ongle de son pouce gauche était à vif et enflée, comme s'il l'avait rongé. J'y vis le signe d'un homme nerveux et prudent. Le FBI gardait Little Benny en détention quelque part, et Kennedy se faisait clairement du mouron à l'idée de perdre son témoin-vedette. Il avait toutes les raisons de se montrer nerveux.

Dans des moments comme celui-là, je n'avais généralement aucun mal à conserver mon sang-froid. J'avais déjà été dans de sales draps, mais jamais avec la vie de ma fille dans la balance. Cette pensée réveilla ma colère. Comme dans la limousine. J'avais besoin de cette rage. Elle m'aida à m'éclaircir l'esprit et je me souvins d'Arnold Novoselic, en train de parler à Miriam, en bas. J'avais trouvé comment m'en sortir.

— J'exige de savoir pour quel motif je dois vous suivre.

Kennedy ne répondit pas. Il ne riposta pas non plus avec une nouvelle menace. Il resta simplement figé sur place. Je compris alors que s'il avait été sûr de son fait, je me serais déjà retrouvé à plat ventre sur le sol avec son genou enfoncé dans le dos. Kennedy avait des doutes. J'insistai :

— Alors, agent Kennedy, j'attends. J'ai le droit de connaître la cause raisonnable de toute action de l'État qui affecte mes droits constitutionnels. Je vous écoute.

Son pistolet trembla légèrement dans sa main.

— Selon une de nos sources, vous auriez discuté d'engins explosifs avec un autre individu dans la salle d'audience.

— Je pense qu'il s'agit d'un malentendu qu'il conviendra d'éclaircir, mais cela peut attendre la fin d'un procès que je préférerais éviter de compromettre.

Je laissai ma remarque faire son effet. Je voulais l'obliger à réfléchir, à douter.

— Agent Kennedy, à propos de cette conversation… Je ne l'aurais pas eue avec M. Volchek, à tout hasard ?

— Si, c'est bien possible, répondit Kennedy.

Je respirai lentement, me calmant avant de porter l'estocade.

— Et qui Miriam Sullivan a-t-elle engagé pour espionner le jury ? Ce ne serait pas Arnie Novoselic ?

Kennedy sembla surpris, mais tenta désespérément de ne pas le montrer.

— Nous pourrons en débattre plus tard. Debout, Flynn.

Il avait laissé tomber le « monsieur », signe que j'étais sur la bonne voie ; j'avais visiblement touché un point sensible. Kennedy bougea les pieds, de plus en plus anxieux, se demandant probablement s'il venait de faire la plus grosse erreur de sa vie. Je m'adossai à ma chaise et portai le coup de grâce :

— Agent Kennedy, si vous m'arrêtez, j'attaquerai en justice le gouvernement fédéral en réclamant dix millions de dollars. Et je gagnerai. Vous perdrez votre boulot et votre patron le sien. Mais pour moi, la cerise sur le gâteau, ce sera l'annulation de ce procès dont bénéficiera mon client. L'accusation n'aura d'autre choix que d'ajourner la procédure afin de lui permettre de trouver un nouvel avocat pour le représenter. Et la juge Pike ne gardera pas un jury au frais pendant un an en attendant qu'il se familiarise avec le dossier. Non. Elle prononcera un ajournement et procédera à la sélection d'un nouveau jury l'an prochain, quand Volchek et son avocat seront prêts.

Kennedy sembla soudain ne plus bouger du tout. Tout mouvement nerveux avait stoppé. J'eus le sentiment d'avoir fait mouche.

— Les procureurs fonctionnent avec un budget serré dans cette ville. Que vont penser les contribuables quand ils apprendront que l'accusation a versé une grosse somme au vilain petit Arnold ? Agent Kennedy, le consultant engagé par l'accusation espionne le jury en toute illégalité. Bien entendu, j'ignore dans quelle mesure Miriam était au courant du « talent » d'Arnold avant de faire appel à ses services, mais elle sait à présent qu'il est capable de lire sur les lèvres. Il vous a probablement dit qu'il avait lu sur *les miennes*. Je peux vous assurer que je n'ai pas fait mention d'une bombe. Il ne m'a pas *entendu*, n'est-ce pas ? S'il lit sur mes lèvres, ou s'il essaie, il fait la même chose avec les jurés. C'est un outrage à la cour. Une tentative de manipulation du jury. Passible de cinq à dix ans de prison ferme. Cet homme m'a espionné pendant que je m'entretenais avec mon client. Tout ce que je dis à M. Volchek pendant l'audience concerne cette affaire. Vous ne persuaderez aucun juge du contraire. Tout ce dont nous discutons est de nature confidentielle, protégé par le secret professionnel, un secret qu'il est illégal de violer sans une ordonnance de la Cour suprême. (Je me penchai en avant pour enfoncer le clou.) Alors, corrigez-moi si je me trompe. Vous allez vous fier au témoignage d'un individu sans scrupules qui, non content de se livrer à des activités illégales en plein tribunal, n'hésite pas à violer le secret professionnel qui nous protège, mon client et moi ? Un individu qui vous aura raconté une histoire à dormir debout pour se mettre en valeur et peut-être obtenir une place parmi les experts fédéraux ? Si vous m'arrêtez maintenant et sur ces bases, vous êtes un imbécile, et c'est avec plaisir que je prendrai votre job et l'argent du gouvernement. Allez-y, arrêtez-moi. Aidez-moi à gagner cette affaire et à devenir un homme riche.

Je tendis les poignets pour qu'il me passe les menottes. J'affichais un air confiant et sûr de moi. En mon for intérieur, j'avais l'estomac noué et mon cœur battait si vite que j'avais l'impression d'être au bord de la crise cardiaque.

Kennedy ne bougea pas.

— Bill, ne fais pas ça, lui conseilla le rouquin derrière lui.

Kennedy retroussa les lèvres et poussa un grognement. Il ne parvenait pas à se décider, il était au supplice. Je n'aurais su dire s'il fallait l'attribuer à une pusillanimité paralysante ou à ma diatribe, mais il capitula.

— Nous n'en avons pas fini avec vous, monsieur Flynn, dit-il, rengainant son arme.

En dépit de mes efforts pour masquer mon angoisse, je ne pus réprimer un soupir.

Ses mains retombèrent le long de ses cuisses, et je le vis gratter son pouce.

Il se retourna pour prendre congé. Alors que je baissais les poignets, il s'arrêta brusquement pour me regarder de la tête aux pieds.

Sa colère et son indécision semblèrent s'évanouir. Il se détendit nettement et dit :

— Nous nous reverrons.

Ensuite, ils s'éclipsèrent, aussi rapidement qu'ils étaient arrivés. J'entendis leurs voix étouffées dans le couloir, puis un bruit métallique sourd quand l'un des agents donna un coup de pied dans les portes de l'ascenseur. Mon front était couvert de sueur. J'essuyai mon visage et sentis ma joue me piquer. Dans mes mains, je vis briller une traînée sombre – du sang. Arturas avait dû me couper en tenant la lame de son couteau contre ma peau. Du sang séché avait taché la manchette de ma chemise. Probablement celui de ma paume, quand j'avais broyé le verre de bourbon.

Rien de tout cela n'avait d'importance. Je m'en étais sorti. C'était tout ce qui comptait. Mon bras droit vint se mettre en travers de ma poitrine pour calmer mon cœur. Du bout des doigts, j'effleurai la petite bosse formée par le portefeuille que j'avais volé au grand type de la limousine, le monstre qui m'avait presque décollé la tête. J'avais besoin d'y jeter un coup d'œil, pour savoir exactement à qui j'avais affaire. Je ne pouvais rien tenter tant que je ne serais pas sûr d'être seul et à l'abri des regards. Pas pour l'instant, mais bientôt.

18

Presque toute ma vie, j'ai souffert de maux de tête dus à la tension nerveuse, jusqu'au jour où j'ai trouvé un remède. Lequel ? Boo, une prostituée d'un mètre quatre-vingts, devenue avocate, qui se faisait passer pour une physiothérapeute à l'époque où j'escroquais les assurances. Elle avait cessé de faire le tapin quand notre arnaque au « coup du lapin » avait vraiment décollé. Elle prenait son rôle très au sérieux. Elle avait suivi des cours du soir, cessé de porter des jupes courtes et des décolletés plongeants sous sa blouse blanche, et commencé à mettre l'uniforme qui convenait.

Je veillais presque toute la nuit pour réparer les voitures avant la prochaine opération. À force de travailler allongé sous ces vieilles épaves, mon cou me faisait un mal de chien. Boo restait au bureau et étudiait l'anatomie. Elle m'a tout appris sur la façon de se tenir, cou et dos bien droits, muscles relâchés, et surtout à respirer correctement. Sa technique n'a jamais été prise en défaut – redresser la tête d'un coup sec, la retenir en arrière pendant deux secondes si on est capable de supporter la douleur, avant de se décontracter. Plus tard, j'avais adapté ses conseils pour mes apparitions au tribunal ; grâce à cela, je semblais plus naturel, plus détendu. J'exécutai son étirement comme elle me l'avait montré.

Les portes de l'ascenseur se refermèrent bruyamment sur les fédéraux.

Arturas retrouva le sourire. Volchek éclata de rire.

— Bon travail, dit-il en s'emparant de son téléphone pour supprimer le SMS.

Un arnaqueur prospère s'appuie sur des talents divers. Aucun n'a de valeur s'il est incapable de gagner la confiance des gens. Ce n'est pas si différent que d'entrer dans les bonnes grâces d'un jury – les mêmes règles s'appliquent. J'avais marqué un point en détruisant Goldstein ; maintenant, je venais d'obliger le FBI à battre en retraite. Je pensais avoir gagné la confiance de Volchek. Il ne me restait plus qu'à l'exploiter.

— Qu'est-ce qui me dit que ma fille est toujours en vie ?

Le large sourire qu'affichait Arturas s'effaça lentement ; il serra les lèvres.

— Vous pouvez lui parler. Vous l'avez mérité. N'essayez pas de lui donner un signal, quel qu'il soit. Elle est calme. Rappelez-vous, elle pense que les hommes avec elle sont des agents de sécurité que vous avez engagés pour la protéger.

Arturas composa un numéro et appuya sur la touche haut-parleur de son téléphone. Les détails de la conversation m'échappèrent – il était revenu à son russe maternel. Mais dans l'ensemble, tout semblait en ordre. Ni lui ni son interlocutrice n'élevèrent la voix, et les traits d'Arturas s'adoucirent. Cette femme était probablement sa petite amie. Il s'interrompit et me tendit le téléphone. Je le tins à quelques centimètres de mon visage.

— Amy, c'est toi ?

Rien.

— Papa ?

— C'est moi, répondis-je, espérant contre toute attente que ma voix ne trahirait pas mon émotion. Tu vas bien ?

— Oui. Qu'est-ce qui se passe ? Où vous êtes, toi et maman ? Elanya dit que je… je… que je ne peux pas sortir.

Sa voix tremblait. Son souffle rapide bourdonnait dans le haut-parleur. Elle avait peur. Je supposai qu'Elanya était la femme à qui Arturas avait parlé. Que la Bratva eût une femme sous la main pour s'occuper d'une fille de l'âge d'Amy paraissait logique. L'école se serait plus facilement laissé convaincre.

— Il vaut mieux écouter la dame, ma chérie.

1-646-695-8875.

— Pourquoi est-ce que tu n'es pas là avec moi ? On… on devrait être ensemble, non ? dit-elle, de moins en moins rassurée.

C'était Amy tout craché – intelligente, curieuse et dotée depuis peu du détecteur de conneries que tous les gosses semblent développer à cet âge. Elle savait. Elle savait que quelque chose ne tournait pas rond, et ça la terrifiait.

Plaquant la main sur le haut-parleur, je m'éclaircis la voix et soufflai un grand coup. Amy ne devait pas sentir ma peur, je ne pouvais pas me le permettre. La gorge serrée, je fis donc de mon mieux pour recouvrer mon sang-froid.

— Je t'aime très fort, ma chérie. On se verra bientôt. Ne crains rien. Je ne laisserai rien t'arriver. Tu es mon ange, ne l'oublie pas.

— Papa ?

1-646-695-8875.

— Oui ?

— Est-ce que maman est avec toi ? Je… je voudrais lui parler… s'il te plaît. Venez me chercher, maman et toi, d'accord ? Je t'aime. Viens me chercher, papa… s'il te plaît.

Elle fondit en larmes, chaque sanglot la rapprochant davantage de l'hystérie. Le son de ses pleurs s'estompa – on lui reprenait le téléphone.

Clignant des yeux pour retenir mes propres larmes, je tentai de la rassurer, mais les mots refusèrent de sortir de ma gorge. D'un geste de la main devant son cou, Arturas me signala que je devais mettre fin à la communication. Mon temps était écoulé ; il fit mine de m'arracher l'appareil.

1-646-695-8875.

— Tout va bien, ma chérie. Ne pleure pas. Moi aussi, je t'aime, dis-je en élevant la voix, une voix devenue pâteuse sous l'effet de la peur et de la colère.

Arturas raccrocha.

J'avais envie de tous les tuer. Ici, maintenant. Je dus faire appel à toutes mes réserves de volonté pour ne pas agir de manière impulsive. Je ne pouvais pas me le permettre. Pas encore. Ils étaient trois. Même avec ma rapidité, au moins l'un d'entre eux aurait le temps de passer le coup de fil qui signerait l'arrêt de mort d'Amy. Je m'efforçai de penser à autre chose.

— Où est ma femme ?

— Elle n'est pas au courant de la disparition d'Amy, dit Volchek. La direction de l'école croit que nous assurons la protection de votre fille – il a suffi d'une fausse pièce d'identité d'une entreprise de sécurité. Votre femme n'attend pas Amy avant demain soir. Elle ne vous causera pas d'ennuis, et à moi non plus. Dans le cas contraire, elle ira tenir compagnie à votre fille.

Je bougeai doucement mon cou afin de soulager la douleur qui se propageait de mes épaules à mon cerveau. Amy savait qu'il se passait quelque chose de grave. Elle ne faisait pas confiance à ses ravisseurs, ne croyait pas un mot de leur histoire. Je ne l'avais jamais connue si effrayée. La dernière fois qu'elle avait eu peur remontait à environ dix-huit mois, quand elle avait dû prendre la parole en public dans le cadre de son cours d'anglais. Comme elle était drôle et intelligente, on l'avait choisie pour faire un discours de trois minutes devant toute l'école. Je l'avais trouvée dans la salle à manger, en train de pleurer doucement sur ce qu'elle avait préparé. J'avais lu son speech ; il était très bien. Le problème résidait dans le fait de se présenter face à des centaines de gamins pour le prononcer. Après beaucoup d'encouragements de ma part, elle me l'avait lu, mais avait abandonné avant d'arriver au bout. Elle était restée figée sur place, avait trébuché sur ses mots, puis avait fondu en larmes.

— Je ne réussirai jamais. Je devrai quitter l'école. C'est… c'est juste impossible.

Alors, je lui avais dit que je connaissais le secret pour devenir un grand orateur – j'étais avocat, après tout.

—Remue tes doigts de pied.

—C'est tout ? avait-elle demandé.

—C'est tout. Notre cerveau fonctionne mieux quand notre corps est occupé. C'est pour cette raison que la plupart des gens trouvent la solution à un problème ou ont une idée brillante pendant qu'ils conduisent ou font la cuisine, ou tout simplement aux toilettes. Personne ne regardera tes pieds, et tu oublieras ta nervosité – tu penseras à tes orteils.

Appliquant ma technique, elle m'avait relu son discours, à la perfection.

Curieusement, assis à la table de la salle à manger ce soir-là, je n'avais pas réussi à me souvenir de la dernière fois où elle m'avait serré dans ses bras. Le lendemain, j'avais manqué sa prestation. Complètement oublié. Jack et moi avions décroché une affaire de vol à main armée. À mon retour à la maison après le travail, Christine m'avait dit qu'Amy avait été parfaite, mais qu'elle avait pleuré pendant tout le trajet en revenant de l'école parce que je n'avais pas été là.

Je ne laisserais plus jamais tomber ma petite fille.

1-646-695-8875. Sans cesse répété, ce numéro résonnait dans ma tête.

Je ne l'oublierais pas. J'avais vu les chiffres blancs briller sur l'écran pendant l'appel. À quoi me servirait-il ? Je l'ignorais encore.

Mais je l'avais enregistré.

Amy était là-bas, dans un appartement, une maison ou un bureau, à l'autre bout de ce numéro. Je ne possédais pas de téléphone portable, je les détestais, alors je mémorisais tous les numéros dont je pouvais avoir besoin. Le 646 était l'indicatif de Manhattan. Amy se trouvait donc quelque part sur une île d'un peu plus de vingt kilomètres de long sur quatre de large, peuplée par deux millions d'habitants. Sans compter les deux à trois millions de personnes qui venaient y travailler chaque jour. Alors oui, j'avais sacrément réduit le champ des possibles.

J'avais besoin d'aide pour associer ce numéro à un lieu, retrouver Amy et la faire évader. Je connaissais deux personnes en qui j'avais une confiance aveugle ; la première était mon meilleur ami d'enfance, Jimmy Fellini, devenu depuis un homme à craindre. L'autre était un juge, Harry Ford ; il avait tenu mon destin entre ses mains à deux reprises, et chaque fois il avait changé ma vie. En trente-six ans sur cette planète, j'avais fréquenté deux univers différents, celui de l'arnaque et celui du droit. Les techniques que m'avait enseignées mon père m'avaient permis de prospérer dans ces deux domaines, pas si différents en réalité.

J'avais besoin de l'aide de ces deux hommes. Je n'avais pas encore trouvé le moyen d'entrer en contact avec eux ni décidé ce que je leur exposerais de la situation.

Ma montre m'informa qu'il me restait vingt-deux heures. Vingt-deux heures pour récupérer Amy et doubler la mafia russe. L'écran LCD affichait 18 heures. La première audience du tribunal de nuit avait commencé. Barry m'avait dit que le juge Ford présiderait la deuxième séance. Autrement dit, Harry se trouvait probablement déjà dans le bâtiment, en train de se préparer en lisant ses dossiers. Dans ma vie, j'avais souvent connu des changements importants grâce à des circonstances imprévues, au hasard, à la chance. Était-ce le destin ? Quoi qu'il en soit, je savais une chose : j'avais sept heures pour prendre contact avec Harry avant qu'il n'entre en salle d'audience. Si je ne parvenais pas à le coincer avant 1 heure du matin, ce serait foutu.

19

Les dossiers ouverts s'étalaient devant moi sur le bureau. J'avais expliqué à Volchek que j'avais besoin d'en prendre connaissance afin d'éviter une autre surprise susceptible de remettre en cause sa liberté sous caution. Dans l'antichambre, Arturas et Volchek chuchotaient – je tentai d'écouter leur conversation, en vain. À 19 heures passées, il faisait nuit noire dehors et il pleuvait des cordes. Victor était allongé sur l'un des canapés verts, détendu. Je songeai à Harry ; je courais un grand risque en l'entraînant dans cette histoire. Après tout, il était juge. Mais pour moi, il était bien plus que cela ; je le considérais comme un ami. Sans lui, je serais resté un escroc toute ma vie.

Les premières années, mes arnaques m'avaient procuré le même genre de flashs qu'un shoot de coke ; et si ça n'avait pas suffi à créer une dépendance, l'argent m'avait vite rendu accro. Je ciblais essentiellement les compagnies d'assurances, des entreprises à l'image de celles qui avaient encaissé les primes de mon père tous les mois, avant de le laisser mourir faute de rembourser ses frais de santé. La fraude à l'assurance santé ne représentait qu'une petite partie de mes activités. Je me concentrais surtout sur les accidents de la route : un jeu à haut risque contre certains des esprits les plus retors qu'on pût imaginer, mais où l'on pouvait gagner gros. Escroquer une compagnie d'assurances revenait à jouer au poker avec Satan – sa banque, ses règles. Mais j'avais toujours gagné. Quand j'avais décidé d'arrêter, j'avais érigé l'art du « coup du lapin » à un niveau de perfection jamais atteint.

Mener à bien une demande d'indemnité frauduleuse n'est pas une mince affaire. Le truc consiste à laisser la compagnie penser qu'elle a été la plus maligne.

Première étape: monter un cabinet d'avocats bidon. Contrairement à ce qu'on pourrait croire, c'était le plus facile. Je gardais un œil sur les rubriques nécrologiques et les avis de décès de mes « confrères » ; en moyenne, un chasseur d'ambulance passait l'arme à gauche tous les mois – le plus souvent gros fumeur, limite alcoolique, avec un fort taux de cholestérol. Tous les avocats dont j'avais volé l'identité avaient succombé à une crise cardiaque. Heureusement pour moi, la bibine et le stress en tuaient des centaines tous les ans. Une fois que j'avais trouvé un candidat prometteur, je m'empressais de rendre visite à la veuve éplorée. Un bouquet de fleurs et un chèque à la main, je lui annonçais que son mari m'avait représenté dans une affaire où j'avais gagné une petite fortune grâce à lui. Comme, en véritable gentleman, il avait toujours refusé mes cadeaux, je souhaitais offrir à sa veuve quelques milliers de dollars en guise de remerciements. Après lui avoir remis la somme en question, je demandais un souvenir de ce héros des prétoires, en général son autorisation d'exercer, pour l'encadrer et l'accrocher au mur de mon bureau en mémoire du cher disparu.

J'avais tout ce qu'il me fallait. Le barreau de New York est souvent le dernier informé du décès d'un des siens. Les avocats ne se rendent pas aux obsèques de leurs confrères. S'ils le faisaient, ils n'auraient pas le temps d'aller au tribunal. Après cela, je n'avais plus besoin que de faux papiers pour m'installer en usurpant le nom du défunt et démarrer mon activité.

En fait de cabinet, cela ressemblait davantage à un atelier de réparation mécanique qu'à une étude où l'on pratiquait le droit. Tout commençait par une collision. Une voiture bon marché et facile à rafistoler approchait d'un feu sur le point de passer au rouge ; au lieu de continuer, le conducteur freinait à mort juste au bon moment, et le véhicule qui le suivait l'emboutissait par l'arrière. Ce n'est pas une mince affaire ; au sommet de ma carrière, j'employais deux pilotes de précision dans le rôle des plaignants blessés.

Le code de la route impose de maintenir une distance de sécurité avec l'automobile qui vous précède ; comme au moment de la collision le feu était rouge, la conclusion paraissait évidente aux yeux de n'importe quel gestionnaire de déclarations de sinistre. L'assurance voulait régler la question rapidement et à peu de frais. Entrée en scène de l'avocat du plaignant un peu naïf. Mon cabinet envoyait une demande d'indemnité à l'automobiliste fautif, qui la faisait suivre à son assureur. Une fois la communication établie, il devenait nécessaire d'agiter un leurre sous le nez de la compagnie. Ce leurre prenait la forme d'un second courrier à l'intention de l'assurance ou de ses avocats. Mais cette fois l'enveloppe contenait deux lettres, dont une soigneusement froissée et couverte de taches d'encre, comme si la feuille avait été victime d'un bourrage en sortie d'imprimante et n'aurait jamais dû accompagner le courrier destiné à l'assurance. Dans ce document chiffonné, mon cabinet bidon écrivait à son faux client qu'en dépit de l'opération subie par sa mère/de l'accident du petit/etc., il ne devait en aucun cas se hâter d'accepter un règlement à l'amiable, dans la mesure où le rapport médical préliminaire indiquait que son dossier valait peut-être deux cent mille dollars.

Le faux rapport était inclus. C'était ce qui nous revenait le plus cher, puisque nous devions louer un local et y installer un centre médical. C'était là qu'intervenait Boo, ex-prostituée devenue physiothérapeute. Elle en assurait la permanence pendant quelques semaines, répondait au téléphone et m'informait des démarches des enquêteurs de la compagnie venus se renseigner. C'était facile ; nous n'avions aucun patient ; les enquêteurs étaient les seules personnes à franchir les portes du centre. Plus la blouse de Boo était courte, plus les vérifications allaient vite. J'avais fait sa connaissance dans la rue, juste après mon dix-neuvième anniversaire. Je sortais d'un bar – *McGonagall's* – vers minuit quand j'avais aperçu deux gars à la mine patibulaire qui importunaient une belle blonde, grande, en robe blanc et rouge, à lèvres couleur ketchup. Sur ses talons aiguilles de vingt-cinq centimètres, elle ne s'en laissait pourtant pas conter. L'un des malabars tenait un tuyau ; l'autre agitait sa ceinture. J'étais intervenu, complètement soûl bien sûr, et j'avais maladroitement frappé le type à la ceinture avant d'être neutralisé par son pote qui m'avait assené un coup de tuyau sur le côté de la tête. Quand j'avais repris mes esprits, Boo me regardait ; elle portait des chaussures à talons plats et fumait une cigarette. Ses deux agresseurs gisaient sur le sol à côté de moi. L'un d'eux, celui qui criait, avait sa ceinture enroulée autour du cou et un talon aiguille enfoncé dans le genou. L'autre ne faisait pas un bruit ; son tuyau se trouvait à proximité, avec une de ses extrémités déformée, humide et ensanglantée. Boo était indemne. Elle m'avait ramené à son appartement, avait nettoyé mes blessures et fait dormir sur son canapé.

En général, moins d'une semaine après que la compagnie d'assurances avait reçu la lettre bidon, un enquêteur se pointait au centre médical tenu par Boo. Quelques jours plus tard, une offre nous parvenait, pour un montant compris entre vingt et cinquante mille dollars, sous réserve d'un règlement à l'amiable sous quinzaine.

Inutile de préciser que tous mes faux clients acceptaient ce qui leur était proposé. Le chèque arrivait, établi à l'ordre du cabinet, pour déduction des frais de justice ; les banques accueillaient à bras ouverts le jeune juriste essayant de marcher dans les traces de son mentor disparu. C'était mon quotidien. J'étais content de me venger des avocats et des compagnies d'assurances qui avaient volé la dignité et la vie de mon père. Mais le destin ou la chance, appelez ça comme vous voulez, était intervenu : une massette et une erreur de jugement d'une fraction de seconde avaient changé mon existence à tout jamais.

20

J'essayai de me concentrer. Je devais en apprendre le plus possible sur cette affaire. Une partie de mon plan exigeait que je dispose d'un moyen de pression sur les Russes ; je comptais bien dénicher ça dans les dossiers. J'avais chaud, et mes yeux semblaient incapables de rester fixés bien longtemps sur quoi que ce soit. Quand je ne tripotais pas les pages, j'avais le regard perdu dans le vague. Je paniquais. Au moins en avais-je conscience. Je tentai de contrôler ma respiration, en me concentrant sur la seule tâche d'inspirer et expirer.

Trois des dossiers s'avérèrent complètement inutiles. Ils contenaient des avis juridiques et des rapports d'experts réunis par quatre cabinets d'avocats différents. Ils ne m'étaient d'aucune aide. La plupart estimaient que Volchek serait le pire témoin qu'ils avaient vu de toute leur carrière. Je n'étais pas loin de leur donner raison. Tous arrivaient à la même conclusion : il était coupable.

Les quatre autres dossiers formaient la liasse du procès. Le premier contenait les chefs d'accusation et une transcription des interrogatoires de Volchek par le NYPD. Il n'avait répondu à aucune question. Seul autre document présentant un intérêt, une photocopie de la une du *New York Times* daté du 5 avril, deux ans plus tôt. Une photo d'identité judiciaire de Mario Geraldo, probablement prise lors d'une précédente arrestation ; sous le pli, une photo de Volchek à la sortie du tribunal. L'article traitait essentiellement du meurtre et de l'arrestation du personnage le plus en vue de la mafia russe.

Le dossier numéro 2 comportait essentiellement des photos et des cartes. Surtout des photos de la scène de crime – un gros type allongé sur le sol d'un appartement en désordre. Le visage troué par une balle, deux à trois centimètres sous l'œil gauche, à six ou sept millimètres du nez. Un tir plutôt central. Le rapport du légiste se trouvait forcément quelque part dans ces papiers ; je ne l'avais pas encore parcouru, mais je n'en avais pas besoin pour connaître la cause de la mort – elle se voyait comme le nez au milieu de la figure. La douleur dans mon cou diminua momentanément et j'étirai mes épaules pour prolonger cette sensation de soulagement.

L'homme sur la photo portait un maillot de corps blanc sale et un pantalon noir. Il était pieds nus. Mario Geraldo, une victime à l'apparence plutôt atypique. Il aurait eu sa place dans la distribution des meilleurs films de Scorsese. À New York, quatre familles régnaient sur le crime organisé à l'italienne. Le nom de Geraldo ne me disait rien, même s'il avait une certaine résonance qui restait obscure pour l'instant.

Je tins la photo sous la lampe de bureau afin d'étudier attentivement le type allongé au milieu de la pièce. Je tentai de distinguer ses tatouages, au cas où il aurait appartenu à un gang, mais ne vis rien en rapport avec un quelconque territoire. Les marques de poudre autour du point de pénétration de la balle indiquaient que l'arme s'était trouvée à bout portant au moment du coup de feu, mais sans toucher la peau. La poudre n'aurait pas brûlé une zone aussi étendue et la chaleur de la gueule du canon aurait laissé une empreinte circulaire plus profonde.

J'étalai les photos devant moi et commençai à reconstituer les faits. J'avais également un rapport de la police scientifique et une déposition du flic chargé de l'enquête, un certain Martinez. Je ne voulais lire aucun de ces documents avant de m'être forgé ma propre opinion, pour ne pas risquer d'influencer mon interprétation de la scène. Non qu'il y eût grand-chose à interpréter : la police avait surpris Little Benny dans l'appartement avec le flingue encore fumant sur le sol. Il avait avoué le meurtre un jour après avoir signé un accord revoyant à la baisse les chefs d'inculpation. Il en avait pris pour douze ans et sortirait dans sept.

Je ne vis aucune éclaboussure de sang derrière la tête de la victime. Je regardai trois autres photos : des gros plans de la tête sous différents angles. Au moment de se faire descendre, Mario était assis ou agenouillé, mais certainement pas étendu, puisque, en l'absence d'éclaboussures, le sang sur la moquette avait clairement coulé *post mortem*.

J'entendais toujours Volchek et Arturas en train de discuter dans la pièce d'à côté, alors que j'étudiais de près les photos de l'appartement.

Sur les murs couleur crème, les éclaboussures se voyaient nettement. Une inspection plus attentive révéla des taches rouges au centre du mur situé directement derrière le corps de Mario. Au milieu des taches, je distinguai un petit trou, la dernière demeure de la balle ; deux centimètres au-dessus, un clou où accrocher un tableau. À partir de ces éléments, j'acquis la quasi-certitude que Little Benny était assis à la petite table de salle à manger quand il avait tiré le coup fatal. Elle se trouvait juste devant le corps de Mario, avec une chaise renversée non loin de là. Little Benny et sa victime s'étaient attablés ensemble avant que Benny n'appuie sur la détente.

Volchek n'avait pas mentionné la raison qui l'avait poussé à ordonner cette exécution, mais tout devint plus clair quand je vis la photo numéro 52. Le dessus de la table de salle à manger était couvert d'éclats de verre. Sur le sol, j'aperçus un cadre cassé. Un tirage en gros plan révéla qu'il contenait une photo noir et blanc de qualité professionnelle d'un bel homme tenant un bébé. Elle se trouvait probablement à l'intérieur au moment de l'achat.

La victime n'attachait guère d'importance à son apparence. Mario Geraldo ne s'était pas rasé depuis plusieurs jours et son maillot de corps était maculé de taches de nourriture. Il vivait dans un taudis, mais même un gros porc aurait balayé les éclats de verre et ses pieds ne portaient aucune trace de coupure. Pas de blessure visible sur Mario, à part la balle qu'il avait reçue en plein visage ;

on ne l'avait donc probablement pas frappé avec le cadre. Le reste du mobilier était intact : pas de tiroir ouvert, l'appartement n'avait pas été mis sens dessus dessous ni simplement fouillé. Je supposai qu'au départ le cadre était accroché au clou juste au-dessus des éclaboussures de sang. Mais je ne vis pas de sang dessus et aucune balle n'avait traversé la photo. Apparemment, Mario l'avait décroché du mur pour une raison quelconque avant d'être abattu.

J'étalai le reste des photos sur le bureau, et mon attention fut attirée par celles de l'évier dans la cuisine du studio de Mario. La première n'était pas très claire, mais je crus y distinguer un mélange d'une sorte de dépôt noir et de papier. La dernière de la série, en gros plan, révéla les vestiges d'un ou deux Polaroid que quelqu'un semblait avoir brûlés avant d'ouvrir le robinet pour essayer d'évacuer les cendres. Seul un coin d'une des photos était encore visible – un bras et une main, c'était tout.

Je me laissai glisser dans le fauteuil et me tortillai en sentant la bombe s'enfoncer dans ma peau. Je m'efforçai de reconstituer les événements tels qu'ils s'étaient déroulés. Mario n'avait pas été tué à sa porte. Little Benny était entré ; il s'était probablement même assis à table avec sa victime. Pourquoi pas le canapé ? Pourquoi la table ? Mario avait décroché le cadre du mur ; le trou de la balle et les éclaboussures de sang étaient situés dans la portion de mur rectangulaire restée propre en dessous. Le cadre gisait sur le sol, les éclats de verre éparpillés sur la table. La photo elle-même était du genre publicitaire. Puis Little Benny avait brûlé des Polaroid dans l'évier. L'hypothèse la plus plausible suggérait une négociation qui avait mal tourné. Little Benny était venu sous prétexte de parler affaires, ce qui expliquait pourquoi ils avaient pris place autour de la table. Mario avait décroché le cadre du mur ; ils l'avaient cassé parce que quelque chose était dissimulé à l'intérieur, sans doute les Polaroid de l'évier, cachés un temps derrière l'image générique du père et de l'enfant.

Une hypothèse plutôt mince, qui exigeait pas mal d'imagination. Mais qui tenait la route.

La brève déposition de la policière qui avait procédé à l'arrestation, une dénommée Tasketh, me confirma qu'un voisin s'était plaint du tapage dans l'appartement de Mario. Comme la voiture de patrouille du NYPD circulait à moins d'un bloc de là, les flics avaient débarqué dans l'immeuble pile au moment où résonnait le coup de feu. Après avoir enfoncé la porte, ils avaient découvert Mario mort et Benny assis tranquillement à la table, son pistolet sur le sol. Tasketh avait déclaré qu'un détecteur de fumée avait commencé à ronronner alors qu'ils forçaient l'entrée de l'appartement. Je remarquai que la déposition de cette policière portait une mention indiquant que la défense avait accepté qu'elle n'ait pas à témoigner.

Ma théorie : Little Benny avait été envoyé chez Mario pour le tuer et récupérer les photos mais, pris de court par l'arrivée des flics, il s'était probablement dit qu'il valait mieux s'en débarrasser et les avait brûlées dans l'évier. Je n'avais aucun moyen d'en être sûr. Miriam y avait forcément pensé avant moi, et avait sans doute abouti à la même conclusion ; mais elle avait préféré l'écarter comme mobile, par manque de preuves. Pour moi, c'était juste une intuition, un pressentiment.

Au cours de ma première « carrière », j'avais en grande partie survécu dans la rue en me fiant à mon instinct. La procureure ne pouvait pas s'en contenter face à un jury ; elle avait besoin de preuves pour établir un mobile.

Dans sa déclaration liminaire, Miriam n'avait pas beaucoup parlé du mobile du meurtre de Mario. D'ordinaire, l'accusation adore insister sur ce point, parce que le jury en redemande. La seule raison qui avait retenu Miriam, c'était qu'elle n'avait rien de solide. Si Little Benny lui avait dit pourquoi il avait reçu l'ordre de tuer Mario, elle ne se serait pas privée d'en faire part aux jurés. Au lieu de cela, elle préférait les laisser se faire leur propre idée. Un jeu risqué pour n'importe quel procureur, mais qui pouvait se révéler payant.

Que montraient ces photos ?

Pourquoi Mario les avait-il en sa possession ? Pourquoi avait-il été tué ?

Quelque chose ne collait pas. Quelque chose m'échappait encore, mais ça semblait important. La mort de Mario Geraldo avait été le déclencheur de toute cette situation. Little Benny avait livré son patron aux autorités pour homicide, mais en gardant bouche cousue sur le reste de ses activités. Pourquoi ? Par loyauté envers son *pakhan* ? Quelque chose ne tenait pas debout dans ses motivations.

J'avais l'impression de n'avoir fait que tremper les doigts dans une mare d'eau noire dont j'ignorais encore la profondeur. Sous la surface, derrière ce meurtre, se cachaient bien des choses.

21

Ouvrant un nouveau dossier, je tombai sur les dépositions – mais n'en vis aucune de Little Benny. Logique. Si l'accusation fait déposer quelqu'un en tant que témoin, elle est tenue d'informer la défense du moment et du lieu de la déposition. Cela aurait impliqué de révéler où se trouvait Benny aux avocats de Volchek. Le FBI avait probablement dépensé une fortune pour mettre Benny à l'abri, ils n'allaient pas envoyer une invitation à tous les tueurs de la mafia russe en communiquant une date, une heure et un lieu où il apparaîtrait. Si ces derniers ne frappaient pas Little Benny au moment même où il déposait, ils ne le lâcheraient plus ensuite. On oubliait souvent les règles quand un témoin risquait sa vie.

La déposition du policier chargé de l'enquête était irréprochable. Rafael Martinez s'annonçait comme une future star des prétoires. Il s'en tenait aux faits, sans chercher à formuler des théories comme on le lui avait appris à l'académie, il ne déduisait rien de la scène de crime et il n'enjolivait pas. En ignorant pratiquement tout l'enseignement qu'on lui avait dispensé, il faisait un témoin idéal. Faire subir un contre-interrogatoire à ce type serait presque mission impossible.

Je refermai les dossiers un moment. J'avais les yeux à vif, la gorge sèche.

— Arturas, vous avez quelque chose à boire ? lançai-je à la cantonade.

— Ça vient.

Si je devais travailler toute la nuit, j'avais besoin de carburant. Une image d'Amy m'envahit l'esprit ; elle tremblait et gémissait, terrifiée. C'était une fille intelligente, bonne en classe, qui adorait les livres. Quand elle était plus petite, sa mère aimait lui raconter des histoires de princesses et des contes de fées. L'alarme de ma montre avait sonné à 20 heures pile, mon premier jour en désintox ; le fait de savoir que la sienne avait fait la même chose m'avait donné l'impression d'être relié à elle. Nous avions parlé, et chaque soir je lui avais lu un chapitre d'*Alice au pays des merveilles*. Elle était parfaitement capable de se débrouiller toute seule, mais elle aimait ma voix, elle la trouvait apaisante. Au début de ma cure, je m'étais senti très proche d'Alice ; moi aussi, j'avais été précipité dans un monde étrange, buvant tout ce qui me passait sous la main pour en sortir, pour laisser tomber le droit, changer ce qui s'était produit. À la fin de ma cure, j'avais enfin compris que disparaître au fond d'une bouteille ne réglait rien. En quittant la clinique, j'étais persuadé que je n'exercerais plus jamais le métier d'avocat. Christine et Amy étaient venues me chercher et nous étions allés manger un burger avec des frites dans un boui-boui au coin de la rue. Comme au bon vieux temps. Ça m'avait fait du bien. Ma femme m'avait soutenu quand j'en avais eu besoin, alors que je ne lui avais pas toujours rendu la pareille. Il régnait une certaine tension entre nous, mais j'avais senti qu'elle diminuait grâce à Amy. Ma fille et moi réapprenions lentement à nous parler, par la lecture et nos conversations sur les livres, même si je mettais mon point d'honneur à ne pas dire à Christine quel genre de bouquins Amy préférait. Dans mon appartement, je gardais une petite bibliothèque d'ouvrages sur les tours de passe-passe, la magie, le poker, et pas mal de choses sur mon héros – Harry Houdini.

La deuxième fois qu'Amy avait dormi chez moi, j'étais sorti de la cuisine où j'avais préparé à dîner, et je l'avais trouvée plongée dans une biographie de Houdini. Christine, qui connaissait mes antécédents, n'aurait pas approuvé de telles lectures ; elle y voyait une mauvaise influence. Je n'avais rien dit à Christine de l'attrait qu'exerçait Houdini sur Amy. Comme j'avais tu les tours à base de pièces de monnaie que je lui avais appris pour épater ses amis. À dix ans, Amy vivait ce moment magique de sa jeunesse où j'étais encore l'homme le plus important dans sa vie. Mon ami, le juge Harry Ford, m'avait conseillé d'en profiter, en me disant que d'ici à un an ou deux je serais devenu un moins-que-rien tout juste bon à faire le taxi.

Mes lèvres se mirent à trembler. Amy avait la vie devant elle.

Je toussai, me frottai vigoureusement le visage et rouvris les dossiers.

À part les flics et l'inévitable Benny, il y avait deux autres témoins. Le premier, Nikki Blundell, était une jeune femme de vingt-six ans, danseuse dans une boîte de nuit. Elle avait vu Volchek et Mario se disputer, la veille de sa mort, au *Sirocco Club* sur East 7th Street. Miriam savait comme moi qu'une bagarre dans un bar ne fournissait pas un mobile suffisant pour un assassinat, mais c'était un témoignage accablant.

Le second témoin était le cousin de la victime, Tony Geraldo. Ce nom m'évoquait quelque chose. Je connaissais un Tony G. qui travaillait pour Jimmy « Le Chapeau » Fellini, mon copain d'enfance dont la carrière de boxeur amateur s'était terminée quand il avait pris sa place au sein des activités familiales, autrement dit le crime organisé. Tony G. et moi nous étions croisés une fois chez Jimmy, ça remontait à un bail. Il était collecteur pour Jimmy. Son visage ne m'avait pas laissé de souvenir marquant, mais ses chaussures, si. Un *gabellotto* couvre pas mal de kilomètres en voiture. Il attend beaucoup ; il consacre la majeure partie de son temps à collecter, protéger et se charger des questions d'argent. En tant qu'employé occupant une position de grande confiance, il est généralement assez âgé. Après une semaine de dur labeur – encaissements, passages à tabac, etc. –, ce genre de type se soucie peu de son apparence mais ne mégote pas pour s'offrir des chaussures traditionnelles, légères et confortables comme pourrait en porter votre grand-père. Pas de cuir italien ou de bouts pointus pour lui ; il souffrirait le martyre avant d'avoir terminé son premier encaissement. Octogénaires et mafieux respectables : c'est grâce à eux que survit l'industrie de la chaussure américaine confortable.

Dans sa déposition, Tony insistait sur l'animosité de Volchek envers son cousin. Ça commençait bien : il évoquait le séjour de Mario en centre de détention pour mineurs, puis son passage à la vitesse supérieure dans des prisons fédérales. Après, Mario s'était acheté une conduite. Tony se rappelait qu'un différend pour dette, qui ne datait pas d'hier, l'avait déjà opposé à Volchek. Il se souvenait aussi de l'altercation dans la boîte de nuit, celle qu'avait observée Nikki Blundell. Le témoignage de Tony était mauvais pour Volchek. Il contribuait à construire un mobile. Il établissait une chronologie menant au meurtre et il corroborait l'histoire de Nikki Blundell. Pas bon tout ça.

Je parcourus à nouveau la liste des témoins.

Le policier chargé de l'enquête pouvait poser un gros problème, mais son témoignage n'était pas trop sujet à controverse. L'accusation n'appellerait pas à la barre la femme flic qui avait arrêté Little Benny, parce qu'elle n'avait rien à ajouter qui puisse prouver la culpabilité de Volchek.

La danseuse, j'en faisais mon affaire.

Le membre de la famille de la victime – des ennuis en perspective. Avec Tony Geraldo, Miriam gardait probablement un as dans sa manche. Quelque chose que je n'avais pas encore vu.

Enfin, il y avait le dernier témoin, la vedette, le Témoin X. Le surnom anonyme qui servait à protéger sa future nouvelle identité des fouineurs de la presse. Volchek connaissait l'homme qui l'avait trahi, aussi sûrement qu'il connaissait son propre visage.

Tony Geraldo et Little Benny coulaient Volchek. Aussi dévastateurs l'un que l'autre. Mais j'étais certain d'avoir de quoi causer des problèmes à l'accusation, et assez pour garder Volchek occupé et gagner un peu de répit.

Si Tony G. et Tony Geraldo ne faisaient qu'un, j'avais trouvé mon moyen de pression.

Je me tournai légèrement dans mon fauteuil. Arturas et Volchek parlaient à voix basse. Je fis un peu de bruit en bougeant. Volchek me vit et ferma la porte séparant le cabinet de l'antichambre. Il ne tenait pas à ce que j'espionne leur conversation. Je n'entendais rien, mais j'avais voulu qu'il me surprenne pour qu'il ferme la porte–et me permette de les observer en toute discrétion.

Je regardai par le trou de la serrure sous la poignée de la vieille porte en lambris de chêne. Malheureusement, la clé devait se trouver à l'intérieur, réduisant mon champ de vision. Je distinguais à peine Volchek qui parlait à Victor. Puis Volchek se tourna vers Arturas, qu'il serra dans ses bras avant de prendre congé. Arturas s'assit et se mit à discuter en russe avec Victor. Enfin un peu seul. M'agenouillant, je sentis les composants de la bombe s'enfoncer dans mon flanc. J'avais presque oublié la présence de cette saleté.

Je plongeai la main dans la poche de mon manteau pour en sortir le portefeuille en cuir que j'avais tiré au grand costaud qui m'avait mis KO dans la limousine. À l'intérieur, je tombai sur environ six cents dollars en coupures de cent, ainsi que deux pinces à billets retenant chacune mille dollars, à nouveau en coupures de cent. Parmi les cartes de crédit au nom de « Gregor Oblowskon », je trouvai quelque chose qui déchaîna une tempête de questions sous mon crâne: une carte de visite avec un numéro de téléphone griffonné au dos, à l'encre bleue. Un portable. Aucun nom, mais ce qui m'inquiétait le plus, c'était ce que je vis imprimé sur la carte elle-même. Une adresse et un acronyme. Je n'avais même pas besoin de lire le nom de l'organisation ; l'adresse–26 Federal Plaza, 23e étage, New York, NY–ne m'était pas inconnue. C'était sur Broadway, au sud de Canal Street, au nord de City Hall–le siège du FBI.

Je sus alors que je ne pouvais me fier à personne, ni aux flics ni, certainement pas, aux fédéraux.

Ma montre sonna–20 heures. Celle d'Amy en faisait autant. Notre heure. Je ne pouvais pas me permettre de penser à elle. Je devais rester vigilant, concentré et en colère. Je n'aiderais pas ma fille en étant fou d'inquiétude.

Cinq heures pour prendre contact avec Harry avant qu'il n'entre en salle d'audience. Je n'avais qu'un moyen d'arriver à son cabinet sans que les Russes le sachent, et cette seule idée me terrifiait.

22

Entendant des pas, je me hâtai de remettre le portefeuille dans ma poche et de me rasseoir pour me replonger dans un des dossiers.

La porte s'ouvrit sur Arturas qui me lança une bouteille d'eau.

—Olek est rentré pour la nuit, alors je vous enferme ici. Victor et moi avons besoin de repos. Vous aussi d'ailleurs. Si vous tentez de vous échapper…

—Où est-ce que j'irais ? Laissez-moi au moins enlever cette veste…

—Non. Tâchez tout de même de dormir un peu. Je reviendrai vous voir à l'aube.

—S'il vous plaît.

Je me levai et l'empoignai par son avant-bras droit, l'air implorant. Il commença à se dégager, mais je me tournai rapidement, le heurtant avec ma hanche. Alors qu'il tombait, ma main droite s'introduisit promptement à l'intérieur de son manteau – la deuxième fois que je faisais les poches à quelqu'un dans la même journée. Il atterrit sur ses fesses avec un juron. Se redressant sur les talons, il bondit vers moi. Comme je ne l'avais pas lâché, je l'aidai à se relever.

—Bon Dieu. Désolé, mon vieux. C'était un accident, dis-je.

Je levai les mains dans une attitude défensive, paumes ouvertes en direction d'Arturas, doigts écartés, mon butin soigneusement dissimulé dans le pli de mon poignet droit, entre le dos de la main et l'avant-bras. Une cachette plutôt délicate, mais j'avais eu des années d'entraînement. J'étais capable, sans être vu, de planquer un dollar en argent dans le creux de mon poignet tout en continuant à jouer au poker. Je feignis d'avoir peur, alors qu'en réalité j'étais habité par la colère. Arturas fit mine de me balancer un crochet du droit. J'eus un mouvement de recul que j'exagérai. Il sourit et ferma la porte. Dans la pièce d'à côté, Victor éclata de rire.

— Quelle mauviette, dit-il.

J'entendis la clé tourner dans la serrure, puis, après quelques secondes de patience, je pliai d'un coup sec mon poignet en direction du plafond, envoyant un petit objet noir cabrioler dans les airs. Saisissant le détonateur dans ma main droite, je me demandai combien de temps s'écoulerait avant qu'Arturas se rende compte de sa disparition. J'en avais besoin, pour éviter qu'il me fasse sauter en découvrant que je lui avais faussé compagnie. J'allais rendre visite à Harry, et je devais emporter la bombe avec moi parce que si quelqu'un savait comment la désamorcer, c'était bien le juge Harry Ford, ancien capitaine de l'armée des États-Unis.

23

Avant de passer à l'action, je devais m'assurer que mes baby-sitters ne risqueraient pas de venir me chercher. Volchek n'était plus là. J'entendis une conversation à voix basse, puis la porte donnant sur le couloir qui s'ouvrait et des pas qui se dirigeaient vers l'ascenseur. Enfin, la clé tourna dans la serrure. Par le trou, je vis Victor s'allonger sur le canapé. Arturas était parti.

Restait Victor.

Je l'observai attentivement pendant un peu plus d'une heure, surveillant sa respiration bruyante. Il avait les yeux clos et les mains posées sur le ventre. À part une petite lampe, j'avais pour seul éclairage la lumière provenant des panneaux d'affichage numériques installés de l'autre côté de la rue. Des créatures aux formes étranges, rouges, bleues et blanches, s'invitaient toutes les deux ou trois secondes sur les murs de la pièce pour des danses rythmées.

Il me sembla que Victor ronflait plus fort que tout à l'heure.

Retournant la carte de visite du FBI entre mes doigts, je songeai à ma conversation avec Volchek, plus tôt dans la limousine.

« Benny est sous la garde du FBI. Il est bien protégé et bien caché. Même mes contacts ne parviennent pas à le trouver. »

L'expression « mes contacts » prenait tout son sens à présent.

Volchek avait quelqu'un à sa botte au sein du FBI, mais qui n'avait pas réussi à localiser Benny. Je ne pouvais me fier à personne. Si la mafia avait pu soudoyer un agent fédéral, elle avait pu se payer une centaine de flics new-yorkais. Jetant à nouveau un œil par le trou de la serrure, je m'assurai que Victor dormait à poings fermés. Apparemment, Arturas ne reviendrait pas cette nuit ; il avait dit qu'il passerait me voir à l'aube. J'enfilai mon manteau.

21 h 10.

Le moment de fausser compagnie à mes geôliers.

J'avançai rapidement vers la fenêtre à guillotine. Mon souffle se transforma en buée sur le carreau, alors que je soulevais le loquet qui bloquait le vantail inférieur. Les mains sur le châssis, je me positionnai en dessous avant de pousser.

La fenêtre refusa de bouger.

Pas même d'un centimètre.

Je vérifiai que je n'avais rien oublié qui empêchât l'ouverture. J'essayai à nouveau. Rien à faire. La faiblesse de l'éclairage ne m'aidait pas. Je fis le tour du châssis du bout des doigts, sans parvenir à trouver le raccord. On avait dû peindre par-dessus près d'une vingtaine d'années plus tôt, et personne ne s'était risqué à ouvrir depuis. Je tapotai mes poches, à l'affût du cliquetis de mon trousseau, mais je n'entendis rien. J'avais l'intention d'utiliser le bout pointu d'une de mes clés pour attaquer la peinture. Mais elles n'étaient plus là. Je ne savais pas si je les avais perdues ou si Arturas me les avait prises, mais je n'avais pas le temps d'y réfléchir. Je décidai de me rabattre sur mon stylo, me servant de la pointe pour labourer des serpentins caoutchouteux dans la peinture sèche.

Puis je montai sur l'appui et commençai à pousser. C'était bruyant. Pas moyen de faire autrement. Après un craquement sonore, le vantail laissa échapper un grognement de satisfaction alors qu'il se désolidarisait de son jumeau. La fenêtre s'ouvrit sur la cacophonie new-yorkaise – musique, circulation, etc. La pluie avait cessé. Le tribunal de nuit battait son plein ; en bas, les taxis faisaient la queue jusqu'à l'entrée principale, à droite de l'endroit où je me trouvais. Le lundi, c'est plutôt calme, mais les clients ne manquent pas dans le quartier. Toute personne qui dépose une caution après 21 heures a invariablement besoin d'un taxi.

Je baissai légèrement la fenêtre pour étouffer le bruit. Je ne voulais pas réveiller Victor. M'accroupissant, je fis quatre pas sur le côté et commençai à me glisser à l'extérieur, sur le rebord, la tête ramenée sur la poitrine pour passer sous le vantail. Une fois dehors, je redressai la tête, et mes yeux se fermèrent sans me demander mon avis. Je les forçai à s'ouvrir et le regrettai immédiatement. J'étais agenouillé sur un rebord de quatre-vingt-dix centimètres de large, au dix-huitième étage. Une odeur infecte et ancienne se dégageait de l'épaisse mousse verte et des fientes d'oiseaux accumulées sur la maçonnerie. Ça semblait glissant. À ma droite, une impasse : un affleurement pour l'ascenseur, infranchissable. Je ne pouvais aller qu'à gauche. Je devais descendre d'un étage, trouver la bonne fenêtre et croiser les doigts pour que Harry soit resté fidèle à ses habitudes.

Fermant à nouveau les yeux, je me représentai un plan de l'intérieur du bâtiment et tentai de déterminer un itinéraire depuis l'extérieur. Le palais de justice s'élevait, solitaire, entouré au sud et à l'ouest par un petit parc. J'étais sur la façade est. En contrebas, Little Portland Street menait vers Chambers Street et l'entrée principale, au nord. Harry avait son cabinet de mon côté, mais pas au même étage, et ce n'était même pas mon plus gros problème. Un obstacle majeur se dressait sur mon chemin, quelque chose qui devait bien mesurer une dizaine de mètres de haut et dont le tiers supérieur dépassait à mon niveau. La tête, les bras, l'épée – difficile à contourner, mais pas impossible.

Avant d'arriver à destination, je devrais descendre le long de la dame en gris.

Lentement, me cramponnant des deux mains de part et d'autre de l'arc en brique de la fenêtre, je me mis en position debout et commençai à flipper. J'avais toujours éprouvé une sensation curieuse en hauteur ; peu importait que je me trouve à un mètre cinquante ou à cent cinquante mètres du sol, ça semblait pire quand ma tête était proche d'un plafond. Même sur un balcon, à trois mètres de haut, si je voyais un plafond à l'horizon, je paniquais.

Alors qu'avec un ciel illimité, aucun problème. Je n'avais jamais pu comprendre pourquoi.

Debout dans l'arc, la tête à quelques centimètres de l'embrasure en granit, je sentis que j'allais craquer. Je me collai au mur, me cassant les ongles à la recherche d'une prise, alors que je luttais pour respirer. Le froid pénétrant ne m'aidait pas, et le vent fouettait mon manteau autour de moi. Les Klaxon et les moteurs des voitures, les freins à air comprimé des autobus et les portières des taxis qui claquaient en contrebas me rappelaient constamment que, dix-huit étages plus bas, la vie continuait, alors que j'étais en train de jouer avec la mienne.

Par une série d'exhalations rapides, je parvins à chasser la nervosité qui me paralysait. Puis j'avançai d'un pas, pendant que mon cerveau me hurlait : « Mais qu'est-ce que tu fous ? » Je m'en moquais. Dans mon esprit, je me représentai Amy, *mon* Amy, ses cheveux dans ma main au moment de souffler ses bougies d'anniversaire, avant d'ouvrir son cadeau et de comparer nos montres. Après l'embrasure de la fenêtre, le rebord devint plus étroit – soixante-quinze centimètres de large, peut-être. Je regardai avec stupéfaction mon pied droit avancer ; une fois d'aplomb, je préparai le gauche à le rejoindre.

Je n'avais jamais essayé de me retenir à quelque chose avec mon visage auparavant. Je me plaquai contre le mur, alors que mon pied gauche se risquait un peu plus loin. Mes doigts commencèrent à trembler, à force de s'agripper aux espaces entre les briques comme si leur vie en dépendait. Je repris ma progression.

Dix minutes plus tard, je me trouvais à un mètre cinquante de la dame en gris.

Nous étions de vieilles connaissances. Sa silhouette était familière à la plupart des gens. Une femme aux yeux bandés, enveloppée dans une toge, une épée dans une main, une balance dans l'autre. Les deux bras levés parallèlement au sol. Les yeux bandés sont le symbole de son indifférence, de son refus à juger selon la race, la couleur ou la croyance.

Ouais, tu parles.

On l'appelle Justitia : une version abâtardie des déesses romaine et grecque de la justice. Elle n'a pas toujours eu les yeux bandés. La statue qui se dresse au sommet de l'Old Bailey, à Londres, ne porte pas de bandeau. Les spécialistes affirment que c'est superflu, parce qu'elle est de sexe féminin, et donc forcément impartiale. Évidemment, aucun d'eux n'a jamais eu à défendre un client devant la juge Pike.

J'avançai à nouveau en traînant des pieds, mais presque imperceptiblement cette fois. Ça semblait atrocement lent. Le front plissé, je sentis une chaleur stimulante envahir mon cerveau et ma poitrine. Ma colère était de retour, accompagnée d'une nouvelle montée d'adrénaline qui me fit gagner soixante centimètres. Je tendis la main vers la poignée de l'épée, mais j'étais encore trop loin. Et pas moyen d'approcher davantage, le rebord s'arrêtait là. Dans mon esprit et mon corps, tout me criait de rester cramponné au mur, mais je devais atteindre cette épée, pour Amy. Pesant de tout mon poids sur mon pied droit, je levai le gauche pour garder l'équilibre.

J'entendis un craquement sourd en dessous de moi. Entraîné vers l'avant, je sautai.

24

Ma main droite attrapa l'épée. La gauche glissa autour du bras de la dame en gris et je balançai mes jambes dans les plis en granit de sa toge, mes deux pieds tâchant frénétiquement de trouver une prise.

— Tout va bien. Tout va bien, répétai-je.

Mes bras se mirent à trembler violemment. En regardant par-dessus l'épaule de pierre, j'aperçus une large niche à l'étage inférieur, derrière la statue. J'avais le choix : grimper par-dessus le bras ou passer en dessous. Une fois mes pieds solidement plantés, j'ajustai la prise de ma main gauche, afin de lui faire supporter mon poids. Puis, allant à l'encontre de tous mes instincts, j'opérai un mouvement de balancier pour glisser les jambes sous le bras de la dame en gris. Je gagnai de l'amplitude, et lâchai tout.

J'atterris sur le rebord de la niche au dix-septième étage, accueilli par de violents battements d'ailes et un concert de cris rauques. Je m'agrippai à nouveau à la statue, alors que les corbeaux de la ville protestaient contre l'invasion de leur territoire.

D'ordinaire, les montées d'adrénaline ne me posent pas de problème. J'en ai l'habitude, à force de me retrouver au centre des regards dans une salle où s'entassent des centaines de personnes. Tout semble aller beaucoup moins vite. Une seconde de pause se transforme en cauchemar de trois minutes quand l'organisme carbure à un mélange d'une telle puissance. C'est censé produire cet effet. Un moment au ralenti qui permet de réagir face aux menaces, de se battre ou de fuir. Tous les réflexes s'en trouvent accélérés, la perception du temps et de l'espace est altérée. Tous les sens sont en alerte, aussi aiguisés que le fil d'un rasoir.

Je forçai mon organisme à baisser de régime, laissai mon moteur refroidir. Puis je me tournai vers le chemin que j'avais emprunté jusqu'à la statue. Le rebord d'où j'avais sauté avait presque disparu. La brique s'était quasiment désintégrée. Je regardai dans la rue. Personne n'était allongé sur le sol, blessé ; les gravats étaient tombés sur la chaussée. Heureusement, on était à New York, et les vrais New-Yorkais ne levaient jamais la tête. Je m'appuyai contre le mur froid ; la dame en gris me tournait le dos. Elle faisait partie du jeu. On reproche souvent aux avocats de représenter des coupables. Et de s'étonner : mais comment font-ils ? Quand on m'interroge sur ce point, j'ai une réponse toute prête : je n'aborde pas ce sujet avec mes clients. Sur ce plan-là, on fonctionne un peu comme l'armée américaine à l'égard des homosexuels dans ses rangs – moins on en sait, mieux on se porte. Je n'ai jamais défendu un coupable, parce que je ne pose jamais la question. On ne peut pas écarter la possibilité qu'un client vous dise la vérité. Or, la vérité n'a pas sa place dans une salle d'audience. La seule chose qui compte, c'est ce que l'accusation peut prouver. Tout ce qui m'intéresse, ce sont les preuves que détient le procureur et ce qu'en pense mon client. S'il veut donner raison aux flics, il avoue. S'il souhaite aller en justice, il me soutient qu'il est innocent. S'il admet sa culpabilité devant moi, je ne serai pas en mesure de le représenter. Telles sont les règles du jeu.

Moins on en sait, mieux on se porte.

Onze mois plus tôt, j'avais découvert que ce jeu pouvait ruiner des vies, et j'avais décidé d'arrêter.

Mon rythme cardiaque redevint normal, et je m'intéressai à l'itinéraire qui m'attendait : un autre rebord, tout aussi étroit et traître.

Alors que les bruits de la ville continuaient à exercer leur attraction sur moi, j'entendis soudain quelque chose de familier.

Je baissai les yeux vers la rue et vis quelques voitures qui passaient rapidement. Peu de gens. J'approchai plus près du rebord exposé, éprouvant sa solidité d'un pied hésitant, faisant peser progressivement davantage de poids dessus jusqu'à être raisonnablement sûr de ma sécurité. Au moment de m'engager, j'entendis à nouveau ce rythme, cette voix. Ils m'étaient aussi familiers que mon propre nom. Les Rolling Stones, *Satisfaction*. Même étouffé, même à cette distance, j'aurais reconnu cet air entre mille.

Je connaissais la chanson, je connaissais le groupe, et je connaissais l'homme à qui appartenait ce disque. La musique me donna l'élan final dont j'avais désespérément besoin. Me tenant contre le bâtiment, je sortis de la niche et continuai à avancer. La guitare de Keith Richards sonnait de mieux en mieux à mesure que je progressais. Bientôt, je vis une lueur accueillante émaner d'une vitre à environ un mètre cinquante de moi.

Je pressai le pas.

Tendant la main vers la fenêtre, je m'accroupis pour tenter d'en forcer l'ouverture. Verrouillée. La scène, à l'intérieur de la pièce, semblait presque cosy. Dans un coin, les Stones jouaient à fond depuis une platine vinyle. Sur le bureau, une lampe envoyait une colonne de lumière chaude sur une bouteille de whisky voisine, qui projetait elle-même à son tour des farfadets dorés sur le parquet. Un homme noir, âgé et vêtu d'un pull-over rouge, était assis à un bureau, ivre ou endormi, peut-être les deux, le menton reposant sur sa poitrine. Ses cheveux blancs se tenaient au garde-à-vous, dressés comme s'ils cherchaient à intercepter les lignes de basse de la musique pour transférer directement leur magie au cerveau.

Je frappai au carreau.

Pas de réaction.

Je frappai à nouveau, plus fort.

Il était définitivement ivre et endormi.

À ma troisième tentative, je faillis casser la vitre, et Son Honneur, le juge doyen Harry Ford, se réveilla, balaya la pièce d'un regard nerveux puis renversa la tête pour reprendre son roupillon.

Je cognai encore au carreau, pour lui permettre cette fois de repérer la direction d'où provenait le son. Quand il me vit, il resta bouche bée, puis j'entendis un cri étouffé avant qu'il se dresse sur ses jambes et tombe en arrière, cul par-dessus tête. Il se releva, furieux, le visage déformé par la colère. Il avait dû croire à une de mes frasques d'alcoolo. La fenêtre s'ouvrit.

— Je ne sais pas ce qui me retient d'appeler les flics ou de te pousser dans le vide, espèce de cinglé !

Mon humeur changea, parce que j'avais quelque chose à lui dire. Mon amusement face à son emportement d'ivrogne passa, et je sentis le fardeau de ma situation et le poids du plastic dans mon dos.

— Harry, j'ai des ennuis. De gros ennuis. Ils ont enlevé Amy.

— Qui ça ?

— La mafia russe.

25

Je baissai la fenêtre derrière moi pour empêcher le vent glacial d'entrer. Harry souleva le bras de la platine, coupant brutalement le sifflet à Mick Jagger. Toujours boosté par l'adrénaline, je regardai Harry. À sa colère avait succédé un air pensif.

— J'ai besoin de boire un coup, dit-il en même temps que moi.

Il versa trois doigts dans un verre sale qu'il me tendit. C'était le mien. Personne ne l'avait utilisé depuis ma dernière visite, la nuit avant d'entrer en cure de désintoxication. L'alcool me procura une sensation de chaleur apaisante. Je tâchai de me convaincre que je ne replongeais pas – juste de quoi me calmer. Harry trouva son propre verre sous son siège. Il se servit généreusement, sirota son whisky en le tenant à deux mains, puis il releva son vieux fauteuil pivotant et s'assit avec un soupir travaillé.

— Tu vas m'expliquer ce qui se passe, Eddie ?

Après une autre petite gorgée de bourbon, je vidai mon sac. Tous les événements de cette journée, depuis le moment où Arturas m'avait braqué un revolver dans le dos dans les toilettes du café-restaurant.

Harry écouta, sans m'interrompre. Son expérience lui avait appris qu'il valait mieux connaître toute l'histoire avant de commencer à poser des questions.

Quand j'eus terminé, il me dévisagea comme si j'étais un idiot.

— Mais qu'est-ce que tu fous là, bon sang ? Appelle la police !

Il décrocha le téléphone et appuya sur la touche 9 pour obtenir une ligne vers l'extérieur. Je mis fin à la communication.

— Je ne peux pas. Ces types ont un agent du FBI dans leur poche, alors ils ont probablement arrosé quelques flics aussi. Si je m'adresse à eux, je peux très bien tomber sur un gars à la botte des Russes.

— Mais je connais du monde dans la police, j'appelle Phil Jefferson.

— C'est la vie de ma fille qui est en jeu. Pas question de la risquer en pariant sur l'honnêteté d'un poulet, quelles que soient ses relations – et même si tu te portes garant. Le système ne marche pas, tu le sais aussi bien que moi. Et je n'ai aucune preuve. C'est moi qui ai la bombe. En admettant que je ne tombe pas sur un ripou, c'est probablement moi qu'on arrêtera. Et si la police ou le FBI me croit, ce dont je doute, Volchek n'a besoin que d'une seconde pour passer le coup de fil qui tuera ma fille. J'ai appris une chose aujourd'hui : toujours me fier à mon instinct. Et il me dit que je dois régler cette histoire à ma façon – au moins pour l'instant.

Harry reposa le combiné. Il jeta des regards furtifs dans la pièce et je vis la peau de son visage se tendre ; sa poitrine se soulevait et retombait rapidement.

— Amy va bien ?

— Ils se sont fait passer pour des agents de sécurité que j'aurais engagés suite à des menaces de mort qu'on m'aurait envoyées. Je pense qu'elle y a cru au début. Mais quand je lui ai parlé, j'ai senti qu'elle ne marchait plus. Elle sait, Harry. Elle a compris qu'on l'avait enlevée. Je dois la sortir de là.

Harry vida son verre en faisant la grimace. Les pieds en bois de son vieux fauteuil pivotant grincèrent quand il tendit le bras vers la bouteille.

— Et Christine ?

— Elle pense qu'Amy est à Long Island pour trois jours, avec son école. Pour autant que je sache, elle n'est au courant de rien.

Mais tu connais Christine. Si elle craque, elle est capable d'ameuter les flics. Je n'ai pas l'intention de lui dire quoi que ce soit.

— Tu *dois* prévenir la police.

— Alors, ils tueront Amy. Je te l'ai déjà expliqué ; les Russes ont acheté un gars du FBI, ils peuvent se payer tout un commissariat si ça leur chante.

— Comment tu sais qu'ils ont un fédéral dans la poche ?

— J'ai trouvé une carte de visite du FBI dans le portefeuille d'un des Russes. Je le lui ai piqué dans la limousine. Quelqu'un a écrit un numéro de téléphone au dos de la carte. Elle paraît authentique.

— Tu as volé un portefeuille ?

— Ne fais pas l'étonné. Tu connais mon passé.

— Oui. D'ailleurs, je me demande si tu l'as jamais vraiment laissé derrière toi.

Il baissa la tête et soupira. Il avait probablement raison. Je n'avais pas dit adieu à mon ancien moi. J'étais resté le même, j'avais simplement changé de cible : je n'arnaquais plus des compagnies d'assurances, mais des jurés.

Je pris un autre verre et m'étirai le cou et le dos. Mes acrobaties sur le rebord avaient fini par me provoquer un spasme chronique dans la nuque. L'alcool n'apporterait qu'un soulagement temporaire.

— Il y a un nom sur cette carte ?

— Non.

— C'est peut-être le Russe qui est passé à l'ennemi. On lui aura donné ce numéro pour qu'il puisse appeler le FBI.

— Non. Ce type n'a pas changé de camp. C'est un putain de monstre ; il m'a soulevé comme un fétu de paille. Non. Si c'est une balance, il n'a aucune raison d'avoir ça sur lui. Ou alors, c'est l'informateur le plus débile de la planète, qui trimballe sur lui les coordonnées de son contact au FBI. Je ne crois pas, non. Il n'a rien fait pour cacher cette carte. Ce numéro de téléphone est celui d'un de leurs employés. Je n'ai pas d'autre explication, mais je suis ouvert aux suggestions.

Harry n'en avait aucune.

—J'ai besoin que tu jettes un coup d'œil à la bombe pour moi ; peut-être que tu sauras comment la désamorcer.

—Je n'ai pas fait ça depuis un bail, Eddie.

Je crus voir une ombre traverser ses traits, à moins qu'il s'agisse d'un simple mouvement dans le clair-obscur. Au Vietnam, Harry avait été parmi les premiers Afro-Américains élevés au grade de capitaine. Il avait commandé une unité composée de rats des tunnels, ces hommes qui combattaient les Viêt-cong sous terre, dans le noir. Il avait fait trois périodes de service, mais n'avait jamais parlé de cette expérience, ni montré à personne le paquet de médailles qu'on lui avait données. C'était tout lui.

Je retirai ma veste, la retournai et la posai sur son bureau, ouvrant la poche. Mes connaissances en matière d'explosifs étaient nulles.

Harry approcha de l'engin avec méfiance, les mains sur les hanches. Puis il se pencha. L'espace d'un instant, je crus qu'il voulait l'étudier de plus près, puis je remarquai qu'il reniflait.

—C'est du C4. Avec deux détonateurs enfoncés dans le plastic et un circuit électronique, constata-t-il.

—Tu peux dire tout ça juste à l'odeur ?

—Ne sois pas idiot, l'odeur c'est pour le C4. Sens.

Le plastic sentait effectivement quelque chose, mais je ne parvins pas immédiatement à mettre le doigt dessus.

—De l'essence ?

—Pas loin. De l'huile de graissage. Le C4 est un explosif synthétique ; de nombreux produits et composés chimiques entrent dans sa fabrication. Pour une raison ou pour une autre, on le coupe avec de l'huile de graissage. Ça nous a été très utile au Vietnam. On en avait toujours sur nous pour boucher les tunnels des Viêt-cong, mais on se servait surtout du C4 pour cuire nos rations.

—Hein ?

—Oui. Ça puait, mais ça brûlait très bien, même sous la pluie. On aimait mieux cette odeur que manger froid. Tu comprends, tu as besoin d'une petite charge explosive pour faire sauter cette saleté.

Sans ça, tu peux la brûler ou taper dessus à coups de marteau, elle n'est pas plus dangereuse que de la pâte à modeler. Ces cylindres qui ressemblent à de petits stylos, ce sont des détonateurs. Mais ici, il y a aussi de l'électronique. Je préfère ne pas y toucher, ça pourrait être piégé. Tu m'as dit que tu leur avais piqué le détonateur sans fil ?

— Oui.

Je le sortis de ma poche et le posai sur le fauteuil de Harry.

— Le plus simple, c'est encore de retirer la pile. J'ai un tournevis quelque part…

Harry fouilla une minute ou deux dans des boîtes en carton, puis dans une bibliothèque qui contenait davantage d'outils, de verres et de bouteilles de whisky que de livres de droit. Il revint avec un assortiment de tournevis. Le détonateur sans fil ressemblait à la télécommande d'une porte de garage ou de verrouillage centralisé d'un véhicule : cinq centimètres de long sur deux et demi de large pour un demi-centimètre de profondeur, avec deux boutons sur le côté. Au dos, trois vis maintenaient les deux moitiés du boîtier ensemble. Je sélectionnai le tournevis plat le plus petit du lot, le sortis de son étui, puis essayai de le faire entrer dans la tête de la vis. Trop gros.

Harry se mit à ouvrir et à fermer des tiroirs, à claquer des portes de placard en marmonnant. Au bout de quelques minutes, il réapparut avec un cutter. Le bout de la lame correspondait tout juste à la tête de la vis. Je devais faire preuve de prudence tant la lame était fine ; si elle cassait, j'étais foutu.

Le boîtier dans la main gauche, en faisant bien attention de ne toucher aucun bouton, je commençai lentement, avec précaution, à desserrer la première vis. Mes yeux avaient des difficultés à passer de la pénombre de la pièce à l'éclat de la lampe de bureau. Harry se pencha par-dessus mon épaule. Je sentais son impatience et son regard insistant.

Il fit soudain plus froid, malgré la chaleur dégagée par la lampe et le radiateur. Harry augmenta le chauffage et se versa un nouveau whisky. Il m'en servit un autre. J'avais beaucoup bu sans rien manger ; je commençais à avoir mal au crâne.

Je fis tomber la première vis dans ma paume, avant de la poser soigneusement sur le bureau.

Harry se pencha et se frotta la tête, chaque main remontant, à tour de rôle, de sa nuque à sa tignasse blanche rebelle. Nous étions amis depuis assez longtemps pour que je connaisse ces petits signes révélateurs. Quand quelque chose l'inquiétait, ou qu'il réfléchissait à un problème, il se frottait la tête. Un nombre surprenant de gens font la même chose, comme s'ils essayaient d'extraire physiquement une pensée de leur esprit.

— Accouche !

— Est-ce que Volchek t'a donné les dossiers du procès ?

— Oui, j'ai presque tout lu ; ce qui me semblait utile en tout cas.

— Tu as trouvé quelque chose sur le témoin, la nature de l'accord qu'il a passé ?

Je savais où Harry voulait en venir.

— Toi aussi, tu te poses des questions, hein ? Pourquoi avoir balancé Volchek seulement pour le meurtre de Mario ? J'ai essayé d'aborder le sujet avec Volchek. Il a mis ça sur le compte d'une sorte de loyauté de la part de Little Benny. J'ai eu l'impression que Little Benny préférait ne pas impliquer ses compagnons d'armes, qu'il restait fidèle à ses camarades, tout en accusant son patron. Moi non plus, je n'y comprends rien. Little Benny en a donné assez au FBI pour se faire tuer, mais pas assez pour obtenir l'immunité.

Il hocha la tête et engloutit son dernier doigt de whisky. Puis il rangea la bouteille dans un tiroir et prépara du café. D'une certaine manière, ces gestes machinaux l'aidaient à penser. Je me gardai bien d'intervenir, le laissant réfléchir à son rythme. Il me dirait quand il serait prêt.

— Tu as déjà entendu parler des *pentiti* ? demanda Harry.

Ma mère était italienne ; mon plus vieil ami était à la tête de la mafia de New York. La question ne se posait même pas.

— Bien sûr, c'est le nom que la police sicilienne a donné aux repentis. Des collecteurs et des hommes de main qui, une fois arrêtés, ont témoigné contre la mafia. Où tu veux en venir, Harry ?

— Pour autant que je sache, les *pentiti* comptaient parmi les types les plus coriaces du monde. Des tueurs sans merci. Même *eux* ont balancé leur organisation. Alors, je me dis que Little Benny doit avoir une sacrée bonne raison pour la boucler.

Après que le gargouillis de la machine nous eut annoncé en fanfare que le café était prêt, Harry nous en emplit chacun un grand mug. Je songeai à la chance que j'avais d'être devenu son ami, et j'enviai les hommes qui avaient servi sous ses ordres au Vietnam. C'était quelqu'un d'intelligent, un meneur ; même aujourd'hui, à plus de soixante ans, rien ne semblait l'effrayer.

— Alors, tu vas me dire ce que tu comptes faire ? demanda Harry.

— J'ai un ami qui peut m'aider à retrouver ma fille et à la tirer des griffes des Russes. Moins tu en sauras là-dessus, mieux ce sera. Je vais devoir l'appeler et le rencontrer en personne. Comme ça risque de mal tourner, je préfère qu'on ne puisse pas remonter jusqu'à toi. C'est le genre de type dont le téléphone est sur écoute. Je ne me vois pas l'appeler depuis ton cabinet. Mais tu peux me rendre un service : acheter quelques bricoles pour moi et les planquer dans le bâtiment. Peut-être dans les toilettes pour handicapés, à cet étage. Cache-les dans un endroit où personne ne pensera à regarder. Il n'y a pas de toilettes au dix-huitième. Je descendrai pour utiliser celles-là et comme il n'y a pas de porte à l'intérieur, les Russes attendront dehors. Je vais te faire la liste de ce qu'il me faut en t'indiquant où tu peux le trouver. Je préfère que tu ne t'impliques pas trop, Harry. Ceux qui détiennent Amy ne la rendront pas sans opposer de résistance.

Harry se frotta la tête.

— Et ce type qui doit te filer un coup de main, comment tu penses pouvoir le rencontrer sans que Volchek le sache ?

— Je ne peux pas, mais je crois avoir trouvé un moyen de convaincre les Russes de me mener jusqu'à lui.

26

La fenêtre trembla dans son châssis, secouée par le vent qui se levait. Harry s'assit dans son fauteuil pivotant à armature en bois – son préféré. Ce siège me rappelait Harry : vieux, usé, solide.

La deuxième vis atterrit sur le bureau et tourna quelques instants sur elle-même avant de s'immobiliser.

Harry retira ses lunettes et se pinça le haut du nez – un autre signe qui ne trompait pas chez lui.

— Ça ne me plaît pas. Il y a quelque chose de pas net, dit-il.

Il soupira et ajouta :

— Quoi que tu fasses, ils vont vous tuer, Amy et toi. Éliminer un témoin et te faire porter le chapeau, des foutaises tout ça. Si tu entres dans leur jeu, ils feront en sorte que tu ne puisses raconter à personne ce qui s'est réellement passé. Ils ne peuvent pas courir ce risque.

Je me concentrai sur la dernière vis.

— Mais tu as déjà pensé à ça, continua Harry.

Opinant du chef, j'inclinai la lame sur la tête de la vis et la retirai de son logement.

Harry approcha son fauteuil du mien. Nous nous penchâmes nerveusement à la lumière de la lampe. Je saisis doucement le boîtier du détonateur et pris mon temps pour en séparer les deux parties.

Il céda.

Mes doigts tremblaient, mais je ne laissai pas tomber les deux pièces que je plaçai, l'une à côté de l'autre, sur le bureau.

J'avais un plan, auquel j'avais réfléchi pendant des heures.

Je savais que je ne pouvais pas me fier aux flics ou au FBI, mais dès que j'aurais récupéré Amy, Volchek n'aurait plus aucun moyen de pression sur moi. Je pourrais fuir avec elle, j'avais tout prévu, même la façon dont j'amènerais la Bratva à me conduire chez mon pote Jimmy. Lui serait capable de trouver à qui appartenait le numéro de téléphone que j'avais lu sur le portable de Volchek. Une fois qu'elle serait en sécurité, je contacterais le FBI pour tout leur dire, les aider à coincer Volchek et sa bande en échange d'un accord.

C'était mon plan.

Tout s'écroula à la vue de l'intérieur du détonateur.

Il n'y avait ni mécanisme, ni puce, ni circuit, ni pile, rien.

Une coquille de plastique vide.

— Il est bidon ? s'étonna Harry.

— C'est insensé. Arturas a armé la bombe plusieurs fois. Le voyant rouge s'est allumé sur le boîtier quand le signal a été activé. C'est cette ampoule au bout de la télécommande, précisai-je en la pointant du doigt.

Sauf qu'elle ne risquait pas de briller ; elle n'était pas alimentée.

— Je n'ai pourtant pas rêvé ; j'ai senti quelque chose vibrer dans mon dos.

Je croisai les bras et jurai.

— Putain ! qu'est-ce que ça signifie ?

À ce moment-là, plusieurs questions vinrent se bousculer sous mon crâne. Pourquoi Arturas se baladerait-il avec deux détonateurs, un vrai et un autre ?

— J'ignore ce qui se mijote, mais je flaire une entourloupe. Qu'est-ce que tu en penses ? demanda Harry.

— Deux choses, dis-je. D'abord, la bombe que je porte dans le dos est, elle, bien réelle. Deuxio, je n'ai pas le bon détonateur, parce que je ne savais pas qu'Arturas en avait deux sur lui quand je le lui ai fauché, ajoutai-je, ramassant les deux moitiés de la boîte en plastique.

Je m'interrompis, soudain figé.

Harry était tétanisé ; il venait de penser la même chose que moi.

— Retourne là-bas, dit-il. S'ils ne te trouvent pas dans la pièce, ils n'ont qu'à appuyer sur un bouton…

27

Les doigts tremblants, je réassemblai les deux moitiés du boîtier. Les vis semblaient avoir rétréci depuis que je les avais retirées ; je n'arrivais pas à les attraper.

— Calme-toi. Ils n'ont pas encore découvert que tu leur as faussé compagnie, dit Harry.

— Comment tu peux en être aussi sûr ?

Il me regarda comme s'il avait affaire à un demeuré. Je n'avais pas besoin qu'il me mette les points sur les *i*. Je lui faisais simplement la conversation histoire d'oublier ma situation pour que mes doigts m'obéissent à nouveau.

— Je sais, Harry. Je sais.

La première vis rentra dans son logement avec un tintement, et je commençai à la revisser.

Harry arpentait la pièce en marmonnant.

— Tu ne m'as toujours pas dit ce qu'il te fallait et où je pouvais me le procurer.

Pendant un moment, je retins ma respiration et priai en regardant la vis que je venais de laisser tomber toucher le parquet et rouler vers une grille d'aération. Je plongeai et l'attrapai juste avant qu'elle ne disparaisse dans l'abîme.

Le souffle court, je réussis à la remettre dans son logement.

— Tu as de quoi écrire ?

Harry prit un crayon et commença à noter sous ma dictée.

—Je vais avoir besoin de passer des coups de fil. Pour arranger la rencontre avec Jimmy et rester en contact avec toi. Il me faudra un portable pirate.

—Un quoi ?

—C'est un genre particulier de téléphone prépayé. Ne t'en fais pas. Tu trouveras tout au même endroit, une petite boutique dans Baker Street ; ça s'appelle AMPM Security. Tu demanderas à parler à Paul. Une fois sur place, tu auras l'impression que c'est fermé. Ce n'est pas le cas. Frappe à la porte jusqu'à ce que quelqu'un vienne t'ouvrir et te pointe un flingue sous le nez. Dis à Paul que c'est moi qui t'envoie. Il connaît tout ce matos. J'aurai besoin d'un marqueur de sécurité permanent UV. SEDNA ou Security Water, peu importe. Et il me faudra aussi une petite lampe UV pour lire les traces.

Il parut perplexe.

—Ne t'inquiète pas. Paul comprendra. Il fera en sorte que j'aie le nécessaire.

Paul Greenbaugh s'occupait d'AMPM Security le jour – un commerce réglo – et vendait de nombreux produits illégaux la nuit. Pour lui, cette seconde activité était nettement plus lucrative, et j'avais souvent fait appel à ses services. Parfois, un arnaqueur dépend de la qualité de ses outils.

—C'est tout ? Allez, Eddie. Dépêche-toi, me pressa Harry.

Il se dirigea à grands pas vers la fenêtre, l'ouvrit et regarda la ville. Une autre averse était en train de s'atténuer.

Une fois la dernière vis en place, j'inspectai le boîtier, convaincu qu'Arturas ne se douterait pas que je l'avais démonté. J'avais espéré mettre hors d'état la bombe ou le détonateur, mais je n'avais pas envisagé qu'Arturas en aurait un factice sur lui. Cela me donna une idée.

—Harry, tu as un appareil photo sur ton téléphone ?

—Oui, répondit-il, saisissant son portable.

—Prends-en une du détonateur. Demande à Paul de m'en procurer la réplique exacte.

Tenant le boîtier entre le pouce et l'index, Harry le mitrailla sous tous les angles. Il l'ajouta à sa liste et la relut.

— Tu dois aller me chercher tout ça sans tarder. Je vais bientôt passer à l'action, et j'aurai besoin de ce matériel. Baker Street n'est pas très loin. Tu penses pouvoir boucler l'affaire en une heure ?

— Je ferai mon possible, mais je ne sais même pas à quoi servent la moitié de ces trucs. Je ne suis pas sûr de vouloir le savoir, d'ailleurs.

Après avoir remis la bombe en place, j'enfilai à nouveau ma veste.

— Crois-moi, Harry. Vaut mieux pas.

28

Il y a des moments où l'on doit réellement se fier à son instinct et d'autres où les circonstances vous dictent votre comportement. Alors que je me tenais à nouveau sur le rebord de la fenêtre, mon instinct me conseillait très fortement de retourner à l'intérieur, dans le cabinet de Harry, et de trouver un autre moyen, parce que je n'arriverais tout simplement pas à refaire le même chemin en sens inverse.

Ignorant ma peur, je songeai à Amy. Harry sembla lire dans mes pensées.

— C'est une gamine courageuse, Eddie. Ils la garderont en vie et je te promets qu'on va la récupérer. J'ai une audience au civil demain. Ça risque de durer, mais tu peux compter sur moi dès que je serai sorti. Je siégerai aux côtés de la juge Pike pour pouvoir veiller au grain.

Les paroles de gratitude que je voulais lui adresser restèrent bloquées dans ma gorge. Quel soulagement, quel bonheur d'avoir un ami comme lui.

— Comment… comment tu vas faire ?

— Je dirai à Gabriella que je l'évalue pour un poste en cour d'appel. Peu importe. Je suis inquiet. Trop de choses peuvent mal tourner. Alors pas question de te laisser livré à toi-même. Je serai là.

Hochant la tête, je lui serrai la main, me souvenant de la première fois où j'avais pris cette grosse main douce dans la mienne, tant d'années plus tôt.

À l'époque, j'avais mis fin à ma carrière d'arnaqueur – enfin, presque.

Harry me lâcha et ferma la fenêtre. Alors que je longeais le rebord, je me demandai si j'aurais à nouveau l'occasion de lui serrer la main. Il risquait gros pour moi. En partie par éthique, par honneur et par loyauté envers ses amis. Mais d'une certaine façon, je savais qu'il se sentait aussi responsable de moi. C'était ce genre d'homme.

Heureusement, il ne pleuvait plus, même si l'averse avait posé une nouvelle couche de vernis sur la pierre déjà glissante. Alors que j'avançais prudemment, mon pied dérapa et ma jambe gauche fut entraînée vers le sol.

En une fraction de seconde, mon corps me donna l'impression de peser cinq cents kilos. J'essayai de m'agripper aux briques, mais mes doigts ne trouvèrent pas de prise. Pliant mon autre jambe sous moi, je me laissai tomber, tâchant désespérément de changer l'angle de ma chute. Ma poitrine heurta violemment le rebord, me coupant le souffle. Mes mains tentèrent tant bien que mal de se raccrocher à quelque chose, alors que je me sentais glisser sur la surface humide. Ma jambe gauche se balança dans le vide. Ma main droite se referma sur une brique à nu et je me cambrai. Mon dos hurla sous l'effort, alors que je parvenais à empêcher mes deux jambes de plonger dans le précipice.

J'avais la quasi-certitude de m'être déchiré un muscle, mais j'avais tenu bon.

Je retrouvai mon souffle juste au moment où mon corps déclarait forfait et refusait de bouger. Allongé à plat ventre sur le rebord étroit, je voyais New York en contrebas. La rue semblait plus calme à présent. Les taxis qui faisaient la queue pour le tribunal de nuit n'arrivaient plus de ce côté-ci du bâtiment. Il y avait peu de circulation, et un seul piéton. De mon poste d'observation, je distinguais un homme mince, debout sous un réverbère dont la lueur orange se reflétait sur son crâne chauve. Il portait un pardessus sombre et semblait attendre. J'aperçus une limousine blanche qui s'arrêtait le long du trottoir d'en face – la voiture dans laquelle on m'avait fait monter ce matin-là. L'homme sous le réverbère devait être Arturas. La portière côté passager s'ouvrit à l'arrière et un géant sortit de la limousine – Gregor. Je songeai à son portefeuille, dans ma poche. Gregor portait une grosse valise. Elle semblait identique à celle que j'avais laissée avec Victor dans l'antichambre, après avoir emporté les dossiers dans le cabinet.

Grâce à l'éclairage du réverbère, je vis Gregor entrouvrir la valise pour qu'Arturas puisse en inspecter le contenu, puis la refermer. Un troisième larron les rejoignit. Il portait un informe bleu marine ; la lumière se refléta sur la plaque qui ornait son imposante poitrine. C'était le garde – le gros – que j'avais croisé ce matin dans le hall.

Les trois hommes attendaient. Les bâtiments environnants, pour la plupart des immeubles de bureaux où ne régnait aucune activité à cette heure de la nuit, étaient silencieux. Deux camionnettes blanches tournèrent dans la rue et se garèrent derrière la limousine. Gregor leur fit signe et la première disparut à l'intérieur du parking souterrain du palais de justice. L'autre s'arrêta, et le conducteur ouvrit la portière côté passager. Gregor fit rouler la valise autour du véhicule, puis il l'empoigna à deux mains et la hissa sur le siège. Ce type m'avait soulevé comme un rien ce matin ; le contenu de cette valise devait être foutrement lourd. Il referma la portière et la camionnette entra à son tour dans le parking souterrain. Puis Gregor, Arturas et le gros garde s'approchèrent du mur, hors de portée de la lumière des réverbères. Ils attendaient quelque chose. La limousine ne bougea pas. Au bout de quelques minutes, deux hommes sortirent du parking à pied. Les conducteurs, selon toute vraisemblance. Tous deux se dirigèrent vers Gregor.

L'espace d'une seconde, je cessai de respirer.

Gregor glissa la main dans son manteau. Puis il vérifia dans les autres poches de son pardessus. Celles de son pantalon aussi. Il répéta l'opération. Finalement, il palpa son manteau à l'aide de ses gros doigts avant de lever les bras d'un air perplexe. Il savait que son portefeuille avait disparu. Arturas sortit le sien et remit une pince à billets bien garnie aux deux hommes ; ensuite, ils montèrent à l'arrière de la limousine qui s'éloigna. Je supposai que l'argent que j'avais trouvé dans le portefeuille un peu plus tôt avait été destiné au paiement des conducteurs. Arturas et Gregor semblèrent échanger quelques mots sur le ton de la plaisanterie, et je vis le géant lever ses grosses paluches pour protester de son innocence. Peut-être que ce n'était pas une première, qu'il égarait ou oubliait régulièrement son portefeuille. Ils ne pouvaient pas me soupçonner. Pour eux, je n'étais qu'un avocat, ils ne connaissaient pas mes antécédents. Et les avocats ne font pas les poches de leurs clients.

Les Russes et le gros garde remontèrent la rue, avant de tourner à droite, hors de mon champ de vision, vers l'entrée du palais de justice. Une fois à l'intérieur, Arturas et Gregor passeraient devant le poste de sécurité, puis traverseraient le hall en direction des ascenseurs. D'après moi, il leur faudrait environ une minute trente pour faire ce trajet. S'ils prenaient l'ascenseur, je pouvais ajouter une minute, le temps d'arriver au dix-huitième étage, et dix secondes supplémentaires avant qu'ils ne pénètrent dans les bureaux. Ils réveilleraient Victor, puis jetteraient un coup d'œil là où j'étais censé me trouver – peut-être dix à quinze secondes de plus. Pour plus de sûreté, j'estimai disposer de deux minutes trente pour regagner le cabinet avant que, découvrant une pièce vide, ils passent le coup de fil qui mettrait fin à la vie d'Amy, puis appuient sur le vrai détonateur.

J'avais pris l'habitude de minuter mes contre-interrogatoires, et je pensais bénéficier d'une horloge interne assez précise. Pliant mes jambes sous moi, je me levai et me remis en route. Au moment d'arriver à la statue, j'avais épuisé quarante-cinq secondes du temps qui m'était imparti. Elle n'était pas aussi glissante que le rebord, et il me fallut vingt secondes pour me hisser sur ses épaules, les pieds plantés dans son dos et les mains cramponnées de part et d'autre de sa tête. La partie du briquetage qui avait cédé lors de mon premier passage avait créé un vide d'un mètre vingt entre la dame en gris et la sécurité du rebord.

Cinq secondes s'écoulèrent sans que je fasse le moindre mouvement, collé à la statue. Prenant appui sur son épaule droite, je me dressai et attrapai l'épée pour ne pas perdre l'équilibre.

Tout ce qu'Arturas m'avait dit plus tôt dans la journée n'avait été que mensonges. Il aurait pu introduire un piano à queue dans le palais de justice s'il l'avait voulu; il venait d'y faire entrer deux camionnettes et une grosse valise. La bombe que je portais dans le bas du dos aurait facilement tenu dans la valise de Gregor. Ils n'avaient pas besoin de moi ou de Jack pour ça. Comment avais-je pu être aussi stupide! Si les Russes pouvaient se payer un agent du FBI, soudoyer le personnel de sécurité ne posait aucun problème. En fait, ils avaient probablement assez d'argent pour les rendre tous millionnaires. Dans ma tête, je fis défiler le film de mon arrivée au tribunal. Barry avait braillé mon nom; Hank, le garde blond, avait voulu me fouiller. Avant même que je passe au scanner à rayons X, le gros m'avait eu à l'œil. Sur le moment, j'avais cru qu'il me connaissait. Après l'avoir regardé aider les Russes à garer les camionnettes dans le parking souterrain, sa présence dans le hall ce matin m'apparaissait sous un jour nouveau. Quand Hank m'avait demandé d'adopter la position préalable à la fouille, il s'était dirigé vers nous. J'avais pensé qu'il venait prêter main-forte à son collègue – maintenant, je savais qu'il m'avait zieuté pour s'assurer que je passerais le contrôle sans que Hank ou qui que ce soit d'autre découvre la bombe.

Ils tueraient Amy dès qu'ils n'auraient plus besoin de moi. Ce que je ne comprenais pas, c'était pourquoi. Pourquoi me mêler à tout ça?

Mon père m'a dit un jour qu'on n'a aucune chance de réussir une arnaque sans l'étudier sous tous les angles. Rien dans cette situation n'avait de sens. J'eus le sentiment de n'être qu'un pion dans une partie qui me dépassait. Au moins commençai-je à comprendre qui étaient les joueurs. Mais cela signifiait que j'allais moi-même devoir changer de stratégie.

Lâchant l'épée, j'expirai, puis je sautai.

29

J'atterris sur le ventre, sur le rebord, et mes jambes délogèrent quelques briques supplémentaires. Collé contre le mur, j'avançai aussi rapidement que possible vers la fenêtre que j'avais laissée ouverte. Deux minutes et vingt secondes s'étaient écoulées au moment où je tombai à l'intérieur, me relevai d'un bond et baissai la vitre. J'enlevai mon pardessus et entrepris de le nettoyer en utilisant la paume de ma main. Il était humide, tout comme mon pantalon. J'allumai à fond le vieux radiateur éteint qui prenait la poussière dans un coin, puis posai mon manteau dessus et m'appuyai contre lui pour sécher mes genoux mouillés tout en reprenant mon souffle. Entre deux halètements, j'entendis des pas dans le couloir. Abandonnant la chaleur du radiateur, je regardai par le trou de la serrure et constatai avec satisfaction que Victor dormait sur le canapé, comme au moment où je l'avais laissé. La valise Samsonite qui contenait les dossiers était sur le sol, ouverte ; elle non plus n'avait pas bougé. Les dossiers, eux, étaient toujours étalés sur mon bureau, dans le cabinet.

Un léger bruit métallique vint rompre le silence : les portes de l'ascenseur, dans le couloir. De la sueur coula sur ma veste et je m'essuyai le front. J'entendis des pas, puis d'autres, plus lourds, qui les suivaient. Arturas entra nonchalamment dans l'antichambre et s'installa confortablement dans un fauteuil. Gregor arriva derrière lui et réveilla Victor d'un coup de pied. Il lui demanda de lui faire de la place, puis les deux hommes se laissèrent aller en arrière dans le canapé, les yeux clos. La lumière douce d'une lampe identique à celle que j'avais de mon côté donnait presque une atmosphère paisible à la scène. J'essayai de tourner la poignée de la porte. Elle était toujours fermée. Personne ne s'était inquiété de moi. S'ils étaient entrés et avaient trouvé la pièce vide, ils n'auraient pas pris la peine de refermer à clé en repartant.

Aussi silencieusement que possible, je retournai près du radiateur, déjà plus chaud, afin de sécher mon pantalon. J'avais prévu ce que j'allais faire ensuite. J'avais besoin de contacter Jimmy avant mon prochain coup dans la partie qui m'opposait aux Russes. Pour cela, il me fallait le téléphone qui figurait sur la liste de Harry. Je devais compter une heure pour qu'il ait le temps de se procurer le matos et de le planquer à l'endroit convenu. En attendant, je ne pouvais que prendre mon mal en patience. J'étirai les jambes et plaquai mon dos contre le mur – même dans cette position, je pouvais les espionner par le trou de la serrure.

Ils se reposaient.

Au bout d'une heure, je me surpris à piquer du nez. J'avais failli m'assoupir. Mon pardessus et mes genoux étaient secs. Heureusement, les taches ne se voyaient pas sur la couleur sombre. Il faisait trop chaud dans la petite pièce ; j'éteignis le radiateur, puis replongeai dans mes pensées.

Je devais tant à Harry. Sans lui, j'aurais inévitablement fini en prison – ou pis. Pas de retraite ni de sécurité sociale pour les types comme moi. Vers la fin de ma carrière d'escroc à l'assurance, j'avais péché par arrogance. Ou alors, j'avais secrètement eu le désir d'être arrêté – ce n'était en tout cas pas l'impression que j'avais eue à l'époque. Sur le moment, j'avais mis ça sur le compte d'une mauvaise décision prise en une fraction de seconde – et d'une massette, aussi. Bien sûr, la massette n'était pas vraiment responsable, pas davantage que l'homme qui s'en était servi. En fait, c'était la faute de mon chauffeur, qui n'aurait jamais dû coucher avec une femme qui n'était pas la sienne.

J'avais repéré ma cible et nous étions tous fin prêts pour un accrochage le vendredi matin. Mon pilote, un vétéran des courses de stock-cars nommé Perry Lake, s'était fait démolir par un mari jaloux dans la nuit du jeudi. Le mari avait attaché Perry à une chaise, puis il avait sorti de sa trousse à outils un marteau flambant neuf, une massette pour être précis, qu'il avait montrée à Perry avant de se mettre au travail. Il lui avait cassé les genoux, les mains, les coudes et les dents. J'aurais dû annuler l'opération. Je ne l'ai pas fait. J'ai oublié les règles du jeu : prends l'oseille et tire-toi. Au cours des dernières années, mes combines m'avaient permis d'amasser un pactole d'environ deux cent mille dollars. Je n'étais plus motivé par l'argent. Mais les milliers de dollars que je parvenais à soutirer à de grosses compagnies d'assurances et à leur armée d'avocats me procuraient des sensations incomparables ; et avant d'encaisser leurs chèques, je mettais mon point d'honneur à aller boire un verre dans un bar à la santé de mon père. Ce jour-là, j'avais donc décidé de remplacer Perry moi-même. J'aurais mieux fait de l'installer derrière le volant, même dans l'état où il se trouvait. J'avais tout fait foirer ; j'avais freiné trop fort, trop tôt. Le conducteur de la Mercedes m'avait embouti bien avant l'intersection. J'étais en faute, pas lui. Ce n'était pas moi qui l'avais menacé de poursuites, mais lui qui m'avait traîné en justice pour préjudice corporel. J'avais été convoqué au tribunal de droit civil de Chambers Street. Le juge qui siégeait à mon audience était Harry Ford.

D'ordinaire, une affaire de ce genre ne passe pas en jugement. J'étais fautif, mais j'avais menti en affirmant que j'avais dû freiner parce qu'un piéton avait traversé devant moi. Un flic qui se trouvait sur les lieux avait assisté à l'accrochage. Et lui n'avait vu aucun piéton. Sans l'arrivée inopinée de ce policier, je serais parti immédiatement après l'accident. Malheureusement, il avait noté mes coordonnées. Je n'avais qu'une pièce d'identité sur moi : la mienne – une autre erreur.

Le jour de l'audience, j'étais arrivé au tribunal avec l'idée de proposer un règlement à l'amiable – dix mille dollars. Mais l'avocat du type à la Mercedes lui avait conseillé de refuser et de laisser le procès suivre son cours. Ma voiture n'était pas assurée. Comme je n'avais pas voulu que le conducteur de la Mercedes pense que j'avais les moyens de me faire représenter, j'avais décidé de me défendre moi-même. Au début de l'audience, le juge Harry Ford avait paru s'ennuyer à mourir. Sans ce policier, cette affaire se serait résumée à ma parole contre celle du plaignant. Quand j'avais commencé à poser des questions, Harry avait semblé s'intéresser davantage aux débats. Dans son témoignage, ma cible avait affirmé qu'elle n'avait pas vu de piéton avant que je freine brusquement. Je ne lui avais posé qu'une question : « Vous dites que vous ne m'avez pas vu freiner avant qu'il ne soit trop tard et que vous m'emboutissiez. Mais si vous ne prêtiez pas attention à ce que je faisais, vous n'auriez pas pu voir le piéton non plus, n'est-ce pas ? » Elle n'avait pas répondu.

Le policier avait dit qu'il m'avait vu très clairement, qu'il se rappelait parfaitement l'accident et n'avait vu aucun piéton traverser devant moi. Je savais que si je parvenais à secouer le flic, j'avais d'assez bonnes chances de m'en tirer. J'avais donc essayé de l'attaquer sur la précision de sa mémoire.

—Monsieur l'agent, vous affirmez vous rappeler parfaitement cette journée, alors que ces événements se sont déroulés il y a plus de six mois ?

—Oui.

Je tenais devant moi une feuille de papier : une lettre de l'avocat de la partie adverse qui me menaçait de poursuites si je ne versais pas à son client la somme de cent mille dollars. Le flic m'avait vu regarder la feuille, mais sans savoir de quoi il s'agissait.

—Monsieur l'agent, qu'avez-vous fait juste après avoir été témoin de l'accident ?

Il avait été sur le point de mentir, d'inventer quelque chose. Il avait hésité quand il m'avait vu consulter mon document pendant que j'attendais sa réponse. Le policier avait cru que je détenais cette information et qu'elle se trouvait devant moi.

—Je ne m'en souviens pas, avait-il admis, prudent.

Ensuite, je lui avais tendu un piège identique, mais en le cuisinant sur la nature de ses activités juste avant l'accident. J'avais obtenu une même réponse – tout à coup, il ne parvenait plus à se rappeler.

Enfant, j'avais vu mon père procéder de cette manière avec ses coursiers quand ils essayaient de le truander sur les paiements. Il les interrogeait, tout en consultant son petit calepin rouge, comme pour les convaincre qu'il savait exactement où il en était et qu'il avait de quoi le prouver. Il bluffait, bien sûr.

Après quelques questions supplémentaires, j'avais entendu Harry qui riait.

Il m'avait adressé la parole pour la première fois :

— Vous pouvez en rester là. Je rends une fin de non-recevoir.

J'avais gardé mon pactole. De justesse. Ma cible était sortie en fulminant de la salle d'audience, criant des obscénités à son avocat. Cette petite victoire m'avait procuré une sensation tout bonnement incroyable. Aussi jouissif qu'une arnaque qui se déroulait sans accroc. J'étais allé fêter ça dans un bar à tapas situé en face du palais de justice – toutes ces émotions m'avaient ouvert l'appétit. Alors que je patientais à une table, j'avais entendu une voix grave derrière moi :

— Vous vous êtes débrouillé comme un chef, mon garçon. Dommage que vous ne soyez pas avocat.

C'était Harry.

Nous avions mangé ensemble. Il m'avait avoué qu'il n'avait jamais vu un plaideur non représenté s'en tirer aussi bien. D'après lui, j'avais fait mieux que bien des avocats qui plaidaient tous les jours devant lui. Je n'avais encore jamais rencontré quelqu'un comme Harry. Il était direct, brillant, et doté d'un sens de l'humour redoutable. Quand il m'avait demandé ce que je faisais dans la vie, j'avais répondu que mes parents avaient mis un peu d'argent de côté pour moi, mais que je n'avais pas encore choisi de profession.

— Vous avez un don très rare, vous savez, avait-il dit en léchant la sauce sur ses doigts. Vous devriez envisager de faire votre droit.

J'ai beaucoup aimé votre façon de poser des questions. Ça témoigne d'un réel talent ; vous avez des dispositions pour ce genre de boulot. Surtout avec le flic. Vous n'en avez fait qu'une bouchée.

— Pour être honnête, je n'avais pas la moindre idée de son emploi du temps le jour de l'accident. Je suppose que je l'ai un peu mené en bateau. Je ne crois pas que ce soit ce qu'on apprend en fac de droit.

Il avait ri.

— Vous avez déjà entendu parler de Clarence Darrow ? avait demandé Harry. Un avocat que j'ai connu, ça remonte à un bail. Vous me faites penser à lui. Avant chaque procès, Clarence enfilait une longue épingle à chapeau au centre d'un de ces gros cigares cubains qu'il aimait fumer pendant l'audience. Pendant que la partie adverse présentait son dossier, le cigare de Clarence brûlait, mais à cause de l'épingle à chapeau, la cendre tenait et ne tombait pas. L'épingle fonctionnait comme une sorte de poutre de soutènement. Cette colonne de cendre, qui devenait de plus en plus longue, attirait l'attention du jury qui finissait par ignorer l'adversaire de Clarence et les témoins. Les jurés n'avaient d'yeux que pour la cendre du cigare de Clarence ; ils attendaient de la voir se désagréger et tomber sur son costume en lin blanc. La cendre n'est jamais tombée, et Clarence n'a jamais perdu un procès. Vous croyez qu'il y a une grosse différence entre Darrow et votre combine avec le policier aujourd'hui ?

— Je n'ai jamais vu les choses sous cet angle.

— Ça prouve que vous avez du talent. Si vous décidez un jour de faire votre droit, passez-moi un coup de fil. Une recommandation de ma part devrait vous aider. Et quand vous aurez fini vos études, venez me voir – je pourrais avoir besoin d'un clerc.

La conversation en était restée là. Harry avait planté l'idée de devenir avocat dans ma tête, mais c'était à cause de ma mère que j'avais fini par me jeter à l'eau.

Les ronflements en provenance de l'antichambre s'arrêtèrent brusquement, avant de reprendre.

Minuit.

Je n'avais plus que seize heures devant moi.

Harry avait certainement eu le temps de se procurer le matériel et de revenir au tribunal.

C'était le moment de le découvrir.

Dans une escroquerie, l'instant juste avant d'abattre ses cartes est le plus éprouvant pour les nerfs. C'est le point de non-retour, c'est aussi quelque chose qu'on a en permanence à l'esprit, jusqu'à la dernière seconde. Une fois qu'on agit, l'angoisse disparaît.

Debout, m'étirant le dos et le cou, je passai encore une fois mes vêtements en revue. Je nettoyai une petite tache de boue au bas de mon pardessus avec un peu d'eau de la bouteille qu'Arturas m'avait donnée. Après m'être rincé les mains, je les frottai jusqu'à ce qu'elles soient sèches. Une fois satisfait de mon apparence – au premier abord, je ne ressemblais pas à un type qui venait d'escalader la façade d'un immeuble sale –, je regardai mes mains cesser de trembler, alors que je frappais à la porte avec conviction.

— Hé! ouvrez-moi. J'ai à vous parler. Votre patron doit absolument éliminer un autre témoin s'il veut éviter un nouveau procès.

Collant à nouveau mon œil au trou de la serrure, je distinguai un mouvement. Victor se leva, me cachant la reproduction de *la Joconde* que j'avais remarquée dès notre arrivée ce matin. Pour une raison ou pour une autre, la présence de son corps massif devant le tableau créa en moi le germe d'une idée, une étincelle, quelque chose en rapport avec le faux détonateur et la valise que j'avais vu Gregor charger dans la camionnette. Mais pour le moment, le fil de ces pensées restait embrouillé.

30

J'entendis la clé racler dans la serrure ; la porte s'ouvrit. Les trois hommes se tenaient devant moi.

— Même si j'élimine Little Benny avec la bombe, l'accusation pourra obtenir un nouveau procès sur la base du témoignage de Tony Geraldo. Votre plan ne peut pas marcher si vous ne trouvez pas un moyen de vous débarrasser de lui. Malheureusement, vous ne pouvez pas descendre Tony Geraldo sans risquer une guerre avec les Italiens. La bonne nouvelle, c'est que vous n'avez pas besoin de le tuer. S'il est bien le genre d'homme que je crois, l'argent suffira à acheter son silence.

Arturas me regarda, puis hocha la tête.

— Oui. Les autres cabinets que nous avons consultés ont mentionné le témoignage du Rital. Ils nous ont dit qu'il pouvait causer de gros dégâts, mais qu'à lui seul, il ne permettrait pas de faire condamner Volchek, répondit Arturas.

— Et ils avaient raison, mais ce sera bien assez pour que la procureure obtienne un nouveau procès. Je peux vous sortir de ce mauvais pas, mais j'ai besoin d'argent, une somme importante. Je pense que Tony Geraldo n'est autre que Tony G. Et dans ce cas, je connais le chef de sa famille. Je l'ai représenté il y a pas mal d'années. Je peux négocier un accord. Mais il me faut quatre millions de dollars : deux pour Tony et deux pour la commission que pendra son patron au passage.

Arturas n'eut aucune réaction en entendant le montant. Rien qui trahît un choc quelconque. Ces gars-là brassaient des millions tous les jours. Ils pourraient se procurer la somme en quelques heures. J'avais lu dans un article que Volchek avait payé cinq millions en liquide pour sa caution. Mes quatre millions ne leur poseraient aucun problème. J'étais prêt à parier la vie de ma fille là-dessus.

— Tony G. est bien Tony Geraldo. Et vous avez raison : nous ne pouvons pas négocier avec les Italiens. Vous, oui – c'est ce que vous prétendez, en tout cas. Peu importe. Quand nous aurons éliminé Benny, plus personne n'osera témoigner contre Volchek, même s'il y a un nouveau procès. Oubliez ça, dit Arturas.

— Pas question. Votre patron a accepté de me donner ma chance avec Benny – c'est la possibilité de gagner sans tuer qui que ce soit. Mais je n'ai rien contre Tony Geraldo. Vous devez l'acheter.

— Je vous ai dit d'oublier ça, répéta Arturas, d'une voix inflexible cette fois.

— Vous me demandez *d'oublier* un témoin de l'accusation qui pourrait se révéler préjudiciable dans le procès pour meurtre de votre employeur ?

Je vis immédiatement que j'avais touché un point sensible. La peau autour de ses yeux se tendit, avant qu'apparaisse à nouveau ce sourire terrifiant.

— C'est mon plan, l'avocat. Vous n'êtes pas aux commandes.

— C'est peut-être votre plan, mais c'est mon affaire. Volchek est *mon* client. La vie de ma fille est en jeu. Si vous ne lui en parlez pas, c'est moi qui le ferai. Et je lui dirai que vous avez voulu m'en empêcher. Qu'est-ce qu'il en pensera, d'après vous ?

Un éclair de néon bleu traversa la pièce depuis le panneau d'affichage situé sur l'immeuble adjacent, éclairant un miroitement humide sur la joue d'Arturas. Sa cicatrice suintait à nouveau. Derrière son sourire faux, son cerveau faisait des calculs, pesait les choix qui s'offraient à lui.

— N'oubliez pas qui détient votre fille, dit-il, alors qu'il composait un numéro sur son portable.

Nous nous comprenions de manière implicite. Si je le poussais dans ses retranchements, il n'hésiterait pas à s'en prendre à Amy.

Il parla à Volchek en russe sans me quitter des yeux.

Au bout de quelques minutes, il raccrocha et se laissa tomber sur le canapé. Me disant qu'il attendait une décision, je retournai patienter à mon bureau dans la pièce d'à côté. Le témoignage de Tony Geraldo pouvait effectivement aider l'accusation à obtenir un nouveau procès ; il ne permettait pas d'éclairer complètement la question du mobile, mais il apportait des preuves indirectes accablantes d'une animosité entre la victime et l'accusé juste avant la mort de Mario Geraldo. Miriam brosserait le portrait d'une famille déchirée par la perte terrible d'un jeune homme promis à un brillant avenir, mais qui avait eu le malheur de déplaire à un cruel mafieux russe. Des conneries, bien sûr. Si Arturas avait raison et que Tony Geraldo soit bel et bien Tony G., il se foutait sans doute complètement du sort de son cousin. À en juger par les photos que j'avais vues de Mario et de son appartement, on avait affaire à un minable petit dealer. Tony était quelqu'un d'important dans la famille et la communauté. Il avait du prestige. Volchek lui avait probablement rendu service. Tony grimpait les échelons, et son minus de cousin avait toujours eu tendance à le tirer vers le bas. Il n'avait pas besoin de ça. Il cherchait à inspirer le respect. Et ça commençait à la maison. Après tout, s'il n'était pas capable de tenir en bride son propre cousin, qui serait assez fou pour lui confier des responsabilités ?

Mais tout de même, Mario était un parent. Son meurtre était une insulte qui ne pouvait pas rester impunie. Personne ne pouvait dessouder un membre de la famille et espérer s'en tirer comme ça. Tony Geraldo avait besoin de sauver la face. Il ne voulait pas déclencher une guerre – pas pour ce loser de Mario en tout cas – et cela lui posait probablement un dilemme. Peut-être qu'en témoignant contre Volchek il pensait tenir sa revanche. Quelles que soient ses raisons, le témoignage de Tony allait me permettre d'entrer en contact avec mon vieux pote Jimmy « Le Chapeau » – le chef de la famille.

Mon bras droit et mon dos m'élançaient. J'envisageai de demander des antidouleur à Arturas, avant d'écarter cette idée.

Le téléphone d'Arturas sonna.

Il décrocha, toujours sans me quitter des yeux. Il ne parla pas pendant un moment. Au bout de trente secondes, il mit fin à la communication, se leva et dit quelque chose à Victor en russe. Victor me regarda d'un air féroce.

— Menteur, dit-il, alors qu'il sortait un couteau de sa poche.

31

Il y avait deux à trois mètres entre Victor et moi. J'étais assis à mon bureau dans le cabinet. Victor était debout, immobile, devant le canapé, son couteau dans la main gauche. Il fixait sur moi un regard qui me tétanisa. Mes yeux, eux, papillonnaient nerveusement autour de lui et de sa lame.

Il commença à avancer vers moi.

Sans un mot.

Mon cerveau déroula tout un éventail de scénarios, tous plus détaillés et plus élaborés les uns que les autres. Je ne parvenais pas à comprendre comment j'avais été démasqué. Je jetais des regards furtifs dans la pièce, contrôlant de moins en moins mes yeux qui s'agitaient tels des pions au gré des théories qui bourdonnaient dans ma tête.

Je me rappelai le conseil de mon père – « garde ton sang-froid en toutes circonstances. »

Je ne comprenais pas comment ils auraient pu savoir pour Harry et pour le reste. Et si c'était du bluff ?

— Vous voulez que je vous dise, Victor ? Je me demande comment Volchek a pu mal interpréter mes actes. (Prêtant l'oreille, Victor ralentit le pas.) Je suis un type plutôt intelligent. Je préfère vous le préciser au cas où vous seriez trop idiot pour vous en rendre compte. Je me suis montré réglo avec votre patron. Je ne vois pas comment Volchek pourrait penser le contraire. Alors, je me dis qu'il ne croit pas que je le mène en bateau. Mais il est prudent – trop, selon moi. Comment est-ce qu'il a pu se faire autant de fric sans jamais prendre le moindre risque ? Enfin, bref, je ne suis pas un menteur. Mais vous, oui. Vous essayez de me faire peur pour que je me trahisse, vous tentez de découvrir si je suis en train de doubler votre patron. Gagnons du temps. Je n'ai pas d'arrière-pensées. Qu'est-ce qu'il craint ? Que je lui pique son pognon en lui abandonnant ma fille ? Il est dingue ?

Victor s'immobilisa à environ un mètre de moi, le couteau toujours à la main.

— Alors ?

— Vas-y, dit Arturas, poussant Victor.

— Arrêtez vos conneries. Vous n'avez rien contre moi. C'est une mise à l'épreuve. Qu'est-ce que vous cherchez ? À me faire craquer pour que je tente quelque chose de stupide ou que je vous révèle un plan secret ? Soyez tranquille. Où j'irais, d'abord ? J'ai passé la journée avec vous, bande d'enfoirés. Je veux ma fille. Saine et sauve. C'est pour ça que je dois, que je *vais* gagner ce procès.

Victor ne bougea pas. Pendant un moment, rien ne se produisit.

Puis il avança vers moi, rapidement, sa lame sur le côté. Je plantai mes pieds fermement sur le sol et m'agrippai à mon siège. Dès qu'il ferait un pas de plus, j'avais l'intention de me jeter sur ma gauche en faisant pivoter le fauteuil de bureau.

Son pied resta suspendu en l'air, il montra son couteau, puis recula et se tourna vers Arturas, hilare.

— Il ne ment pas. Il a failli faire dans son froc. Quelle mauviette, ajouta-t-il avant d'éclater d'un rire gras.

Je me détendis un peu. On m'avait soumis à un test, important qui plus est, et je venais de le passer haut la main.

Arturas téléphona, revenant à nouveau à sa langue maternelle. Il parlait probablement à Volchek. À la fin de l'appel, il me pointa du doigt.

— Vous avez intérêt à être à la hauteur, l'avocat. Quatre millions, ça fait beaucoup d'argent. Pas pour nous, mais tout de même. Ça ne nous plairait pas beaucoup s'ils disparaissaient.

— Quand ?

— Il nous faut quelques heures pour réunir la somme. Où est-ce qu'on va ?

— Prendre le petit déjeuner. Je rencontrerai Jimmy dans son restaurant. Seul. S'il vous voit, vous êtes un homme mort. Pigé ? Votre patron a besoin de ça. Si ça doit se faire, ce sera grâce à moi, et personne d'autre.

Arturas ne dit rien.

— Vous savez qui est Jimmy, n'est-ce pas ? demandai-je.

— Oui, un putain de gros Rital, répondit Arturas.

— Exact. Mais c'est aussi le chef d'une des plus importantes familles du crime organisé à New York. Et il n'aime pas qu'on touche à sa famille, même à un parent éloigné. Ce que j'ai du mal à comprendre, c'est pourquoi vous n'êtes pas déjà morts, les gars.

— Parce qu'il n'a pas eu envie de déclencher une guerre à cause d'un petit junkie comme Mario. Jimmy aurait sans doute fini par gagner, mais pas sans avoir perdu beaucoup d'hommes et d'argent. Tout ça pour ce minable ? Non. Les affaires sont les affaires. Il n'oubliera pas, mais il préfère passer l'éponge pour le moment.

La presse avait attribué le meurtre de Mario à un règlement de comptes entre bandes rivales. Tony avait confirmé la dispute entre Volchek et Mario Geraldo dans la boîte de nuit, affirmant qu'un différend à propos d'une dette était à l'origine de la mort de son cousin. Ce que j'ignorais semblait à présent très important. J'aurais parié que Mario avait été exécuté pour les clichés cachés derrière le cadre cassé, sur les photos de la scène de crime. Que montraient ces photos que Little Benny avait brûlées dans l'évier au moment où la police enfonçait la porte ? Et pourquoi avoir tué Mario pour les obtenir ? J'en étais réduit aux hypothèses.

— D'accord, Jimmy a fait passer son intérêt en premier pour cette fois. Ou alors, c'est ce qu'il veut vous faire croire. Tout dépend si cette histoire le touchait personnellement. Bon, est-ce que quelqu'un peut m'expliquer pourquoi Mario est mort ?

— Parce que cet idiot de junkie a commis l'erreur de provoquer Volchek.

— Mais Tony Geraldo mentionne une dette.

— Tout le monde doit quelque chose à Volchek, dit Arturas, les yeux momentanément perdus dans le lointain.

— Décidez-vous. Querelle d'ivrognes ou problème d'argent ? À moins que Little Benny l'ait tué pour ces photos brûlées que les flics ont trouvées dans l'évier ?

Arturas me regarda d'un air surpris.

— C'était le destin. C'est tout ce que vous avez besoin de savoir. Ne posez pas trop de questions, monsieur Flynn. Ou l'une d'entre elles pourrait entraîner la mort de votre fille, dit-il, alors que sa main suivait le tracé de la balafre sur sa joue.

C'était la deuxième fois que je le voyais tripoter cette cicatrice. Il n'en avait sans doute pas conscience – comme la plupart des gens qui trahissent leurs gestes révélateurs à leur insu. Elle semblait relativement récente, une vilaine plaie toujours rose qui n'avait probablement pas plus de dix-huit mois. À peu près le moment où Volchek avait découvert que Little Benny témoignerait contre lui.

32

Je n'arrivais pas à dormir.

Le petit canapé était bosselé et défoncé par endroits. Des ressorts cassés s'enfonçaient dans mes jambes. Mais j'aurais eu autant de mal à trouver le sommeil dans le confort d'un grand lit au *Waldorf*. Je ne pouvais pas m'empêcher de tout retourner dans ma tête. D'une certaine façon, cela m'aidait. Pendant que je réfléchissais, je ne pensais pas à Amy. Les théories se bousculaient sous mon crâne, folles pour la plupart, envisageables pour certaines, une ou deux d'entre elles pouvant correspondre à la réalité.

En général, quand un mafieux repenti acceptait de témoigner contre ses complices, il exigeait au moins l'immunité totale. En échange, il faisait une déposition sur les activités de son organisation en n'omettant aucun détail : fournisseurs, réseau de distribution, circuit de blanchiment d'argent, liste des personnes éliminées (par qui, quand et comment, le tout accompagné d'une carte indiquant précisément où trouver les cadavres). Comme l'avaient fait les *pentiti*.

Dans le cas présent, on en était loin. Little Benny avait craché le morceau pour un seul meurtre, et il n'entrerait pas dans le programme de protection des témoins après le procès. Il n'avait pas encore fini de purger la peine de prison qu'il avait commencée en détention sous la garde du FBI.

Je ne parvenais toujours pas à comprendre comment il avait pu être assez stupide pour ne pas obtenir l'immunité. Pourquoi n'avait-il pas balancé tout le monde, avant de laisser le soin au gouvernement de l'installer à vie dans le programme de protection des témoins ?

Il avait forcément de bonnes raisons. J'avais plusieurs théories. D'abord, la famille. Les dépositions étaient muettes sur ce point, mais si Little Benny avait de la famille, j'étais presque certain qu'elle se trouvait dans sa Russie natale. Même les fédéraux n'étaient pas assez stupides pour offrir leur protection là-bas. Non, si Benny s'était inquiété pour des êtres chers en Russie, il n'aurait jamais ouvert la bouche contre Volchek ; il savait pertinemment que rien n'aurait pu mettre à l'abri ses parents restés au pays. S'il avait eu de la famille aux États-Unis, il aurait tout balancé en échange du programme de protection des témoins pour lui et les siens – ou il n'aurait rien dit du tout. Des considérations d'ordre familial ne concordaient pas avec ma théorie.

Quelle serait sa principale motivation ? me demandai-je.

Éviter la prison, je ne voyais rien d'autre.

À nouveau, les faits venaient contredire cette hypothèse. Little Benny avait encore à peu près onze ans à tirer pour purger sa peine. Pourquoi ne pas livrer Volchek aux fédéraux pour remporter la cagnotte et ne pas finir derrière les barreaux ? Pourquoi en dire suffisamment pour devenir la cible des tueurs de la mafia russe, mais pas assez pour acheter sa liberté ?

Bien sûr, je ne tenais pas compte du critère susceptible de changer la donne : la bêtise.

En l'absence de motifs apparents, un être humain rationnel et intelligent aura toujours tendance à chercher une raison, même cachée, alors qu'il n'y en a pas. Je cherchais une explication logique, mais j'avais peut-être tout simplement affaire à un idiot.

Mais Benny était-il stupide à ce point ?

Il s'était fait prendre en flagrant délit.

Finalement, la réponse que m'avait donnée Volchek semblait la plus proche de la vérité. Little Benny éprouvait encore un peu de loyauté vis-à-vis de certaines personnes – comme Arturas. C'était la clé. J'avais besoin de découvrir ce qui liait Arturas et Little Benny.

Je me levai lentement. Mon dos protesta vivement.

Je passai à nouveau en revue les preuves, les photos, les dépositions des témoins et des policiers.

Quelque chose ne collait pas.

Je pensai au gros garde, en bas ; à la valise identique que Gregor avait chargée sur le siège passager de la première camionnette avant qu'elle entre dans le parking ; à la carte de visite du FBI. La pièce sembla tourner autour de moi ; je m'obstinais à donner un sens à tout cela, le sang cognait à mes tempes. Puis une image vint s'imposer à la surface de ma conscience – Amy. J'examinai ses traits dans les moindres détails et l'imaginai entre mes bras, je la rassurai, lui affirmai qu'elle n'avait rien à craindre et que papa viendrait bientôt la chercher. Je tremblais comme une feuille. Les dents serrées, retenant mes larmes, je m'effondrai dans mon fauteuil.

J'avais dû perdre connaissance, la tête dans mes dossiers. Je ne savais pas combien de temps j'avais dormi, mais je me réveillai rapidement quand la porte du cabinet s'ouvrit.

— On y va, dit Arturas.

Victor et Gregor échangèrent quelques mots avec lui dans leur langue, et il leur répondit avec colère. Je ne les comprenais pas, mais ça m'avait tout l'air d'une dispute. Enfilant mes bras dans les manches de mon pardessus, je le soulevai sur mon dos et pliai le col sur mon costume.

— Attendez, me dit Arturas, reprenant sa discussion agitée avec Victor.

Le blond me pointa du doigt.

— Si vous ne baissez pas d'un ton, la sécurité pourrait monter voir de quoi il retourne, dis-je.

— La ferme ! Enlevez la... dit Arturas avant d'être interrompu par Victor.

Je compris la nature de leur différend. Devais-je laisser la bombe à l'étage ou l'emporter au risque de subir un nouveau contrôle en rentrant ? Je m'en serais bien passé. Cruel dilemme.

En abandonnant leur engin explosif dans le bureau, il y avait toujours une chance, même infime, que la sécurité ou le FBI la découvrent. En outre, sans ce truc dans le dos, j'avais davantage de liberté. S'ils m'obligeaient à le porter, toute l'opération était plus sûre de leur point de vue. Si je leur faussais compagnie après ma rencontre avec Jimmy, il leur suffirait d'appuyer sur un bouton. Sous réserve que j'aie gardé la bombe sur moi, ce que, naturellement, je ne ferais pas.

— Vous voulez que je laisse la veste ici ?

Ils cessèrent de se disputer.

— Enlevez-la, répondit Arturas. Pas question de risquer une fouille en revenant.

Je retirai mon manteau, puis la veste. Délicatement, je la suspendis au dossier du fauteuil de bureau, puis je remis mon manteau.

— Appelez Jimmy, m'ordonna Arturas en me tendant son téléphone.

— Après. D'abord, il faut que j'aille aux toilettes, dis-je, priant pour que Harry soit déjà rentré de ses courses impromptues chez AMPM Security et ait eu le temps de cacher ses emplettes dans les chiottes.

33

Arturas semblait avoir anticipé ma demande.

— Utilisez les toilettes du dessous. Victor va vous accompagner.

— Ça fait pas mal d'années que je n'ai plus besoin qu'on m'aide, répondis-je.

— Continuez comme ça et vous chierez dans un sac pour le restant de vos jours, rétorqua Arturas.

Je suivis Victor dans l'escalier. Les marches étaient traîtresses dans l'obscurité. Après 21 heures, on éteignait la plupart des lumières du palais de justice pour n'éclairer que les étages des séances du tribunal de nuit.

Nous descendîmes sans nous presser. Je trouvai les toilettes et me glissai à l'intérieur sans laisser à Victor le temps de protester. C'était une grande pièce près du couloir. Je tournai le loquet ; enfin seul ! Certes, la porte ne résisterait pas aux assauts de Victor si ce dernier décidait d'entrer.

Où est-ce que Harry a bien pu cacher mon matos ? pensai-je en parcourant le local du regard.

Ma fouille commença sous de mauvais auspices. Alors que je soulevais le couvercle en porcelaine du réservoir de la chasse d'eau, je faillis le laisser tomber, ce qui provoqua un raclement sonore.

J'attendis, retenant ma respiration.

Pas un mot, pas de questions de la part de Victor.

Les placards sous les lavabos ne s'ouvraient pas. J'inspectai le plafond, à l'affût de dalles mal fixées ou déplacées. Puis je vis le distributeur de serviettes HS accroché au mur.

La planque parfaite. Retirant le couvercle protecteur, je passai la main à l'intérieur où je sentis un sac en papier, que je sortis aisément du boîtier. Comme cet appareil n'était plus en service depuis longtemps, les femmes de ménage n'y faisaient même plus attention. J'ouvris le sac aussi lentement et silencieusement que possible. Tous les articles demandés s'y trouvaient. Je les récupérai l'un après l'autre.

Le marqueur SEDNA se présentait sous la forme d'un vaporisateur noir, comme un testeur de parfum, facile à cacher. Puis je sortis la torche électrique, ou ce qui y ressemblait en tout cas. En fait, une lampe à UV pour voir les traces laissées par l'ADN de synthèse.

Le téléphone portable me parut incroyablement petit. Je ne l'avais pas choisi pour sa taille, mais pour ses fonctionnalités, la principale étant qu'il utilisait un réseau pirate illégal permettant de passer des appels intraçables. Lui aussi serait facile à cacher. Le sac contenait également un détonateur factice que je comparai à celui que j'avais dérobé à Arturas. Ils étaient identiques.

Une sonnerie retentit et je faillis laisser tomber mon téléphone sous l'effet de la panique. Lorsqu'elle s'arrêta, j'entendis Victor parler de l'autre côté de la porte. C'était son portable, pas le mien. Sa voix se fit plus lointaine, comme s'il arpentait le couloir.

Harry avait bien travaillé. J'allumai mon téléphone, m'assurai de le mettre en mode silencieux par mesure de prudence, puis composai un numéro et patientai dix bonnes secondes avant qu'on décroche.

— Qui est à l'appareil ?

— Je dois parler à Jimmy, de toute urgence ; c'est Eddie Flynn.

— Ne quittez pas.

J'entendis des bruits de conversation à l'autre bout du fil.

— Rappelle-moi à ce numéro, dit Jimmy.

Je le rappelai sur une ligne sûre.

— Qu'est-ce qui t'arrive ? dit Jimmy « Le Chapeau » Fellini, avec un léger accent italien.

Toujours à voix basse, je répondis :

— J'ai de gros ennuis. Des gens ont enlevé Amy. Je t'appellerai dans quelques minutes. Tu feras comme si on ne s'était pas parlé. J'ai un marché à te proposer et tu accepteras de me rencontrer *immédiatement*. Les kidnappeurs écouteront notre conversation. Ne me laisse pas tomber.

— Eddie, tu as besoin d'argent ?

— Non. C'est moi qui vais t'en donner. Je viens au restaurant parce que j'ai un contrat pour toi.

34

Après dix secondes de silence, j'acquis la quasi-certitude que ma conversation avec Jimmy était passée inaperçue. Toutes les deux ou trois secondes, la voix tonitruante de Victor me parvenait à travers la porte, plus ou moins proche alors qu'il faisait les cent pas devant les toilettes. Je soufflai. Je n'avais même pas remarqué que je retenais ma respiration.

Il me restait deux coups de fil à passer.

J'appelai Harry et lui laissai un message. Il serait bientôt 4 heures ; il siégeait probablement encore au tribunal de nuit. Je lui confirmai que j'avais récupéré le sac et le remerciai en promettant de lui envoyer un SMS si jamais j'avais besoin d'autre chose.

Le dernier coup de téléphone me rendait incroyablement nerveux.

Le clavier du portable était petit. Je me trompai à plusieurs reprises avant de saisir correctement le numéro, mais ces erreurs devaient sans doute être mises sur le compte du stress plutôt que de la taille des touches. Après tout, je n'avais rencontré aucune difficulté pour les appels précédents. Mes mains tremblaient, ce n'était pas la première fois aujourd'hui. Il me fallut bien dix secondes pour m'assurer d'avoir tapé les bons chiffres. Une fois satisfait, j'appuyai sur la touche « appel ».

Je commettais peut-être une grave erreur, mais je devais passer ce coup de téléphone ; avec le combiné en ma possession – un Nokia fortement modifié avec une carte SIM particulière –, je pouvais me le permettre. Cet appareil coûtait très cher, mais c'était justifié. Il captait le réseau du mobile qu'il appelait. Techniquement, mes correspondants s'appelaient eux-mêmes. Pour les lignes fixes, il lançait une recherche aléatoire sur les réseaux sans fil et captait la ligne fixe la plus proche reliée au Wi-Fi ; l'appel semblait alors provenir de cette ligne-là. Il n'utilisait jamais deux fois la même.

Quelqu'un décrocha.

— Oui ? dit une voix masculine à l'accent américain.

— Bonjour. Pourrais-je parler au gestionnaire, s'il vous plaît ?

— Hein ? Quel gestionnaire ? Vous avez dû vous tromper de numéro, répondit la voix qui paraissait appartenir à un fumeur, avec ce baryton traînant de l'amateur de nicotine au souffle court.

— Désolé. Je suis incorrigible. On nous a pourtant appris à éviter tout jargon technique, mais je n'occupe pas ce poste depuis longtemps. En fait, je souhaitais m'entretenir avec l'utilisateur de ce numéro.

— C'est lui-même. Qui est à l'appareil ?

— Votre opérateur téléphonique, monsieur. J'ai le regret de vous informer que votre ligne va être coupée dans moins d'une minute. Si vous avez un appel urgent à passer, je vous conseille de le faire sans attendre. Est-ce le cas, ou pensez-vous qu'une telle urgence risque de se présenter sous peu ?

Je donnais l'impression de lire un baratin tiré d'un argumentaire préparé, sans vraiment comprendre ce que je racontais. Comme un véritable employé d'un opérateur téléphonique.

— C'est n'importe quoi. Pourquoi voudriez-vous couper ma ligne ?

— Votre facture est impayée, monsieur.

— C'est une arnaque ou quoi ? Nous avons un abonnement groupé – payé par le Federal Bureau of Investigation, mon pote.

Il prit la peine de me détailler le nom de l'organisation en entier.

— Malheureusement, votre facture est en souffrance. Si vous ne me réglez pas soixante-six dollars et quatre-vingts cents dans les minutes qui suivent, je devrai couper votre ligne.

— Vous ne pouvez pas faire ça. Puisque je vous dis que c'est le FBI qui paie.

— Plus depuis un moment, je le crains. Êtes-vous en mesure de verser le montant demandé immédiatement ?

— Non. Ça a déjà été payé.

— Alors, je dois vous couper.

— Il n'en est pas question. D'ailleurs, vous ne pourriez pas.

— C'est déjà fait, monsieur, à l'instant. Si vous ne me croyez pas, essayez simplement de passer un appel après la fin de cette conversation.

Il raccrocha. Moi pas. J'avais capté et j'utilisais son réseau cellulaire. S'il tentait d'appeler qui que ce soit, ce dont j'étais persuadé, il n'obtiendrait aucune tonalité.

J'attendis trente secondes, Victor riait au téléphone de l'autre côté de la porte, puis je rappelai.

— Vous voyez ? dis-je.

— Comment avez-vous fait ça ?

— Je n'ai eu qu'à appuyer sur un bouton, monsieur. C'est tout. Pouvez-vous payer la facture en retard, s'il vous plaît ?

Il poussa un soupir et marqua une pause. Pendant un moment, je crus avoir raté mon coup. Cet appel était bien trop imprudent ; je n'aurais pas dû le passer. Le pouce en suspension au-dessus du clavier, prêt à interrompre la communication, j'attendis. J'espérais qu'il ne prendrait pas le risque de perdre son portable le jour où les Russes auraient peut-être le plus besoin de lui.

— Vous acceptez les cartes de crédit ?

Je faillis lever le poing en signe de victoire.

— Bien sûr, mais avant de noter votre numéro, puis-je avoir votre nom tel qu'il figure sur la carte, s'il vous plaît ?

Un moment de silence suivit, puis il dit :

— Pas question. C'est une arnaque.

— Croyez-vous que ce que je viens de faire à votre téléphone est à la portée de n'importe quel voyou ? demandai-je.

— Non, mais…

—D'accord, alors puis-je avoir le nom qui figure sur votre carte ?

—Comment se fait-il que vous ne connaissiez pas mon nom ? Vous m'avez appelé, n'est-ce pas ? Je suis un de vos clients. Pourquoi avez-vous besoin de mon nom ?

—Je dois simplement vérifier celui qui figure sur votre carte, monsieur. Je ne suis pas al-Qaida.

C'était la grande faiblesse de mon plan – j'avais d'ailleurs prévu une certaine résistance à ce moment-là.

—Monsieur, j'ai tous les détails de votre compte sous les yeux, mais rien ne me permet de savoir que je suis en train de parler à mon client. N'importe qui pourrait avoir décroché. Alors, j'ai besoin de ces éléments qui figurent sur votre carte pour confirmer.

Nouvelle pause interminable.

—Vous prétendez appeler de la part de mon opérateur téléphonique. Quel est mon opérateur ?

Je consultai l'indicateur de signal en haut de l'écran. J'avais capté AP & K.

—AP & K, monsieur. Voulez-vous que je vous demande de quelle couleur est votre pantalon ?

—Hein ? je...

Il s'interrompit et aspira entre ses dents. J'avais pris un gros risque, mais je misais sur la crédulité de ce type. Heureusement, il travaillait pour le FBI et pas la DEA. Les flics et les agents du FBI se font avoir tout le temps. Je connais des escrocs qui ciblent exclusivement des policiers et des fédéraux, parce qu'ils ont davantage confiance en ce qu'ils croient être l'administration ou les autorités. Petites vieilles et forces de l'ordre, même combat.

—Le nom qui apparaît sur ma carte est Thomas P. Levine, dit-il.

—Merci, monsieur Levine. Pouvez-vous m'indiquer de quel type de carte il s'agit et me confirmer la première ligne de votre adresse ?

Victor cogna contre la porte des toilettes. J'avais déjà tout ce dont j'avais besoin.

Je fis semblant d'encaisser le paiement, puis je mis fin à la communication.

35

Remontant lentement l'escalier mal éclairé avec Victor sur les talons, je ne pus m'empêcher de me demander à quoi ressemblait Thomas P. Levine. Revenu au dix-huitième étage, je tournai et retournai cette question dans ma tête, alors que je passais mon coup de fil à Jimmy à partir du portable d'Arturas.

— Pourrais-je parler à Jimmy, s'il vous plaît ?

— Qui est à l'appareil ? fit une voix.

— Son avocat.

Jimmy vint au téléphone.

— Vous avez vu l'heure ?

— C'est Eddie.

Silence. Je n'ajoutai rien ; je me contentai d'attendre.

— Ça fait un bail. Rappelle-moi à ce numéro, dit Jimmy.

Je le mémorisai et le composai immédiatement. Il répondit aussitôt.

— Tu n'as pas traîné. Bien. Personne ne nous écoute. Alors, quoi de neuf ?

— J'ai quatre millions de dollars pour toi. J'ai un boulot à te proposer. C'est de l'argent facile. Quelqu'un à faire taire.

— C'est dans mes cordes. Tu passes quand ?

— D'abord je dois récupérer le pognon ; ça ne devrait pas prendre bien longtemps.

— Tu n'as qu'à venir à 6 heures, je t'offrirai le petit déjeuner. C'est la relève de la garde vers cette heure-là et j'ai pas mal d'ornithologues amateurs dans le quartier, d'un peu toutes les agences. Alors, vaut mieux que tu fasses un détour. Arrive par l'entrée latérale, toque trois fois et souris pour la photo. À plus tard, mec.

La communication se termina.

Jimmy et moi avions chacun suivi notre chemin quand j'avais laissé derrière moi mes activités illégales. Nous en étions plus ou moins convenus. Les fédéraux, le NYPD, le ministère de la Justice, le fisc et Dieu sait qui d'autre ne lâchaient pas la mafia d'une semelle. J'aurais eu du mal à mener une vie rangée des voitures si on nous avait vus ensemble ; sans compter que j'aurais très bien pu devenir une cible. Au début, nous étions restés en contact, un coup de fil de temps à autre, mais cela n'avait pas duré. J'avais oublié que rencontrer Jimmy en secret pouvait se révéler compliqué. Lui apporter quatre millions de dollars au nez et à la barbe des autorités relevait de l'impossible. Alors que je pensais enfin voir le bout du tunnel, je me retrouvai soudain face à de nouvelles difficultés. Jamais je ne m'étais senti aussi fatigué de toute ma vie. Je jurai, puis flanquai un coup de pied dans la valise vide posée sur le sol, l'envoyant valser à travers la pièce et contre la porte.

— On a un problème, dis-je.

— Quoi ? Il veut plus d'argent ? demanda Arturas.

— Non. Il a de la compagnie. FBI, ATF, DEA, faites votre choix. Ils font le pied de grue devant chez lui. On va devoir la jouer fine. Si on me voit approcher avec un sac bourré à craquer de biftons, on m'arrêtera en l'espace de quelques secondes, en compagnie d'une bonne partie de la mafia new-yorkaise.

— On laisse tomber, c'est beaucoup trop risqué. On tente notre chance avec Benny. J'appelle Olek pour le prévenir qu'on annule, dit Arturas.

— Attendez. J'ai dit que ce serait difficile, pas impossible. Je vais trouver un moyen. J'aimerais autant me sortir de cette histoire sans avoir à tuer un témoin et surtout, je tiens à récupérer ma fille. Je ferai tout ce qui est en mon pouvoir pour tirer Volchek d'affaire sans éliminer Benny. Je peux le faire, et votre patron a tout intérêt à ce que les choses se passent de cette façon.

Une nouvelle dispute éclata entre les Russes. Mais cette fois, je reconnus un mot par-ci par-là. J'entendis « Benny » à plusieurs reprises, ce qui attira mon attention. Arturas était fou de rage, son cou et sa poitrine soudain rouges de colère ; de la bave pendait à ses lèvres, il hurlait avec Victor. Je surpris « Benny », puis « *niet, niet, niet* ». J'étais presque sûr que *niet* signifiait « non ». Puis « Benedikta », et quelque chose d'incompréhensible, avant qu'Arturas crie « *Moy brat* ». Cette dernière expression résonna dans toute la pièce. Ils parlaient de Little Benny, mais la teneur de leur discussion m'échappait.

Victor redevint calme. Apparemment, Arturas avait eu gain de cause.

— D'accord. Allons chercher l'argent. Vous venez avec nous. Ensuite, on partira directement chez Jimmy, dit Arturas.

Quatre heures du matin. Plus que deux heures pour récupérer la somme convenue et l'apporter au restaurant.

36

Sortir du tribunal se révéla nettement plus facile que d'y entrer. Les familles et les proches des personnes en état d'arrestation qui tentaient d'obtenir leur liberté sous caution se pressaient dans le hall. Au pied de l'escalier, quelques flics plaisantaient en soufflant sur la fumée de leur café. Je ne reconnus aucun des gardes de service, mais cela n'avait guère d'importance – on n'est pas fouillé au moment de quitter le palais de justice.

Dehors, le vent se levait, et je m'en réjouis. Jusqu'à présent, j'avais tenu le coup grâce à l'adrénaline, mais ses effets commençaient à se dissiper. Je trouvai l'air froid vivifiant. Gregor était resté en haut, dans le cabinet du juge. Nous n'étions donc que trois – moi, Arturas et Victor – à traverser la rue en direction de la limousine garée le long du trottoir d'en face. Je montai en premier, suivi par Victor qui s'assit en face de moi. Quand Arturas entra et s'installa à son tour, je me penchai vers lui et me cognai à son épaule en feignant de dégager le bas de mon pardessus coincé sous mes jambes.

Arturas grommela.

Il n'avait rien senti.

Je lui avais pris son détonateur, le bon, dans la poche de son manteau, et j'y avais glissé les deux factices, celui que je lui avais volé plus tôt et celui que Harry s'était procuré chez Paul. À présent, Arturas avait à nouveau deux boîtiers sur lui, mais bidon. Je soupesai le vrai dans ma poche, il me parut un peu plus lourd. L'expertise que j'avais développée voilà une vingtaine d'années dans le domaine des tours de passe-passe me permettait de remarquer une différence d'un demi-gramme dans une fausse pièce de dix cents rien qu'en la tenant. Mais Arturas n'y verrait que du feu, du moins l'espérais-je. J'avais noté qu'il gardait le vrai détonateur dans sa poche gauche et l'autre dans la droite, pour ne pas les confondre.

Alors que la limousine démarrait, je constatai qu'elle avait été garée devant le petit bar à tapas où Harry et moi avions déjeuné quand nous avions fait connaissance. Au cours de cette rencontre, Harry m'avait carrément proposé un job. Je n'avais jamais eu de travail honnête avant cela. Je n'en avais ni le besoin ni l'envie. D'un autre côté, ma mère croyait que j'occupais un poste d'auxiliaire juridique. Le lendemain de cette première discussion avec Harry, j'étais allé la voir à l'hôpital. Dans les années qui avaient suivi le décès de mon père, sa santé avait régulièrement décliné. Chaque semaine, je lui donnais assez d'argent pour qu'elle n'ait pas à travailler, mais cela n'avait semblé que faire empirer les choses. Elle se levait rarement avant midi et avait cessé de fréquenter ses amies. Elle avait même cessé de lire.

Ce jour-là, ce dernier jour, elle avait eu l'air si fatiguée. La peau de son visage m'avait paru tellement fine que j'avais pensé qu'elle menaçait de se déchirer à tout moment. Elle avait les lèvres sèches et crevassées ; ses cheveux humides collaient à sa peau blême. Les médecins m'avaient expliqué qu'ils ignoraient ce qui causait sa perte de poids, ses douleurs et sa toux. Ils avaient d'abord diagnostiqué une sclérose en plaques, puis un cancer, avant de revenir à leur première hypothèse.

Au fond de moi, je savais exactement ce qui la tuait.

Le deuil.

Au décès de mon père, elle avait tenu bon, à cause de moi. Elle n'avait pas beaucoup pleuré. Elle n'avait pas voulu que je sois témoin de sa peine. Malgré ses efforts, j'avais compris. Elle était déjà morte à l'intérieur. Dès que j'avais commencé à gagner ma vie et qu'elle avait cru que j'avais un travail honnête, elle avait simplement cessé de faire semblant. Comme si elle avait fait son boulot. Elle m'avait élevé, et maintenant, elle préférait s'arrêter pour être avec mon père. Elle mourait lentement d'avoir eu le cœur brisé.

Ses yeux avaient brillé en voyant le bouquet que je lui avais apporté. Elle adorait les fleurs.

Elle avait tenu ma main ; une larme avait coulé sur sa joue.

— Tu te sens bien ? Tu n'as pas trop mal, aujourd'hui ? avais-je demandé.

— Non. Je ne souffre pas. Je suis heureuse. J'ai un grand garçon, et un jour, il sera avocat.

Son sourire m'avait fait l'effet d'un coup de poing dans le ventre. Je ne pouvais pas le lui dire. J'avais eu beau le lui répéter je ne savais combien de fois, elle ne comprenait pas qu'un job d'auxiliaire juridique ne menait pas nécessairement au barreau. Elle ne m'écoutait pas. Elle avait un rêve pour son fils, et je n'avais jamais eu le cœur de la détromper. Si je lui avais avoué que je n'étais même pas un auxiliaire juridique, mais un escroc qui se faisait passer pour un avocat afin d'arnaquer les compagnies d'assurances, j'aurais détruit le peu qui lui restait. D'une certaine manière, à cause de ce mensonge, je me sentais responsable de sa mort. Si elle avait su qui j'étais réellement, aurait-elle renoncé à la vie ? Si je lui avais dit la vérité, elle aurait pleuré, gémi et m'aurait ordonné d'abandonner cette existence ; elle m'aurait rappelé que mon père avait eu d'autres ambitions pour son fils. Assis à son chevet, alors que la vie la quittait, j'avais pris la décision d'honorer sa mémoire en lui donnant une raison d'être fière de moi.

Sa main était tombée dans la mienne. Je savais qu'elle ne s'était pas assoupie. Le moniteur cardiaque avait déclenché son alarme. D'abord, personne n'était venu. Puis, une infirmière avait lentement ouvert la porte, éteint la machine et caressé le front de ma mère.

— C'est fini, avait-elle dit.

Je l'avais enterrée avec mon père, puis j'avais versé à mon équipe son solde de tout compte avant d'appeler Harry qui avait joué de son influence pour me faire entrer en fac de droit. Et jusqu'au moment où Arturas m'avait menacé avec son flingue *Chez Ted*, je n'étais jamais revenu sur mon passé. J'avais laissé ma carrière d'escroc derrière moi. Maintenant, j'étais content. Je me réjouissais de n'avoir rien perdu de mon savoir-faire.

Harry m'avait sauvé, le jour où il m'avait proposé un boulot. Il avait tenu mon destin entre ses mains et avait changé ma vie. D'une certaine façon, Harry se sentait probablement responsable de moi.

Un coup de Klaxon me ramena au présent, à l'intérieur de la limousine. Les vitres étaient si fortement teintées que j'avais du mal à distinguer où nous étions.

Au bout de quelques minutes, je crus deviner que nous nous dirigions vers le sud, direction Brooklyn ; peu après, nous prîmes la sortie vers le tunnel Brooklyn-Battery. Je continuais à l'appeler comme ça, même s'il avait été rebaptisé « Hugh L. Carey » en l'honneur de l'ancien gouverneur de l'État de New York. Mon père m'avait souvent parlé de Carey comme d'un bon catholique ; c'était probablement vrai – Carey avait eu quatorze enfants.

— Où on va ? demandai-je.

— Sheepshead Bay, répondit Arturas.

Je connaissais bien le coin. J'avais grandi pas bien loin. Entre Brooklyn et Coney Island, Sheepshead Bay s'étendait depuis le littoral, où des bars assez peu fréquentables avaient poussé comme des champignons, jusqu'à des quartiers nettement plus calmes. Nous roulâmes encore environ une demi-heure, avant de nous arrêter derrière un garage à l'angle de Gravesend Neck Road et East 18th Street. Le parking se trouvait devant un vieil entrepôt.

— Suivez-moi, dit Arturas.

Nous descendîmes du véhicule et je regardai autour de moi. Essentiellement des immeubles d'habitation et des bureaux qui fermaient pour la plupart après 17 heures. Une rue calme si tôt le matin. Le gel avait rendu le sol glissant. Nous avançâmes vers la porte en acier destinée aux piétons. Elle menait à un vaste bureau meublé.

Deux canapés contre un mur ; un écran plat accroché en hauteur sur le mur d'en face. La télévision était allumée sur une chaîne d'information continue. Le présentateur des actualités commentait des images du fleuve Hudson. Les gros titres qui défilaient au bas de l'écran disaient que la patrouille du port avait commencé à repêcher les corps du *Sacha*, le cargo qui avait coulé avec son équipage dans la nuit de samedi. On avait retrouvé l'épave et une partie des marins, mais seulement des corps sans vie pour le moment. D'après le présentateur, le fait qu'on eût repéré l'épave était une bonne nouvelle pour les banlieusards qui devaient faire la navette pour se rendre à leur travail. En effet, la présence d'éventuels débris ne constituant plus une menace, le tunnel Holland allait pouvoir rouvrir. Il semblait plus soucieux des difficultés de circulation que des familles des disparus. Sûrement pas un vrai New-Yorkais ; chez nous, la solidarité n'est pas un vain mot.

Deux hommes entrèrent sans un mot dans le bureau depuis une pièce attenante, chacun portant un grand sac marin. Ils les déposèrent sur le sol, puis repartirent. Peut-être s'agissait-il des deux conducteurs de camionnette que j'avais aperçus un peu plus tôt depuis mon perchoir, mais je n'avais aucune certitude.

— Quatre millions. Ramassez-les et allons-y, dit Arturas.

— Je n'irai nulle part. Si en arrivant il manque un seul dollar, je suis cuit. Je ne bougerai pas tant que je n'aurai pas tout compté. J'ai promis à Jimmy de lui apporter quatre millions, et j'ai bien l'intention de m'en assurer.

M'accroupissant, j'ouvris la fermeture Éclair des deux sacs et commençai à compter les liasses de quinze centimètres d'épaisseur entassées à l'intérieur. Pendant que je manipulais l'argent, je gardai un œil sur Arturas et Victor.

Au bout de quelques minutes, une montagne de fric se dressa devant moi. Arturas fit signe à Victor de le suivre dans le couloir. J'avançai en me traînant sur les genoux, jusqu'à ce que les deux hommes se trouvent dans mon champ de vision. Arturas me tournait le dos et bouchait pour Victor la vue du bureau.

Le petit vaporisateur noir que m'avait procuré Harry était facile à cacher et difficile à retrouver dans une grande poche. J'enlevai aisément le capuchon, avant d'appuyer quatre fois sur l'embout, envoyant ce qui ressemblait à un nuage de vapeur d'eau sur le sommet de la montagne de billets. Remettant le capuchon en place, je rangeai le flacon.

Quarante-cinq minutes plus tard, j'avais fini de faire semblant de compter l'argent. Je me relevai, m'étirai en jurant à cause de mon cou douloureux, et appelai Arturas.

— Je me disais, ce type, Victor, à quoi il sert au juste ? Demandez-lui de me donner un coup de main à remballer tout ça.

Victor s'agenouilla à côté de moi. Je fis en sorte de toujours garder les billets marqués près de lui. Chaque fois qu'il s'emparait d'une liasse, il touchait le résidu vaporeux qui laissait une trace, une signature chimique unique le liant à cet argent.

37

La limousine partie de l'entrepôt arriva au restaurant de Jimmy environ trente-cinq minutes plus tard, dans une circulation assez fluide pour New York. Sans doute l'un des pires trajets en voiture de mon existence. J'étais assis avec des millions de dollars à mes pieds, prêt à payer l'homme le plus dur que je connaissais pour qu'il retrouve ma fille.

Alors que nous traversions Manhattan à vive allure, j'aperçus les vendeurs de burritos qui installaient leurs stands ambulants au coin des rues, et les liasses des quotidiens du matin qu'on ouvrait ; la ville se réveillait pour une nouvelle journée. Le soleil menaçait de darder ses rayons entre les buildings d'un moment à l'autre. Je me sentais épuisé. L'adrénaline ne pourrait plus me porter bien longtemps. Je n'avais pas dormi correctement depuis vingt-quatre heures, et dès que je me fis cette réflexion, je ne pus me retenir de bâiller.

Le restaurant de Jimmy dans Mulberry Street était un des meilleurs établissements de Little Italy. J'avais mon idée sur la façon d'entrer sans me faire tirer le portrait par toutes les agences du maintien de l'ordre de cette ville.

— Tournez à droite dans Mott Street, dis-je.

— Pourquoi ? s'enquit Arturas.

— Je dois détourner l'attention des équipes de surveillance qui ne lâchent pas Jimmy. Je ne peux pas simplement pousser la porte du restaurant avec l'argent. Il y a un marché aux poissons dans Mott Street. Arrêtez-vous là. Je parlerai à quelques types qui peuvent nous aider.

Arturas resta silencieux pendant un moment. Après un rapide échange de regards avec Victor, il ordonna au chauffeur de tourner dans Mott Street.

— Écoutez-moi bien, monsieur Flynn. Si vous envisagez de prendre la fuite, je veux que vous sachiez que c'est inutile. Pour commencer, je tuerai votre fille, très lentement. Elle souffrira. Ensuite, je vous retrouverai pour vous faire la peau. Est-ce que le nom de Kruchkurr vous dit quelque chose ?

— Non. Ça devrait ?

— Un ancien commandant dans l'Armée rouge. Après la chute de l'Union soviétique, je suis venu ici avec Olek pour nos affaires. Kruchkurr s'est occupé des moyens de transport pour acheminer la drogue et les armes. Quand les purges ont commencé au pays, il a été arrêté et s'est enfui avec une bonne partie de notre argent et de notre cargaison.

Il changea de position sur son siège, le dos bien droit, puis se pencha vers moi.

— Je l'ai retrouvé au Brésil, un an plus tard. Sa femme et son fils sont morts en premier. Je l'ai obligé à regarder. Je veux vous faire comprendre que vous ne serez à l'abri nulle part sur cette Terre. Ne l'oubliez pas.

Il n'avait pas eu besoin d'enjoliver son histoire et s'était contenté, une nouvelle fois, d'énoncer les faits clairement et sans émotion.

— Je ne m'enfuirai pas. Je ne laisserai pas tomber ma fille. J'ai accepté d'entrer dans votre jeu pour pouvoir la récupérer. Elle est tout pour moi, vous n'avez aucune inquiétude à avoir.

La limousine avança lentement dans Mott Street. J'avais dit à Arturas que même l'entrée latérale du restaurant ne m'inspirait pas confiance. En vérité, je devais impressionner Jimmy. J'étais sur le point de lui demander une faveur monumentale ; l'argent, et notre vieille amitié – quelle que fût la valeur qu'il lui accordait – ne justifiaient pas qu'il prenne un tel risque. Je ne pouvais pas exiger de lui qu'il me fasse confiance si je débarquais en catimini. Je devais le convaincre que le *vrai* Eddie Flynn était de retour, et pour le lui prouver, j'avais besoin de faire mon entrée par la grande porte, au nez et à la barbe des flics.

—Arrêtez-vous ici, dis-je. Il me faut cinq cents dollars, que je ne peux pas prendre dans les quatre millions. Je connais deux ou trois types qui pourront m'aider à m'introduire chez Jimmy sans me faire repérer.

Victor me donna l'argent. Je descendis de voiture au niveau du marché aux poissons.

Dix minutes plus tard, je me tenais à l'angle d'une rue perpendiculaire à celle où se trouvait le restaurant. La limousine attendait un peu plus loin. J'entamai mon approche, scrutant les environs à l'affût d'équipes de surveillance. Un an avant que Jimmy n'ouvre son propre établissement, deux cafés-restaurants étaient déjà installés dans le quartier. L'un d'eux servait une nourriture tout à fait correcte, mais le second était un concurrent beaucoup plus sérieux. Jimmy estimant qu'il n'avait pas besoin d'une telle concurrence le soir, son compétiteur avait pris l'initiative de baisser le rideau à 19 heures. Son chiffre d'affaires n'avait pas considérablement souffert pour autant. En plus d'une protection assurée gratuitement, il touchait mensuellement un pourcentage des profits du restaurant de Jimmy. Certains mois, il faisait plus d'argent en restant fermé qu'en ouvrant. Jimmy avait fini par racheter les deux établissements qu'il utilisait dorénavant comme entrepôts. Cela avait posé un problème au FBI et à l'ATF, ainsi qu'à toutes les autres agences qui s'intéressaient de près à Jimmy et qui n'avaient plus d'endroits dans la rue où poster leurs équipes pour la journée. Plus de table où s'installer pour observer son restaurant autour d'un café. Depuis, ils avaient dû faire preuve de davantage de créativité dans leurs méthodes de surveillance.

Je ralentis mon allure; en moins d'une minute, je les repérai–une camionnette brune aux vitres teintées; des mégots de cigarettes jetés sur le sol sous la fenêtre côté passager. L'unité de contrôle mobile. Étant donné l'agencement de la rue, je pariai sur un dispositif à trois agents : un avec un accès immédiat à un véhicule, un pour garder un œil sur les entrées dans le restaurant de Jimmy et un dernier en hauteur pour suivre de près les sorties. Une Honda noire était garée sur le trottoir ; le motocycliste semblait prendre son temps pour déguster son café à emporter – numéro un. Ses collègues s'étaient séparés pour obtenir le meilleur point de vue. L'un dans la laverie automatique probablement, avec vue sur les camions de livraison et la direction de la station de métro la plus proche – numéro deux. L'autre, posté en hauteur. Plusieurs personnes étaient à leur fenêtre. Rien qui sortît de l'ordinaire. Puis j'aperçus un homme dans une chemise froissée, comme s'il avait dormi dedans. C'était lui, l'œil dans le ciel qui me poserait le plus de problèmes, sauf si j'arrivais à me positionner en face du restaurant, hors de vue. Je me dirigeai donc vers cet emplacement, m'assis sur le banc d'un arrêt d'autobus, sifflai, puis attendis la suite.

J'avais représenté Pete Tulisi pour la première fois environ deux ans plus tôt. Il travaillait au marché aux poissons de Mott Street et, le vendredi soir, il claquait sa paye en vodka dans un bar, jusqu'au dernier cent, avant de provoquer une bagarre – un vendredi soir normal pour Pete. Dans son casier judiciaire figuraient essentiellement des agressions et des troubles à l'ordre public. Les amendes avaient commencé à s'accumuler et Pete avait cessé de payer ses frais de justice. Nous avions conclu un arrangement. Quand il était fauché, je le laissais me régler en poissons frais. Un client qui ne payait pas ses amendes risquait la prison ; dans ce cas, je n'insistais jamais pour toucher mes honoraires. Je venais de faire un tour au marché de Mott Street et j'avais remis à Pete les cinq cents dollars de Victor. Maintenant, j'attendais que le spectacle commence.

Le copain de Pete, un chauffeur de camion de livraison des docks, s'arrêta pour nouer ses lacets devant chez Jimmy. Pete, qui avait entendu mon signal, fit son apparition au coin de la rue. Son pote le pointa du doigt ; les deux hommes se fixèrent du regard avant de se débarrasser de leur manteau et de leur chemise. Une seconde plus tard, ils se bagarraient pour de bon. Tous deux étaient costauds : avec leurs poings en gants de baseball et leurs épaules de footballeurs, ils faisaient chacun facilement plus de cent kilos et ne retenaient pas leurs coups. Une vraie baston, comme aurait dit mon père.

Ils roulèrent bientôt sur le trottoir, se lançant des poubelles. Coup de chance, la police arriva, mais n'osa pas approcher. La bagarre gagna en violence, alors qu'ils s'éloignaient du restaurant dans Mulberry Street. Pete et son copain se jetaient contre les voitures en stationnement, déclenchant les alarmes, faisant autant de bruit et de dégâts qu'il était humainement possible. Tant qu'aucun d'eux ne montrerait de signe de faiblesse, les flics se tiendraient à l'écart et laisseraient les monstres se fatiguer l'un l'autre. Parfois, face à des adversaires de ce gabarit, même un taser pouvait se révéler impuissant.

Cinq cents dollars n'étaient pas cher payé pour la distraction. Je jetai un coup d'œil aux deux agents au sol, ainsi qu'au troisième à sa fenêtre ; ils n'avaient d'yeux que pour la bagarre en cours. La limousine s'arrêta à côté de moi, et la portière s'ouvrit côté passager.

— Une demi-heure devrait suffire pour compter l'argent, billet par billet. Si vous n'êtes pas de retour dans une heure, je téléphonerai et vous aurez le sang de votre fille sur les mains, menaça Arturas.

— Vous oubliez un petit détail : il faut que je briefe Tony sur ce qu'il aura à dire à l'audience aujourd'hui. J'ai besoin de deux heures.

— Une heure, pas plus.

Un délai si court me posait un problème. J'allais devoir travailler vite.

À ma montre, il était 6 h 01. Moins de dix heures, avant mon heure limite.

Je pris les deux sacs remplis d'argent que me tendait Arturas, puis je me dirigeai vers le restaurant. Sans me faire remarquer, je poussai la porte et me retrouvai nez à nez avec le canon d'un Colt 45.

38

Deux types en blouson de cuir noir et pantalon ajusté formaient le comité d'accueil. Le plus petit tenait son Colt sur le côté, pointé sur ma poitrine. Le poids de tout cet argent commençait à tirer sur mes épaules.

— Jimmy m'attend. Je m'appelle Eddie Flynn.

— Les mains contre le mur, dit le type au Colt.

Ses yeux brun terne et cernés étaient à peine visibles sous son front d'homme des cavernes. Il n'était pas aussi laid que son compère. Ce dernier, plus grand, avait sans doute vu le jour avec un nez avant que quelqu'un ne décidât de le lui arracher d'un coup de dents, le laissant avec un monticule rouge de tissu cicatriciel au milieu du visage, souligné par deux entailles noires qui devaient faire office de narines.

Je ne bougeai pas.

— Rien à foutre de qui tu es. Personne n'entre sans avoir été fouillé.

— Tu ne me touches pas et tu ne touches pas ces sacs. Si toi et ton copain essayez de poser les mains sur moi, j'ai quatre millions de raisons de vous le faire regretter. Et si je ressors d'ici, Jimmy voudra savoir quel est l'abruti qui est responsable. Je lui dirai que c'était le plus mignon. Maintenant, laisse-moi passer, mon joli ; ne m'oblige pas à te donner un baiser dont tu ne te réveilleras jamais.

Les deux gorilles échangèrent un regard.

— Un pas de travers, et on te fait sauter le caisson.

Leurs flingues braqués sur ma nuque, ils me suivirent dans la salle à manger. À cette heure de la journée, une seule table était dressée, celle qui accueillait le petit déjeuner/réunion de Jimmy. En gros, un bazar de tous les diables, mais avec traiteur.

Malgré la description qu'en donnent le cinéma et les médias, la mafia n'utilise pas réellement de grades ou de titres. Plus de nos jours, en tout cas. Il y a bien un conseiller, mais ni commandants ni chefs ; ça, c'est bon pour Scorsese et Coppola.

Bien sûr, ça ne fonctionnait pas non plus comme une coopérative communiste. Jimmy était *le* patron, mais les autres familles travaillaient ensemble et élisaient un représentant au comité. Sur les dix personnes autour de la table, toutes avaient sans doute tué au moins une fois. Jimmy probablement plus que la plupart, et sans hésiter à se salir les mains. Le boulot voulait ça. En général, et dans la mesure du possible, chacun se voyait attribuer un rôle en fonction de ses compétences. Par exemple, cousin Albie, qui était le cousin de tout le monde, quelles que soient vos origines familiales, avait fait des études et obtenu son diplôme de comptable. Il était responsable des mouvements de fonds – dépôts et retraits importants, opérations de blanchiment. Il prétendait connaître trente techniques différentes pour blanchir de l'argent, infaillibles à condition de les utiliser toutes en même temps. Avec une seule, on se faisait prendre à tous les coups. En appliquant trente processus, on limitait les risques sur la somme globale et on parvenait à maintenir une certaine discrétion. Toujours tiré à quatre épingles, Albie avait l'air d'un jeune cadre ; il ne ressemblait absolument pas à un gangster.

Cousin Albie était en train de manger un bol de céréales. Il était assis à gauche de Jimmy. À droite de Jimmy se tenait Frankie, tout le contraire d'Albie – un homme de terrain avant tout. La peau de ses mains avait une texture similaire à celle du papier de verre de grain trois. Une anecdote me revint à l'esprit, à propos d'un cal apparu sur l'articulation de son majeur au cours de l'interrogatoire d'un indic polonais qui avait duré trois jours. Quand Frankie en avait eu terminé avec lui, le pauvre bougre avait perdu toutes ses dents et sa figure avait doublé de volume et saignait constamment. Frankie n'avait pas pu conduire pendant une semaine. Il avait dû rester chez lui, avec ses mains violettes et contusionnées plongées dans des bols d'eau glacée. Son visage n'était pas si différent de ses mains. Il approchait la soixantaine et cela se voyait. Ce matin-là, les paluches meurtrières de Frankie étaient refermées sur un breakfast sandwich.

Le chauffage du restaurant devait être à fond. Je sentais la sueur commencer à perler sur mon front. La salle à manger pouvait accueillir une centaine de clients pour une cinquantaine de tables. Une épaisse moquette, gris et lilas, mettait en valeur le décor rétro. En contraste avec ce style, douze grands lustres éclairaient l'endroit comme un cinéma d'antan.

Jimmy ne payait pas de mine, comme toujours. En général, il portait un pull avec un pantalon noir, et le célèbre couvre-chef qui lui avait valu son surnom. Cette casquette grise avait appartenu à son grand-père, qui l'avait achetée en Sicile dans les années soixante. Depuis que les flics à Chicago avaient abattu son grand-père, Jimmy ne s'en séparait plus. On disait même qu'il dormait avec. C'était une question de respect. Des cheveux noirs et courts s'en échappaient par les côtés. Il était petit et bâti comme un boxeur : bras épais, cou et poitrine très musclés. Nous avions construit nos corps ensemble dans la salle de Mickey Hooley, cognant sur de lourds sacs de sable, montant et descendant les vieux escaliers en courant. Quand mon père m'avait emmené là-bas pour la première fois, je ne connaissais aucun des autres garçons, tous Irlandais de première ou deuxième génération. J'avais remarqué un jeune de mon âge, resté lui aussi à l'écart. C'était Jimmy Fellini. Parce que j'étais à moitié italien, Jimmy et moi nous étions tout de suite bien entendus ; nous avions rapidement pris l'habitude de nous entraîner ensemble, nous abîmant les poings et faisant des pompes sur le sol en béton de chez Mickey. En vérité, Jimmy avait été mon meilleur ami pendant près de quinze ans. Il avait gagné quelques kilos depuis notre dernière rencontre ; moi, je me maintenais légèrement au-dessus de quatre-vingts kilos. Je ne me serais pas qualifié de mince, mais je n'avais pas de kilos en trop.

Alors que j'approchais sous bonne garde, toute activité cessa autour de la table et tous les regards se tournèrent vers moi.

— Qu'est-ce qui se passe, Eddie ? demanda Jimmy.

— J'ai besoin d'aide ; j'ai de quoi payer.

— Qu'est-ce qu'il y a dans les sacs ?

— Quatre millions de dollars. Olek Volchek a enlevé ma fille. J'ai besoin de bras.

— Tu es sûr ? Ça fait un bail qu'on ne s'est pas vus. Je te connais, espèce d'escroc ! Qu'est-ce qui me prouve que tu ne travailles pas pour les Russes ?

— Le fait que si je voulais tous vous tuer, je pourrais le faire en une fraction de seconde. (Je retirai le détonateur de mon manteau.) Qu'est-ce que vous préférez ? Un boulot à quatre millions de dollars, ou que je refasse la déco ?

Un silence assourdissant se fit autour de la table. Personne ne fit un geste. Tous les yeux étaient fixés sur Jimmy. Dans l'attente. Un mot de lui et ses hommes me mettraient en pièce.

Il esquissa un sourire. Je le menais en bateau.

Puis il se leva, s'essuya la bouche à l'aide d'un mouchoir en soie avant d'éclater de rire.

— Eddie Fly, tu m'as manqué, mec, dit-il en m'étreignant.

Eddie Fly. Je n'avais pas entendu ce surnom depuis longtemps.

Jimmy me tapota dans le dos, un geste amical, mais aussi une façon de vérifier que je ne portais pas de micro et n'étais pas armé. Je me sentis soulagé d'avoir laissé la bombe au tribunal. En revenant chez Jimmy, j'avais le sentiment d'être rentré chez moi. Mais je déchantai rapidement en me rappelant que la vie de ma fille était en jeu. Je l'aimais et je voulais la retrouver si fort que j'en avais mal aux dents.

Je serrai Jimmy dans mes bras, alors que je réprimais l'émotion qui montait dans ma voix.

— Jimmy, ils ont ma petite fille.

— Plus pour longtemps, dit-il.

39

Je relatai rapidement les événements de la veille, de mon petit déjeuner *Chez Ted* jusqu'à mon arrivée au restaurant. Je notai qu'autour de la table certains restaient bouche bée, mais je remarquai également deux ou trois airs soupçonneux. Autour de Jimmy, Albie et Frankie gardèrent un silence impassible.

Jimmy ne laissa rien paraître, comme à son habitude. L'esprit alerte, il continua à boire son café, prêtant attention à chaque mot. Parfois, il lançait un regard furtif à ses hommes pour jauger leur réaction. Quand j'eus terminé mon récit, il baissa les yeux sur son petit déjeuner à moitié consommé.

— En résumé, dit-il, tu es censé poser une bombe à la barre des témoins pour éliminer Benny le mouchard. Amy a été enlevée et on la retient quelque part. Tu ne sais pas où, mais c'est à Manhattan. Tu ne peux pas t'adresser aux flics ou aux fédéraux. Et tu veux que Tony s'abstienne de témoigner au procès de Volchek. Je n'ai rien oublié ?

— Rien, confirmai-je. Mais j'ai volontairement passé sous silence la participation de Harry – le juge doyen Ford. C'est lui qui m'a procuré quelques trucs dont j'avais besoin, comme le téléphone avec lequel je t'ai appelé.

Jimmy donna l'impression de faire tourner toutes les possibilités dans sa tête.

— Je peux te servir un ripou du FBI et deux millions de dollars sur un plateau.

— Les fédéraux corrompus ne m'intéressent pas. On ne peut pas leur faire confiance. Et c'était quatre millions, tout à l'heure.

— Désolé. L'un des sacs est vaporisé à l'ADN synthétique, un liquide seulement visible sous UV et qui laisse une signature chimique unique enregistrée sur les principales bases de données. J'ai besoin que tu gardes ce fric pour l'instant et que tu le remettes au FBI quand tout sera terminé. J'ai marqué l'argent pour qu'on puisse remonter jusqu'aux Russes. Le type qui m'a aidé à emballer les liasses a du spray plein les mains. Je dirai au FBI que les Russes ont voulu acheter le silence de Tony pour un million. Ça nous laissera un petit bonus.

Jimmy prit une cigarette dans un paquet resté ouvert sur la table ; Cousin Albie lui tendit une allumette. La cigarette se consuma d'un bon centimètre à la première longue bouffée. La fumée rapidement évacuée vers le plafond, Jimmy me consacra à nouveau toute son attention.

— Ça fait donc trois millions, Edward, dit-il, comme si nous étions encore des gamins.

Un jour, il avait entendu ma mère qui me grondait pour je ne sais quelle bêtise m'appeler comme ça. Il avait pris l'habitude d'utiliser ce prénom, « Edward », en sa présence ou pour me mettre en boîte. Le surnom « Eddie Fly » n'était apparu que plus tard, quand j'avais monté ma première bande.

J'avais espéré ne pas devoir aborder ce sujet maintenant, mais je n'allais visiblement pas pouvoir l'éviter.

— J'ai besoin d'emprunter un million. Aide-moi à récupérer Amy et je ferai en sorte que tu aies tes trois millions : deux tout de suite ; tu peux compter sur moi pour le reste.

— Pourquoi je ne peux pas prendre les trois millions ?

— Tu ne peux pas, c'est tout. J'ai un truc à régler. Je ne t'ai jamais fait faux bond, tu le sais.

Il réfléchit. Comme tout individu doté d'un solide sens des affaires, il aimait le risque. En son for intérieur, peut-être avait-il envie d'une sorte de guerre contre les Russes, d'une occasion de leur rentrer dans le lard. Le meurtre de Mario n'avait pas constitué une raison suffisante, parce que tout le monde se foutait éperdument d'un minable petit dealer. Mais maintenant, il avait une motivation.

— Qu'est-ce que tu en dis, Jimmy ? Tu me suis ? Je n'essaie pas de t'arnaquer, je mets la vie de ma fille entre tes mains.

Une longue minute s'écoula sans qu'il me quitte des yeux.

— Je te crois, Eddie. On a grandi, on s'est battus ensemble. Tu es de la famille. Et Amy aussi.

Je laissai les deux gorilles de l'entrée emporter les sacs au fond de la salle.

— Alors, qu'est-ce que tu attends de nous ? demanda-t-il.

Je pris une chaise et m'assis entre deux collecteurs. Je fouillai dans mon manteau, un murmure s'éleva ; je me tournai et vis que tous les flingues étaient à nouveau pointés sur moi. Jimmy fit signe à ses hommes de se calmer. Lentement, je sortis le portefeuille de Gregor de ma poche.

— Je veux que vous retrouviez Amy et que vous la mettiez en lieu sûr. Un autre groupe la retient. C'est le portefeuille de Gregor, précisai-je, l'ouvrant sur la table. À l'intérieur se trouvent son permis de conduire et sa dernière adresse connue. Je doute qu'ils la gardent à cet endroit, mais c'est un point de départ. Avant de venir ici, on est allés chercher l'argent dans un entrepôt de Sheepshead Bay. Il y avait deux hommes là-bas. Si vous les secouez un peu, ils pourront peut-être vous renseigner. Mais vous devez agir sans leur laisser la moindre chance d'alerter Volchek ou Arturas. Le seul autre indice que j'aie pour vous, c'est le portable que Volchek a appelé. Amy a parlé d'une femme, Elanya. J'ignore si le téléphone lui appartenait, mais j'ai ce numéro.

Dès que j'eus dit cela, je vis Jimmy lancer un regard fugace à Albie. Avec ses contacts dans les syndicats, Albie pouvait avoir accès à pratiquement tout.

Je poursuivis :

— Je pense que vous pourrez trouver Amy grâce à ce téléphone ou par l'intermédiaire de ce Gregor.

— Tu as dit que c'était un portable. Tu ne connais pas le modèle ? demanda Albie.

— Non. Arturas possède un iPhone, Volchek un petit appareil noir avec un appareil photo de bonne qualité et un grand écran. C'est tout ce que je sais. Est-ce qu'on peut remonter jusqu'à une adresse à partir d'un numéro ?

— S'il est enregistré, sans problème. Mais ils se sont probablement procuré leurs portables au marché noir. Autrement dit, sans paperasse. D'un autre côté, s'ils sont récents, j'ai peut-être un moyen.

— Ils m'avaient l'air neufs, ou presque. Mais j'ignore si celui d'Elanya est similaire.

— S'il date d'après 2005, il a un traceur GPS intégré. Tous les nouveaux téléphones destinés au marché américain ont une puce de ce genre. Une des conséquences du 11 septembre. Ça ne nous donnera pas une adresse, et on ne pourra pas écouter leurs conversations, mais on peut suivre la puce. Je connais quelqu'un pour ça. Je m'en charge, dit Albie.

— D'accord, fit Jimmy. Travaille sur ce numéro. Vous autres, commencez à appeler vos gars. On doit trouver où les Russes planquent cette gamine. J'ai deux hommes à Brooklyn ; Sheepshead Bay est à deux pas – Frankie, je te laisse t'en occuper.

Je donnai à Frankie l'adresse de l'entrepôt.

Une charmante serveuse nous apporta du café chaud et j'acceptai une tasse avec gratitude. Elle avait de longs cheveux bruns et de grands yeux engageants. Jimmy était toujours très bien entouré. Il porta sa tasse à ses lèvres, puis s'arrêta comme si quelque chose lui avait soudain traversé l'esprit.

— À quelle heure tu as parlé à Amy, hier ? demanda-t-il.

— Dans l'après-midi. Vers 16, 17 heures... Pourquoi ?

Il approcha la tasse de sa bouche, assez pour que la vapeur lui réchauffe le visage, et se figea à nouveau.

— Et s'ils l'avaient déplacée ?

Il avait raison. Ils avaient très bien pu la traîner dans une demi-douzaine de lieux différents. Mais cela me paraissait peu probable, pas s'ils souhaitaient éviter de se faire remarquer en compagnie d'une fillette de dix ans. Ils devaient se dire qu'ils seraient plus tranquilles en ne bougeant pas.

— Rien de moins sûr. Ils préfèrent sans doute faire profil bas. Si on parvient à remonter jusqu'au téléphone, je pense que c'est là qu'on trouvera Amy. Mais c'est peut-être une bonne idée de ne pas tout miser sur le même cheval et de frapper simultanément les endroits les plus prometteurs.

Jimmy sembla satisfait.

— N'oublie pas Tony, ajoutai-je. Il doit revenir sur tout ce qu'il a déclaré dans sa déposition à la police. Sinon, les Russes penseront qu'ils n'ont rien obtenu en échange de leurs quatre millions – et ils me feront probablement la peau.

— Mickey, va me chercher Tony G., dit Jimmy.

Son visage s'était adouci, je retrouvais le petit dur de notre première rencontre, à la salle de boxe. Son regard sembla me traverser, saisir mes souvenirs au vol et se laisser porter, par-delà la fumée de sa cigarette, jusqu'aux jours heureux où nous faisions les quatre cents coups dans notre quartier et fêtions comme il se doit chaque pigeon piégé par nos arnaques à quelques dollars.

Il sourit, puis redevint sérieux et fronça les sourcils comme s'il avait fait quelque chose de déplacé.

— J'ai entendu parler de ce qui t'est arrivé l'an passé. Je suis désolé, dit-il, me prenant au dépourvu. (Je n'avais pas pensé qu'il était au courant.) Tu as dû en baver.

— Oui. Aujourd'hui encore, quand je parviens à fermer l'œil, elle est dans mes rêves. Peut-être pour me dire qu'elle me pardonne – ou alors, c'est ce que j'ai envie de croire.

Jimmy, malgré ses activités professionnelles, était également un père et un homme de cœur.

— Qu'est-ce que tu sais de la Bratva ? demandai-je.

— Pas grand-chose. Ils ont débarqué au début des années quatre-vingt-dix, après l'effondrement de l'Union soviétique. En nombre. Volchek et ses gars étaient probablement les meilleurs du lot, puisqu'ils ont survécu. Quelqu'un m'a dit que c'étaient d'anciens militaires. Ils se sont plutôt bien débrouillés au départ, grâce à la vente d'AK aux gangs ; ensuite, ils se sont diversifiés : drogue, prostitution, trafic d'êtres humains et tout le toutim. Quand les cartels sont arrivés, ils ont coupé pas mal de canaux d'approvisionnement aux Russes, simplement en les rachetant. Personne ne peut rivaliser avec eux question pognon. D'après ce que j'ai entendu, les Russes sont en mauvaise position ; ils se raccrochent tant bien que mal à ce qui leur reste.

— Certains de leurs concurrents ont fait une apparition au tribunal hier. Volchek m'a dit qu'ils étaient là pour assister à sa chute.

— C'est probable. La plupart des organisations collaborent avec les cartels, parce qu'elles ne sont pas de taille à lutter. Volchek a tenu bon jusqu'à présent, mais ça ne peut pas durer. Tôt ou tard, ils tenteront de l'éliminer. Peut-être qu'ils pensent qu'avec Volchek en taule, ils auront les mains libres.

Je comprenais mieux à présent ce parfum de fin de règne que j'avais senti chez Volchek et son entourage.

— Combien de temps il nous reste ? demanda Jimmy.

— Quarante-neuf minutes. Il faut qu'on bouge.

— Anthony, appelle *Chez Wong* et dis-leur qu'on a besoin de deux ninjas prêts à partir dans cinq minutes. Et contacte Lézard ; dis-lui de se rendre dans Manhattan et de circuler tant qu'on ne lui aura pas communiqué d'adresse.

Anthony, un grand gaillard plutôt beau gosse d'une vingtaine d'années, était un des neveux de Jimmy ; il se mit au travail immédiatement. Je n'avais pu m'empêcher de remarquer son expression de répugnance quand Jimmy avait mentionné Lézard.

— Qui est ce « Lézard » ? demandai-je.

— Un ami. Mes hommes vont devoir voyager léger s'ils veulent arriver à temps. Lézard nous fournira tout le soutien logistique dont on aura besoin.

40

En attendant l'arrivée de Tony G., je m'émerveillai du zèle quasi militaire qui semblait s'être emparé du restaurant. On appela et on questionna des dealers et des junkies susceptibles de connaître les planques de la Bratva. Autour de la table, tout le monde avait un téléphone à la main, criant, composant un numéro, patientant… Les serveuses avaient débarrassé les vestiges du petit déjeuner ; bientôt la nappe se couvrit de petits bouts de papier, de stylos et de cendre de cigarette. Albie attendait qu'on lui passe son pote du syndicat qui pourrait l'aider à trouver où était détenue Amy grâce au portable d'Elanya.

L'un des hommes de Jimmy enfila des gants en latex et examina l'argent sous une lampe à UV. Je vis des taches violet vif sur certains des billets que j'avais marqués. Ceux qui n'avaient pas été contaminés seraient séparés du lot. Il aurait été idiot de ne pas le faire.

Bientôt, le petit groupe réuni autour de la table commença à obtenir des résultats.

— On a trouvé un abattoir à eux près du port…

— J'ai une planque dans le Queens…

— On tient deux de leurs gars qui s'occupent de maquiller des bagnoles volées pour la revente, mais à part ça, ils savent que dalle…

— Deux bordels, une crack house et un snack…

— Sélectionnez les trois sites qui vous paraissent les plus prometteurs, les gars. Je vous donne cinq minutes pour vous décider. Dans tous les cas, Anthony et Frankie s'occuperont de l'adresse qui correspond au portable. Frappez vite et fort, jusqu'à ce que vous soyez à court de possibilités. Si vous la retrouvez, morte ou vive, vous m'appelez, dit Jimmy, avant de prendre conscience des paroles qu'il venait de prononcer.

Un mélange de panique, de culpabilité et de peur exerça à nouveau une pression accablante sur ma poitrine. L'espace d'une seconde, j'eus le souffle coupé.

Il se retourna vers moi.

— Désolé, mec. L'habitude. En général, les gens que je tente de retrouver sont des macchabées. Amy est vivante, j'en suis sûr.

Albie réussit enfin à joindre l'employé des télécoms, et sa main droite commença à bouger rapidement sur la page, son stylo décrivant de grandes courbes alors qu'il prenait note.

— On l'a, annonça Albie.

Jimmy lut l'adresse.

— C'est à six rues du tribunal. Contactez Lézard; qu'il retrouve Anthony et Frankie sur place, dit Jimmy.

— Et moi. Moi aussi, j'y vais.

— Non, Eddie, pas question. Écoute, je sais que tu es capable de te débrouiller en cas de grabuge, mais les flingues et toi, ça fait deux.

— Appelle *Chez Wong*. Demande-leur trois ninjas. Je les accompagne. J'ai besoin de voir ma fille.

Jimmy soupira en secouant la tête, puis dit à Anthony de faire le nécessaire.

C'est alors qu'un homme en costume gris argenté fit son entrée. Il avait les cheveux noirs dressés sur la tête, comme si chaque mèche avait eu droit à sa propre bouteille de laque. Tony G., ou Tony Geraldo, comme j'en avais enfin la confirmation; l'homme qui, je l'espérais, détenait les réponses à bon nombre de mes questions. Je regardai ses chaussures qui, bien qu'impeccablement cirées, semblaient souples, larges et extrêmement confortables: un collecteur.

— Tony, tu n'as pas oublié Eddie ? lança Jimmy.

— Non, bien sûr. Eddie Fly, escroc et avocat, le petit fumier qui te mettait la raclée au stickball quand vous étiez mômes, dit Tony, envoyant un direct bravache en direction des côtes de Jimmy. Comment va, Eddie ? fit-il en s'asseyant en face de moi.

— Pas très fort. Je n'ai pas beaucoup de temps, Tony. Explique-moi pourquoi Olek Volchek a buté ton cousin Mario.

— Tu n'y vas pas par quatre chemins. D'accord, voilà le topo. Mario était un nid à problèmes. Un idiot. Il s'est fait pincer deux ou trois fois, ado, mais qu'est-ce que tu veux y faire ? Il était de la famille. Alors, je l'ai pris sous mon aile. Je l'ai fait bosser avec moi sur nos affaires dans le bâtiment, en me disant que même lui ne pouvait pas se planter avec un truc aussi simple. Tu sais quoi ? Ça a été un véritable désastre ! Il a fait un peu trop pression sur un type réglo et les fédéraux l'ont coincé. Mais au moins, il n'a balancé personne. Il a eu droit à un séjour à Rikers aux frais du contribuable ; il en est sorti il y a deux ans. Après ses conneries, je lui ai dit qu'il était viré. Tu sais quoi ? Il est devenu encore plus stupide.

— Qu'est-ce qu'il a fait ?

— Il a péché par ambition. Il avait suivi un cours de photographie à Rikers. Apparemment, il était plutôt doué. Après sa sortie, il a commencé à trimballer son appareil partout. D'abord, je n'ai pas su ce qu'il avait fait. Jusqu'à cette nuit au *Sirocco* ; on était lui, moi et quelques gars. Mario s'est levé pour aller au bar et tout à coup les hommes de Volchek lui sont tombés dessus. Quand ils m'ont vu, ils se sont calmés. Le lendemain, Mario était mort.

— Tout ça figure dans ta déposition, Tony, mais tu n'as pas mentionné la photographie. Quelle était l'origine de sa dispute avec Volchek ?

Tony s'essuya la bouche et regarda Jimmy, qui hocha la tête.

Tony avait besoin qu'on le pousse un peu ; j'y allai donc de ma théorie :

— J'ai vu les photos de la scène de crime. Le cadre cassé sur le sol et ce qui ressemble à des photos brûlées dans l'évier. Je crois que

Mario a pris une photo qui a déplu à Volchek et qu'il a tenté de la lui vendre. S'il était aussi stupide que tu le prétends, il en était capable.

— Oui, il était bête à ce point.

— Alors, pourquoi n'en as-tu pas parlé aux flics ?

— Mario s'est fait buter à cause de ces photos. Je ne voulais pas qu'on sache que j'en avais une copie.

— Tu en as une copie ?

— Bien sûr. J'ai pensé que ça pourrait toujours servir si on entrait en guerre avec les cocos. Un bon moyen de pression.

— Pourquoi Volchek tient-il tant à ces photos ? De quoi Mario a-t-il été témoin ?

— Je n'en sais rien. Pour moi, c'est des photos banales.

— Où sont-elles en ce moment ?

— Planquées chez moi. À propos, on m'a dit que j'étais censé la boucler aujourd'hui à l'audience ; le hic, c'est que je ne peux pas. Mon témoignage doit correspondre mot pour mot à ma déposition, tu comprends, et aucune somme d'argent ne pourra me persuader du contraire.

41

— Eddie, si tu veux être de retour dans les temps, il faut y aller, me pressa Jimmy.

Je levai la main.

— Donne-moi une seconde. Ce sera inutile si Tony refuse de coopérer.

Tony s'adossa à sa chaise, les bras croisés. Il ne dirait plus un mot. Je pensais avoir deviné pourquoi.

— Je crois savoir ce qui pose un problème : tu t'es fait choper et la procureure t'a proposé un marché, pas vrai ? Les types comme toi ne témoignent pas pour les flics. Tu devais avoir une bonne raison pour accepter. Alors, avec quelle quantité de coke ils t'ont coincé ?

Le costume de Tony semblait absorber la lumière des lustres. Il se balança sur sa chaise.

— Pas beaucoup, cinq cents grammes. Mais si je ne coopère pas comme un honnête citoyen, je vais en taule. Je n'ai pas le choix.

Je n'avais pas prévu cela. Tony G. se moquait bien des quatre millions. Personne n'est riche en prison ; j'aurais pu lui offrir le double qu'il n'aurait pas changé d'avis. Je songeai à la situation et trouvai une solution. Prenant une feuille de papier, je rédigeai quelques lignes avant de tourner la page et de la pousser sous l'aura du costume de Tony.

— Réponds exactement ça à chaque question que te posera la procureure et tout se passera bien. Normalement, l'accord que tu as négocié est un document standard. Je le connais par cœur. Tu dis ça – et seulement ça – et tu ne pourras pas être poursuivi.

Tony lut ce que j'avais écrit.

— C'est tout ?

— C'est tout. Ça marchera. Tu as ma parole.

La main de Jimmy apparut sur l'épaule de Tony.

— Fais-le, Tony. Je veillerai à ce qu'une bonne partie de l'argent qu'Eddie nous a apporté te revienne. Et si les choses devaient mal tourner, je prendrai soin de ta famille. Mais je ne suis pas inquiet. Si Eddie me garantit que ça marchera, je lui fais confiance. Il est comme un frère pour moi, sa parole est ma parole.

Tony hocha la tête et se leva.

— D'accord, Eddie, mais si tu t'es planté, je te tuerai. Tu le sais, hein ?

Je me levai à mon tour et lui serrai la main.

— Dans ce cas, tu devras prendre ton tour. Écoute, j'ai besoin de jeter un coup d'œil à ces photos. Je flaire un truc pas net, mais ça me dépasse. Elles pourraient m'aider à y voir plus clair.

— Elles sont chez moi. C'est à une heure et demie d'ici en voiture.

— Je n'ai pas le temps d'attendre. Tu devras me les apporter à l'audience.

— Comment je vais pouvoir te les donner ?

— Tu es croyant, Tony ? Moi pas, je suis un mécréant. Mais peut-être que tu pourrais m'aider à trouver la foi ?

Tony reçut le message cinq sur cinq.

Jimmy parut un peu perdu.

— Une petite seconde, Eddie. Si on arrive à récupérer Amy avant, tu n'auras pas à retourner au tribunal.

Mes épaules s'affaissèrent. Si je parvenais à libérer Amy, j'aviserais.

42

Je suivis Anthony et Frankie à l'arrière du restaurant, derrière des portes battantes qui menaient à une cuisine assez vaste pour servir un établissement deux fois plus grand. Un long plan de travail central en acier inoxydable séparait le passe-plat des quatre cuisinières professionnelles. J'avais déjà rencontré Anthony, quand il n'était encore qu'un gamin que sa mère faisait sauter sur ses genoux. Si Jimmy lui accordait sa confiance pour un boulot de cette importance, il avait dû faire ses preuves. Il entra dans la chambre froide ; je les suivis, lui et Frankie, à l'intérieur. Nos souffles se matérialisèrent dans l'air glacial. Frankie se mit à déplacer des cartons de viande du coin au fond à droite, révélant rapidement une porte secrète. Nous nous retrouvâmes dans une petite réserve aux murs couverts jusqu'au plafond d'étagères remplies d'armes à feu de toutes sortes, de sachets de coke et de liasses de billets sous cellophane.

Anthony et Frankie empoignèrent chacun une longue barre de fer dont ils placèrent l'extrémité courbe dans des trous encastrés de part et d'autre d'une plaque d'égout installée au milieu de la pièce. Avec effort, ils la soulevèrent, révélant une échelle en acier qui s'enfonçait sous terre.

— C'est une blague ? dis-je.

— C'est la seule issue, répondit Frankie en prenant une torche électrique sur l'étagère.

Anthony saisit un sac sur le sol et me tendit une lampe. Puis nous descendîmes tous les trois dans la puanteur d'un tunnel sombre, étonnamment sec. Le faisceau de ma lampe ne pénétrait qu'à une quinzaine de mètres dans les ténèbres.

Nous tournâmes à gauche, puis à droite à deux intersections ; puis, après une minute en ligne droite, Anthony s'arrêta devant une nouvelle échelle en acier fixée au mur. Frankie gravit les barreaux et frappa contre la plaque. Quelques secondes plus tard, la lumière venue de la surface inonda le tunnel, alors qu'un Asiatique tendait la main à Frankie pour l'aider à sortir.

Nous émergeâmes dans la réserve d'un autre restaurant. À en juger par les idéogrammes chinois imprimés sur les cartons et l'odeur d'ail, de gingembre et de citronnelle, je penchai pour des spécialités asiatiques. L'homme qui nous avait accueillis nous fit signe de le suivre le long d'un couloir étroit qui menait à une aire de chargement. Les trois « ninjas » nous y attendaient : trois motos noires, des Kawasaki Ninja 650 vrombissantes, avec leurs pilotes. On nous remit un casque, et je regardai Anthony grimper à l'arrière du premier engin.

— Y a pas plus rapide comme moyen de transport, Eddie. Une voiture ne pourra jamais faire l'aller-retour dans les temps. Sammy Wong est notre coursier. On fait souvent appel à lui pour se déplacer en ville de cette façon. C'est discret et ça va vite, expliqua Anthony.

— Et vraiment pas dangereux, ironisai-je.

— Relax, tu veux ? Ces gars sont des pros. Fais comme ils te disent et tout se passera bien.

J'enfilai mon casque, grimpai à l'arrière de la dernière moto, puis tapotai l'épaule de mon chauffeur.

— C'est la première fois que je monte sur un engin de ce genre ! criai-je.

— Moi aussi, répondit-il.

Tout le monde éclata de rire, sauf moi.

— Je m'appelle Eddie. Ne me tue pas.

— Moi, c'est Tao. Je ne promets rien, mec.

Je glissai mes mains autour de la taille de Tao qui fit ronfler le moteur, puis nous dévalâmes la rampe de l'aire de chargement avant de tourner à droite dans la ruelle.

Elle faisait peut-être cent vingt mètres de long, une distance que j'eus pourtant l'impression de couvrir en trois secondes, alors que je sentais mon estomac s'écraser violemment dans mon dos au son des cris que je poussais sous mon casque.

Anthony avait pris la tête, sa moto adoptant une allure que je jugeais inquiétante. Arrivé au bout de la ruelle, plutôt que de ralentir, le pilote continua à prendre de la vitesse en direction de la rue principale. Je n'eus pas à m'interroger longtemps sur ses intentions. Au lieu de freiner, il accéléra et se faufila dans la circulation, avant de disparaître dans l'obscurité d'une venelle de l'autre côté de la grande artère.

— Putain !…

Juste devant nous, voitures et deux-roues surgissaient de gauche à droite ; au-delà, elles roulaient en sens inverse. J'entendis le cri d'excitation de Tao, alors que notre bolide bondissait hors de la ruelle tel un missile de deux cents kilos, directement sur la quatre voies. La moto se faufila, ralentit et accéléra, les automobilistes nous évitant comme ils le pouvaient.

Je fermai les yeux et implorai Dieu de me laisser survivre à cette épreuve.

Ma poitrine s'enfonça dans le dos de Tao, alors qu'il freinait à fond ; l'odeur de fumée des freins à disques m'envahit les narines. J'ouvris les yeux et vis une Ford Taurus qui dérapait dans notre direction, son conducteur affolé donnant de grands coups de Klaxon. Il allait nous heurter de plein fouet.

— Penche-toi en arrière, me cria Tao, et nos casques s'entrechoquèrent.

Je dus mettre à contribution chacun des muscles de mon dos pour lutter contre notre terrible élan et forcer mon torse à la renverse. Puis je compris ce que Tao avait en tête ; il lâcha le frein arrière, et la moto bascula sur la roue avant. Tao se pencha sur sa droite et fit décrire à son engin un angle à quatre-vingt-dix degrés ; sa roue arrière heurta la Ford Taurus sur le côté. La moto s'arrêta net, toujours debout ; nous étions en vie.

La roue arrière rebondit contre la Ford ; elle n'avait pas encore touché terre que nous repartions en accélérant de plus belle, nos pneus enveloppant la Taurus dans un nuage de fumée.

L'obscurité épaisse de la ruelle nous avala rapidement.

43

À peine neuf terrifiantes minutes après avoir quitté l'aire de chargement de *Chez Wong*, nous passâmes devant le tribunal. Poussant des pointes à cent soixante à l'heure, alternant grandes artères et boyaux plus discrets, nous étions parvenus à éviter à la fois les caméras de surveillance et les flics.

Devant nous, la moto d'Anthony ralentit ; nous arrivions à destination – Severn Towers, un immeuble d'habitation situé à quelques rues du palais de justice. Nous nous arrêtâmes à côté d'un fourgon Transit bleu garé dans le parking souterrain. J'avais dû me tenir un peu trop fort. Alors que j'essayais de forcer mes jambes à bouger pour descendre, j'eus l'impression qu'on m'avait travaillé les cuisses au chalumeau.

J'avais rendez-vous avec les Russes devant le restaurant de Jimmy dans moins de vingt-sept minutes.

— On vous attendra au coin, dit Tao, alors que les motos sortaient rapidement du parking qui, même pour un jour de semaine, semblait particulièrement désert, avec à peine une demi-douzaine de voitures visibles.

J'appelai Jimmy sur mon téléphone intraçable.

— On est sur place. C'est où, exactement ?

— Une seconde. OK, d'après Albie, on ne peut pas faire mieux que la position actuelle du portable, Severn Towers. Le GPS n'est pas super fiable quand l'appareil est trop en hauteur, mais il se trouve probablement au-dessus du cinquième étage.

— Jimmy, cet immeuble en compte plus d'une trentaine. Je vais avoir besoin de plus que ça.

— Alors, il faut attendre qu'on ait des nouvelles de mes gars à Sheepshead Bay. Je te rappelle dès que j'ai du nouveau.

Il raccrocha.

Un homme grand et mince en tee-shirt et pantalon noirs sortit de la camionnette bleue et serra la main d'Anthony. Puis il se tourna vers Frankie, qui se contenta de le saluer de la tête. L'autre fit de même. Il avait une coupe tondeuse comme on en porte à l'armée. À en juger par les veines saillantes de ses bras musclés, je ne doutais pas qu'il pût facilement venir à bout de n'importe quel cou, même épais.

— Qu'est-ce qui vous a retenus ? Lézard n'aime pas attendre, dit l'homme.

Anthony rit et fit les présentations.

— Eddie, c'est Lézard. À partir de maintenant, il est seul maître à bord.

Je lui serrai la main. Sa poigne avait la force d'un boa constrictor. Malgré un physique puissant, il se déplaçait avec grâce, presque comme un danseur.

— On a accès jusqu'au vingt-quatrième étage. Après, on a un problème : l'escalier s'arrête devant une porte en acier qui ne s'ouvre qu'avec un code. L'ascenseur est soumis aux mêmes restrictions. Si votre fille se trouve là-haut, on ne peut rien pour elle sans ce code. Je peux tout faire péter, mais les ravisseurs m'entendront et risquent de la tuer. Espérons qu'ils la gardent dans un étage inférieur. Frankie, j'ai repéré une galerie d'art de l'autre côté de la rue. Tu penses pouvoir monter sur le toit ? Lézard a besoin d'yeux sur cet endroit.

Cette façon de parler de lui-même à la troisième personne me fit sourire.

— D'accord, dit Frankie.

Lézard lui tendit des jumelles et un téléphone portable.

— Je te mettrai sur haut-parleur. Magne-toi, dit Lézard, alors que Frankie sortait du parking au pas de course et traversait la rue.

De son sac, Anthony tira un fusil à canon scié de calibre 12 et une boîte de cartouches.

— Tu n'as pas besoin de venir avec nous, tu sais. On peut s'en occuper, dit-il.

— Je vous accompagne. File-moi un flingue.

— Mauvaise idée, commenta Lézard, alors qu'il ouvrait les portes arrière du fourgon et déverrouillait une sorte de flight case.

Il en sortit un pistolet-mitrailleur dont il commença à vérifier le bon fonctionnement. L'arme était courte et noire, avec le chargeur qui dépassait de la crosse.

— Ça a l'air flambant neuf, dis-je.

— Oh ! ça l'est, répondit Lézard en hochant la tête avec un sourire.

Je fis le tour du véhicule afin de pouvoir parler discrètement à Anthony.

— Qui c'est, ce type ? demandai-je.

— Un ancien marine. Son cousin travaillait pour Jimmy. Quand Lézard est rentré d'Irak et a cherché du boulot, son cousin les a présentés. On peut lui faire confiance, crois-moi. C'est une véritable armée à lui tout seul. Si quelqu'un est capable de sortir ta gamine de cet appartement, c'est bien notre ami Billy.

— Billy, répétai-je. Pourquoi tout le monde l'appelle Lézard ? Frankie n'a pas paru très à l'aise en sa présence.

Anthony glissait des cartouches rouges dans son fusil à canon scié.

— La vérité, c'est que pas mal de nos gars ont peur de lui. Billy aime les lézards. D'ailleurs, il s'en est fait tatouer un gros dans le dos. Chez lui, dans le Queens, il garde toutes sortes de serpents et de bestioles ; il a même un couple de dragons de Komodo dans son jardin. Mais ce n'est pas la seule raison. Quand on a besoin de quelque chose d'un type qui se montre un peu récalcitrant, on appelle Lézard. Comme tu le sais sans doute, certains de ces reptiles perdent leur peau en grandissant. Eh bien, c'est la spécialité de Billy. Si le gars reste muet, Billy commence à le peler comme une foutue banane et il nourrit ses animaux de compagnie avec les lambeaux de peau – ça fait flipper tout le monde. Personnellement, je l'aime bien. Simplement, je ne mets jamais les pieds dans sa fichue baraque.

44

Le téléphone de Lézard vibra. Il décrocha, puis activa le haut-parleur, mais je n'écoutai pas. Jimmy m'appelait.

— L'un des gars de l'entrepôt nous a confirmé l'adresse, dit Jimmy. C'est au dernier étage. Un grand appartement sur le toit. Tu es au bon endroit. Ne te fais aucun souci, ils n'ont pas eu le temps de donner l'alerte et ils ne sont pas près de passer un coup de fil. Mes hommes ont fait le ménage. Du travail de pro, les Russes ne se douteront de rien. Tu ferais quand même bien de ne pas trop tarder. Tu n'as plus que vingt minutes. Je t'attendrai devant *Chez Wong*, mec, dit-il, puis il raccrocha.

Mes jambes cédèrent et je tombai à genoux. Amy était au dernier étage, derrière une porte blindée impossible à contourner. Je jurai et serrai les poings. Ma main me sembla humide. J'avais rouvert la coupure sur ma paume.

— Elle est tout en haut, annonçai-je.

— Frankie ? Tu as entendu ? L'appartement sur le toit, dit Lézard.

La voix de Frankie sortit du haut-parleur :

— Compris. Je l'ai dans mon champ de vision. Les stores sont levés au salon. Je compte quatre types. Deux sur le canapé à droite de l'entrée, un dans la cuisine et un autre en train de lire le journal, affalé dans un fauteuil. Un fusil posé contre le mur de gauche. Une nana dans la cuisine, blonde, la trentaine peut-être. Elle joue avec un couteau papillon. Personne à part ça. Trois chambres sur la droite. Deux avec la porte ouverte ; la troisième est fermée. La salle de bains est à côté de la cuisine. C'est tout. Je ne vois pas de gamine.

Mon cœur se serra, rien ne se passait comme prévu. Je voulais simplement savoir si elle était encore en vie.

— Elle se trouve probablement dans une des chambres, dit Anthony. Il y a un fusil. Pas d'artillerie lourde, et je ne vois pas pourquoi ils en auraient dans un appartement. Amy t'a dit qu'une femme s'occupait d'elle, Elanya. C'est sans doute la fille au couteau.

Je me levai, acquiesçant d'un signe de tête. C'était forcément le bon endroit. J'étais si près de la récupérer. Je voulais juste que tout ça se termine pour pouvoir de nouveau la serrer dans mes bras et l'enfermer dans un coffre-fort où personne ne pourrait plus jamais venir me la prendre.

— Frankie, c'est Lézard. Tu vois autre chose dans l'appartement ? Un coup de main pour ouvrir cette foutue porte, ce ne serait vraiment pas de refus. Une note épinglée quelque part avec le code, peut-être ?

— Une seconde.

Nous échangeâmes un regard en silence.

— Non, rien nulle part.

— Quoi d'autre, Frankie ? demandai-je.

— Des tableaux au mur – genre art moderne, pas vraiment ma tasse de thé. Mobilier contemporain, du cuir blanc partout ; ça a l'air confortable. Des boîtes à pizza empilées sur la table de la cuisine – apparemment, la nana n'est pas un cordon-bleu. La télé est allumée...

— Quel est le nom sur les boîtes ? Tu arrives à le lire ?

— Oui. *Big Joe's Pizza*. C'est pas très loin d'ici. Ils ont plutôt bonne réputation.

— Et elles viennent toutes de chez eux ?

— Oui, six environ.

Je sortis mon téléphone.

— Frankie, dis-je, est-ce que tu peux distinguer le numéro de *Big Joe's* ?

J'appelai sous la dictée de Frankie. Quelqu'un décrocha à la troisième sonnerie.

—*Big Joe's Pizza* à votre service.

—Bonjour. C'est pour une livraison à Severn Towers, ma commande habituelle. Mais j'en ai besoin dans la demi-heure. Vous étiez en retard la dernière fois.

—Désolé. Qui est à l'appareil ?

—Le petit ami d'Elanya. Je pense que votre livreur avait oublié le code ou qu'il l'avait mal noté. J'ai dû prendre l'ascenseur en caleçon pour le faire entrer. Dites-moi quel code vous donnez à votre gars. Pas question que je redescende à moitié à poil.

—Je suis vraiment navré, monsieur. Dites à Elanya que cela ne se reproduira pas. Laissez-moi vérifier… Voilà, j'ai trouvé votre code : 4789. C'est bien ça ?

—Oui, merci.

—Ça fera trente-neuf dollars et cinquante cents et votre commande vous sera livrée dans vingt minutes.

—Y a pas le feu, mon gars, dis-je, puis je raccrochai.

Lézard sourit, introduisit un chargeur plein dans un Glock, puis glissa le pistolet dans son pantalon et mit son arme en bandoulière.

—Lézard vous aime bien, monsieur Flynn, dit-il.

—Allons-y.

Anthony me tapota dans le dos.

—Tu ne viens pas, Eddie. Tu n'as pas le temps. Tao t'attend au coin de la rue.

—J'ai le temps…

Lézard m'interrompit.

—Quand bien même, rien ne nous garantit que votre fille soit là-haut. Si elle ne s'y trouve pas et que vous ne soyez pas de retour à l'heure convenue… on aura tout gâché et ils la tueront. D'ailleurs, Lézard n'a pas besoin de vous, Eddie. Si vous la voyez dans cet appartement et que vous vous précipitiez vers elle, vous risquez d'être pris entre deux feux. Ou pire, Amy pourrait être blessée. Ne vous inquiétez pas. Si elle est bien là, nous la ramènerons chez Jimmy.

Il me tendit sa main. Je la serrai. Il avait raison. Je devais les laisser faire leur boulot sans moi. C'était bien trop dangereux ; je devais repartir.

— Veillez à ce qu'il ne lui arrive rien. Et que Jimmy me prévienne par SMS dès que vous l'aurez.

Me retournant, je donnai un coup de poing sur le côté du fourgon et courus retrouver Tao.

45

Tao pila dans l'aire de chargement de *Chez Wong*. Jimmy attendait, adossé au mur. Il se débarrassa de sa cigarette d'une chiquenaude, avança vers moi et consulta l'écran de son téléphone.

— Rien pour l'instant, dit-il.

Plus que six minutes.

— Envoie-moi un SMS dès que tu sauras. Je dois y aller.

— Ils la reprendront, Eddie. J'en suis certain. Tu leur fausses compagnie dès que tu auras reçu mon message ; on te protégera.

Mes épaules s'affaissèrent. Je fermai les yeux et secouai la tête.

— Ce n'est pas aussi simple, Jimmy.

— Pourquoi ? On récupère Amy, tu fous le camp et tu appelles les poulets. Qu'est-ce que ça a de compliqué ?

— Non. Pour l'instant, je ne peux faire confiance ni à la police ni au FBI, à personne en fait, à part toi et Harry. Je ne détiens aucune preuve pour le moment et même si je trouvais un flic ou un agent réglo, on refuserait de me croire. Je dois aller jusqu'au bout.

— Pourquoi ? Si tu veux en finir, je peux demander à Lézard de canarder la limousine des Russes dès qu'elle se pointera. Ils n'auront pas la moindre chance de s'en sortir.

— C'est vrai, mais ça n'en éliminerait qu'une partie, et on agirait à la vue du FBI, de l'ATF, de la DEA et de je ne sais quel autre service planté devant chez toi. Et si Amy n'est pas dans cet appartement, on ne la retrouverait peut-être jamais. Je ne peux pas courir ce risque. Et puis, il y a encore des choses qui m'échappent dans cette histoire. Je ne sais toujours pas ce qu'ils ont prévu, mais je crois que tout le monde est en danger dans ce tribunal, y compris Harry. Réfléchis : deux camionnettes garées dans le parking souterrain, la valise que Gregor a chargée dans l'une d'elles, le détonateur factice que j'ai piqué à Arturas, leur complice parmi les agents de sécurité – quelque chose se prépare et je dois découvrir quoi. Tony doit m'apporter les photos de Mario ce matin ; c'est un début. Je vais finir par comprendre ce qui se mijote. Je n'ai pas le choix. Les Russes connaissent mon adresse, celle de ma famille, l'école que fréquente ma fille. Ils savent tout de moi.

Je n'avais pas oublié l'histoire de Kruchkurr, cet ancien commandant de l'Armée soviétique qu'Arturas avait traqué jusqu'au fin fond du Brésil.

— Jimmy, je ne serai à l'abri de ces types nulle part. Si je prends la fuite, ils me choperont et tueront ceux que j'aime. Je ne peux pas me sauver comme ça, tu le sais aussi bien que moi. Je dois aller jusqu'au bout.

Pendant une seconde, je me retrouvai assis sur un tabouret de bar, en compagnie de mon père chez *McGonagall's*, là où nous avions conclu notre petit arrangement.

« Alors, voilà ce que je te propose. Je t'apprends mes techniques, mais toi, tu dois apprendre à te défendre. Parce que je sais qu'un jour, tu essaieras de les utiliser pour de bon. Rappelle-toi mes conseils – si tu dois te tirer d'un mauvais pas, commence par garder ton sang-froid. Si ça ne marche pas, tu t'enfuis, comme je te l'ai dit. Et si tu ne peux pas t'enfuir, tu te bats, sans faire de cadeau à ton adversaire. »

La médaille de saint Christophe de mon père pesait lourdement autour de mon cou. C'était le seul objet personnel qu'il avait emporté en quittant Dublin pour venir s'installer aux États-Unis. Je savais ce qu'il aurait fait à ma place. Il se serait battu, il aurait tout fait pour protéger sa famille. Ce n'était pas une question de vengeance, mais de survie. Si je n'allais pas jusqu'au bout, Amy ne serait plus jamais en sécurité.

— Eddie, non. Il y a forcément une autre solution, dit Jimmy.

Dans deux minutes, mon heure serait écoulée. Je commençai à sautiller sur place, prêt à partir.

— J'ai bien réfléchi, et je n'ai rien trouvé. En découvrant ce qui se prépare, j'aurai suffisamment d'éléments pour en parler aux fédéraux. Personne ne double la mafia russe impunément. À moins de les neutraliser de manière permanente, je n'aurai réussi qu'à mettre un prix sur ma tête et attirer l'attention de tous les tueurs à gages de la planète sur moi et ma famille pour le restant de nos jours. Pour moi, c'est quitte ou double. Envoie-moi un SMS dès que tu auras récupéré Amy. Donne-lui ça.

Tendant mon stylo gravé à Jimmy, j'ajoutai :

— Dis-lui qu'elle a demandé à sa mère de me l'acheter pour la fête des Pères. Je préfère éviter qu'elle ait peur en voyant tes hommes ; je veux qu'elle sache qu'elle est avec sa famille, et que vous venez de ma part.

— Tu peux compter sur moi.

Je me retournai, puis me précipitai vers le restaurant, mes chaussures glissant sur le bitume, presque hors d'haleine à cause du stress et de la fatigue. J'eus l'impression que la douleur dans mon dos et mon cou s'était transformée en une masse de plomb fondu. J'essayai de l'ignorer. Si j'étais en retard, Arturas appellerait Elanya. Si elle ne répondait pas, il irait voir pourquoi. J'avais besoin d'un léger avantage. Il fallait que la Bratva continue à croire qu'elle avait les cartes en main. Je tournai au coin de la rue à toute allure, levant les bras, en espérant arriver à temps.

Je m'arrêtai net, juste au moment où une voiture de patrouille passait à côté de moi, toutes sirènes hurlantes.

Une limousine blanche apparut.

46

La portière arrière s'ouvrit côté passager et je me pliai pour entrer dans l'habitacle habillé de cuir noir.

— D'où est-ce que vous arrivez ? demanda Arturas.

Je dus attendre d'avoir repris mon souffle pour répondre.

— Je suis sorti par-derrière et j'ai fait le tour du pâté de maisons pour m'assurer que je n'étais pas suivi. C'est bon ; mais c'était nécessaire : deux distractions dans une journée, ça fait beaucoup ; même les fédéraux ne sont pas assez stupides pour tomber dans le panneau. Je sais que c'était une grosse somme, mais c'est de l'argent bien dépensé. Tony Geraldo est à nous maintenant, sans compter que vous venez de vous payer une trêve avec les Italiens.

— Je l'espère, dit Arturas.

— Moi aussi, renchérit Volchek.

Il faisait sombre dans la limousine ; je n'avais pas remarqué sa présence. Ils avaient dû passer le prendre pendant qu'ils m'attendaient. Si j'avais su que Volchek se trouvait dans la voiture, j'aurais peut-être réfléchi à deux fois à la proposition de Jimmy de sortir l'artillerie lourde.

— Ne vous inquiétez pas. La procureure se prépare à vivre une journée en enfer, dis-je.

Et vous aussi, Olek, pensai-je.

— Mettez ça. Elle devrait mieux vous aller.

Arturas me tendit une chemise blanche encore emballée.

Même mon nœud de cravate me semblait trempé de sueur. Je me changeai dans la limousine. Le contact du tissu propre sur ma peau était agréable ; cette fois, le col correspondait à mon tour de cou. Arturas me donna une autre cravate, bleue, ainsi qu'un rasoir électrique. La façon minutieuse dont il avait conçu son plan continuait à me surprendre ; il ne voulait pas que j'apparaisse à l'audience comme un type qui avait dormi dans ses vêtements.

La conversation se tarit, ce qui me convenait tout à fait. Je renversai la tête et fermai les yeux, mais le sommeil refusa de m'emporter. Mon cerveau faisait des heures supplémentaires. Dès notre première rencontre, j'avais senti qu'Arturas était un tueur, mais un tueur très différent de Volchek. Là où Arturas était méthodique et sans pitié, son patron s'adonnait à sa passion pour la souffrance. Au cours de ma vie d'escroc, puis d'avocat, j'avais eu l'occasion de croiser les deux types de profil. Les hommes comme Arturas étaient plutôt rares, ceux comme Volchek, plus répandus. En y réfléchissant, Volchek avait beaucoup en commun avec Ted Berkley, le fumier qui avait mis un terme à ma carrière juridique près d'un an plus tôt.

Berkley avait tenté d'agresser Hannah Tublowski, dix-sept ans, au moment où elle descendait du métro, tard un soir. Avant d'arriver à la sortie de la station, elle avait senti des bras puissants la ceinturer, la soulever et la porter en direction du tunnel noir et froid. À cette heure de la nuit, aucun autre voyageur n'avait assisté à la scène. L'homme qui s'en était pris à elle avait calculé son coup de manière à passer à l'action lorsqu'elle se trouverait entre deux caméras de surveillance, dans une zone non couverte. Quand Hannah Tublowski avait essayé de crier, il avait plaqué sa main sur sa bouche ; à voix basse, il l'avait menacée de la tuer si elle faisait le moindre bruit.

Un SDF l'avait tout de même entendue, et il avait donné l'alerte. L'agresseur avait fui avant l'arrivée de la police du métro qui avait réussi à calmer la jeune femme. Ils avaient trouvé une carte d'abonnement mensuelle sur le sol, non loin de l'endroit où avait eu lieu l'attaque. L'un des flics l'avait mise dans un sac pour pièce à conviction, plus par habitude que par réelle perspicacité. Comme les équipes de nettoyage avaient fini cette station moins de dix minutes plus tôt, il était plus que probable qu'elle appartenait au coupable. L'abonnement avait été réglé à l'aide d'une carte de crédit au nom de Ted Berkley. Comme il n'avait pas d'avocat, j'avais récupéré Berkley au tribunal de nuit et j'avais même réussi à lui obtenir la liberté sous caution.

Au procès, la carte d'abonnement et le témoignage de la victime qui avait reconnu Berkley lors d'une séance d'identification constituaient la base du dossier de l'accusation. Le NYPD avait fouillé le bureau de Berkley, son appartement et sa maison de campagne, sans rien trouver. Ted Berkley était un jeune trentenaire, riche, avec une petite amie canon et une villa dans les Hamptons. Pas vraiment le profil d'un kidnappeur. Comme client, je n'aurais pas pu rêver mieux ; il était courtois, avait payé son avance sur honoraires dans sa totalité, et me faisait entièrement confiance pour le tirer de ce mauvais pas. Comme lui, je pensais que la fille s'était simplement trompée – erreur sur la personne. Il affirmait avoir perdu le portefeuille qui contenait sa carte d'abonnement, environ vingt-quatre heures avant l'agression.

Hannah Tublowski étudiait la musique au conservatoire ; ce soir-là, elle était rentrée chez elle après un récital. Violoncelliste de talent, elle avait travaillé dur pour obtenir une bourse. Elle avait de longs cheveux châtains, la peau pâle ; alors qu'elle était à la barre, j'avais senti sa peur. Témoigner au cours d'une audience n'est jamais chose facile, mais je ne connais pas de situation plus éprouvante pour les nerfs que celle d'une jeune femme forcée d'affronter son agresseur devant une cour.

Pour mon contre-interrogatoire, j'avais décidé de rester assis, afin de paraître moins menaçant. Ayant éclairci ma voix, j'avais adressé un sourire à Hannah avant de lui poser ma première question. Au moment où j'allais ouvrir la bouche, Berkley m'avait chuchoté : « Démolissez-moi cette garce. » Dans toutes nos réunions de préparation, il n'avait jamais parlé ainsi ni fait preuve de la moindre hostilité envers elle.

L'ignorant, j'avais opté pour une approche différente. Le jury avait apprécié cette jeune fille. J'aurais couru un gros risque en me comportant avec agressivité. Je m'étais adressé à elle comme un père ; posément, j'avais peu à peu mis en lumière les incohérences de son témoignage pour montrer qu'elle n'était pas une menteuse, mais une victime qui, de bonne foi, mais à tort, avait confondu son véritable agresseur avec mon client.

Toujours donner au jury ce qu'il a envie d'entendre.

En général, un jury préfère compatir avec la victime. De cette façon – ma façon –, je lui avais permis de s'identifier à elle, mais aussi de comprendre ce que ressentait le brave garçon en costume Brooks Brothers que je représentais.

À la fin de mon contre-interrogatoire, Hannah, que j'avais pourtant ménagée, avait pleuré et lancé des regards désespérés aux jurés. J'avais eu l'impression d'être moins qu'une merde ; me tournant vers mon client, j'avais surpris sur son visage une expression où se mêlaient dégoût et... quelque chose d'autre. Sur le moment, j'avais pris cela pour de la peur ou de la nervosité. Mais en l'observant plus attentivement, j'avais compris la véritable nature de ce sentiment : de l'excitation. Une gamine de dix-sept ans venait de décrire la panique dévorante qui s'était emparée d'elle quand son agresseur avait voulu l'entraîner dans le noir, et ça faisait bander Ted Berkley. Le jury s'était retiré pour délibérer. Après avoir vu la réaction de Berkley, j'avais acquis la certitude qu'il était coupable. Dans les mois qui avaient suivi, alors que je m'enivrais dans les bars de Manhattan, j'avais essayé de me convaincre que je n'aurais rien pu faire avant l'annonce du verdict.

Berkley avait été acquitté à l'unanimité. Hanna, bien que victime, n'avait pas correctement identifié son agresseur.

Une heure après la fin du procès, le policier chargé de l'enquête m'avait appelé pour me prévenir qu'Hanna avait disparu. Il voulait que Berkley consente à une nouvelle perquisition.

Ce dernier avait accepté, mais on n'avait trouvé aucune trace d'Hanna.

Le lendemain, un samedi, j'avais rendu visite à Berkley à son domicile. Les autorités m'avaient donné son ordinateur portable, saisi lors de leur première fouille. Les techniciens du NYPD n'avaient rien découvert d'incriminant dessus. J'avais proposé aux flics de le lui remettre en main propre ; je voulais être débarrassé de Berkley le plus rapidement possible, parce que, à ce moment-là, je n'étais pas convaincu que le jury avait rendu le bon verdict. Mon instinct me soufflait que ce type était dangereux, que sa vie si parfaite n'était qu'une façade.

Comme je ne l'avais pas trouvé à son appartement, j'avais pris la liberté de pousser jusqu'à sa maison de campagne où il passait parfois le week-end.

J'avais frappé à la porte et patienté. Sa Porsche était garée dans l'allée. J'avais entendu la douche. Au bout de deux ou trois minutes, il m'avait ouvert, les cheveux et la poitrine humides, une serviette enroulée autour de la taille. Juste sous son nombril, j'avais aperçu des taches fraîches, d'un brun rougeâtre, sur la serviette.

— Un problème, Eddie ? avait demandé Berkley, le souffle court.

— Les flics m'ont rendu votre portable. Je vous l'ai rapporté.

— Vous n'aviez pas besoin de faire tout ce chemin. J'aurais pu passer le récupérer à votre bureau.

Ce gars-là me donnait la chair de poule ; j'avais hâte d'en finir.

— Pas de souci, je...

Avant d'avoir eu le temps d'inventer une mauvaise excuse pour être venu jusqu'ici, j'avais entendu un cri.

— J'ai laissé la télévision allumée, m'avait expliqué Berkley avec un sourire.

— Je ne vous ai rien demandé, avais-je répondu, alors que je glissais mon pied dans l'ouverture de la porte.

Il avait tenté de la claquer, mais je l'avais repoussée d'un coup d'épaule ; Berkley l'avait prise en pleine tête, le choc lui ouvrant l'arcade sourcilière et l'envoyant au tapis dans la foulée.

Le cri était devenu un hurlement.

J'avais couru dans le couloir, décochant un coup de pied au visage de Berkley au passage.

Les hurlements avaient semblé résonner dans toute la maison. Je n'avais trouvé personne au rez-de-chaussée. Mais au premier, j'avais vu une chambre à la porte entrebâillée. Au bord du lit à baldaquin, j'avais aperçu un pied, rouge vif, attaché à l'un des poteaux.

J'avais poussé cette porte. Je l'avais fait de nombreuses fois depuis – presque chaque nuit, dans mes rêves.

Hanna Tublowski avait les pieds et les mains liés aux quatre coins du lit, avec du fil de fer qui s'enfonçait profondément dans sa chair. Un bâillon boule avait glissé de sa mâchoire cassée et pendait mollement sous son cou. Berkley avait probablement essayé de l'assommer en m'entendant arriver. Il l'avait frappée trop fort. Avec sa mâchoire disloquée, le bâillon était tombé de sa bouche, ce qui lui avait permis de crier. Elle avait des gouttelettes de sang sur ses lèvres bleues.

Elle était nue.

Du sang séché lui couvrait l'entrejambe et le ventre. Des traces de morsure avaient fleuri sur ses seins et son cou. Chaque marque était entourée de contusions violet et noir là où les dents de Berkley avaient percé la peau. Son œil gauche était complètement fermé ; le droit, grand ouvert, était totalement paniqué.

Je n'avais pas pu la détacher. Le fil de fer avait besoin d'être coupé. Alors, je m'étais agenouillé à côté d'elle pour lui dire qu'elle était en sécurité à présent, et que la police n'allait pas tarder.

En appelant le 911 depuis la cuisine, je m'étais dit que, dans un quartier aussi huppé, les flics interviendraient en moins de cinq minutes. Ç'avait pris encore moins de temps. Ils avaient débarqué au bout de trois minutes. S'ils avaient traîné un peu, il ne faisait presque aucun doute pour moi que Berkley aurait été mort à leur arrivée.

Il était allongé dans l'entrée, mais il avait commencé à reprendre ses esprits. Je m'étais mis à califourchon sur lui, clouant ses bras au sol avec mes genoux, et j'avais réduit son visage en bouillie. Quand ma main gauche avait déclaré forfait, je m'étais servi de mes coudes, projetant tout mon corps en avant à chaque coup et écrasant son crâne entre mon coude et son carrelage. Sur le moment, je n'avais pas senti la douleur dans ma main, seulement les minces volutes de sang chaud qui m'éclaboussaient la face après chaque impact. Je ne me souvenais pas des flics me traînant loin de lui ; je ne me rappelais pas mon arrestation. Mais je n'avais pas oublié le visage de Christine venue payer ma caution. Le bureau du procureur n'avait pas engagé de poursuites contre moi ; Hanna n'avait survécu que grâce à mon intervention. Mais dans mon esprit, je n'étais pas son sauveur, mais l'homme qui avait laissé Berkley la violer et la torturer parce qu'il n'avait pas écouté ce que lui disait son instinct.

Le barreau de l'État de New York était prêt à me retirer mon autorisation et à me radier de l'ordre des avocats pour avoir presque battu à mort un client. Harry m'avait représenté devant la commission de discipline. Au lieu d'insister sur mes qualités professionnelles, il leur avait lu la liste des blessures infligées à Hanna. Elle avait perdu un œil ; sa mâchoire, malgré les efforts des médecins, ne guérirait jamais correctement, la laissant définitivement défigurée. Elle était marquée à vie, physiquement et mentalement.

Berkley avait causé tant de lésions internes que Hanna ne pourrait jamais avoir d'enfants.

Même si Harry m'avait sauvé, pour la deuxième fois, j'avais vu mon univers s'écrouler ; je m'étais senti aussi responsable de ces blessures que Berkley.

Lui en avait pris pour vingt ans. J'avais écopé de six mois de suspension.

Je devais vivre avec le fait qu'il avait pu torturer Hanna parce que je l'avais fait acquitter. C'était ma faute. Aucune quantité d'alcool ne changerait jamais cela.

Avant que le jury eût rendu son verdict, j'avais su au plus profond de moi qu'il était coupable et qu'il était susceptible de recommencer. Je m'étais rassuré en me disant qu'il y avait peu de chances qu'il s'en prenne à nouveau à une jeune fille, vu la façon dont sa première tentative avait tourné. Mais au fond de moi, je n'y avais pas cru, et c'était cet instinct qui m'avait conduit chez lui en ce jour rouge sang.

Je ne referais pas la même erreur. Les types comme Berkley, Volchek et Arturas devaient être mis hors d'état de nuire, si on voulait éviter qu'ils continuent à détruire des vies.

Assis, les yeux clos, dans la limousine qui roulait à vive allure en direction du tribunal, je sus que j'avais pris la bonne décision. Ma famille ne serait en sécurité qu'une fois les Russes en prison. Mon mobile était en mode vibreur ; j'avais beau être presque sûr de ne pas l'avoir lâché, avec le mouvement de la voiture et le bruit des pneus sur l'asphalte, je n'avais pas de certitude. J'ouvris les yeux ; Volchek ferma les siens, croisant les jambes. Pensait-il à la journée qui l'attendait ? Impossible à dire. Le balafré regardait par la fenêtre, incapable de fixer son patron. Je faillis tendre la main vers mon téléphone. Juste pour vérifier. Pour savoir. Ajustant mon nœud de cravate, je m'éclaircis la voix et me forçai à observer la rue tout en réfléchissant à l'étape suivante.

Plus nous approchions de Chambers Street, plus j'étais convaincu que les réponses se trouvaient dans ces camionnettes garées dans le parking souterrain. Arturas poursuivait des objectifs personnels, et il était grand temps que j'en aie le cœur net.

47

Nous arrivâmes à Chambers Street juste après 7 h 30. Le soleil avait commencé à réchauffer les marches froides menant au tribunal.

J'avais moins de huit heures devant moi avant que Volchek ne fuie le pays. Je devais obtenir quelque chose d'incriminant contre lui, puis aller trouver un agent fédéral de confiance, le tout avant 16 heures.

Volchek, Arturas et Victor sortirent de la limousine avec moi ; ensemble, nous nous dirigeâmes vers l'entrée.

— Après vous, dit Arturas.

Je passai devant, montant les marches d'un bon pas en direction du poste de sécurité.

Alors que j'approchais du sommet, je m'aperçus que je ne reconnaissais aucun des gardes de service. Ils me semblaient tous nouveaux. Je ne portais pas de mallette, ni aucun autre accessoire permettant de m'identifier comme un avocat. Je ne m'inquiétais pas pour la bombe, puisqu'elle était restée à l'étage. En revanche, j'avais sur moi le vaporisateur et la lampe à UV de mon kit de marquage, ce que je pensais être le véritable détonateur, et un téléphone. Si les Russes voyaient un de ces objets, c'était terminé.

À environ six mètres de l'entrée, je reconnus l'un des gardes. Blond, jeune et zélé : Hank, le bleu qui avait voulu me fouiller la veille, avant que Barry n'intervienne.

Hank me vit approcher. Il se tenait devant le portique de sécurité, faisant craquer les articulations de ses doigts. Je sentis qu'il mourait d'envie de m'infliger un examen de mes orifices corporels.

J'entendis soudain des pas rapides dans l'escalier derrière nous. Me retournant, j'aperçus l'agent spécial Bill Kennedy qui courait vers moi, avec les deux collègues qui l'accompagnaient la veille.

— Content de vous trouver là, monsieur Flynn. Je tenais encore à m'excuser pour hier. J'ai vraiment besoin de vous parler en privé. Allons faire un tour, voulez-vous. Cela ne prendra pas longtemps. Je vous le promets.

Volchek nous regarda tour à tour, d'abord les hommes du FBI, puis moi.

— Très bien, monsieur Flynn. Vous pouvez les accompagner. Nous vous attendrons dans le bureau, à l'étage, dit Volchek. Mais ne soyez pas en retard pour l'audience. Vous ne voudriez pas m'obliger à passer ce coup de téléphone, n'est-ce pas ?

Puis, se penchant vers moi, il chuchota :

— Si vous tentez quoi que ce soit, je m'occuperai personnellement de votre petite fille.

— Ne vous inquiétez pas, je ferai vite.

Alors que je m'éloignais de Volchek, je sentis ses yeux sur moi.

Les autres agents n'ouvrirent pas la bouche. Le rouquin trapu précédait Kennedy ; son collègue à la carrure d'athlète fermait la marche.

— Où va-t-on ? Un endroit agréable, j'espère ?

— Je vous emmène au bord du fleuve, à l'embarcadère 40 pour être précis. À propos, dit-il, pointant du doigt le grand type élégant derrière nous, je vous présente l'agent spécial Coulter.

— Enchanté.

Je lui serrai la main.

Kennedy me montra ensuite l'homme aux cheveux roux qui nous précédait.

— Et voici l'agent spécial Tom Levine.

Levine ne m'offrit pas sa main, se contentant d'un signe de la tête que je lui retournai, plus pour moi que pour lui. Soudain, je comprenais pourquoi Volchek ne s'était pas opposé à ma petite balade avec le FBI : le ripou au service de la mafia russe était de la partie, et tout ce que je dirais remonterait directement à ses oreilles.

— Pourquoi allons-nous à l'embarcadère 40, agent Kennedy ? demandai-je.

— Vous verrez, monsieur Flynn… Vous verrez.

48

Dans la voiture, mes compagnons de route se montrèrent plutôt avares de paroles. Levine conduisait sans un mot. Coulter était assis à l'avant, alors que je me prélassais à l'arrière à côté de Kennedy.

— Qu'est-ce que cet embarcadère a de si important ?

— Vous avez lu le *Times* de ce matin ? demanda-t-il.

— Pas encore.

Il me tendit un exemplaire du *New York Times*. Je faisais la une avec, en gros titre : « LE PROCÈS DE LA MAFIA RUSSE CONTINUE ».

— Jetez un coup d'œil sous le pli.

Retournant le journal, je tombai sur une photo que j'avais déjà vue dimanche – un cargo, le *Sacha*, amarré le long de la berge. Celui-là même qui avait coulé sur l'Hudson dans la nuit de samedi. L'auteur de l'article remerciait tous les marins des navires qui mouillaient à proximité de leur aide pour repérer l'épave, les corps et d'éventuels survivants.

— Un des employés du port a assisté au naufrage du *Sacha* près de l'embarcadère 40. L'Hudson est vaste, mais nous avons retrouvé le bateau la nuit dernière, ainsi que quelques membres d'équipage. Nous y sommes. Vous allez pouvoir vous en rendre compte par vous-même.

Nous nous arrêtâmes devant deux hautes grilles métalliques. Un flic nous fit signe de passer, et nous nous garâmes derrière un véhicule de patrouille du NYPD. Coulter et Levine sortirent de la voiture et patientèrent à l'entrée réservée aux piétons. Au loin, au-delà des grilles, la surface du fleuve miroitait au soleil. L'Hudson, turbulent, semblait agité. Kennedy s'approcha de moi, avant que nous retrouvions ses collègues.

— Si vous avez quelque chose à me confier, me souffla-t-il à voix basse, c'est le moment ou jamais.

— Je n'ai rien à vous dire, répondis-je, regardant Levine par-dessus son épaule.

Ce dernier avait beau feindre de bavarder avec Coulter, il m'observait à la dérobée.

— Comme vous voudrez, soupira Kennedy.

Une seule question m'occupait l'esprit ; pourquoi n'avais-je toujours aucune nouvelle de Jimmy ? Quelque chose avait dû mal tourner. Peut-être qu'Amy ne se trouvait pas dans l'appartement. À moins que les Russes ne soient venus à bout des hommes de Jimmy ? Je serrai le téléphone dans ma poche, l'adjurant de vibrer. Le stress m'affectait souvent de manière physique, tel un python s'enroulant autour de ma colonne vertébrale ; à la première manifestation de douleur, je respirais et m'étirais pour aider mon cou à se détendre, tâchant de mettre de l'ordre dans mes pensées. J'étais épuisé. Je n'avais pas dormi, et mon corps était sur le point de me lâcher.

Les chaussures à semelles rigides de Kennedy crissèrent sur le gravier qui menait au hangar à bateaux de l'embarcadère 40. Tête baissée, je laissai mes pieds suivre ceux de Kennedy. Ses pas s'arrêtèrent ; je levai la tête juste à temps pour me pencher sous un ruban jaune de scène de crime tendu en travers de mon passage.

J'entendis un murmure étouffé – la vibration de mon téléphone.

Un SMS. Amy. En vie, toujours aux mains des Russes, morte ?

Le sang me monta au visage et j'éprouvai des difficultés à respirer. J'avais la réponse, mais je ne pouvais pas prendre le risque de regarder avec Levine dans les parages.

Devant moi, Coulter et Levine s'adossèrent contre le hangar à bateaux, tandis que Kennedy parlait à deux experts de la scientifique vêtus de combinaisons en plastique blanc. Je vis une navette des gardes-côtes amarrée à l'embarcadère et des plongeurs dans l'eau. Kennedy m'invita à le rejoindre sous une tente ; je connaissais ce genre de tente, et ce que j'étais susceptible d'y trouver. La police utilisait les mêmes partout dans le monde, pour empêcher les éléments d'interférer avec les cadavres qu'elle avait découverts.

À l'intérieur, deux housses mortuaires attendaient sur le sol. Je tirai la fermeture à glissière de la porte jusqu'en bas. Juste moi, Kennedy, et les deux housses.

L'agent du FBI me tournait le dos ; il s'accroupit à côté des corps.

J'en profitai pour sortir le téléphone de ma poche sans perdre une seconde – « Amy avec nous. Secouée mais OK. Aucun pb. 4 hommes + la femme HS. »

Mes jambes cédèrent. Mes genoux s'enfoncèrent dans le gravier et je pris mon visage entre mes mains. *Merci, merci, merci…* répétai-je en remuant silencieusement les lèvres, incapable de m'arrêter. La douleur dans mon cou sembla s'évanouir. J'eus brusquement l'impression d'être soulagé de la chape de plomb toxique qui avait pesé sur mon cœur. Respirant à fond, je me sentis soudain prêt.

Prêt à m'attaquer à Volchek.

Je me redressai.

— Ces deux-là auraient dû partir pour la morgue depuis au moins une demi-heure, mais j'ai demandé qu'on les ramène ici pour vous permettre de les voir, expliqua Kennedy.

— Merci. C'est exactement ce qu'il me fallait avant le petit déjeuner. En quoi est-ce que ça me concerne ?

— À vous de me le dire.

Kennedy se pencha ; alors qu'il posait la main sur une des housses, de l'eau s'écoula par la fermeture Éclair. En général, on emballait les cadavres trouvés dans un lac ou un fleuve avant de les remonter sur la terre ferme, afin de préserver d'éventuels indices. Parfois, cela contribuait à établir la cause ou l'heure de la mort.

La fermeture à glissière se détachait nettement sur le gris terne de la housse elle-même; Kennedy les ouvrit l'une après l'autre, révélant, à l'intérieur de chacune d'elles, le corps d'un homme. Tous deux étaient blancs et portaient un bleu de travail; ils étaient apparemment restés dans l'eau plus de vingt-quatre heures, et il ne faisait aucun doute que leur décès n'avait rien d'accidentel. La première victime avait deux blessures par balle sur la poitrine; *idem* pour la deuxième. Tir groupé – le meurtrier savait visiblement se servir d'un pistolet. Mais un troisième trou sur chacun des corps suggérait le travail d'un professionnel. Chacun des deux types avait également pris une balle à bout portant, en pleine tête – une façon de ne laisser aucune place à l'incertitude.

— Je suppose que vous ne vous attendez pas à trouver de l'eau dans les poumons, dis-je.

— La noyade semble peu probable; ces deux hommes ont été exécutés, monsieur Flynn. Ils sont morts avant de couler. La piraterie n'est guère courante sur l'Hudson à notre époque; pour nous, c'est une première.

— Et la cargaison?

— Aucune trace.

— Que transportait le *Sacha*?

Au lieu de répondre, Kennedy empoigna le corps le plus proche de lui, puis le retourna sur le ventre. Je lus le logo de l'entreprise au dos du bleu de travail – « mclaughlin démolition ».

— Alors, résumons-nous, monsieur Flynn: deux jours avant le début de ce procès, l'équipage du *Sacha* est assassiné et sa cargaison disparaît. Hier, on m'informe de l'éventualité d'une alerte à la bombe. Il est possible qu'il existe un lien – ou pas. Je voulais que vous voyiez cela, parce que je ne crois pas aux coïncidences. Vous non plus, je pense. C'est aussi ma façon de vous montrer qui sont ces gens que vous défendez...

J'étais incapable de me concentrer sur un seul mot de ce que Kennedy me disait. J'étais complètement déconnecté. Une image avait fait le vide dans mon esprit : les camionnettes qui avaient pénétré dans le parking souterrain du tribunal.

— Quelle quantité d'explosifs ça représente ? demandai-je.

— Assez pour poser de sérieux problèmes à une bonne partie des immeubles de New York.

Kennedy se pencha légèrement en arrière et me regarda, comme s'il attendait des révélations de ma part.

Finalement, je restai coi. J'entendis le plastique de la tente bruire derrière moi et vis une silhouette se découper dans le soleil matinal. C'était Levine, tirant furtivement sur une cigarette.

— Écoutez, monsieur Flynn. Je vais être franc avec vous. Hier, on nous informe que vous discutez d'une bombe avec votre client. Aujourd'hui, nous découvrons qu'on a exécuté tout un équipage pour voler une cargaison d'explosifs. Bien sûr, je ne vous soupçonne pas d'avoir tué qui que ce soit, mais je suis certain que vous en savez beaucoup plus que ce que vous me dites. Et puis, il y a le sang.

— Quel sang ?

— Celui que j'ai aperçu sur la manche de votre chemise hier. Peut-être qu'il provenait d'un de ces types ?

J'avais complètement oublié cette tache. La veille au soir, j'avais présenté mes poignets à Kennedy pour qu'il me passe les menottes – une ultime tentative pour intimider l'agent du FBI et l'obliger à me fiche la paix. Je me rappelai qu'il avait observé mes mains.

— Je me suis coupé, hier. Un verre s'est brisé dans ma paume. C'était mon sang. Regardez. Voilà la cicatrice.

Kennedy m'examina.

— Je pense que c'est probablement la première fois que vous me dites la vérité. Alors, ne vous arrêtez pas en si bon chemin...

— Je n'ai rien d'autre à vous dire.

— Écoutez, je comprends que vous soyez nerveux. Vous protégez votre client, et c'est bien normal. Mais maintenant, c'est vous qui avez besoin de protection. Je veux vous éliminer de ma liste de suspects afin de pouvoir me concentrer sur votre client. J'aimerais que vous consentiez à une fouille de votre appartement.

Il déplia une feuille de papier sortie de la poche de son manteau et la posa devant moi. C'était le formulaire standard d'autorisation de perquisition. Je me souvins de ce moment, la nuit précédente, où, m'acharnant sur la fenêtre bloquée par la peinture, j'avais tapoté mes poches à la recherche de mes clés. Soit mon trousseau était tombé quand Gregor m'avait assommé dans la limousine, soit… Une pensée, terrible, me frappa tel un coup de poing. Pour que j'apparaisse comme un poseur de bombe crédible, Arturas avait besoin de faire peser les soupçons sur moi. Il m'avait volé mes clés pour introduire quelque chose d'incriminant dans mon appartement, quelque chose qui établissait un rapport entre moi et la bombe. Je ne pouvais absolument rien dire à Kennedy, pas encore, pas avec Levine qui écoutait, et pas avant d'avoir obtenu suffisamment de preuves pour lui servir Levine et les Russes sur un plateau. Des preuves assez convaincantes pour faire oublier ce qu'ils avaient dû laisser chez moi.

Levine avait dû sentir que je l'observais. Il avança vers l'avant de la tente et ouvrit la fermeture à glissière.

—On ferait bien d'y aller, si on ne veut pas être en retard, dit-il, souriant.

Kennedy referma les housses, se releva et sortit son téléphone de la poche intérieure droite de sa veste.

—Signez le formulaire et nous pourrons vous écarter de cette enquête et nous concentrer sur les vraies crapules. C'est votre dernière chance, ajouta-t-il, tenant le téléphone en l'air.

—Je n'ai rien à vous dire.

Ouvrant son portable, il composa un numéro.

—C'est Kennedy. Je suis avec Flynn. Il a refusé de consentir à une perquisition. Modifiez le dernier paragraphe de l'affidavit de la manière suivante: «Eddie Flynn, avocat et auxiliaire de justice, a refusé d'accéder à la requête raisonnable d'un service chargé de faire respecter la loi en s'opposant à une perquisition de son domicile visant à exclure son implication dans des délits soupçonnés. » (Il marqua une pause, le temps pour son correspondant de prendre note. Alors qu'il parlait, ses yeux ne quittèrent jamais les miens.) « Son manque de coopération déraisonnable est susceptible de faire obstruction à une enquête fédérale et d'entraver sa progression. Nous demandons humblement à la cour de réexaminer notre requête et de nous accorder un mandat de perquisition afin de saisir et de préserver des preuves essentielles. » C'est noté ? Bien. Transmettez à Gimenez dès que possible.

Fermant son téléphone avec un claquement sec, Kennedy ne put réprimer un petit sourire satisfait. Ce coup de fil s'était révélé très instructif. Le FBI avait donc déjà tenté d'obtenir un mandat, mais sans succès, puisque Kennedy souhaitait que sa demande soit *réexaminée*. Quand le FBI a besoin d'un mandat de façon urgente, il trouve toujours un juge fédéral disponible pour le lui accorder. Kennedy avait sans doute essayé de s'y prendre ainsi la veille au soir, et il avait échoué – et pour cause ! Son motif raisonnable était pour le moins boiteux ; la lecture sur les lèvres du mot « bombe », des menaces de mort pesant sur un témoin et un vol de matériel de démolition, sans aucun rapport avec moi. Ça n'avait probablement pas suffi. Et puis le Congrès a mis en place des protections particulières pour certaines catégories de personnes – les avocats figurent en haut de cette liste.

Fouiller le cabinet ou le domicile d'un avocat est risqué, à cause des informations protégées par le secret professionnel qu'on est susceptible d'y trouver. Un juge n'hésiterait sans doute pas à suspendre les droits qui sont les miens au titre du Quatrième amendement, mais violer ceux de mon client était une autre paire de manches ; rien ne se ferait sans une audience. La plupart des mandats sont obtenus non pas au téléphone, mais sur papier. Un agent rédige un affidavit, exposant les motifs de la fouille et ce qu'il espère trouver ; neuf fois sur dix, sa requête est acceptée. En cas de difficulté, comme lors de la perquisition du domicile d'un avocat, un procureur fédéral doit défendre la demande au cours d'une audience. Cela exige du temps. Parfois, la cause est entendue en une journée, une demi-journée même, avec de la chance. Mais cela peut aussi prendre des semaines de préparation avant que le FBI puisse seulement déposer son dossier.

Kennedy laissa son petit sourire narquois s'élargir, ne masquant pas sa satisfaction.

Il savait qu'on lui accorderait son mandat ; je l'y avais aidé. En tant qu'avocat, j'avais le devoir de coopérer avec la cour. En refusant mon consentement, je lui avais servi sa victoire sur un plateau. Aucun juge ne s'y opposerait à présent, de peur de donner l'impression de protéger un avocat véreux.

— Quel est le juge qui entendra la requête ? demandai-je.

— Potter. À midi.

Il était 8 h 05.

Tout mon emploi du temps tombait à l'eau. À midi, le procureur suppléant Gimenez obtiendrait le mandat qu'exigeait le FBI. Les fédéraux avaient probablement déjà posté un agent devant la porte de mon appartement, une manière de s'assurer qu'aucun indice potentiel ne soit déplacé. Ils attendaient patiemment la décision de Potter. Ensuite, il faudrait environ un quart d'heure pour que le greffier signe et tamponne le mandat, puis une quarantaine de minutes pour que l'original du document arrive à mon domicile afin que la perquisition puisse légalement commencer. Je pensais avoir jusqu'à 16 heures pour piéger les Russes. En fait, je n'avais plus que cinq heures, au maximum.

Alors que nous sortions de la tente, Kennedy me prit par le bras. Dans son autre main, il tenait sa carte de visite.

— Mes coordonnées. Réfléchissez bien. Cette affaire vous dépasse.

Je vis Levine saisir son téléphone.

— Non, merci. Gardez votre carte.

Kennedy la remit dans sa veste.

Bill Kennedy m'apparaissait comme un agent nerveux mais appliqué. Ce gars-là ne faisait pas semblant ; il était réglo, j'en étais presque sûr à présent. Mais j'avais besoin de connaître le fin mot de cette histoire avant de tout lui déballer. Et je ne voulais pas que les Russes sachent que j'avais pris sa carte. Je devrais trouver un autre moyen de le contacter.

Un moyen auquel les Russes ne s'attendaient pas.

49

Les fédéraux me ramenèrent au tribunal. Au retour, le trajet se déroula en silence. Je ne m'en plaignis pas ; cela me donnait un peu de temps pour réfléchir.

Tout ce dont j'avais besoin pour coincer les Russes devait se trouver dans cette valise posée sur le siège passager d'une des camionnettes bourrées d'explosifs dérobés sur le *Sacha*.

Levine, les yeux fixés au rétroviseur, ne me quitta pas du regard jusqu'au palais de justice. Kennedy et l'autre agent, Coulter, ne semblaient pas avoir le moindre soupçon concernant leur collègue. Convaincre Kennedy que l'un des leurs était un ripou ne serait pas une mince affaire. Par ailleurs, j'avais encore du mal à comprendre pourquoi Volchek, avec Levine dans la place, n'avait pas réussi à savoir où le FBI cachait Little Benny.

—Alors, c'est ce matin que vous amenez le Témoin X au tribunal ? demandai-je.

À cette question, Coulter et Levine semblèrent tendre l'oreille, comme s'ils attendaient la réponse de Kennedy avec intérêt.

—Cette information n'est connue que des personnes directement concernées, pas vrai, les gars ? dit Kennedy.

—Tout juste, opinèrent simultanément Levine et Coulter.

—Il sera bien là aujourd'hui, reprit Kennedy. J'ai une équipe dédiée sur le coup – des hommes du programme de protection des témoins. Même moi, j'ignore où ils le gardent. C'est mieux comme ça. Ils sont seuls responsables de sa sécurité jusqu'à son arrivée au tribunal. Après, ce n'est plus de notre ressort.

Je tenais mon explication. Volchek avait Levine dans la poche, mais personne dans cette voiture ne savait où était Benny. C'était plutôt bien pensé. Kennedy remontait dans mon estime.

— Monsieur Flynn, je vous aurai à l'œil, aujourd'hui, dit-il. Si nous trouvons quelque chose chez vous, je veux être celui qui vous arrêtera.

Secouant la tête, je me forçai à rire ; ça sonnait faux et Kennedy ne parut guère convaincu de mon assurance.

— Vous pouvez encore tout changer. Si une bombe est en route pour le tribunal et que vous déteniez des informations à ce sujet, vous avez le devoir de m'en parler.

— Comment savez-vous qu'elle n'est pas déjà à l'intérieur ?

— Nous avons passé le bâtiment au peigne fin. RAS.

Je n'eus même pas à me demander comment le FBI avait pu louper deux camionnettes bourrées d'explosifs ; c'était évident. Si un véhicule garé au sous-sol apparaissait sur le registre du gardien, le FBI ne pouvait pas légalement le fouiller. Le Quatrième amendement l'en empêchait. Arturas avait tout prévu dans les moindres détails ; j'aurais parié ma chemise que ces camionnettes avaient une autorisation en bonne et due forme. La construction du parking remontait aux années soixante-dix ; à l'époque, on avait déménagé les vieilles cellules un étage au-dessus et démoli la chambre d'exécution, créant un espace de deux cents places. Les fédéraux auraient eu besoin d'au moins une semaine pour entrer en contact avec chaque propriétaire ; la loi leur imposait de les prévenir tous, individuellement, de leur requête. Une fouille légale de chaque véhicule aurait pris beaucoup de temps. Ils avaient dû se contenter d'un coup d'œil superficiel. Et ils en étaient restés là. Tout plutôt que de courir le risque de casser la vitre d'une voiture pouvant appartenir à un juge ou à un avocat.

Kennedy me déposa au tribunal.

— Rappelez-vous ce que je vous ai dit, me lança-t-il.

Je l'ignorai et montai les marches d'un bon pas. Les ouvriers qui restauraient l'extérieur du palais avaient déjà pris leur poste sur la plate-forme suspendue depuis le toit par d'épais câbles en acier, à quelques étages du sommet du bâtiment. Armés de nettoyeurs à haute pression, ils chassaient la crasse accumulée depuis un siècle. Une fine poudre brune tombait sur les épaules de ceux qui faisaient la queue au contrôle de sécurité. Le gros garde à moustache se tenait derrière Hank, et avait l'œil sur moi. Les Russes n'étaient pas inquiets, puisque la bombe était restée en haut. En revanche, j'avais toujours mon téléphone, le vaporisateur, la lampe à UV et le vrai détonateur, et je ne voulais pas qu'on me surprenne avec ça. Cette fois, je n'attendis pas d'arriver à proximité du portique pour brûler la politesse à tout le monde. Je me dirigeai droit vers le gros garde. Je n'étais pas aussi nerveux que la veille ; je connaissais le moyen d'entrer sans trop attirer l'attention.

Le portique de sécurité bipa sur mon passage, mais j'ignorai les appels de Hank et continuai à avancer vers l'homme d'Arturas.

— Débarrasse-nous de ton copain, lui chuchotai-je. J'ai de l'argent sur moi et j'aimerais autant qu'on ne le trouve pas. C'est pour toi – un bonus qu'Arturas m'a demandé de te donner.

— C'est bon, Hank. Je m'en occupe, lança-t-il à son collègue.

« ALVIN MARTIN », disait son badge.

Coupant court aux protestations de Hank, j'invitai Alvin à me suivre d'un signe de la tête.

— Trouvons un coin tranquille, loin des caméras de surveillance du hall d'entrée. Je connais un endroit au sous-sol, dis-je.

Je m'étais rappelé la petite « boutique » d'Edgar – une pièce cachée où Edgar, l'ancien chef de la sécurité, avait secrètement brassé une bière maison pour la vendre à une clientèle exigeante, comme moi et certains de mes confrères, et même quelques juges. Mon ami Harry était devenu très friand de sa « pisse d'âne ».

Alvin me suivit du côté ouest de la salle des pas perdus où nous franchîmes la porte à doubles battants qui menait à la cage d'escalier.

Arrivés au sous-sol, nous tournâmes à gauche dans un long couloir non éclairé. Dans un renfoncement, une porte cachée annonçait l'entrée du repaire d'Edgar. Heureusement, elle n'était jamais fermée. Le matériel nécessaire à la fabrication de la bière avait disparu ; cette ancienne salle des chaudières ne contenait plus aujourd'hui que des empilements de chaises pliantes poussiéreuses et quelques tables. Edgar s'était fait prendre, mais on ne l'avait pas renvoyé. Harry était intervenu en sa faveur au conseil de discipline. Avec un juge de son côté, Edgar avait gardé son emploi, même si on l'avait rétrogradé et qu'on lui ait retiré pas mal de responsabilités. En retour, Harry avait conservé ce qui restait de son stock.

Je tins la porte à Alvin.

— On m'a chargé de te payer tout de suite, mais avant, je dois m'assurer que tu as bien compris ce qu'on attend de toi, lui dis-je.

Alvin sembla un peu surpris, et troublé. La promesse de l'argent suffit néanmoins à le convaincre d'entrer dans la pièce sombre. J'allumai et, alors qu'il passait devant moi, je tendis la main droite vers son pistolet, fis sauter la patte de sécurité de son étui et m'emparai de son Beretta. Mais il avait entendu le déclic de l'étui et le bruit du métal glissant contre le cuir ; il empoigna mon avant-bras. Je lui décochai alors un direct du gauche dans le cou ; il tomba à genoux et lâcha mon bras.

— Ne fais pas le mariole et tu auras peut-être la vie sauve, lui dis-je, en braquant son propre pistolet sur sa nuque. Assieds-toi.

Vu sa situation, il semblait calme.

Il saisit une des chaises métalliques empilées dans un coin, puis s'installa en face de moi, à une distance d'environ un mètre cinquante. Je fermai la porte.

— Tu as laissé la mafia russe entrer au tribunal avec ses camionnettes. Pourquoi, Alvin ?

— Comme toi : pour l'argent. Je gagne une misère avec ce boulot, et j'ai une pension alimentaire qui tombe tous les mois. Tu es mal placé pour me donner des leçons.

— Peut-être, mais je ne vais tuer personne pour du pognon. Qu'est-ce qu'il y a dans ces camionnettes ?

— Ils m'ont dit qu'ils en avaient besoin comme stratégie de repli. Si Volchek est reconnu coupable, il prendra la fuite. Et quand on m'interrogera plus tard, je n'aurai fait que laisser entrer deux véhicules et les ajouter au registre. Comment j'aurais pu savoir à qui ils appartenaient ? Même si je perds mon travail, j'ai cent mille dollars à la maison. Je ne gagnerai jamais une somme pareille avec ce boulot de merde.

— Où est Volchek en ce moment ?

— Au dix-huitième, avec les autres. Ils t'attendent.

— Tu as les clés des camionnettes ?

— Non. Écoute. Je t'ai dit tout ce que je savais. Laisse-moi partir et oublions tout ça.

— Je ne peux pas courir ce risque. Tu as des menottes ?

— Bien sûr.

— Approche-toi du radiateur dans le coin.

Alvin se redressa ; alors qu'il se tournait vers le radiateur, il fit volte-face et envoya la chaise en métal valser à travers les airs et vers ma tête. Je levai mes bras devant moi et sentis les pieds de la chaise cogner contre mon coude et mon poignet. Je laissai tomber le pistolet. Sans perdre de temps, il se précipita vers l'arme qu'il attrapa par le canon. Bondissant sur mon pied gauche, je courbai ma jambe droite derrière moi avant de lui décocher un coup en pleine face. Un tir de toute beauté – sa tête bascula en arrière sur ses épaules, puis son visage frappa le béton de plein fouet. Son corps se relâcha instantanément ; il gisait sur le sol, inanimé.

Récupérant le Beretta, je posai les doigts sur la gorge d'Alvin ; son pouls était élevé. Il était KO, mais toujours en vie. Je le traînai au radiateur où je le menottai au tuyau, prenant soin de le soulager de sa radio, de son téléphone portable et du chargeur pour le Beretta qu'il gardait en réserve à sa ceinture. Je fracassai la radio et le téléphone contre le mur. Sans lumière et avec la porte close, j'étais sûr qu'on ne le trouverait pas de sitôt. Je glissai le Beretta et son chargeur supplémentaire dans mon manteau.

Je retrouvai la première camionnette garée dans le coin nord-ouest du parking souterrain, le côté passager à environ un mètre du mur. À l'arrière, un cadenas en acier protégeait les portes de toute tentative d'effraction. Elle semblait un peu basse sur ses roues, comme si elle était lourdement chargée. Je ne distinguais pas l'intérieur à cause des vitres teintées. Si ces véhicules avaient été équipés d'alarmes et de dispositifs antidémarrage, une lumière rouge aurait dû clignoter sur le tableau de bord. J'aurais pu l'apercevoir malgré les vitres teintées. Après une minute d'une inspection attentive, je n'avais repéré aucun voyant lumineux; satisfait, je décidai de recourir à une méthode traditionnelle d'ouverture des portes. Avant de passer à l'action, je vérifiai tout de même que j'étais seul dans le parking. Le poste de sécurité n'était pas visible de là où je me trouvais. Si un gardien était présent, il s'occupait probablement comme le faisaient tous ses collègues, à savoir en zappant sur le câble sans se préoccuper des moniteurs de télésurveillance. Retournant à la camionnette, je fracassai la vitre côté passager en deux coups de crosse. À moins qu'un flic ou un gardien ne s'aventurent dans les parages, personne ne se rendrait compte de l'effraction. J'attendis une minute, afin de m'assurer que personne ne m'avait entendu. Rien ne bougea dans le parking.

L'arrière de la camionnette était rempli du sol au plafond. Sous une bâche, je découvris un chargement qui ressemblait à des barils empilés, enveloppés de plastique bleu vif. D'abord, je ne compris pas ce que j'avais sous les yeux – puis je retins mon souffle quand je vis des fils partir du côté gauche des barils. Je les suivis jusqu'à un bloc noir, une sorte de boîte de jonction apparemment. Un fil électrique la reliait à un circuit imprimé, sur lequel était fixé un minuteur numérique dont l'écran affichait 00:20:00:00. Ce qui devait correspondre à vingt minutes, les autres valeurs représentant les heures, les secondes et les dixièmes de seconde. Je n'aperçus rien qui ressemblât à un récepteur radio ; il devait probablement être enclenché manuellement. Une chose paraissait claire, cependant : ce véhicule n'était pas là en prévision d'une éventuelle évasion.

La deuxième camionnette était à l'autre bout du parking, dans le coin sud-est. Comme sa sœur jumelle, on l'avait garée contre un mur porteur. Les vitres n'étaient pas aussi fortement teintées que celles de la première ; je pus donc distinguer un chargement identique à l'arrière, ce que sembla confirmer le niveau des suspensions. La valise que j'avais vu Gregor hisser à bord la nuit précédente se trouvait sur le siège passager. C'était un modèle rigide, argenté, de marque Samsonite, comme celle qui attendait au dix-huitième et dont Arturas s'était servi la veille pour transporter les dossiers à l'audience. Je forçai la fenêtre, puis ouvris la camionnette. Quand je saisis la valise pour la poser sur le sol, elle me parut étonnamment légère. Le géant, Gregor, avait dû la soulever à deux mains la nuit dernière.

Quelque chose ne collait pas.

Avant de regarder à l'intérieur de la Samsonite, j'envisageai de remonter l'escalier quatre à quatre pour aller chercher Kennedy et lui montrer ce que je venais de découvrir. Deux choses me retinrent. D'abord, Alvin, le garde. Mon ADN serait partout sur lui, sans compter l'empreinte de ma chaussure, bien visible sur son visage. Ensuite, j'avais ouvert les deux camionnettes. Mes empreintes seraient sur les poignées des portières et je ne disposais de rien de solide pour relier les Russes à ces deux véhicules.

Tout dépendait de ce qu'il y avait dans cette valise. Alors que je soulevais le couvercle, j'imaginai que je trouverais un autre détonateur à l'intérieur, ou un indice sur ce qu'Arturas mijotait, au moins quelque chose qui m'éclairerait un peu. Quand je vis ce qu'elle contenait, je ne pus m'empêcher de me prendre le visage entre les mains. Les yeux clos, je me frappai la tête, deux fois.

Pour la seconde fois en vingt-quatre heures, je me sentis complètement perdu.

La valise était vide.

Puis une pensée me traversa l'esprit, et refusa de me lâcher. La valise était vide, tout comme le premier détonateur que j'avais subtilisé à Arturas.

Je ne voyais qu'une théorie qui cadrait avec les faits. Une seule idée qui permettait d'expliquer les choses, au moins en partie. Arrivé à l'ascenseur, j'appuyai sur le bouton pour monter au dix-huitième. Je pris quelques secondes pour cacher le Beretta dans une poubelle avant de rejoindre Volchek.

50

Volchek, Arturas, Victor et Gregor s'étaient fait livrer un petit déjeuner dans le bureau du dix-huitième où nous avions pris nos quartiers.

— Vous avez commandé quelque chose pour moi ? demandai-je.

Gregor me tendit une boîte avec les restes d'une pile de pancakes.

— Que voulaient les fédéraux ? s'enquit Volchek.

— Ils ont tenté de me convaincre que vous représentiez une menace pour leur témoin-clé et que si je savais quoi que ce soit, j'avais tout intérêt à le leur dire. Je leur ai répondu que vous étiez un homme innocent, un parangon de vertu, et que vous défendre était un honneur.

Volchek rit.

Dans un coin de la pièce, je vis la valise. Une Samsonite rigide, identique à celle – vide – que j'avais trouvée dans la camionnette. Elle était posée sur le sol, ouverte.

Tout comme sa jumelle du parking, elle était vide.

En apparence, du moins.

Les pancakes étaient gras, mais ils me donnèrent un coup de fouet et firent taire les protestations de mon estomac qui me rappelait que je n'avais rien avalé depuis vingt-quatre heures. Je profitai de cette pause pour réfléchir.

La valise du sous-sol faisait à vue de nez un mètre vingt de long sur soixante centimètres de large, et un peu plus d'une quarantaine de centimètres de profondeur. Bien que partageant extérieurement les dimensions de sa jumelle, celle qui était ouverte devant moi ne faisait que trente centimètres de profondeur. La « disparition » d'une quinzaine de centimètres ne pouvait s'expliquer que d'une manière : par la présence d'un double-fond. Comme je m'y attendais. Avant de prendre l'ascenseur, je m'étais assuré que la Samsonite dans la camionnette ne comportait aucun compartiment secret.

Depuis les premiers jours de la Prohibition, l'Amérique a été le leader mondial des techniques de contrebande. Le double-fond est un classique. Son efficacité repose sur le fait qu'au cours d'une fouille, on s'intéresse toujours à *l'intérieur* d'une valise. Personne n'a jamais l'idée de regarder attentivement *l'extérieur*; c'est pourtant la seule manière de repérer un double-fond. Souvent, les motifs du tissu de la doublure peuvent provoquer une sorte d'illusion d'optique, faisant croire à l'œil qu'il voit la totalité de la valise. Pour ma part, comme je venais juste d'examiner une Samsonite identique, je bénéficiais d'un indice visuel fort quant à son volume réel.

Le seul inconvénient du double-fond, c'était qu'il ne résistait pas longtemps à un observateur attentif qui savait ce qu'il cherchait. Je décidai de vérifier si ma théorie tenait la route.

Jetant ma boîte de pancakes vide, je m'agenouillai devant la valise, fermai le couvercle et la soulevai. Elle me parut plus lourde que celle du sous-sol. J'étais sur le point de l'emporter dans le cabinet quand mon test porta ses fruits.

— Qu'est-ce que vous faites ? demanda Arturas.

— Je dois ranger les dossiers. J'en aurai besoin à l'audience.

— Posez ça. Victor s'en chargera.

— Non. Ça ne me dérange pas. Je peux…

— Posez cette valise !

Arturas perdait son sang-froid. Il ne souhaitait visiblement pas que je farfouille dedans.

— Calme-toi, Arturas. Notre avocat fait preuve de bonne volonté. Si ça se trouve, grâce à lui, on n'aura même pas besoin de…

enfin, tu sais. Fiche-lui un peu la paix pour le moment, intervint Volchek, perplexe.

Je posai la valise et m'assis sur le canapé. Alors que je concentrais mon attention sur la reproduction de *La Joconde* accrochée au-dessus du bureau de réception, ce qui n'était jusqu'alors qu'une théorie prit la forme d'une certitude bien ancrée dans mon esprit.

Le détonateur bidon, Alvin le gros garde, le double-fond : les fonctions et les rôles de tous ces éléments m'apparurent clairement, alors que je fixais mon regard sur ce portrait.

La Joconde était la clé. Du point de vue d'un arnaqueur, *La Joconde* avait ses attraits. C'était le tableau le plus copié au monde, et des faux étaient exposés dans des galeries d'art connues et des musées sur toute la planète. Tous les deux ou trois ans, la presse se faisait l'écho d'une nouvelle découverte scientifique permettant d'établir que telle contrefaçon était bien le chef-d'œuvre original. Je continuais à m'y intéresser. Pourquoi produire une copie, si ce n'est pour faire un échange et laisser croire à quelqu'un que l'original n'a pas quitté sa place ? Le faussaire est le meilleur ami de l'escroc.

La valise qui contenait les dossiers de l'affaire et avec laquelle Arturas avait franchi le contrôle de sécurité hier était en fait celle que je venais de voir en bas. Gregor avait dormi au tribunal, pendant qu'Arturas, Victor et moi allions chercher l'argent pour payer Jimmy. Gregor avait eu tout le temps de descendre au sous-sol pour procéder à l'échange. Ainsi la Samsonite qu'Arturas avait utilisée la veille se trouvait à présent au parking, et celle que Gregor avait chargée dans la camionnette la nuit dernière était posée devant moi. J'en déduisis que son contenu, quel qu'il fût, aurait déclenché l'alarme si Arturas avait essayé de lui faire passer la sécurité ; plus grave, le scanner aurait vu à travers le double-fond.

Volchek ne semblait pas se soucier de la valise. Il n'était absolument pas au courant de l'échange. J'avais la quasi-certitude qu'il ignorait tout des camionnettes, d'Alvin, ou des deux détonateurs d'Arturas.

Pourquoi avoir un vrai et un faux détonateur ? Pourquoi avoir deux valises identiques ? Pourquoi faire une copie de *La Joconde* ?

Pour pouvoir les échanger au nez et à la barbe de votre pigeon.

Depuis le début, j'avais pensé duper les Russes.

Arturas m'avait bien roulé, mais surtout, il trahissait la confiance de Volchek. J'avais senti la tension entre les deux mafieux, et j'avais observé Arturas effleurer sa balafre.

Volchek se leva et dit :

— Cinq minutes avant l'audience, monsieur Flynn. J'espère que vous avez bien dépensé mon argent. Si Tony Geraldo dit un seul mot qui m'implique dans la mort de Mario, je demanderai à Arturas d'appeler sa petite amie et votre fille pourra vous maudire pendant qu'elle divertira mes hommes.

— Tony tiendra sa langue.

Arturas souleva la veste de costume du dos de la chaise.

— Mettez ça. On posera la bombe pendant la pause-déjeuner.

À nouveau, je sentis le poids de l'engin contre moi ; un frisson de terreur glacé me parcourut à la pensée d'avoir quelque chose d'aussi meurtrier contre ma peau. Avec le FBI sur le pied de guerre pour obtenir un mandat de perquisition qui l'autoriserait à fouiller mon appartement, je n'irais probablement pas jusqu'à la pause-déjeuner.

Si j'avais raison et qu'Arturas ait effectivement l'intention de rouler son patron dans la farine, je n'avais toujours pas la moindre idée sur son objectif final. Je restais convaincu que les réponses se trouvaient dans le double-fond de cette valise. Je devais regarder à l'intérieur sans qu'Arturas s'en rende compte, mais je n'avais aucun plan pour y parvenir.

— Pour toi, dit Arturas en tendant un objet à Volchek, qui l'examina avant de le glisser dans sa poche.

Arturas venait de lui remettre un détonateur.

Un des boîtiers factices.

51

À l'exception d'une chemise et d'une cravate propres, je portais mes vêtements de la veille ; cette légère nouveauté correspondait d'ailleurs à ce que j'aurais fait d'habitude. En temps normal, le deuxième jour d'un procès, je me présentais avec le même complet. Le troisième jour, il m'arrivait de changer de costume, puis à nouveau le septième, mais jamais plus de trois fois, sauf si les débats se prolongeaient au-delà d'un mois – auquel cas, je pouvais aller jusqu'à cinq, grand maximum. Ma garde-robe en comptait une quinzaine, tous très élégants ; j'aurais pu me changer tous les jours. Je l'avais fait à mes débuts, au risque de distraire les jurés – pendant qu'ils disaient des messes basses à propos de ma tenue, ils n'écoutaient pas. Ils pensaient que j'avais bien de la chance de pouvoir me saper différemment chaque jour, que je gagnais probablement très bien ma vie à défendre des individus qui ne reculaient pas à la dépense pour éviter de finir derrière les barreaux. Le plus habile des avocats peut briller en contre-interrogatoire pour le plus grand plaisir du jury et tout de même obtenir un verdict de culpabilité – les raisons ne manquent pas. Même le meilleur d'entre nous peut perdre à cause d'un magnifique costume. Si je me pointais à l'audience en Armani, mon client aurait raison de me virer et de s'adresser à l'assistance judiciaire.

En général, j'alternais un complet brun clair tout simple et un autre, bleu marine. Des changements bien visibles, pour que le jury ne commence pas à penser à mon compte en banque, mais continue à me considérer comme un chic type, propre, professionnel et digne de confiance.

Les jurés attendaient patiemment la juge. Pike avait demandé au greffier de les faire entrer ; elle ne tarderait plus. Ils étaient silencieux. La plupart avaient la tête baissée ; il arrivait que l'un ou l'autre jette un coup d'œil dans ma direction. Arnold n'était pas dans la salle ce matin. Il avait probablement informé Miriam que la défense l'avait repéré ; il ne lui était donc plus d'aucune utilité.

Aucun des membres du jury ne regardait Miriam. Je ne l'avais pas épargnée hier, mais elle avait largement le temps de se refaire. Un procès, ça va, ça vient – votre client peut sembler presque totalement exonéré aux yeux d'un jury qui l'instant d'après considérera que sa culpabilité ne fait aucun doute. Audition des témoins, contre-interrogatoire, arguments et contre-arguments… La plupart des avocats consacreraient des journées entières au contre-interrogatoire des témoins, si on leur en donnait le loisir. Attaquant le plus petit détail, la moindre nuance du témoignage, montant en épingle des incohérences mineures avec agressivité, comme s'ils interrogeaient l'assassin de Kennedy ou pis encore. De mon point de vue, ce n'était pas la bonne méthode. Plus la bataille des mots se prolongeait, plus le témoin donnait l'impression de l'emporter.

Je préférais être rapide et dévastateur, et donc mémorable.

Avec les dossiers du procès étalés devant moi sur la table, je pris soudain conscience que j'avais oublié quelque chose. Un stylo. Je tapotai mes poches, poussai une exclamation désapprobatrice, puis dis à Volchek que j'avais sans doute perdu mon stylo quelque part et que j'avais besoin d'en emprunter un à la greffière. Il hocha la tête. Jean me dépanna, avec un joli sourire en prime.

J'avais jusqu'à quatre témoins à affronter aujourd'hui. Je devais réduire ce nombre. Kennedy obtiendrait son mandat de perquisition, et Dieu sait ce qu'Arturas avait introduit dans mon appartement. Probablement quelque chose de mauvais pour moi, quelque chose qui me liait à son plan et m'enverrait derrière les barreaux pour le restant de mes jours.

— Mesdames, messieurs, la Cour !

Tout le monde se leva ; je me retournai en entendant Arturas jurer bruyamment. Il mit fin à un appel sur son portable, chuchota quelque chose à Volchek, puis quitta la salle avec Gregor, nous laissant, Volchek et moi, à la table de la défense, avec Victor derrière nous en guise de baby-sitter. J'ignorais ce qui venait de se passer. J'espérai que ça concernait la disparition d'Alvin ; toujours menotté au radiateur, le garde avait probablement repris connaissance. Mon instinct n'y croyait pas ; il me soufflait qu'Arturas avait essayé de contacter Elanya, mais n'avait pas réussi à la joindre. Severn Towers n'était pas très loin du tribunal ; s'il se rendait à l'appartement et trouvait ses complices morts et Amy envolée, tout serait terminé. Il prendrait la fuite et se cacherait avant de se venger sur ma famille. Je ne pouvais pas penser à ça maintenant. Amy était en sécurité dans un fief de la mafia, avec les flics ou le FBI qui surveillaient l'endroit ; pour l'instant en tout cas, elle ne risquait rien.

Je me retournai vers le fauteuil de la juge, m'attendant à trouver Harry siégeant à côté de Pike. Il n'était pas là. J'avais besoin de lui, au cas où je rencontrerais un problème.

Miriam se leva. Elle s'était bien gardée de me dire un seul mot aujourd'hui. Pas de Post-it, pas de sourire. Pour se donner un léger avantage, elle semblait porter une jupe encore un peu plus courte que la veille.

— Le Ministère public appelle Tony Geraldo à la barre.

Une erreur. Miriam n'allait pas tarder à s'en rendre compte. Elle essayait de susciter de la compassion en faveur de la victime, mais elle s'y prenait trop tôt. Il aurait été plus efficace de commencer par le témoignage de la danseuse. Nikki Blundell avait vu Volchek se disputer avec Mario Geraldo la veille du meurtre, mais elle n'avait rien entendu. Elle avait simplement assisté à l'échauffourée. Après l'avoir écoutée, le jury se serait interrogé sur la nature du différend. Et ensuite, Miriam aurait pu appeler Tony à la barre pour tout expliquer. Cela aurait contribué à créer une relation avec le jury. Les jurés adorent tirer leurs propres conclusions, alors autant les laisser faire.

Parcourant la salle d'audience du regard, j'aperçus Tony qui approchait d'un pas nonchalant. À l'expression suffisante qu'il affichait, je devinai pourquoi Miriam le faisait passer en premier. Elle avait dû comprendre qu'il ne se montrerait pas coopératif et avait préféré adopter une stratégie permettant de limiter les dégâts : commencer mal pour terminer en force.

Volchek observait Tony intensément. Il se demandait probablement ce qu'il avait acheté avec ses quatre millions de dollars. Il tenait le détonateur dans sa main. Je le voyais, maladroitement dissimulé dans sa paume. Le vrai était en lieu sûr – dans ma poche.

Le costume lamé argent de Tony valait vraiment le coup d'œil. Assorti à de confortables chaussures crème, une chemise en soie noire et une cravate blanche, il donnait à Tony l'allure d'un mac de bas étage qui ne risquait pas de lui attirer la sympathie du jury. Alors qu'il s'avançait d'une démarche pleine d'assurance, les claquements métalliques de ses semelles résonnaient contre les murs.

Il entra dans le box des témoins ; Jean, la greffière, s'approcha de lui. Elle eut une grimace de dégoût quand elle vit qu'il mâchait bruyamment du chewing-gum. Elle tendit une serviette en papier devant sa bouche. Jean ne plaisantait pas avec le serment, elle le prenait même très au sérieux. Tony cracha obligeamment.

— Tu peux le garder, mon ange.

Il lut le serment sur la carte avec une main posée sur la Bible, puis s'assit avant que le juge ne lui en ait donné la permission.

— Monsieur Geraldo, commença Miriam, pouvez-vous nous expliquer quels sont vos liens de parenté avec la victime, Mario Geraldo ?

Silence.

— Monsieur Geraldo ? répéta Miriam.

Aucune réponse. Tony resta de marbre. Le jury sembla se pencher en avant.

Je gardai la tête baissée. Je sentais les yeux de Miriam me vriller tels deux rayons laser.

— Monsieur Geraldo, pour mémoire, veuillez décliner votre date de naissance.

Je ne pus m'empêcher de me recroqueviller encore davantage, alors que j'entendais, mot pour mot, le texte dont nous étions convenus avec Tony chez Jimmy. Il avait appris par cœur ce que je lui avais écrit.

— Je refuse de répondre à la question au motif que je pourrais m'incriminer moi-même.

Le jury regarda Miriam. Puis moi. Miriam fit porter son poids sur une de ses hanches, la bouche légèrement entrouverte. Elle parut blessée, et prête à user de représailles dignes d'Hiroshima. Un jury sent toujours quand quelque chose ne se déroule pas comme prévu ; et quand cela atteint de telles proportions, on a l'impression d'assister au déraillement d'une rame du métro – c'est tout aussi chaotique.

— Puis-je vous rappeler, monsieur Geraldo, que vous avez signé un accord d'immunité avec le bureau du procureur ? Si vous ne respectez pas les termes de cet accord en refusant de témoigner aujourd'hui, vous irez en prison.

Tony se tint coi. En fait, il fit une erreur. Il commença à sourire.

Le visage de Miriam s'empourpra ; elle resta muette pendant un moment. Elle était sur le point de dire quelque chose quand elle se ravisa. La juge vint à son secours.

— Madame Sullivan, vous pouvez demander à traiter ce témoin comme hostile, mais avant que vous ne preniez cette décision, puis-je suggérer une pause de cinq minutes pour que vous réfléchissiez à la conduite à adopter ?

Et sur ces mots, la juge Pike quitta la salle d'audience.

Je me levai et m'assis au bord de la table de la défense, les bras croisés, prêt pour l'inévitable diatribe de Miriam. Je n'eus pas à attendre longtemps.

— Eddie, espèce de salaud. Vous vous rendez compte de ce que vous faites ? Subornation de témoin ? Vous êtes tombé sur la tête ?

— Non. Je suis son avocat. Il se trouve que je représente Tony Geraldo. Tout ce que je peux dire, c'est qu'il m'a très récemment communiqué de nouvelles instructions.

— Quand ça ?

— Je lui ai parlé ce matin.

— Eh bien, j'espère qu'il vous virera pour engager un meilleur avocat, parce que j'ai l'intention de le faire condamner pour détention et trafic de drogue, et tout ce que je pourrai trouver d'autre. Vous savez comment ça marche aussi bien que moi, Eddie. C'est donnant donnant. Sans son témoignage, notre accord est caduc. Allez donc le lui rappeler.

— Holà ! une petite minute ! Je peux voir cet accord ?

Miriam me regarda comme si je venais de la demander en mariage. Avant qu'elle ait eu le temps de m'arracher la tête, l'un des greffiers me remit un exemplaire du document en question. Je le connaissais par cœur, c'était une proposition d'immunité standard ; entre les mains d'un bon avocat, elle pouvait se révéler pleine de failles. De très grosses failles.

— Selon cet accord, mon client ne fera l'objet d'aucune poursuite s'il accepte de témoigner à ce procès. Rien là-dedans ne précise la nature de son témoignage – c'est d'ailleurs tout à fait normal. En influençant un témoin, vous risquez la radiation, dis-je.

En entendant le mot « influençant », elle écarquilla les yeux. Les avocats peuvent préparer les témoins avant un procès, mais ils n'ont absolument pas le droit de leur dicter leurs réponses. Le témoignage ne doit pas venir de l'avocat.

— Vous prétendez que c'est *moi* qui influence le témoin ? Où est-il allé pêcher sa petite phrase tirée du Cinquième amendement, Eddie ? C'est vous qui la lui avez soufflée ? Et vous avez le culot de me faire la leçon ? Vous ne vous en tirerez pas comme ça, et lui non plus.

— Mais si. Et vous le savez. Aucun juge dans ce pays ne permettra que quelqu'un passe en jugement pour avoir exercé un droit constitutionnel. Le droit selon lequel aucun citoyen américain ne peut s'auto-incriminer est fondamental et inaliénable. Peu importe votre accord préalable. La Constitution annule et remplace tout contrat ou toute loi subalterne. À votre place, je ne le traiterais pas en témoin hostile. Il ne dira rien, et vous ne ferez qu'aggraver les choses. Le jury pensera que vous faites des pieds et des mains pour gratter ce que vous pouvez parce que votre dossier est faible. Laissez tomber. Vous vous êtes fait avoir par la mafia. Et alors ? Ça arrive aux meilleurs d'entre nous. Appelez votre témoin suivant, Miriam.

Personne n'occupe un poste comme celui de Miriam sans être intelligent, coriace et impitoyable. Elle savait que Tony Geraldo était une cause perdue, mais elle n'allait pas déclarer forfait aussi facilement.

— Et hier, c'était quoi cette histoire de bombe ? demanda-t-elle en croisant les bras.

— Votre consultant est un minable. Soit il a tout inventé, soit il a mal interprété ce que je disais ou l'a sorti de son contexte. Vous ne pouvez pas vous fier à lui. D'ailleurs, pourquoi avoir engagé un type comme Arnold ? Je vous ai toujours prise pour quelqu'un de réglo.

— Je ne savais pas qu'il lisait sur les lèvres des jurés, simplement qu'il avait d'excellents résultats. Il est comme vous, Eddie. Pour vous, tous les moyens sont bons ; tout ce qui compte, c'est de l'emporter. Je pense que vous avez bel et bien parlé d'une bombe. Pas une vraie. Juste de quoi obtenir un ajournement.

— N'importe quoi. Je fais mon boulot, c'est tout.

Alors que je faisais mine de retourner m'asseoir, Miriam m'attrapa par le bras.

— C'est vous le minable, Eddie. Vous représentez des ordures comme lui, dit-elle, montrant Tony d'un signe de la tête. Vous pouvez être fier.

Le jury finit de sortir de la salle d'audience à la queue leu leu, et Tony se leva dans le box des témoins.

— Hé ! miss, ne parlez pas de moi comme ça. Je suis un bon catholique, pas un criminel, protesta-t-il.

Miriam le gratifia d'un regard mauvais.

— Laissez tomber, Tony. Pas la peine de monter sur vos grands chevaux. Après tout, vous êtes un criminel. Sans ça, vous ne seriez pas dans ce pétrin. Alors, évitez de brandir la Bible à tout bout de champ…

Tony s'empara de la Bible et bondit hors du box des témoins. Les gardes se précipitèrent, mais je levai la main et secouai la tête, leur indiquant que tout allait bien. Tony me tendit la Bible.

— Vous devriez la lire de temps à autre, monsieur Flynn. Vous pourriez y apprendre des choses.

Il retourna s'asseoir, tandis que je reprenais place à la table de la défense – avec la Bible. Tout se déroulait comme nous en étions convenus chez Jimmy un peu plus tôt dans la journée. Volchek parut amusé par l'emportement de Tony. Je poussai un profond soupir et restai debout, orienté sur la gauche de manière à tourner le dos à Volchek. Ouvrant les dossiers du procès, je sortis le rapport du médecin légiste concernant Mario et le posai sur la Bible. Une fois le livre à l'abri des regards, je passai mon auriculaire sous le document et feuilletai la Bible à la recherche des pages entre lesquelles Tony avait laissé les fameuses photos. Je tirai sur ma découverte avec deux doigts, avant de l'intercaler entre la couverture de la Bible et la dernière page du rapport d'autopsie. Quand j'avais soulevé le rapport, j'avais pris garde à mettre mes doigts en dessous, de manière à pouvoir saisir l'enveloppe. Je remis le rapport, avec l'enveloppe cachée dessous, sur la table, puis rendis la Bible au greffier.

J'avais employé une technique de fauche très répandue chez les mendiants. Les praticiens les plus doués de cet art vivent à Barcelone, capitale mondiale des pickpockets. J'avais eu le privilège d'assister à une démonstration dans cette ville magnifique quand

Christine et moi y avions passé quelques jours de vacances avec Amy. Nous étions assis à la terrasse d'un café, profitant du soleil, quand j'avais remarqué un SDF qui traînait dans le coin avec un carton plastifié de la taille d'un magazine. Il avait approché un couple de britanniques d'âge moyen, attablé à côté de nous. Le mari, un vrai connard, disait à sa femme qu'elle avait l'air grosse dans sa robe d'été. Honnêtement, ça n'aurait pas pu tomber sur un type moins sympa. Le SDF avait posé son carton sur la table et l'avait laissé là pendant qu'il joignait les mains en prière et y allait de son refrain – « Lire, s'il vous plaît. Lire, s'il vous plaît. Pas parler anglais. » Le mari avait parcouru le texte sur le carton, probablement une histoire à vous fendre le cœur pour vous convaincre de lâcher quelques pièces, puis il avait chassé le SDF d'un geste de la main. « Non, non, non. Allez-vous-en. » Le SDF l'avait alors salué, puis avait repris son carton, s'en servant pour dissimuler ce qu'il venait de dérober au couple. Il était reparti avec le téléphone portable et le portefeuille qu'il avait pris soin de couvrir avec son carton dès son arrivée.

Quand le même type avait fait mine de s'approcher de nous, je m'étais dépêché de lui donner un peu d'argent avant qu'il n'ait le temps de faire son numéro avec le sac à main de Christine. Je lui avais adressé un clin d'œil, qu'il m'avait retourné en acceptant mon obole. Je n'étais plus un arnaqueur à l'époque, mais je savais admirer le savoir-faire.

Miriam se recroquevilla sur sa table, alors que je parcourais mon dossier et retirais toutes les photos de la scène de crime. Je feuilletai rapidement le rapport d'autopsie de sorte à cacher l'enveloppe de la vue de tous. Pendant ce temps, mes doigts s'activaient sous les pages, ouvrant l'enveloppe et posant les photos parmi celles de la scène de crime. Je mis le rapport de côté et examinai la masse de photos étalée devant moi. Un simple coup d'œil ne permettrait pas de repérer la présence d'intruses. Volchek ne m'accordait aucune attention. Mais au cas où il déciderait de s'intéresser à moi, j'empilai les photos transmises par Tony devant moi.

Ces deux photos étaient à l'origine de toute cette affaire ; elles avaient causé la mort de Mario. Sur la première, Volchek dînait avec Arturas et un troisième homme. Elle avait été prise dans un restaurant assez sombre, probablement le *Sirocco*. Volchek avait sans doute repéré Mario en train de mitrailler et l'avait immédiatement menacé. C'était la scène à laquelle la danseuse, Nikki Blundell, avait assisté.

Le troisième larron portait un costume bleu marine et une chemise blanche. Il avait les cheveux roux, une fine moustache bien entretenue et un grand sourire – Tom Levine. Volchek s'était laissé surprendre à table avec un agent du FBI. Mario savait sans doute qui était Levine. Je me rappelai Tony, ce matin chez Jimmy, qui m'avait dit que son cousin s'était fait coincer par les fédéraux et avait écopé de cinq ans à Rikers. Soit il avait rencontré Levine à l'époque soit, plus probablement, Levine était l'agent qui l'avait arrêté. Volchek avait dû consacrer beaucoup de temps et d'argent à mettre Levine dans sa poche ; pas question qu'un idiot comme Mario expose au grand jour un atout aussi précieux. Ça ne faisait aucun doute – il fallait être complètement fêlé pour tenter de faire chanter la mafia russe.

La deuxième photo n'avait pas été prise au même endroit, mais sur un parking, la nuit. Je vis Arturas, Levine et trois hommes que je ne reconnus pas tout de suite. Puis je me retournai et les aperçus tous les trois dans la salle d'audience. L'un d'eux était japonais – le yakuza. Les deux autres étaient les représentants des cartels qui s'étaient levés pour applaudir Volchek à son entrée au tribunal la veille. Jimmy m'avait dit que Volchek n'avait jamais su s'entendre avec ses concurrents, qu'il avait rejeté toutes les propositions des autres organisations criminelles, ce qui avait nui à ses affaires. Levine avait probablement fait office de facilitateur dans la rencontre entre Arturas et les trois chefs de bande. Dans quel dessein, je l'ignorais encore, mais j'étais certain que cette photo expliquait en partie pourquoi Arturas était en train de doubler son propre patron.

J'aurais pu embrasser Tony. La photo de Levine en compagnie de Volchek me permettrait de convaincre Kennedy de ma bonne foi, et me sauverait peut-être la vie. Parcourant la salle d'audience du regard, j'aperçus Kennedy assis quelques rangs derrière Miriam. Je ne vis ni Levine ni Coulter à côté de lui. Cela me faciliterait la tâche, mais je devais encore trouver un moyen de lui parler seul à seul.

Le temps pressait. Je devais agir. J'aurais préféré jeter un coup d'œil dans la valise avant d'aborder Kennedy, mais je ne pouvais pas m'offrir ce luxe.

10 h 05. Deux heures avant la demande de mandat de perquisition. Je me retournai vers Kennedy, qui consultait sa montre. J'eus le sentiment angoissant qu'il m'avait peut-être menti. Que le procureur suppléant Gimenez et le juge Potter étaient en train de discuter en ce moment même. Dans ce cas, je n'avais guère plus d'une heure avant que le FBI n'enfonce la porte de mon appartement. Il m'apparut de plus en plus probable que les Russes avaient déposé chez moi quelque chose que le FBI pourrait utiliser contre moi pour prouver que j'avais tenté de faire sauter Little Benny. J'espérais me tromper. Me tromper sur Kennedy, me tromper sur les Russes. Mais en mon for intérieur, je savais qu'au moins l'un de ces soupçons se révélerait fondé.

52

La juge Pike et le jury revinrent en salle d'audience. Miriam préféra ne pas insister avec Tony Geraldo. Toujours aucun signe de Harry. Je n'avais pas de questions pour Tony; il sortit avec assurance du box des témoins, tel Frank Sinatra en personne.

— Le Ministère public appelle l'agent Rafael Martinez à la barre, dit Miriam.

Avec Martinez, Miriam se retrouverait en terrain solide. Une déposition sans développements inutiles ni grandes théories. Les faits, rien que les faits. Cela dit, dans cette affaire, il n'avait pas besoin de se montrer créatif. Il avait pris Benny en flagrant délit dans l'appartement de la victime, et Benny avait admis avoir agi sur ordre du chef de la mafia russe.

Martinez était un Hispano-américain proche de la quarantaine, plutôt bel homme; son costume lui allait bien. Il se dirigea vers la barre des témoins d'un pas assuré, mais sans plastronner. Des Post-it dépassaient du dossier qu'il tenait dans ses bras; une manière de marquer les documents importants et de montrer qu'il était bien préparé. La tête bien droite, il regarda chacun des jurés dans les yeux. Martinez n'avait rien à craindre.

— Agent Martinez, pouvez-vous nous dire quels sont votre grade et votre expérience dans la police?

Deux questions à la fois, nouveau faux pas de Miriam. Elle valait mieux que ça. Probablement un signe de nervosité. Quelqu'un de moins doué aurait jeté l'éponge à ce stade, mais elle revint en force. Dix minutes plus tard, elle avait retrouvé son rythme ; il lui fallut moins d'une demi-heure pour interroger Martinez sur les aveux de Benny, ainsi que l'accord que ce dernier avait passé avec le bureau du procureur.

Du solide.

Alors qu'elle en terminait avec lui, elle se détourna du policier et marcha vers moi en allant se rasseoir à la table de l'accusation.

Elle m'adressa un large sourire.

— Le témoin est à vous.

Si j'essayais de malmener Martinez, j'en serais pour mes frais. Parfois, certains témoins sont inattaquables ; Martinez appartenait indubitablement à cette catégorie. Je décidai de faire court et de l'interroger sur des sujets que Miriam n'avait pas abordés avec lui.

— Agent Martinez, veuillez ouvrir la liasse au dossier numéro 3, onglet 9, page 2.

Lors du contre-interrogatoire, les « voulez-vous ? » ou « pouvez-vous ? » n'ont pas leur place. Tout, absolument tout, doit être formulé comme une assertion. On dit qu'un bon avocat ne pose jamais une question sans en connaître la réponse. C'est vrai, pas à cause de son vaste savoir, mais parce que ses questions contiennent la réponse qu'il attend.

Martinez trouva la page, qu'il avait marquée à l'aide d'un de ses Post-it jaunes.

— Agent Martinez, cette photo montre un cadre cassé qu'on a découvert dans l'appartement ?

— Oui.

Je me tournai vers le jury et souris d'un air profondément satisfait ; après une courte pause, je me retournai vers le témoin.

— La description indique « cadre photo cassé », mais ça ne nous dit pas combien de photos il contenait, n'est-ce pas ?

Il plissa les yeux, un peu perplexe.

— Non, ce n'est pas précisé.

Mon visage s'épanouit en un large sourire de satisfaction, que je partageai à nouveau avec le jury en répétant lentement, d'un ton jovial, la réponse de Martinez, « Non, ce n'est pas précisé », la brandissant tel un trophée remporté de haute lutte. Les jurés hochèrent la tête. Ils n'étaient pas encore convaincus que j'avais gagné, mais ils paraissaient intrigués. Miriam ne réagit pas. Elle était figée dans une attitude frisant l'ennui, comme tout bon avocat quand il pense que son adversaire vient de marquer un point. Mieux valait jouer l'insouciance, en espérant être suivi par les jurés. En vérité, ces questions ne leur étaient pas destinées. C'était Kennedy que je voulais amener à réfléchir à ce fichu cadre.

— Votre Honneur, m'accordez-vous une seconde pour m'entretenir avec mon client ?

— Oui, monsieur Flynn.

Je me penchai vers Volchek.

— Qu'est-ce que vous avez mangé au petit déjeuner ? lui chuchotai-je.

— Des pancakes. Pourquoi ?

— Aucune importance. C'est juste histoire de jouer avec les nerfs de la procureure en lui faisant croire que je couve un plan diabolique. Mais j'ai besoin de savoir quelque chose. Je pense que l'acquittement est à notre portée ; vous n'aurez donc pas à utiliser cette bombe. J'ai besoin de savoir ce que Little Benny dira au jury. La seule chose qui manque à l'accusation, c'est un mobile. Et je crois que Little Benny le lui fournira. Alors, je vous le demande : pourquoi avez-vous donné l'ordre d'exécuter Mario Geraldo ? Que cachait-il dans ce cadre que vous vouliez récupérer à tout prix ?

Arturas n'était pas là pour le conseiller, et Victor semblait être dur de la comprenette.

— Monsieur Flynn, avez-vous d'autres questions ? s'enquit la juge, mais je feignis de ne pas avoir entendu.

— Allez. Donnez-moi ma chance. Je peux détruire Little Benny, mais pas sans savoir ce qu'il dira à la barre des témoins. Qu'y avait-il dans ce cadre ?

Passant les mains sur ses cuisses et lissant son pantalon, Volchek réfléchit.

— Mario a pris une photo de moi avec quelqu'un. Quelqu'un avec qui je travaille en secret. Quelqu'un de proche des forces de l'ordre. Un de mes meilleurs éléments. Je ne pouvais pas risquer de le perdre. Mario voulait de l'argent en échange de la photo. J'ai envoyé Little Benny le tuer et détruire la preuve.

— Combien de photos avait-il ?

— Une seule, pas de copies. C'est ce que m'a dit Arturas. J'étais prêt à négocier, mais Arturas m'a conseillé d'en profiter pour faire passer un message.

— Et il vous a assuré qu'il n'y avait qu'une seule photo, celle que Mario a prise au *Sirocco* ?

— Oui.

Volchek hocha la tête. Ses yeux étaient normaux, ses muscles faciaux relâchés, ses mains ouvertes et posées sur ses genoux. Il disait la vérité. C'était tout ce que j'avais besoin de savoir.

Arturas avait fait liquider Mario parce qu'il détenait la preuve en image de sa rencontre avec les représentants des cartels et le yakuza. Si Volchek avait découvert que son fidèle lieutenant était en pourparlers dans son dos avec les cartels et les Japonais, Arturas aurait probablement retrouvé son nom sur la moitié déchirée d'un billet de un rouble. Arturas s'était bien gardé d'informer son patron de ses négociations, et Little Benny avait fait en sorte que cela reste un secret en tuant Mario et en détruisant les photos.

Je n'en saurais pas plus sans examiner la valise.

10 h 40.

Le temps pressait. Je devais parler à Kennedy avant qu'il obtienne son mandat de perquisition.

53

— Monsieur Flynn, avez-vous d'autres questions pour ce témoin ? demanda la juge Pike, concluant sa phrase par un claquement de dents impatient.

— Votre Honneur, m'accorderez-vous encore quelques minutes avec mon client ?

— Quinze minutes de suspension, annonça Pike.

Un hochement de tête alors qu'elle retournait dans son cabinet me donna le signal que j'attendais, et je marchai à grands pas vers l'allée centrale.

— Pause-pipi, expliquai-je en passant devant Volchek.

J'entendis Victor se lever bruyamment pour me suivre, alors que je me dirigeais vers la sortie. Je ralentis à hauteur de Kennedy. Les pas de Victor résonnèrent derrière moi, de plus en plus près ; je m'approchais d'un air décidé de l'agent fédéral.

Je n'étais plus qu'à un mètre cinquante de lui.

J'accélérai, distançant Victor, et gardai les yeux fixés sur l'homme du FBI. Surprenant mon regard, Kennedy fit mine de se lever. Je saisis sa cravate dans ma main gauche et l'obligeai à se mettre debout ; je me collai presque contre lui et en profitai pour glisser discrètement mes doigts dans sa poche.

Avant que Victor nous rejoigne, j'eus le temps de lui dire une courte phrase en remuant silencieusement les lèvres.

— Faites-moi confiance.

Kennedy me repoussa, comme si j'avais perdu la tête. J'ouvris la porte à doubles battants d'un coup de pied, traversai la foule dans le hall et m'enfermai dans les toilettes pour handicapés. Au bout de dix secondes, on frappa.

— Pas de bêtises, l'avocat. Je vous attends, dit une voix grave, à l'accent slave.

Victor montait la garde. Le brouhaha gagna en volume dans la salle des pas perdus, alors que le tribunal se vidait pendant la suspension d'audience. Je sortis de ma poche le portable de Kennedy pour composer le numéro de mon téléphone sécurisé. Kennedy décrocha à la quatrième sonnerie.

— Qu'est-ce que ça signifie, bon sang ? dit-il.

— C'est Eddie Flynn. J'ai votre téléphone. Mais ça, vous l'avez probablement déjà deviné. Vous avez sans doute reconnu le numéro qui s'est affiché sur l'écran. L'appareil que vous tenez dans votre main est le mien. Je n'ai pas pu prendre votre carte ce matin, désolé. Alors j'ai échangé nos téléphones pour pouvoir vous parler. Voilà le topo : j'ai été kidnappé par la mafia russe et j'ai besoin de votre aide. Votre ami Tom Levine travaille pour eux. Ils ont enlevé ma fille et posé une bombe sur moi. J'ai comme l'impression que vous allez passer une mauvaise journée.

54

Tenant le téléphone serré contre mon oreille, je chuchotai aussi fort que je l'osais.

— D'après moi, Arturas a l'intention de prendre le contrôle de la Bratva. Il est en train de piéger son patron, mais je n'ai pas encore compris comment il compte faire.

— Vous avez perdu l'esprit, monsieur Flynn, constata simplement Kennedy.

— Possible, mais j'ai raison sur ce coup-là. Mario Geraldo est mort pour avoir photographié Tom Levine au restaurant en compagnie de Volchek. Benny ne vous a jamais dit pourquoi il avait tué Mario. Mario essayait de faire chanter Volchek. En outre, Arturas rencontrait d'autres chefs de bande derrière le dos de Volchek. On ne fraie pas avec la concurrence, à moins de vouloir changer de camp ou de se préparer à prendre les commandes de celui auquel on appartient. Vous avez la photo de Levine ; elle est dans la poche droite de votre veste.

C'était mon jeu. Je misais sur le fait que Kennedy me croirait et arrêterait les Russes, mais je n'osais pas tout lui balancer d'un coup. La bombe, les camionnettes au sous-sol, rien ne permettait d'établir un lien entre elles et la Bratva. On trouverait *mes* empreintes dessus. Je devais m'assurer que Kennedy était de mon côté avant de tout lui dire. Je laissai s'écouler quelques secondes.

— Alors ?

— Ça ne prouve rien.

Ma tête cogna le mur des toilettes, et je glissai le long des carreaux. Une sensation de vide envahit ma poitrine et se répandit dans ma gorge.

—Qu... quoi ?

—Pour votre information, sachez que l'agent Levine a travaillé sous couverture pendant deux ou trois ans. Sa mission était d'infiltrer la mafia. Je ne serais pas surpris s'il avait dîné avec Volchek à plus d'une occasion.

—Mais j'ai trouvé une carte de visite du FBI dans le portefeuille de Gregor. Un numéro de téléphone était écrit au dos, à la main – celui de Levine. S'il était infiltré il y a quelques années, depuis il est passé chez l'ennemi. Il travaille pour la mafia russe. Je n'ai pas pu vous en parler avant, parce qu'il écoutait et aurait rapporté tous mes propos directement à Volchek.

—Tom Levine est un agent décoré. Il en faudra davantage pour me convaincre. Je dois dire, monsieur Flynn, que votre histoire est un peu folle. Nous savons que vous sortez à peine d'une cure de désintoxication. Vous vous sentez bien ?

Je me frottai le visage et me creusai les méninges.

—Dans la poche où vous avez trouvé mon téléphone, j'ai également glissé une petite torche. Sauf qu'elle n'en a que l'apparence ; en fait, il s'agit d'une lampe à UV. Volchek m'a remis un million de dollars pour acheter le silence de Tony Geraldo. J'ai marqué cet argent. Examinez la main droite de Victor, vous verrez la trace laissée par le produit. Elle correspond à un million de dollars en liquide qu'un de mes amis a en sa possession ; cette signature chimique lie cette somme directement à la Bratva. Je suis dans les toilettes en face de la salle d'audience. Victor attend devant. Vérifiez sa main et je vous rappelle.

—Ah ! j'oubliais ! lança Kennedy. Notre audition devant le juge Potter a été avancée. Au moment où je vous parle, Gimenez patiente dans son antichambre. Ça ne devrait pas durer bien longtemps. Si tout se déroule comme prévu, nos agents seront dans votre appartement dans moins d'une heure.

Je cognai l'arrière de ma tête contre les carreaux.

— Épargnez-moi vos salades. L'audition était fixée à 11 heures depuis le début. Vous avez simplement préféré garder cette info pour vous.

Kennedy raccrocha.

Il m'avait roulé pour la deuxième fois. D'abord avec le formulaire de consentement qui lui garantissait qu'il obtiendrait son mandat ; ensuite avec l'horaire de l'audition. Mais, plus important, Kennedy n'avait pas cru à mon histoire. J'envisageai à nouveau de lui conseiller de fouiller le parking souterrain, mais décidai que c'était trop risqué. Avec rien pour faire le lien entre les camionnettes et la Bratva, ça pouvait méchamment se retourner contre moi. J'appelai Harry, qui ne répondit pas, peut-être parce qu'il ne reconnaissait pas ce numéro.

Le téléphone de Kennedy vibra. Andy Coulter, disait l'écran – l'autre agent que j'avais rencontré ce matin.

— Oui, dis-je, faisant de mon mieux pour imiter la voix collet monté de Kennedy.

— On a un problème – une fusillade, dit Coulter.

— Où ça ? demandai-je, m'efforçant de sembler préoccupé.

Avec les cadavres russes qu'Anthony et Lézard avaient dû laisser dans le sillage de la libération d'Amy, je savais que le FBI ne tarderait pas à s'en mêler.

— Little Italy. L'ATF réclame notre aide.

Le téléphone m'échappa ; je me hâtai de le ramasser.

— Vous êtes toujours là, chef ?

— Oui. Où exactement dans Little Italy ?

— Votre voix est bizarre. La réception n'est sans doute pas terrible dans le coin. Enfin, peu importe. Au restaurant de Jimmy Fellini, dans Mulberry Street. Sept morts. C'est arrivé il y a une vingtaine de minutes. Vous croyez que ça peut avoir un rapport avec l'attaque de ce matin contre les hommes de Volchek ? C'est peut-être lié. On n'a pas affaire à des amateurs. D'après moi, ce sont les représailles des Russes pour ce qui s'est passé à Severn Towers.

Si on n'y prend pas garde, on pourrait bien se retrouver avec une guerre des gangs sur les bras.

Je réprimai un cri, enfonçant mon poing dans ma bouche, alors que mon corps tétanisé encaissait le choc.

— Bill, vous m'entendez ?

Une question se logea dans ma tête et me brûla telle une balle me transperçant le crâne. Serrant le téléphone à deux mains, j'ouvris la bouche, mais aucun mot n'en sortit. J'avais quelque chose à demander à Coulter, mais si la réponse était celle que je redoutais, j'en mourrais.

— Est-ce que… ? est-ce que… ?

— Ça coupe, chef.

Je me tapai la tête contre le mur et crachai le morceau.

— Est-ce que… ? est-ce qu'on a retrouvé une petite fille blonde parmi les victimes ?

— J'ai un email de l'ATF sur mon téléphone. Attendez, je vérifie.

Victor frappa à la porte des toilettes ; je tirai la chasse d'eau. Mes mains commencèrent à saigner, à cause des ongles enfoncés dans mes paumes.

— Non. Je n'ai rien concernant une gamine. Deux types à l'entrée, une serveuse et trois affranchis. Anthony Fellini était parmi eux. Apparemment, deux individus armés de fusils-mitrailleurs ont fait irruption, avant de repartir par un tunnel secret à l'arrière. Je vais me renseigner et je vous tiendrai au courant.

Coulter raccrocha, et j'appelai Jimmy sur son portable.

Il répondit immédiatement ; j'entendis le vrombissement d'un moteur et des coups de Klaxon. Jimmy était sur la route.

— Jimmy… c'est Eddie… Les hommes de Volchek ont attaqué le restaurant. Anthony est mort. Je crois qu'ils ont Amy.

— Je sais. Je suis au courant. Lézard et moi, on était en train de cacher l'argent que tu nous as apporté quand on m'a prévenu. Tiens bon, ce n'est pas terminé. S'ils avaient voulu la tuer, ils l'auraient abattue en laissant son corps sur place. Elle est en vie. J'en suis sûr. Ils l'ont emmenée. Lézard et moi, on arrive. J'en fais une affaire personnelle, maintenant. Anthony était un brave garçon. Ma sœur ne s'en remettra jamais. Écoute-moi bien, Eddie : personne n'entre chez moi comme ça pour descendre mes gars et tranquillement repartir après. Je dois régler ça moi-même si je veux éviter de créer un précédent, tu comprends. Ces salauds sont morts.

— Jimmy, tu ne vas pas déclencher une guerre ! Ils ont Amy.

— Je ne peux pas laisser passer ça. On attendra devant le tribunal. Dès que Volchek et ses hommes sortiront, on s'occupera d'eux.

Il raccrocha.

Je courus au lavabo pour m'asperger la tête et le visage d'eau froide. Arturas avait dû se rendre à l'appartement pour s'assurer qu'Amy était toujours là. Pas besoin d'être un génie pour comprendre qui l'avait doublé et où se trouvait Amy. Je n'aurais pas dû laisser Anthony la ramener au restaurant. En même temps, je n'aurais jamais imaginé qu'Arturas déclencherait une guerre totale contre Jimmy. En agissant ainsi, il lui avait forcé la main. Si Jimmy ne ripostait pas avec une extrême fermeté, n'importe quel mac à deux balles du quartier aurait l'impression que Jimmy Fellini était une proie facile.

Le portable de Kennedy sonna à nouveau. Mon numéro apparut à l'écran.

— J'ai vu la marque sur Victor. Ça n'a pas été tout seul. Il a failli repérer la lampe de poche. Je ne pense toujours pas que cela prouve quoi que ce soit. Mon bureau a pris contact avec votre épouse. Vous m'avez donné un drôle de téléphone, ils ont eu un mal de chien pour me rappeler. Bref, d'après elle, votre fille participe à une sortie scolaire à Long Island. Elle n'a pas signalé sa disparition – et vous non plus. Ne me mentez pas. Je sais que vos intentions sont louables, mais commencez par me dire la vérité. Le FBI a un dossier sur vous. On connaît vos antécédents ; vous étiez un genre d'escroc, alors n'essayez pas de m'arnaquer. Aidez-moi. Dites-moi la vérité.

Je soufflai, puis parlai lentement, à voix basse.

— Je ne vous mens pas, Kennedy. Si vous ne me croyez pas, allez au diable. Je réglerai ça à ma façon.

55

Volchek se tourna vers moi à mon retour dans la salle d'audience. Alors que je reprenais ma place, il se pencha vers moi pour me parler à l'oreille.

— Après le flic, c'est la danseuse, hein ? demanda-t-il.

— Oui. Ils gardent Benny pour la fin.

— Après la danseuse, vous penserez à cacher la veste près de la barre des témoins. Ou alors, vous pouvez continuer à la porter et vous tenir à côté de Benny quand je vous ferai sauter – à vous de voir.

Me tournant vers lui, je vis le détonateur dans sa main.

— Où sont vos hommes ?

— Ils sont allés jeter un coup d'œil sur votre fille. N'oubliez pas ce que vous avez à faire, monsieur Flynn. Je ne peux prendre aucun risque. Vous avez bien travaillé jusqu'à présent, mais je ne laisserai pas un jury décider de mon avenir. Vous poserez la bombe pendant la pause-déjeuner.

Me détournant de Volchek, je fermai les yeux pour m'aider à réfléchir. Le doux sifflement du stylo de Jean dansant entre mes doigts sembla noyer le brouhaha ambiant. J'avais échoué avec Kennedy. Harry n'était pas là. Je n'avais rien de solide qui permette d'établir un lien entre les Russes et l'enlèvement d'Amy, l'engin explosif dans ma veste ou les camionnettes au sous-sol. Je ne pouvais pas non plus courir le risque de déclencher une alerte à la bombe. La sécurité ferait évacuer le bâtiment et Volchek en profiterait pour s'enfuir. Non. Si j'informais les flics, Amy était morte.

Il ne me restait qu'une option.

Je fis signe à la greffière de Pike.

— Jean, vous voulez bien me rendre un service ? Dites à Son Honneur que, suite à un imprévu, j'aurais besoin de dix minutes de plus avec mon client. Pas plus.

— Il est déjà 11 h 05, Eddie, et elle tient vraiment à ce qu'on avance aujourd'hui. Si elle revient et que vous n'êtes pas là, elle vous condamnera à une amende de cinquante dollars par minute de retard. Je l'ai vue faire il y a deux semaines avec ce pauvre vieux M. Langtree, lui et ses problèmes de prostate. Sa sœur m'a dit que…

— Désolé, Jean, mais je dois m'entretenir avec mon client. Je ferai vite. Tâchez de gagner du temps avec Pike.

Volchek sembla perplexe.

— J'ai eu une idée, mais on ne peut pas en parler ici. Essayons de trouver une petite salle de réunion, proposai-je.

— Qu'est-ce que c'est ?

— Pas ici, je vous dis. Les murs ont des yeux et des oreilles. Faites-moi confiance, vous ne serez pas déçu, ajoutai-je, en rangeant les papiers dans la valise.

Puis je me dirigeai vers la porte, tirant la Samsonite derrière moi.

— Les dossiers restent avec moi, intervint Victor.

Je l'ignorai, m'assurant simplement que Volchek me suivait. Au bout d'une seconde, il se leva, boutonna la veste de son costume et m'emboîta le pas. Victor se remit à protester, mais Volchek le fit taire.

Le panneau sur la porte de la salle de réunion la plus proche indiquait « OCCUPÉ ».

J'entrai sans frapper et posai la valise dans un coin. Un jeune avocat et son client étaient en pleine discussion, des papiers étalés sur le bureau.

— Désolé, j'ai besoin de cette pièce.

— Qu'est-ce que ça signifie ? Je suis en train de m'entretenir avec mon client. Vous ne pouvez pas...

— Sortez, et il n'y aura pas de blessés.

Le jeune avocat se leva ; il était en forme, agressif, et n'entendait pas laisser un confrère plus âgé le ridiculiser devant son client.

— Quoi ? Vous me menacez ?

— Non, pas moi. *Lui*, ajoutai-je en pointant du doigt la silhouette de Volchek dans l'encadrement de la porte.

Le client reconnut le chef de la mafia russe, empoigna son avocat et l'entraîna hors de la pièce, abandonnant leurs papiers et même la mallette de l'avocat. Victor mit un pied à l'intérieur, alors que je poussais la porte.

— Juste moi et M. Volchek, blondinet.

Victor recula.

— Qu'on ne nous dérange pas, lui dit Volchek.

À contrecœur, Victor sortit en refermant derrière lui. Un revêtement très isolant couvrait les murs, assurant l'insonorisation du local. Toutes les salles de réunion étaient conçues à l'identique, parce que les discussions qu'on y tenait étaient confidentielles et protégées par le secret professionnel entre un avocat et son client. À condition que nous ne criions pas, Victor n'entendrait rien de l'autre côté de la lourde porte.

Volchek s'assit, joignit les mains sur son ventre et se tourna nonchalamment vers moi. M'appuyant au dossier d'une chaise, je me penchai pour m'adresser à lui à voix basse :

— Ce que je m'apprête à vous révéler va vous faire un choc, alors évitez de hurler ; j'ai volontairement provoqué cette rencontre, seul à seul. Cartes sur table, Olek. J'ai essayé de vous doubler. Je me suis planté. Au moment où je vous parle, c'est sans importance, parce que je suis la seule personne à pouvoir vous sauver la vie.

56

Volchek posa ses mains à plat sur la table, prêt à bondir sur moi.

— Vous savez ce qui arrive à ceux qui me trahissent...

— Je vous ai dit que j'ai échoué. Des hommes de Jimmy ont trouvé Amy et l'ont récupérée ; oui, ils ont tué tous ceux qui étaient dans cet appartement. Vous auriez agi de la même façon si ç'avait été votre fille. Arturas vient de donner l'assaut au restaurant de Jimmy ; il a descendu un membre de la famille de Jimmy et repris Amy. Mais nous n'en sommes plus là. Écoutez, je ne suis pas votre plus gros problème, dis-je, lançant à Volchek la photo d'Arturas sur le parking, en compagnie des représentants des cartels et du yakusa.

Volchek était à moitié levé ; il se rassit. Une veine saillit sur son cou et un sifflement étouffé s'échappa d'entre ses dents.

— C'est la copie d'une des photos que Little Benny a brûlées après avoir tué Mario. Tony me l'a donnée. Inutile de vous mettre les points sur les *i* : c'est une rencontre entre votre lieutenant Arturas et la concurrence. Les mêmes types qui vous ont applaudi hier, lors de votre entrée dans la salle d'audience. Je vous ai demandé combien de photos détenait Mario pour son petit chantage. Vous m'avez répondu « une seule ». J'en déduis que vous ignoriez l'existence de celle-là. D'après moi, c'est pour cette raison qu'Arturas voulait la mort de Mario. C'est bien lui qui vous a suggéré de l'éliminer, n'est-ce pas ?

Pendant un moment, nos regards se croisèrent. Il hocha la tête, puis fixa de nouveau les yeux sur la photo. Il pinça les lèvres pour réprimer un léger tremblement.

— Arturas avait l'intention de faire alliance avec vos rivaux bien avant que vous ne donniez l'ordre d'exécuter Mario. Il vous a fait croire que Mario exigeait de l'argent en échange de cette photo de vous et de votre informateur du FBI, un atout que vous ne pouviez pas vous permettre de perdre. Mais en éliminant Mario, vous couriez le risque de déclencher une guerre avec la mafia italienne. Le jeu n'en valait pas la chandelle, même pour protéger une source aussi précieuse, et je pense que vous en aviez conscience. Arturas vous a persuadé d'ordonner ce meurtre. Il avait besoin d'un homme de confiance pour tuer Mario et détruire *les deux* photos. C'est pour ça qu'il vous a recommandé Little Benny. Mais Benny s'est fait prendre. Arturas a donc changé ses plans, et j'ai le sentiment que le contenu de cette valise va nous éclairer sur ce qu'il mijote.

Volchek froissa la photo dans son poing. Son bras trembla, mais je n'aurais su dire si c'était dû à l'effort ou à la rage qu'il réprimait.

— Quoi ? Quelle valise ?

— Celle-là, dis-je, en la posant sur le bureau. La nuit dernière, deux camionnettes sont entrées dans le parking souterrain du tribunal. Elles étaient conduites par des hommes à vous et chacune d'elles est bourrée d'explosifs.

Les épaules de Volchek s'affaissèrent, il resta bouche bée, sous le choc. Sa colère sembla se dissiper.

— Je ne vous crois pas.

— Arturas supervisait l'opération ; j'ai vu Gregor poser une valise apparemment lourde, exactement la même que celle-là, sur le siège passager d'une des camionnettes. Je l'ai ouverte ce matin : elle était vide, alors qu'elle ne l'était pas la nuit dernière. J'ai commencé à gamberger : pourquoi Arturas aurait-il besoin de deux valises identiques ? D'après moi, celle que j'ai vue ce matin est celle dans laquelle Arturas a transporté les dossiers du procès hier ; et celle qu'ils ont introduite la nuit dernière n'est autre que celle-là. Je l'ai vue, ouverte, dans le bureau du dix-huitième. Elle a un double-fond.

Ouvrant la valise d'une chiquenaude, j'en retirai le contenu que je posai sur le sol. J'enfonçai mes doigts autour du faux fond et trouvai la couture : en Velcro, pour aller plus vite. Je soulevai.

— Je ne vous demande pas de me croire sur parole. Venez jeter un coup d'œil.

Je n'étais pas sûr de ce qui nous attendait. Quelque chose d'important, un élément-clé des plans d'Arturas. Ce que je découvris était loin de tout ce que j'aurais pu imaginer.

57

À l'intérieur du compartiment secret de la valise, je vis deux bleus de travail soigneusement pliés. Des vêtements résistants, avec une sorte de harnais de sécurité intégré. Un câble fin mais solide partait de la ceinture et s'achevait par un mousqueton. Apparemment, ces tenues avaient été conçues pour le rappel. D'après les étiquettes sur les cols, je notai plusieurs tailles : 5XL, XXXL, L et S.

En dessous, je trouvai quatre pistolets-mitrailleurs qui ressemblaient à des MP5. Des armes idéales à courte portée ; à bout portant, elles étaient capables de déchiqueter un homme de cent quatre-vingts kilos en quelques secondes. Les chargeurs étaient scotchés aux canons par un seul morceau de ruban adhésif. Le dernier article dans la valise me déconcerta. On aurait dit une télécommande comme on en utilisait en aéromodélisme ; un boîtier en plastique et en acier d'environ trente centimètres de côté, avec une antenne télescopique, deux manettes de contrôle et deux boutons – un vert et un rouge. Je la remis à sa place, sous les armes.

Volchek, qui avait fait le tour de la table, se tenait derrière moi et regardait à l'intérieur du compartiment secret.

— Vous n'étiez pas au courant, n'est-ce pas ?

Son expression perplexe me donna la réponse.

— Qu'est-ce que c'est ? demanda-t-il en désignant les flingues et les bleus de travail.

— La preuve qu'Arturas s'est bien foutu de nous – vous et moi. Il nous a dit que j'étais le seul à pouvoir introduire une bombe dans la salle d'audience, alors qu'il aurait pu le faire lui-même, quand bon lui semblait.

Volchek secoua la tête ; ses lèvres remuaient en silence. Apparemment, il avait du mal à encaisser. Il avait construit sa vie autour de la loyauté de ses troupes. Obéissance sans faille, honneur et fidélité constituaient les piliers de son existence. Il avait vu des jalousies mesquines détruire d'autres Bratva et avait pris les mesures nécessaires pour s'assurer un contrôle total sur ses hommes. Et maintenant, ces fondations s'effritaient.

Je m'écartai pour le toiser.

—On est probablement bâtis un peu pareil. Vous pensez que ça vous irait ? demandai-je, en montrant le bleu de travail de taille L.

—Non, répondit Volchek.

Nous pesions tous deux une quinzaine de kilos de plus qu'Arturas.

—C'est sans doute celui d'Arturas. Les grandes tailles sont pour Gregor et Victor, la petite pour…

—Benny, compléta Volchek.

En l'entendant prononcer ce nom, j'eus l'impression que tout se mettait en place dans mon esprit. Toutes les questions, toutes les incohérences de cette affaire et toutes les manœuvres d'Arturas m'amenèrent à une conclusion irréfutable : tuer Little Benny n'avait jamais fait partie du plan.

—Arturas va faire évader Little Benny. C'était son idée depuis le début. Réfléchissez. Little Benny aurait pu balancer toute la Bratva et trouver refuge dans le programme de protection des témoins. Il ne l'a pas fait ; il vous a accusé du meurtre de Mario, mais rien de plus. Il espérait qu'Arturas prendrait la tête de votre organisation. Arturas ne pouvait pas vous éliminer après l'arrestation de Little Benny, parce qu'il avait besoin de vous. Vous deviez passer en jugement, pour que la procureure appelle Little Benny à la barre. Vous vous souvenez de ce que vous m'avez dit hier matin ? « Même mes contacts ne parviennent pas à le trouver. »

Arturas ne pouvait pas le libérer, puisqu'il ignorait où le FBI le détenait. Même votre informateur, Levine, n'a pas pu vous renseigner là-dessus. Arturas vous a persuadé de vous présenter à votre procès et de tuer Benny avec une bombe qu'il m'a obligé à faire entrer clandestinement dans la salle d'audience. Tout ça, c'est son plan, après tout. Mais c'est juste pour que Benny sorte de son trou. Si Arturas n'avait pas eu ce projet de récupérer Benny, vous seriez déjà loin. Quand il sera appelé à la barre des témoins, Arturas vous tuera, déclenchera une fusillade et en profitera pour filer avec Benny sans demander son reste.

— Non. C'est impossible. Comment est-ce qu'il pourrait s'échapper ?

— En faisant sauter tout le bâtiment. Les camionnettes sont là pour ça. Il veut que tout le monde croie qu'il est mort dans l'explosion, avec Benny, Gregor et Victor. Je ne sais pas exactement comment il compte s'y prendre. Les bleus de travail lui serviront probablement de déguisements. Mais c'est la seule hypothèse qui tienne. Le FBI n'organise pas de chasse à l'homme pour retrouver les morts.

— C'est fou, dit Volchek, faisant un pas en arrière, ses yeux parcourant la pièce.

Je me contractai, Volchek le vit immédiatement.

Toutes ses certitudes, tout ce en quoi il avait cru partait lentement à vau-l'eau. Ça le rendait nerveux, dangereux.

Il se jeta sur moi, mais j'étais prêt.

58

Mon pied le cueillit en pleine poitrine et le projeta en arrière ; Volchek s'écrasa contre le mur capitonné. D'un seul mouvement fluide, je m'emparai d'un des MP5, puis j'arrachai le ruban adhésif qui retenait le chargeur au canon avant de l'insérer dans son logement ; j'armai le pistolet-mitrailleur et le pointai vers Volchek.

Il leva les mains en l'air.

On frappa deux coups à la porte ; Victor cria quelque chose en russe. Alerté par le brouhaha, il voulait probablement s'assurer qu'il n'y avait pas de problème.

— Dites-lui que tout va bien. En *anglais*.

Volchek hésita, avant de lancer :

— Laisse-nous. Tout va bien.

Pendant un moment, aucun de nous deux ne bougea. Les yeux de Volchek ne quittaient pas le MP5.

— Je pourrais vous abattre maintenant, puis attendre qu'Arturas revienne pour le livrer aux hommes de Jimmy. Entre leurs mains, il révélerait rapidement où se trouve ma fille. Mais ce n'est pas ce que je vais faire. Je n'ai l'intention de tuer personne, si je peux l'éviter. Moi aussi, je suis victime d'un coup monté. Au moment où je vous parle, le FBI est en route pour mon appartement ; je pense qu'Arturas y a déposé quelque chose qui me fera porter le chapeau pour toute cette histoire. Alors, je vous propose un nouveau marché. Vous vous renseignez pour savoir où est Amy, et vous la libérez ; un ami à moi viendra la chercher. On fait ça maintenant.

Volchek secoua la tête.

— Vous n'irez nulle part, Flynn. Ce bâtiment grouille de gardes et de flics. Vous essayez encore de me doubler.

— Ma parole, vous êtes complètement idiot ? Si vous ne me croyez pas, regardez le détonateur qu'Arturas vous a donné.

Lentement, il sortit le boîtier de la poche de son manteau.

— Appuyez sur le bouton.

— Quoi ? Si la bombe dans votre veste explose maintenant, dans cette salle, on y passe tous les deux.

— Armez-la. Faites-le.

Il s'exécuta. Rien ne se produisit : aucune vibration dans mon dos, aucune lumière. Détournant son regard du MP5, Volchek examina le détonateur ; il se frotta le front en marmonnant.

— Lancez-le-moi, dis-je.

Je l'attrapai d'une seule main ; le pistolet-mitrailleur toujours braqué sur la poitrine de Volchek, je cognai le boîtier contre un coin du bureau. Le plastique se brisa avec un léger craquement, les murs absorbant le bruit.

Jetant les deux moitiés sur la table, j'assistai à un changement d'expression sur le visage de Volchek, alors qu'il comprenait enfin. Ce détonateur en morceaux, c'était tout son univers qui s'écroulait.

Tombant à genoux, il se prit la tête entre les mains. Ses doigts labourant ses cheveux, il jura.

— Je vous l'ai dit. C'est un coup monté. D'après moi, Arturas est prêt à nous liquider tous les deux pour sauver Benny. Il ne pouvait pas courir le risque de vous donner le vrai détonateur, de peur que vous ne fassiez sauter la bombe, tuant Benny par la même occasion. La voilà votre preuve, là, devant vous. Il vous a menti. À moi aussi. Ce que je ne comprends pas, c'est pourquoi. Pourquoi Arturas prend-il de tels risques pour un seul homme ?

Un rire profond, presque un beuglement, échappa à Volchek, avant qu'il se hâte de l'étouffer en serrant les dents. Il me regarda comme s'il avait affaire à un demeuré.

— Pourquoi croyez-vous que j'ai fait cadeau de cette balafre à Arturas quand Little Benny m'a trahi ? dit-il, labourant violemment sa joue pour refléter la cicatrice qui ornait le visage de son lieutenant. Arturas devait porter la responsabilité de son petit *brat*, cracha Volchek avec dégoût.

Ce mot à nouveau, « *brat* », mais cette fois je le comprenais. J'avais entendu Arturas parler de « *moy brat* » dans une conversation à propos de Benny. Si *bratva* signifiait « fraternité », alors *brat*...

— Son frère. Benny est son frère, dis-je.

Volchek eut un sourire faux et tendit les mains, comme si c'était l'évidence même. Je l'observai une seconde, puis décidai qu'il était enfin convaincu.

— Arturas vous a persuadé de vous présenter à ce procès au lieu de vous enfuir, pour pouvoir vous tuer et faire évader son frère. Vous voulez le laisser s'en tirer comme ça ?

— Non. Mais je n'ai pas confiance en vous.

— Il faudra bien. Libérez Amy et je vous sors de là.

— En allant à la police ou au FBI ? Non, merci.

— C'est impossible, Kennedy ne me croit pas. Et vous ne pouvez pas vous fier à un seul mot de ce que vous a dit Arturas. Je vous parie qu'aucun avion ne vous attend, prêt à décoller. On est tous les deux dans le pétrin. Vous n'avez nulle part où fuir, pas avec Arturas qui cherche à vous piéger et un procès pour meurtre qui plane au-dessus de votre tête. On est dans le même bateau, Volchek. Je ne vois qu'une solution : nous allier pour faire porter le chapeau à Arturas. Libérez Amy et je vous aiderai.

Il mordit son pouce pendant une seconde, puis se releva d'un bond. Il n'avait plus de doute sur la situation. Il était passé à l'étape suivante, celle où il cherchait un moyen de s'en sortir. Il rajusta son pantalon et s'assit.

— Pas question de la laisser partir. Pas avant d'être sûr que je peux me fier à vous.

Je baissai mon arme pour réfléchir.

— Je ne peux rien vous dire qui vous convainque. Moi-même je n'ai pas confiance en vous. Pour l'heure, nous avons un ennemi commun, c'est tout. Donnez-moi un gage de bonne volonté. Amenez-la-moi. J'ai besoin de savoir qu'elle est en vie. J'ai quelqu'un qui la conduira en lieu sûr.

Lentement, Volchek secoua la tête.

— Non. Vous me faites acquitter. Ensuite, je la libère.

— Je n'en aurai pas le temps.

— Alors, il n'y a rien à négocier.

C'était moi qui tenais le flingue, moi seul qui pouvais sauver Volchek de ses propres hommes, mais ça ne comptait pas. Tant qu'il détenait ma fille, il avait toutes les cartes en main.

Et il le savait.

— Connaissez-vous quelqu'un dans votre organisation en qui vous avez toujours toute confiance ?

— Oui. Mon chauffeur, Youri. C'est mon neveu. Il préférerait mourir plutôt que de me trahir. On est du même sang. Et Arturas l'a tenu à l'écart du procès ; il m'a trouvé quelqu'un d'autre pour me conduire la semaine dernière. Arturas aura sans doute emmené votre fille à mon bureau. C'est le seul endroit sûr qui n'est pas très loin en voiture. Youri sera là-bas. Tant que je ne saurai pas qui Arturas a corrompu dans mon organisation – probablement tout le monde –, je ne peux me fier qu'à lui. Arturas n'essaierait même pas de tourner Youri contre moi. Tuer votre fille ne me servira à rien, Flynn ; j'ai un nouveau bouc émissaire. Faites-moi acquitter et je vous la rendrai. Vous avez ma parole.

Ce maniaque était mon dernier espoir. Le dernier espoir d'Amy.

Je n'avais rien d'autre.

Retirant le chargeur du pistolet-mitrailleur, je regardai la mallette ouverte abandonnée sur le sol par le jeune avocat. Je souris, alors qu'une idée se formait dans mon esprit.

— D'accord. Le temps presse. Je m'arrange pour obtenir la relaxe. Vous récupérez Amy pour moi. Ensuite, on s'occupera tous les deux d'Arturas. Voilà ce qu'on va faire…

59

Accompagné du cliquetis des roulettes de la valise, je me hâtai de regagner la table de la défense. Alors que je déballais les dossiers, j'entendis une certaine agitation près de la porte – le balafré était de retour. Arturas et Volchek discutaient sur le seuil de la salle d'audience. Volchek se montrait agressif.

Jean tapota sa montre à mon intention et articula silencieusement : « Désolée ». Elle avait dû plaider ma cause devant la juge et obtenir une réaction glaciale. Pike allait faire son entrée et rappeler le jury. Le témoin, l'agent Martinez, était resté assis à la barre.

Je me levai et me dirigeai vers les Russes qui se disputaient.

— Où est-elle ? fit Volchek.

Arturas chuchota sa réponse.

— Je veux lui parler ; maintenant. L'avocat peut me faire acquitter. Je tiens à le motiver. Mets-la dans la voiture avec Youri et demande à lui parler. Tout de suite, insista Volchek.

— Il a essayé de nous doubler, Olek. On ne peut pas...

— Fais-le, ou je pars pour l'avion.

Volchek jouait son rôle. Arturas avait dû l'informer de l'attaque contre l'appartement de Severn Towers et de ses représailles chez Jimmy où il avait récupéré Amy. Il ne pouvait pas se permettre de laisser Volchek prendre la fuite. Son frère devait être appelé à la barre ou tout son plan s'écroulait.

Arturas tira son téléphone de son manteau, composa un numéro, puis tendit l'appareil à Volchek. Les deux hommes s'éloignèrent.

Je les suivis, surveillant Victor, qui m'observait d'un air méfiant. Le géant, Gregor, alla s'asseoir dans la salle d'audience.

Je rejoignis Volchek et Arturas dans un coin tranquille du hall.

— Youri, c'est Olek. Prends la petite fille – juste toi, personne d'autre – et conduis-la au tribunal. Avec la Mercedes. Envoie-moi un SMS quand tu seras arrivé. Tu attendras dehors. Je te donnerai des instructions. Passe-lui le téléphone…

Il parlait en anglais, pour moi, comme nous en étions convenus.

Un coup de poing dans les côtes me plia en deux. Rapide, discret. Nous étions pratiquement seuls, tout le monde était retourné s'asseoir ; l'audience allait reprendre. Le visage d'Arturas était un masque de haine. Il tenta de me frapper à nouveau, mais j'interceptai son poing.

— Même si votre fille a la vie sauve, vous mourrez aujourd'hui, je vous en fais la promesse, dit-il.

Je ne répondis rien. Il se dégagea, réajusta son manteau, puis cracha par terre.

Volchek mit le téléphone en mode haut-parleur.

Amy ne parvenait pas à articuler le moindre mot. Je n'entendis que ses pleurs, terribles, incontrôlables. J'eus l'impression que mon estomac tentait de grimper hors de mon corps ; je sentais le goût de la bile dans ma bouche. En fond sonore, Youri s'efforçait de la calmer. Amy hurla. Arturas affichait ce même sourire sinistre que j'avais vu pour la première fois la veille. Je tâchai de me concentrer sur Volchek, sur Amy, sur n'importe quoi… tout pour éviter de me jeter à la gorge d'Arturas.

— Elle est blessée ? demandai-je.

Avant que Volchek ait eu le temps de répondre, Youri dit :

— Non. Elle pleure, c'est tout. Je lui apporte des bonbons ?

Youri semblait avoir l'esprit un peu lent.

— Oui. Donne-lui des bonbons. Calme-la, Youri. Et mets-toi en route.

Sans qu'Arturas le voie, Volchek m'adressa un léger signe de la tête. Sa façon de me dire qu'il jouait pleinement son rôle.

J'opinai à mon tour. Le temps était venu pour moi de remplir ma part du contrat.

60

Volchek avait regagné sa place à la table de la défense ; j'allais le rejoindre quand Arturas m'attira à part.

— Je ne suis pas dupe de vos combines d'avocat, dit-il de cette voix grave et froide qui me donnait la chair de poule. Olek s'y est peut-être laissé prendre, mais pas moi. Vous ne pouvez pas gagner ce procès. Vous ne savez *rien*. La bombe dans votre dos n'est pas la seule dans ce bâtiment. Deux autres engins explosifs attendent au sous-sol. Ils sont très gros. Si vous voulez revoir votre fille, je vous conseille d'accélérer les choses pour que Benny monte à la barre. Un mot de tout ça à Olek et je la tue tout de suite.

Je pensai aussitôt que le FBI avait obtenu le mandat nécessaire à la fouille de mon appartement et que Levine avait prévenu Arturas. Or, les éléments incriminants qu'il avait introduits chez moi, quels qu'ils soient, ne devaient pas être découverts avant que le tribunal ait été réduit en cendres. Arturas ne voulait pas que le FBI m'arrête prématurément. Nous allions tous devoir nous adapter à cette nouvelle donne.

11 h 20.

Quarante minutes pour faire monter Little Benny à la barre et obtenir un résultat satisfaisant pour Volchek.

— Mesdames, messieurs, la Cour !

La juge la plus rapide de ce tribunal franchit la porte de son cabinet en courant sur ses petites jambes et s'assit dans son fauteuil. Selon toute vraisemblance, je ne disposais pas réellement de quarante minutes. Les hommes de Kennedy seraient dans mon appartement d'un moment à l'autre. Mais je devais croire que j'aurais assez de temps. Je n'avais pas le choix.

Je réglai le compte à rebours de ma montre sur midi.

— Vous aurez besoin de ça, dit Arturas, m'enfonçant quelque chose de dur dans l'estomac.

Mes mains se refermèrent sur l'objet avant qu'il ne tombe. Je sus ce que c'était sans même le regarder. Le stylo qu'Amy m'avait offert ; je l'avais donné à Jimmy pour qu'il puisse prouver à ma fille qu'elle avait affaire à un ami. Il était humide ; je baissai les yeux et vis du sang pas encore sec sur le capuchon.

Avant que je lui pose la question, Arturas marmonna :

— Ce n'est pas le sien, monsieur Flynn. Elle le tenait quand j'ai abattu l'homme qui se trouvait à côté d'elle. Débrouillez-vous pour faire monter Benny à la barre, et vite.

— Vous avez terminé, maître ? demanda la juge Pike, alors qu'Arturas regagnait sa place. Nous reparlerons de votre manque de ponctualité à la fin du procès. Maintenant que vous avez eu votre petite pause, monsieur Flynn, avez-vous d'autres questions pour ce témoin ?

Volchek me fit un signe de la tête.

Je chassai le mandat de perquisition et les camionnettes bourrées d'explosifs de mon esprit. Rien de tout cela ne comptait. Volchek attendait des résultats. Je devais me surpasser – pour Amy. J'étais sur le point de jouer la vie de ma fille dans un prétoire.

— Juste quelques-unes, Votre Honneur.

Martinez sourit. Il avait espéré en avoir terminé.

— Agent Martinez, on vous a confié la responsabilité de l'enquête sur le meurtre de M. Geraldo, n'est-ce pas ?

— Oui.

— Est-il exact que le Témoin X est l'homme qui a tiré sur M. Geraldo et l'a tué ?

— Oui, mais il affirme avoir agi sur ordre de votre client.

— Et les policiers l'ont trouvé dans l'appartement de la victime avec l'arme qui a tué M. Geraldo, crime pour lequel il est ultérieurement passé aux aveux ?

— Oui.

— Je sais que vous n'êtes pas avocat, mais vous avez enquêté sur nombre d'homicides et assisté à beaucoup de procès de ce genre. Si on retrouvait un suspect dans un appartement avec le défunt et l'arme du crime à ses pieds, dans l'affaire qui nous occupe un pistolet encore fumant, sa défense serait plutôt mal engagée, non ?

Martinez réprima un sourire et répondit :

— Sauf si vous le représentiez, monsieur Flynn.

Le jury ricana. Le flic leur plaisait. Je marchais sur des œufs.

— Étant donné votre expérience des procès pour homicide, diriez-vous qu'un homme dans sa position serait prêt à tout pour obtenir une peine plus légère ?

— C'est possible.

— Et aucune des preuves relevées lors de l'expertise médico-légale de la scène de crime n'a permis d'établir un lien entre ce meurtre et l'accusé ?

— Non. Juste le billet de banque de un rouble trouvé en possession du Témoin X.

— Les empreintes digitales de l'accusé n'étaient pas sur ce billet, n'est-ce pas ?

— Les seules empreintes lisibles provenaient du Témoin X et du policier qui a procédé à son arrestation. Les autres ont été embrouillées par celles de ces personnes.

— Excusez-moi, agent Martinez. Votre réponse est donc : « Non. Les empreintes digitales de l'accusé n'ont pas été trouvées sur le billet de banque de un rouble. » C'est bien cela ?

— Les empreintes de l'accusé n'ont pas été trouvées.

— Agent Martinez, n'est-il pas vrai que le NYPD a, dans le passé, obtenu des condamnations grâce à des empreintes palmaires partielles ?

— Je crois, oui.

— Les empreintes palmaires de l'accusé n'ont pas été trouvées sur le billet.

— Non, effectivement.

— Ainsi, aucune preuve relevée lors de l'expertise médico-légale ne suggère qu'Olek Volchek a touché ce billet ?

Martinez regarda Miriam, mais elle ne pouvait rien pour lui.

— Exact.

— Pas d'autres questions.

Pas mirobolant, comme contre-interrogatoire, mais j'avais obtenu le maximum. En une heure, j'aurais pu faire mieux, mais je n'avais pas le temps.

— Plus rien non plus pour ce témoin, dit Miriam.

Je chuchotai à Volchek :

— Quel modèle de Mercedes Youri conduit-il ?

— Une Classe S, blanche.

Le policier remercia la juge et se leva. Dans ces moments où un témoin quitte la barre et qu'on appelle le suivant, la juge, les avocats et la foule semblent prendre une petite pause – un peu comme quand un nouveau batteur arrive sur le marbre au cours d'un match. Arturas était assis derrière moi, à ma droite. Je me penchai vers la gauche, le téléphone de Kennedy dans ma paume, pour saisir un SMS à l'intention de Jimmy : « Passé un marché avec Volchek. Amy dans une Merc. Classe S blanche garée qqe part autour du tribunal. Ne fais rien avant mon signal, mais tiens-toi prêt. »

61

— Madame Sullivan, pouvons-nous entendre le témoin suivant ? demanda la juge Pike.

— Oui, Votre Honneur. Le Ministère public appelle Nikki Blundell à la barre.

Une jeune femme ravissante à la peau pâle se leva dans la salle. Elle portait un long pantalon évasé noir avec un chemisier crème ; ses cheveux auburn étaient noués dans un chignon. Grande et athlétique, elle marchait rapidement, avec des mouvements pleins de grâce. La procureure en aurait probablement pour une demi-heure avec elle. Je courus vers Miriam, alors que la danseuse exotique ouvrait la petite porte donnant accès au box.

— Gagnons du temps, d'accord ? lui proposai-je. Laissez tomber la danseuse. Appelez le Témoin X – qu'on en finisse.

— Elle est la suivante sur ma liste, Eddie. Vous allez devoir patienter encore un peu avant l'entrée en scène de mon témoin-vedette.

— Alors, posez-lui des questions tendancieuses. Je ne formulerai aucune objection. Mais qu'on avance.

D'ordinaire, l'accusation n'a pas le droit de procéder ainsi. Mais j'avais besoin de donner un coup d'accélérateur, et Miriam ne se ferait pas prier pour saisir cette occasion d'orienter Nikki sur les points forts de son témoignage.

Alors que je me tenais à côté de Miriam, je sentis le portable de Kennedy vibrer. Le dos tourné à Arturas, je consultai mes messages – une réponse de Jimmy. « J'attendrai. Envoie Lézard en renfort. »

Pendant que Nikki Blundell prêtait serment, je tapai discrètement un SMS. « Pistolet planqué dans poubelle près ascenseur sous-sol. »

Miriam ne perdit pas de temps.

— Mademoiselle Blundell, vous êtes danseuse au *Sirocco Club* dans 12th Street, n'est-ce pas ?

— Oui.

Nikki Blundell avait l'élégance d'une femme active et parlait presque sans accent. Miriam avait dû soigneusement choisir ses vêtements pour lui donner une allure aussi éloignée que possible du stéréotype de la danseuse de boîte de nuit.

— Et que faites-vous quand vous ne travaillez pas au *Sirocco Club* ?

— Je suis étudiante en droit à Columbia.

Moi qui avais misé sur une jolie fille un peu vulgaire dont je n'aurais fait qu'une bouchée, j'en étais pour mes frais. Nikki venait soudain de devenir le genre de témoin semi-professionnel que les jurés adorent.

— Vous vous produisez au *Sirocco Club* depuis un an, c'est bien ça ?

— Oui.

— Les études de droit et la danse érotique, c'est un mélange un peu inhabituel, non ?

Toute la salle d'audience parut tendre l'oreille. Les jurés semblèrent gênés, mais sourirent et se penchèrent en avant pour entendre ce qu'elle avait à dire.

— Je fais du pole dancing ; mon style est plus exotique qu'érotique. Très esthétique. (Elle se tourna vers le jury pour la dernière partie de sa réponse.) J'ai appris à danser au foyer à côté de mon église. De nos jours, beaucoup de filles en font pour se maintenir en forme. C'est un excellent exercice physique et les pourboires sont incroyables. Ça me permet de payer mes études. Je ne pourrais jamais gagner autant en étant serveuse dans un restaurant. Et puis, mon père est d'accord – c'est le pasteur de la paroisse. Alors, je me suis dit : pourquoi pas ?

Les membres du jury échangèrent des hochements de tête approbateurs. Même certaines dames portant une croix autour du cou sourirent et haussèrent les épaules. Je venais soudain de perdre définitivement l'avantage qu'aurait pu me donner le choix de carrière de Nikki Blundell.

— Mademoiselle Blundell, je voudrais à présent revenir avec vous sur la nuit du 4 avril, il y a environ deux ans. Vous travailliez au *Sirocco Club* ce soir-là et vous avez vu quelque chose ?

— Oui. Je terminais mon numéro quand j'ai aperçu un flash dans la foule. Ça a attiré mon attention, parce que la direction est très stricte sur ce point : les clients n'ont pas le droit de prendre des photos. Alors j'ai voulu savoir qui c'était.

— Et qu'avez-vous vu ?

— L'accusé, cet homme, là-bas. (Elle pointa Volchek du doigt.) Je l'ai vu clairement. Il se disputait avec le client qui avait dû prendre la photo. Il y a eu une bousculade, puis chacun est parti de son côté.

— Et vous êtes absolument certaine que l'un de ces deux hommes était l'accusé ?

Nikki regarda le jury, hocha la tête et confirma :

— Je le jurerais sur ma vie. C'était bien lui. J'en suis sûre à cent pour cent. Il s'est jeté sur l'autre type comme s'il voulait le tuer. C'était lui, aucun doute possible.

Une réponse formidable ; Miriam marqua une pause, laissant au jury une seconde ou deux pour la méditer. Certains des jurés échangèrent des regards entre eux. Nikki avait fait très forte impression.

— À quelle distance de l'accusé et de l'autre homme vous trouviez-vous ?

— Je dirais une vingtaine de mètres.

— Pendant que vous assistiez à la dispute, avez-vous reconnu l'homme à l'appareil photo ?

Je soulignai « appareil photo » dans mes notes. Il me vint une idée sur la façon de gérer Little Benny tout en obtenant un peu de temps en privé avec Volchek.

— Non, pas sur le moment. Mais une semaine plus tard, sa photo est parue dans le journal. L'article disait que son nom était Mario Geraldo et qu'il avait été assassiné le lendemain de cette soirée au *Sirocco Club*. C'était affreux ; j'ai décidé d'appeler la police.

— Par la suite, quand vous vous êtes présentée au commissariat, on vous a montré des photographies d'individus pour vous aider à reconnaître l'agresseur de Mario Geraldo. Vous en souvenez-vous ?

— Oui. J'en ai regardé beaucoup avant de tomber sur celle de l'homme qui s'était disputé avec la victime.

Miriam brandit un portrait de Volchek. Le NYPD en a de tous les chefs de bande présumés de la ville.

— S'agit-il de la photo que vous avez sélectionnée ?

— Oui. C'est bien l'homme qui a agressé le type à l'appareil photo.

— Le procès-verbal indiquera que le témoin a identifié une photo de l'accusé, Olek Volchek.

Une nouvelle pause pour soigner ses effets.

— Mademoiselle Blundell, l'accusé pourrait vous rétorquer que la scène s'est déroulée dans une boîte de nuit bondée. Comment avez-vous pu voir ce qui se produisait aussi clairement ?

— Parce que j'étais sur scène ; j'avais donc une vue d'ensemble. En fait, j'avais une vue de rêve, puisque j'occupais une position surélevée.

— Mademoiselle Blundell, vous affirmez que cette dispute a eu lieu le 4 avril, vingt-quatre heures avant que Mario Geraldo, la victime dans cette affaire, soit assassiné. Qu'est-ce qui vous permet d'avoir une telle certitude concernant cette date en particulier ?

— Oh ! c'est facile. C'était l'anniversaire de ma grand-mère le lendemain. Je me rappelle qu'après le travail je suis rentrée chez moi et je lui ai fait un gâteau jusqu'à 5 heures du matin.

Miriam se détourna du témoin, puis m'adressa un clin d'œil, avant de rejoindre ses collaborateurs à la table de l'accusation. Je parcourus mes notes.

— Elle a été vraiment bonne, commenta Volchek.

— J'en fais mon affaire en douze questions, répondis-je.

62

— Mademoiselle Blundell, aviez-vous bu cette nuit du 4 avril ?

Je voulais me débarrasser des questions difficiles dès le départ.

Elle se pencha vers le jury, comme si la réponse devait rester entre eux.

— Le gérant apporte une bouteille de champagne dans la loge, à partager entre toutes les danseuses, avant de monter sur scène. Alors, j'ai dû en prendre… peut-être un verre ?

— Vous avez affirmé vous trouver à une vingtaine de mètres des deux hommes qui se disputaient ; auriez-vous pu être à vingt-cinq, voire trente mètres de distance ?

— Non, pas autant. Je dirais vingt-cinq mètres grand maximum.

— Le *Sirocco Club* était-il bien éclairé, comme le sont la plupart des boîtes de nuit dans cette partie de la ville ?

Elle rit, se couvrant la bouche avec la main et battant des cils à l'intention du jury.

— Non, bien sûr. Il faisait sombre.

— Mais *vous* étiez bien éclairée. Vous êtes l'une de leurs vedettes ; vous aviez peut-être deux ou trois projecteurs braqués sur vous ?

— Quatre en fait. Non, attendez… Si, je pense que c'est quatre.

—Et quelle est la capacité du *Sirocco* ? Deux, trois mille personnes ?

—Le 4 avril était un vendredi ; la boîte était probablement pleine. Alors, oui, environ deux mille, facilement. Mais je sais ce que j'ai vu. Comme je l'ai dit, le flash a attiré mon attention. J'ai vu cet homme, l'accusé, qui attaquait M. Geraldo. Je l'ai vu clairement.

Miriam l'avait bien dressée ; elle martelait son identification de Volchek dès que l'occasion se présentait.

—Résumons-nous : vous aviez consommé de l'alcool, vous étiez sans doute assez fatiguée parce que vous veniez de terminer votre numéro, et vous aviez quatre gros projecteurs braqués sur le visage ; pourtant, à vingt-cinq mètres de distance, parmi une foule de deux mille personnes, vous avez été capable de reconnaître distinctement l'accusé ?

Nikki Blundell décroisa et recroisa les jambes, cligna rapidement des yeux pendant quelques secondes, regarda le jury et répondit :

—Oui.

Deux des jurés se calèrent dans leur siège et croisèrent les bras ; ils commençaient à douter de la première impression que leur avait laissée Nikki Blundell.

—Sur le moment, cette dispute ne vous a pas particulièrement marquée ; vous n'avez pris contact avec la police qu'après avoir lu un article dans le journal, illustré par la photo de M. Geraldo. C'est bien votre témoignage ?

—Oui.

—Cet article-là ? demandai-je, montrant une copie du *New York Times* que j'avais trouvée la nuit précédente dans un des dossiers. La page était pliée en deux ; je laissai le témoin et le jury voir le titre, la photo de Mario et la manchette : « UN MEURTRE LIÉ À LA MAFIA ».

—Oui, c'est bien cet article.

—Lors de votre interrogatoire par Mme la Procureure, vous avez déclaré avoir reconnu l'accusé parmi les photos que la police vous a soumises au commissariat. Vous l'avez identifié comme l'homme qui s'était disputé avec la victime, affirmant que votre choix n'avait été guidé que par vos souvenirs des événements de cette nuit du 4 avril au *Sirocco Club*. C'est bien cela ?

— Oui.

— Vous n'aviez jamais vu de photo de l'accusé auparavant ?

— Non. Bien sûr que non. Je n'avais jamais vu de photo de lui auparavant.

Je retournai le journal, laissant le témoin et le jury voir ce qui se trouvait sous le pli : une photo de Volchek sortant du tribunal, après sa mise en accusation pour le meurtre de Mario.

— Le procès-verbal indiquera que l'article que le témoin reconnaît avoir lu avant de contacter la police comporte une photographie de l'accusé, Olek Volchek, dis-je, prenant bien soin de ne pas poser directement la question à Nikki Blundell, ce qui lui aurait permis de s'expliquer.

Une photo de la scène de crime à la main, je poursuivis :

— Quand vous avez aperçu l'accusé parmi une foule nombreuse, dans le noir, à une distance de vingt-cinq mètres et avec quatre projecteurs braqués sur votre visage, portait-il une barbe, comme aujourd'hui, ou était-il bien rasé ?

À nouveau la vieille ruse de mon père. Elle vit le document que je tenais et se mordit la lèvre. Pour autant qu'elle sache, j'avais peut-être en ma possession des images de la vidéosurveillance avec Volchek quittant la boîte cette nuit-là. Elle ignorait s'il était rasé ou pas, et comment lui en vouloir ? Ce genre de détail échappe à la plupart des témoins oculaires, même les plus honnêtes. Elle devait se montrer prudente, d'autant plus que j'avais déjà réussi à la coincer avec l'article du journal.

— Je ne sais pas. J'étais trop loin.

Je me penchai et notai la réponse sur mon bloc, répétant les mots à voix haute, à l'intention du jury, alors que j'écrivais.

— Je… ne… sais… pas… J'étais… trop… loin. Une dernière question, mademoiselle Blundell. À la fin de vos études, avez-vous

l'intention de postuler pour un emploi auprès du bureau du procureur ?

— Je n'y avais pas songé.

Même si elle disait vrai, cela n'empêcherait pas le jury d'y penser.

— Merci, mademoiselle Blundell.

Certains jurés lancèrent un regard sévère à Miriam, comme si elle leur avait fait perdre leur temps.

— Madame la Procureure ? dit la juge Pike.

Miriam secoua la tête. Alors que Nikki quittait son box, elle esquissa un sourire à l'intention de Miriam qui prit soin de l'ignorer.

— Votre Honneur, le Ministère public appelle le Témoin X à la barre.

63

L'huissier ouvrit une porte sur le côté droit de la salle d'audience, à environ deux mètres de la barre des témoins. Un garde portant un béret noir attendait de l'autre côté. Il entra, suivi par un homme vêtu d'un costume élégant à qui il retira ses menottes.

Volchek tenait le détonateur dans sa main, bien visible pour Arturas. Plutôt petit, le Témoin X présentait bien. Alors qu'il approchait du box, je l'observai attentivement. Ces yeux, cette bouche… Je reconnus ce visage. Bien que moins grand et plus jeune qu'Arturas, il partageait les traits durs de son aîné. Je regardai par-dessus mon épaule ; Arturas souriait à son frère, pas avec sa froideur habituelle, mais de manière complice.

Benny était au courant de son plan.

La greffière donna le choix au témoin : prêter serment sur la Bible ou faire une déclaration solennelle. Benny prit la Bible dans sa main droite et lut ce qui était écrit sur la carte. Après que Benny eut terminé, la juge Pike l'autorisa à s'asseoir.

Je consultai ma montre : plus que vingt minutes avant midi.

Si je laissais Miriam mener l'audition de Little Benny à sa guise, je n'aurais même pas le temps de commencer mon contre-interrogatoire. J'avais ma petite idée sur la façon de régler ce problème.

Mais j'avais besoin d'une ouverture, d'une brèche par laquelle m'engouffrer. Avec un peu de chance, Miriam m'en offrirait l'occasion dès sa première question. Je retins ma respiration, alors qu'elle posait ses notes, regardait le témoin et se lançait exactement comme je l'avais espéré.

— Pouvons-nous vous appeler monsieur X ?

Je me dressai, la main levée.

— Objection, Votre Honneur !

Déconcertée, Miriam eut un mouvement de recul. Puis la confusion céda rapidement la place à la colère. Sa voix prit un rythme saccadé, chaque syllabe me faisant bien comprendre la répugnance que je lui inspirais.

— Votre Honneur, jusqu'à présent, j'ai toléré le comportement de M. Flynn, mais ceci est inexcusable. Il ne peut tout de même pas s'opposer à ce que je pose cette question.

Jusqu'à cet emportement de la procureure, la juge Pike me dévisageait comme si je venais de pisser sur le sol. Faisant glisser ses lunettes sur le bout de son nez, elle adressa une réprimande silencieuse à Miriam en la regardant par-dessus sa monture, comme pour lui dire : « Dans cette cour, c'est moi qui mate les fortes têtes, madame Sullivan, ne l'oubliez jamais. »

— Qu'est-ce qui vous prend, monsieur Flynn ? Vous ne pouvez pas vous opposer à cette question. Objection rejetée. Maintenant, asseyez-vous et tenez-vous tranquille tant que vous n'aurez pas une objection valable, dit la juge Pike.

Je n'en avais pas terminé.

— Votre Honneur, je proteste, et si vous le permettez, j'aimerais m'en expliquer.

J'avais besoin qu'elle m'écoute pour pouvoir la convaincre. Avant qu'elle ne me coupe à nouveau, je poursuivis :

— Votre Honneur, dans toute cour des États-Unis, un homme ou une femme a le droit de connaître celui ou celle qui l'accuse. Ce droit est garanti par le Sixième amendement. Je souhaite déposer une requête devant cette cour afin d'obtenir le respect de ce droit.

Une expression de pure incrédulité envahit le visage de Gabrielle Pike. Elle se tourna vers Miriam, comme pour appeler à la rescousse quelqu'un doté d'un minimum de bon sens.

— Je ne comprends pas pourquoi M. Flynn a attendu jusqu'à maintenant pour aborder cette question, Votre Honneur. Ce témoin figure sur la liste depuis des mois. M. Flynn a eu largement assez de temps pour formuler une objection juridique de cette nature. J'invite Votre Honneur à rejeter sa requête.

Elle s'améliorait : « inviter » au lieu de « demander ».

— Monsieur Flynn, je pense que vous auriez dû soulever ce point plus tôt. Mais comme vous avez choisi de le faire à une phase aussi importante de ce procès, vous m'obligez à suspendre l'audience cinq minutes pour que mon greffier puisse trouver la jurisprudence applicable. Le jury n'aura pas à écouter ce débat juridique. Nous ne le rappellerons que lorsque nous serons prêts à reprendre l'audition des témoins. Étant donné que le maintien de l'anonymat du Témoin X est au cœur de ce débat, je suppose, madame Sullivan, que vous souhaitez que M. Flynn soutienne sa requête à huis clos ?

— Oui, Votre Honneur.

À huis clos. La cour siégerait sans jury et sans public.

— Faites évacuer la salle, dit la juge, qui se leva et se dirigea vers son cabinet.

J'entendis le rire de Volchek derrière moi.

— Je savais que vous gardiez une carte dans votre manche.

L'huissier fit sortir tout le monde, à l'exception des avocats et de l'accusé.

Arturas empoigna la valise.

— Eh ! je vais avoir besoin des dossiers, protestai-je.

Après une seconde d'hésitation, il commença à s'éloigner avec la valise.

— Arturas, attends, intervint Volchek. Puisqu'il te dit qu'il en a besoin.

Pour autant qu'Arturas le sache, ni son patron ni moi n'avions le moindre soupçon sur le réel contenu de la Samsonite. Il finit par céder ; alors qu'il quittait la salle, il tapota sa montre du doigt en me fixant du regard.

Ce bref ajournement écourtait mon temps avec Benny, mais je voulais faire une nouvelle tentative avec Volchek.

Quand j'eus l'assurance que nous étions seuls et hors de portée d'oreille de l'accusation, je posai le téléphone de Kennedy sur la table. J'avais promis à Volchek que je nous obtiendrais une fenêtre en privé pour arranger l'échange. Secrètement, j'avais espéré qu'il en aurait vu assez à ce stade pour libérer Amy.

— On y est. Je vais mettre le paquet avec Little Benny. Laissez partir Amy. Appelez votre chauffeur.

— Non. Pas encore. On s'en tient au plan. Je veux d'abord une décision de la cour. Pour l'instant, on s'occupe de l'échange, comme prévu.

Il composa un numéro sur son téléphone et patienta. Je fis de même.

Jimmy décrocha le premier.

— C'est moi. Tu vois la bagnole ?

— Oui. Je me trouve à une dizaine de mètres. Le conducteur est dans la rue, adossé à la portière arrière. Tu ne peux pas faire confiance à Volchek. Il te baisera à la première occasion et il tuera Amy, dit Jimmy.

La main en coupe devant ma bouche, je répondis à voix basse :

— Je ne pense pas. Au moment où je te parle, il ne peut se fier qu'à moi s'il veut sauver sa peau. Il a besoin de moi. Mais si ça tourne au vinaigre, je compte sur toi pour… Amy est tout ce que…

— Je sais. Je pourrais la récupérer tout de suite. Attends. Le type de la Mercedes vient de prendre son portable.

Volchek commença sa conversation en russe.

— En anglais, lui rappelai-je.

— Youri, ne fais rien avant d'avoir reçu mon signal. Ce sera un appel ou un SMS. Soit tu laisseras la fille partir, soit… enfin, tu sais ce que tu as à faire.

— Eddie, ce gars est armé. Il m'a fait voir le pistolet qu'il garde dans la poche de son manteau. Il se tient à côté de la portière, je ne pourrai jamais le neutraliser à temps pour reprendre Amy. Si elle est à l'arrière, il lui faudra à peine une seconde, dit Jimmy.

— Attends le moment de l'échange. Je t'appellerai. Si je n'appelle pas... S'il m'arrive quoi que ce soit, promets-moi de la sortir de là. Dis-lui... dis-lui que papa est désolé. Dis-lui que je l'aime...

Ma gorge se serra à l'idée de perdre ma fille.

— Elle sait tout ça. Tu peux compter sur moi. Bonne chance, mec. Lézard ne devrait pas tarder à te rejoindre.

La porte du cabinet s'ouvrit ; la juge Pike apparut.

Volchek et moi mîmes fin à nos communications et rangeâmes nos téléphones.

Dès que mon appareil se retrouva dans ma poche, je le sentis vibrer. Pike me fixait du regard. Pas question de prendre connaissance de ce message. Pas pour l'instant.

64

— Quelle est votre requête, monsieur Flynn ? demanda la juge.

— Votre Honneur, vous avez sans doute lu le Ministère public contre Stannard.

Ce dossier faisait jurisprudence sur les preuves à apporter par l'accusation pour pouvoir garder secrète l'identité d'un témoin. Tout avocat au criminel qui se respecte a eu à se frotter à ce problème. Pour ma part, la question s'était posée à deux reprises ; chaque fois, un flic en civil s'était fait passer pour un acheteur potentiel auprès d'un dealer pour le coincer. Comme souvent dans des affaires de ce genre, lors du procès, le policier n'avait été connu devant la cour que par son matricule.

— Le fait que ce témoin reste anonyme porte préjudice à la défense de mon client ; cela affecte défavorablement notre capacité à le représenter de manière efficace. Votre Honneur, je demande la permission de procéder au contre-interrogatoire du Témoin X sur ce point. Je ne chercherai pas à révéler son identité. S'il pense qu'une menace pèse sur sa vie, je souhaite simplement l'entendre sur ce qui a pu le conduire à le croire. Si vous statuez que les preuves qu'il apporte sont insuffisantes, alors il n'y a aucune raison pour que son identité soit protégée et son nom devrait être connu.

— L'accusation y consent. Nous pouvons procéder à une rapide audition, dit Miriam. À condition que le jury y assiste.

Elle n'avait pas tardé à contre-attaquer. C'était plutôt malin de sa part. Elle voulait que je malmène Little Benny devant les jurés, de manière à susciter leur sympathie envers lui et me faire passer pour un dur à cuire par la même occasion.

— D'accord, acceptai-je.

Little Benny devait monter à la barre le plus tôt possible.

— Parfait. Rappelons le témoin et le jury. Si le jury est présent, je suppose qu'aucun de vous n'a d'objection à ce que l'audience reprenne en public ?

Miriam et moi secouâmes la tête.

— Je serai dans mon cabinet jusqu'à ce que le jury ait repris place, conclut Pike en se levant.

Cela me donnait un peu de temps. Le garde s'éclipsa pour chercher le Témoin X.

L'huissier ouvrit les portes et la tribune se remplit à nouveau. Arturas, Victor et Gregor revinrent dans la salle d'audience. Alors qu'Arturas regagnait son siège, il pianota sur son téléphone, puis le tint contre son oreille pendant quelques secondes. N'obtenant visiblement pas sa communication, il vérifia l'écran de l'appareil et renouvela l'appel. En arrivant au premier rang, il rangea son portable, de peur que la juge ne le voie. Avant de s'asseoir, il regarda avec envie en direction de l'entrée de la salle d'audience. Il prit place et croisa les bras. Il essayait probablement de joindre quelqu'un, quelqu'un qui aurait dû franchir ces portes d'un moment à l'autre, mais ne s'était toujours pas manifesté.

Je sentis à nouveau vibrer le téléphone de Kennedy. Arturas s'était installé plus près de moi. Je ne pouvais pas consulter mes messages à son insu. Je chuchotai, assez fort pour être entendu par Volchek et lui :

— Je dois parler à la procureure, pour voir si elle a l'intention de faire référence à d'autres jugements.

Volchek fit mine d'y réfléchir une seconde.

— D'accord.

Miriam me jeta un regard mauvais, alors que j'approchais de sa table. Je restai debout, penché vers elle, brassant des papiers. Je tournais le dos à Volchek. Le téléphone s'arrêta de vibrer.

— J'ai quelque chose à vous montrer, dis-je à Miriam, alors que je m'emparais de ses copies des photos de scène de crime.

— Quoi ? Encore ces fameuses photos qui n'y sont pas… Laissez tomber. Le jury s'en contrefout, et moi aussi.

— Venez par là.

Elle se leva et se tint à ma gauche, me soustrayant efficacement au regard des Russes. Alors que je la baratinais à propos du cadre cassé, je sentis le téléphone de Kennedy vibrer à nouveau. Deux salves brèves, puis plus rien. Il avait dû recevoir plusieurs appels et SMS.

Je sortis subrepticement le combiné dès que l'attention de Miriam se concentra sur les photos.

Deux SMS et quatre appels en absence attendaient sur le portable de Kennedy.

Je regardai les appels. Deux en provenance d'un dénommé « Ferrar » et deux autres d'un certain « Weinstein ». Probablement des agents du FBI. Je consultai les SMS.

Le premier avait été envoyé cinq minutes plus tôt, par Ferrar. « On est chez l'avocat. C'est confirmé ? On entre dans 60 secondes sauf contre-ordre. »

J'ouvris le dernier SMS, arrivé deux minutes plus tôt. J'avais terriblement sous-estimé Arturas. « Trouvé lettre suicide Eddie Flynn. Va tout faire sauter. Trouvé manifeste pour le *Sacha* et plans du tribunal. Arrêtez-le et fouillez le bâtiment. »

Le téléphone vibra dans ma main – encore Ferrar. Miriam était bien trop occupée par les photos pour le remarquer. Elle n'avait rien vu. Je regardai par-dessus son épaule. Kennedy était assis quatre rangs en arrière. Seul. Aucun autre agent ne l'accompagnait. Tant que son portable serait en ma possession, il resterait injoignable pour ses collègues. Je fis défiler le scénario le plus probable dans ma tête. Ferrar et Weinstein étaient sans doute déjà en route ; j'estimai qu'il leur faudrait une demi-heure, quarante minutes tout au plus, pour couvrir la distance séparant mon appartement du tribunal. Et si Ferrar ne parvenait pas à parler à Kennedy, il tenterait d'appeler d'autres agents.

La porte à doubles battants s'ouvrit à la volée et Coulter se précipita vers Kennedy pour lui murmurer quelque chose à l'oreille. Kennedy se leva et commença à avancer vers moi. Je m'écartai de Miriam et me tins au milieu de la salle d'audience, à cet emplacement que les avocats surnomment « le puits ». Dégainant son arme à mesure qu'il approchait, Kennedy cria :

— Plus un geste, Flynn. Vous êtes en état d'arrestation.

J'avais échoué.

65

Quand Volchek aperçut Kennedy qui se dirigeait vers moi, son pouce droit glissa sur son téléphone.

Pour une fois, je restai sans voix.

Kennedy se planta devant moi, le canon de son Glock pointé sur ma tête. Coulter avait également sorti son arme, mais il se tenait en arrière, afin de couvrir son patron.

— Vous faites une terrible erreur, dis-je, alors que je levais les mains.

— À plat ventre, lentement, m'ordonna Kennedy.

— Vous ne pouvez pas faire ça à mon avocat, protesta Volchek. C'est du harcèlement.

Gardant mes mains en l'air, je mis un genou à terre, puis deux, avant de poser mes paumes sur le sol et de m'allonger. Le marbre était froid contre ma joue. Écartant les bras tel un crucifié, j'entendis mon pouls battre dans mes oreilles.

On me tira les poignets dans le dos pour me passer les menottes. Un bras puissant me hissa sur mes pieds.

— Qu'est-ce que vous faites, bon sang ? s'exclama Miriam. Je vous ai pourtant dit de ne pas tomber dans le panneau. Vous ne comprenez pas qu'Eddie vous mène en bateau ? En l'arrêtant, vous entrez dans son jeu. Il cherche à obtenir l'annulation de ce procès ! Enlevez-lui ces foutues menottes avant que le jury ne revienne.

L'agent ignora Miriam.

Je parvins à chuchoter à Kennedy :

— Ayez confiance en moi. Ne faites pas ça. Les Russes tiennent ma fille. Arturas va faire évader son frère. Il a planqué des armes automatiques dans cette valise.

Kennedy fit un pas en avant, afin de pouvoir regarder par-dessus les têtes des spectateurs dans la tribune. La Samsonite était ouverte, avec un dossier posé sur son double-fond.

— Elle est vide, Flynn. C'est trop tard. On a trouvé votre lettre de suicide chez vous, avec le manifeste du *Sacha* et les plans du tribunal. C'est terminé.

À ce moment-là, je n'avais plus qu'à espérer que Jimmy réussirait à libérer Amy et à la ramener auprès de sa maman. Je n'avais pas prié depuis longtemps. Les mains jointes, je demandai à Dieu d'aider Jimmy à sauver ma fille. La douleur dans mes membres m'élança ; mon corps me parut lourd, lent. J'étais rattrapé par la fatigue, alors que mes ultimes réserves d'adrénaline s'épuisaient dans mon échec.

Kennedy m'escortait hors de la salle d'audience, quand il prit conscience qu'il avait créé par mégarde une petite émeute chez les journalistes qui se précipitaient vers la sortie pour me prendre en photo avec les menottes.

Derrière moi, une voix stoppa net l'homme du FBI :

— Monsieur l'agent ! Vous, là ! Tournez-vous, bon sang !

Je connaissais cette voix.

Kennedy et moi nous retournâmes. La juge Pike était debout devant son fauteuil avec, à côté d'elle, le juge doyen Harry Ford. Il n'avait plus l'air d'un vieux magistrat ayant dépassé la soixantaine. Il se tenait le dos bien droit, le menton fier.

— Qui êtes-vous ? demanda Harry, la force de son regard suffisant à clouer Kennedy sur place.

— Agent spécial William Kennedy. J'emmène le suspect pour interrogatoire, répondit-il, faisant mine de se tourner pour repartir.

— *Agent spécial* Kennedy, je vous garantis que si vous franchissez cette porte avec votre prisonnier, vous redeviendrez *monsieur* Kennedy dans l'heure. Enlevez-lui ces menottes et allez vous asseoir, dit Harry, sur un ton qui évoquait davantage le capitaine de ses années dans l'armée que le juge.

Kennedy se retourna, mais sans m'ôter les bracelets.

— Garde, dit Harry, s'adressant à l'homme qui venait d'entrer dans la salle d'audience avec Benny. Si l'agent spécial Kennedy ne relâche pas M. Flynn, je vous demande de l'arrêter. S'il résiste, abattez-le, tonna Harry.

Kennedy se mit à protester.

— Cet homme est un... commença-t-il – grosse erreur.

— Si ces menottes sont encore là dans cinq secondes, je vous promets un long séjour dans les cellules de ce tribunal.

Kennedy nous regarda tour à tour Harry et moi. Un silence comme je n'en avais jamais entendu tomba sur la salle d'audience. La respiration de l'agent du FBI se fit plus bruyante. La force proprement magnétique que semblait dégager Harry avait visiblement trouvé un réceptacle en la personne du garde qui avait dégainé son arme et avançait en la pointant sur Kennedy. Il n'avait vraiment pas l'air de plaisanter. Kennedy se pencha vers moi.

— Vous allez tout faire sauter, Eddie ? me chuchota-t-il en aparté. En finir une bonne fois pour toutes.

— C'est un coup monté. Je ferai tout ce qui est en mon pouvoir pour sauver ma fille.

— Où est la bombe ?

— Je vous l'ai dit, Levine est corrompu.

Je ne pouvais pas lui révéler l'existence des camionnettes au sous-sol, sinon Kennedy ordonnerait l'évacuation ; j'avais besoin d'encore un peu de temps. Pas beaucoup.

— Je ne vous crois pas. Levine est un agent décoré. La sécurité fouille ce bâtiment de fond en comble en ce moment même. Je ne vous fais pas confiance – absolument pas.

— Kennedy, libérez-le, dit Miriam.

—Je ne peux pas ; d'ailleurs, il s'agit d'une affaire fédérale, madame Sullivan, qui ne relève donc pas de votre juridiction.

—Bien sûr que vous pouvez–et vous allez le faire. Vous vous trouvez dans une salle d'audience régie par le droit de cet État et vous êtes en train de servir sur un plateau une annulation de son procès au chef de la mafia russe. Si son avocat est arrêté, tout s'écroule et il sort, libre. Eddie ne demande pas mieux. Êtes-vous donc aveugle à ce point ?

Je sentis Kennedy hésiter, alors qu'il lançait des regards nerveux autour de lui, ses pensées se bousculant dans sa tête.

—Ma patience a des limites, dit Harry.

—Accordez-moi un délai, s'il vous plaît, dis-je à Kennedy. Restez. Observez. Vous ne le regretterez pas. Je n'irai nulle part. Dans la poche gauche de ma veste, vous trouverez une carte de visite. Jetez-y un coup d'œil.

Arturas ne pouvait rien voir. L'agent du FBI l'attrapa et la retourna entre ses doigts.

—Je vous en ai déjà parlé. En tant que supérieur hiérarchique de Levine, vous lisez ses rapports. Dites-moi que ça n'est pas son écriture.

Kennedy sembla hésiter. J'aurais dû la lui donner plus tôt. Son expression s'adoucit ; les rides sur son front s'effacèrent. Par sa bouche légèrement entrouverte, je sentais le café du matin sur son haleine. Il reconnaissait l'écriture.

—Elle était dans le portefeuille de Gregor. Écoutez. Je ne vous demande pas la lune. J'ai besoin de trente minutes. Pendant ce temps, continuez à fouiller le bâtiment. Si dans une demi-heure, vous ne me croyez toujours pas, vous pourrez arrêter mon cadavre.

Harry perdit patience.

—Agent Kennedy, vos cinq secondes sont écoulées...

Des cris s'élevèrent dans la salle où des spectateurs commençaient à grimper par-dessus les sièges pour éviter de se trouver dans la ligne de tir du garde qui avançait sur Kennedy.

Miriam tenait son portable à la main.

— J'appelle votre bureau de New York. Je suis persuadée que votre responsable sera ravi d'apprendre qu'un de ses agents vient de flanquer par terre le plus gros procès contre le crime organisé de ces quinze dernières années.

Kennedy hésita. Tête baissée. Ses ongles s'activant sur son pouce, arrachant la peau, jusqu'au sang.

— Vous rappelez-vous ce que vous m'avez dit ce matin même, agent Kennedy ? Vous m'avez mise en garde contre Eddie Flynn et son passé d'escroc. Ne vous laissez pas abuser. Il ne demande pas mieux que d'être arrêté. Ce serait la fin de ce procès. Plus ça dure, plus il nous sera difficile de protéger le témoin de son ancien chef. Réfléchissez, enfin ! Je ne resterai pas les bras croisés pendant que vous fichez en l'air ma carrière. Pas question, conclut Miriam.

Après un profond soupir, Kennedy releva la tête.

— Vous avez vingt minutes, Flynn. Je vous surveille. Si vous tentez quoi que ce soit, vous mourrez le premier, me promit Kennedy, alors qu'il me retirait les menottes.

Il fit un signe de la tête à la juge, puis retourna s'asseoir, sans me quitter des yeux.

Le garde rengaina son pistolet. Harry et Gabriella échangèrent un regard et prirent place à leur tour.

— Agent Kennedy, l'interpella Harry, je représente la loi dans cette cour, ne l'oubliez pas.

Je m'installai à nouveau derrière la table de la défense. Le brouhaha évoquait davantage la foule d'un match de boxe de championnat catégorie poids lourds que celle d'un procès criminel. Volchek m'attrapa par le bras et m'attira vers lui.

— Qu'est-ce qui vient de se passer, bon sang ?

— On a eu de la chance – un incroyable coup de pot.

La juge Pike semblait prête à reprendre le cours des débats. Se considérant comme une réformatrice moderniste dans l'exercice de sa fonction, elle se refusait à utiliser un marteau en salle d'audience. Elle tapa du plat de la main sur son bureau en acajou et réclama le silence d'une voix forte.

— Le juge Ford observera la suite de ce procès, annonça-t-elle. Je me félicite de sa présence, étant donné le comportement de certains membres de cette cour.

La juge Pike appuya sur le haut de son stylo qui émit un petit bruit sec, puis appliqua la pointe sur son bloc ; elle était prête à écouter le témoin. Les derniers jurés regagnèrent leur place, et Little Benny retourna dans son box. Miriam ne lui poserait que quelques questions sur la menace qui pesait sur sa vie ; ensuite, je l'aurais rien que pour moi.

Kennedy ne me lâchait pas des yeux.

Miriam se leva et ajusta sa veste ; une fois à son aise, elle entama sa brève audition.

— Monsieur X, comment êtes-vous devenu un témoin dans cette affaire ?

Benny parut surpris, mais il répondit rapidement – en général, un bon indicateur d'honnêteté.

— J'ai été arrêté par la police sur le lieu d'un meurtre.

— Le meurtre de qui ?

— Mario Geraldo.

— Et qui a tué M. Geraldo ?

Une pause. Benny s'essuya la bouche.

— Moi, dit-il, d'un ton neutre, comme si on lui avait demandé quelle était la capitale de l'Australie.

— Vous ? insista Miriam.

Le témoin avait oublié un détail et elle lui donnait une seconde chance. J'aurais dû réagir, mais je laissai passer.

— Oui. Olek Volchek m'a envoyé un message. Le nom de la victime sur la moitié d'un billet de banque de un rouble. J'avais l'autre moitié. C'est un ancien code pour un contrat, en Russie.

Je me levai pour protester. Pour avoir accès à Benny j'avais besoin que Miriam accélère le mouvement.

— Votre Honneur, l'accusation s'éloigne du sujet.

— Madame Sullivan ? fit la juge Pike.

—Oui, Votre Honneur. J'y viens, la rassura Miriam. Après votre arrestation, que s'est-il passé ?

—J'ai passé un marché. J'ai dit à la police qui avait donné l'ordre, en échange d'une réduction de peine.

—Avez-vous été en prison depuis ?

—Non. Le FBI m'a placé sous sa protection.

—Pourquoi le FBI vous a-t-il placé sous sa protection ?

Merde. Elle m'obligeait de nouveau à intervenir.

—Objection. Le témoin ne connaît pas les motivations du FBI.

D'un mouvement circulaire de son stylo, la juge Pike invita Miriam à reformuler sa question.

—Pourquoi pensez-vous être sous la protection du FBI plutôt qu'en prison, en train de purger votre peine ?

Benny ne dit rien. Il regarda Miriam, puis la juge ; enfin, ses yeux se posèrent sur Volchek. Un regard de haine à l'état pur.

—C'est simple, commença-t-il. Olek demande à d'autres gens de tuer pour lui. Il m'aurait fait éliminer si j'avais été en prison. Le FBI me protège, parce qu'un mot de Volchek suffit – un seul mot, et vous êtes mort. Comme il savait que je témoignerais contre lui, il voulait ma mort.

Miriam, qui pouvait s'estimer satisfaite, décida d'en rester là.

—Pas d'autres questions.

La juge se tourna vers moi, attendant mon contre-interrogatoire. En ce moment, la sécurité du tribunal, le FBI et probablement le NYPD retournaient le bâtiment de fond en comble à la recherche de tout ce qui pourrait ressembler de près ou de loin à un engin explosif. Avec une vitre cassée sur chaque camionnette, il ne faisait aucun doute qu'on trouverait les bombes, cette fois. Je n'avais que peu de temps. Quelques minutes tout au plus. La foule était silencieuse, impatiente de voir le meurtrier réagir aux assauts de la défense.

—Je n'ai que quelques questions, dis-je.

Je me tenais à un peu plus de cinq mètres de Benny, hors du rayon d'action de la bombe. Le plomb dans mes membres sembla se volatiliser, alors que mon rythme cardiaque accélérait.

Tous les événements de la journée et demie qui venait de s'écouler se résumaient à ces quelques minutes finales, ces dernières réponses. Je songeai à mon père et sentis le contact froid de sa médaille contre ma peau.

— Comment M. Volchek s'y prendrait-il pour vous tuer ? demandai-je.

Benny sembla trouver ma question amusante. Il rit et parcourut la salle d'audience du regard, remua sur son siège et se frotta le visage à plusieurs reprises.

— L'homme que vous représentez tue sans se soucier de la manière.

— Comment le savez-vous ?

— Je le sais. J'ai travaillé pour lui pendant vingt ans. Quand il veut la mort de quelqu'un, l'important c'est le résultat, pas la façon.

— Donnez-moi un exemple, alors.

Benny ne riait plus à présent.

— Prenez le cas de Mario Geraldo : il m'a envoyé la deuxième moitié de mon billet de un rouble avec son nom dessus. J'ai tué Mario. Il ne m'a pas demandé d'utiliser un pistolet ou un couteau, ou de le noyer. Son nom était sur le billet, Mario devait mourir.

— Donnez-moi d'autres exemples ; pas beaucoup : ses trois dernières victimes. Comment sont-elles mortes ?

— Comment je le saurais ?

— Vous prétendez craindre pour votre vie ; vous affirmez que mon client est un assassin. Développez davantage. Expliquez-moi comment il tue.

— Je vous l'ai dit : il écrit le nom sur…

— Alors, qui sont ses trois dernières victimes ?

L'espace d'une seconde, les yeux de Benny lancèrent des éclairs. J'avais besoin d'entretenir cette colère en lui. La vie d'Amy en dépendait.

— Donnez-moi ces trois noms !

Little Benny se pencha en avant, les poings serrés.

— Je ne dirai rien. Je parle seulement de ce meurtre.

— Malgré le marché que vous avez passé, vous purgerez une peine de douze années de prison. Vous auriez pu en révéler bien plus au bureau du procureur et au FBI. Vous ne l'avez pas fait. Est-ce parce que vous êtes toujours loyal envers quelqu'un au sein de cette organisation ? Ou avez-vous d'autres raisons ?

Remuant sur son siège, Little Benny tira sur le col de sa chemise, qui semblait soudain lui serrer la gorge. Il fit le tour de son cou avec les doigts avant de tendre la main vers un verre d'eau.

— Je ne comprends pas de quoi vous parlez.

— Oh ! mais je pense que si, monsieur X. Vous avez été arrêté en flagrant délit sur les lieux d'un meurtre. Vous avez passé un marché avec le FBI. Vous leur avez livré mon client, Olek Volchek, en l'accusant de ce meurtre, exact ?

— Exact.

— Vous n'avez pas parlé au FBI du présumé empire de la drogue de mon client ?

Volchek ne réagit pas. Je lui avais expliqué où je voulais en venir avec ces questions.

— Votre client n'a pas à répondre de l'accusation d'usage ou de détention de stupéfiants, monsieur Flynn, mais vous convenez expressément qu'il est à la tête d'un empire de la drogue ? demanda la juge Pike.

— Non, Votre Honneur. L'accusation a prétendu que mon client était le chef de la mafia russe. Sans trop m'avancer, je pense pouvoir affirmer que cette organisation ne fait pas du porte-à-porte pour vendre des cookies.

Miriam avait ouvert le procès en présentant Volchek au jury comme le chef de la mafia russe. Je n'avais pas protesté sur le moment, mais ce n'était pas cette partie de sa déclaration liminaire qui m'avait le plus marqué. Non, dans ce qu'elle avait dit au jury, j'avais noté quelque chose qui me laissait entrevoir une lueur d'espoir, si infime soit-elle.

— Monsieur X, vous n'avez pas parlé au FBI de l'empire de la drogue à la tête duquel serait mon client, exact ?

Tout mon plan pouvait s'effondrer si l'alarme se déclenchait maintenant. Je poussai Benny, essayant de donner un caractère répétitif à ses réponses, une sorte de rythme martelé à grands coups d'« Exact ». En l'agaçant de cette façon, j'espérais le faire réagir sous l'effet de la colère, sans réfléchir.

— Exact… Je…

Je le coupai.

— C'est juste. Vous n'avez pas parlé au FBI du présumé empire de la drogue de mon client ; vous n'avez pas non plus parlé au FBI des présumés réseaux de prostitution de mon client, exact ?

— Exact, répondit immédiatement Little Benny, avant même que la juge Pike, pourtant rapide comme l'éclair, ne me demande si je convenais expressément que les bordels appartenant à Volchek étaient les meilleurs de Little Odessa.

Contournant la table de la défense, je fixai mon regard sur Little Benny. Il détourna les yeux.

— Vous n'avez pas non plus informé le FBI des présumées opérations de blanchiment d'argent de mon client, exact ? poursuivis-je, alors que je marchais lentement vers Benny, réduisant la distance entre nous dans un esprit de confrontation, et entrant par la même occasion dans le rayon d'action de la bombe.

— Exact, dit-il, les yeux fuyants.

J'approchai plus ; nos regards se croisèrent. Benny se pencha vers moi d'un air renfrogné.

— Vous n'avez pas parlé au FBI du présumé réseau de trafic d'êtres humains de mon client, exact ?

— Exact.

Moins d'un mètre nous séparait. Benny se contracta davantage à mesure que j'avançais, comme s'il s'apprêtait à bondir par-dessus le box des témoins pour m'étrangler.

— Vous n'avez pas parlé au FBI du présumé trafic d'armes de mon client, exact ?

— Exact.

— Vous avez passé ces opérations sous silence, parce que si l'accusé était le chef d'une organisation criminelle, le FBI aurait démantelé ladite organisation et… (M'agrippant à la barre, je me hissai presque jusqu'à toucher le visage de Little Benny au moment où je révélais son sale petit secret au grand jour.) Et votre frère et vous n'auriez plus rien eu à vous partager une fois ce procès terminé, exact ?

— Exact.

Il prit immédiatement conscience de ce qu'il venait de dire et secoua la tête. Pike laissa tomber son stylo. Harry en eut le souffle coupé.

— Non. Je… Vous m'embrouillez avec votre baratin d'avocat à la con !

Je lui chuchotai : « Volchek connaît la vérité. »

Il se leva. Je me tournai, dos à la tribune. Benny me repoussa, mais juste avant qu'il ne m'empoigne les épaules, mes mains se tendirent vers lui, rapides, en douceur. Je trébuchai en arrière, mais réussis à garder l'équilibre.

Le garde força Benny à se rasseoir. Pike le rappela à l'ordre. Miriam commença à protester, m'accusant de chercher à intimider son témoin. Mais je levai la main, les interrompant toutes les deux. Avant de clore mon contre-interrogatoire, je lançai un regard en direction de Kennedy ; j'avais toute son attention.

— C'est ma faute. Je m'excuse. J'ai une dernière chose à demander au témoin. Vous avez été sous la protection de la police et du FBI depuis votre arrestation. Vous n'avez jamais été dans une prison publique. Alors, quand avez-vous appris que l'accusé avait mis un contrat sur votre tête ?

Il hésita. Il avait été membre de la Bratva toute sa vie. Il connaissait le sort réservé aux traîtres. Cela ne faisait aucun doute pour lui.

— Personne ne m'a prévenu, admit Benny, visiblement troublé.

— Vous n'avez donc jamais reçu de menace de mort ?

La question resta en suspens dans l'air. Benny s'adossa à son siège et renifla ; il secoua la tête comme s'il avait affaire à un demeuré.

— Non. Je n'ai pas reçu de menace. Il ne procède pas comme ça. On sait ce qui arrive à ceux qui trahissent le *pakhan* – la punition, c'est la mort.

— De qui d'autre l'accusé a-t-il ordonné l'exécution pour l'avoir trahi ?

— Je ne sais pas, admit Benny.

Bingo !

La clé de tout ce bazar.

— Votre Honneur, à la lumière de la dernière réponse du témoin, je me vois dans l'obligation de mettre fin à ce procès, annonçai-je.

Des murmures, des chuchotements et des protestations s'élevèrent immédiatement des rangs de spectateurs entassés dans la tribune. J'entendis la porte de la salle d'audience s'ouvrir ; l'agent Levine se fraya un passage en direction d'une place restée libre au bout d'une rangée bien remplie. Avant de s'asseoir, il fit un signe de la tête à Arturas qui se tenait à peine à un mètre de moi. Ce fut rapide – une nanoseconde.

Le signal entre les deux hommes échappa à Kennedy.

Arturas changea de position, tournant le dos à la juge. Je le vis passer un coup de fil. Je n'entendis pas la conversation, mais les chiffres qu'il avait composés apparaissaient clairement sur l'écran numérique de son iPhone.

Il appelait le 911.

66

Pike fit sortir le jury qui commençait à s'habituer à ces interruptions régulières. Pendant que nous attendions le départ du dernier juré, je songeai à l'appel qu'Arturas venait de passer au 911. Il avait probablement signalé aux flics la présence des deux bombes dans le bâtiment; j'aurais parié qu'il leur avait même indiqué l'emplacement exact de chaque camionnette et la charge précise qu'elle contenait. En dépit des nombreuses fausses alertes auxquelles étaient confrontés quotidiennement les services d'urgence, quelqu'un ferait rapidement le rapprochement entre le procès du chef de la mafia russe, un témoin-clé sous protection du FBI, le mandat de perquisition délivré pour mon appartement et les explosifs volés sur le *Sacha*. J'avais au mieux trois, peut-être quatre minutes avant que la sécurité ne fasse évacuer le tribunal. Arturas aurait pu passer ce coup de fil plus tôt, mais le fait qu'il ait attendu le signal de Levine ne pouvait avoir qu'une signification: l'agent du FBI avait lancé les minuteurs des bombes du parking. La suite de leur plan reposait sur l'intervention rapide du NYPD pour une évacuation d'urgence. Arturas et ses hommes profiteraient de la panique pour récupérer les armes automatiques dans la valise et libérer Benny.

La juge Pike s'éclaircit la voix–se préparant sans doute à affronter une nouvelle interruption inutile de la défense.

Elle retira lentement ses lunettes, les posa sur ses notes, puis croisa les mains sous son menton. Alors que le dernier juré quittait la salle d'audience, je fis un clin d'œil à Volchek. Il mit son téléphone sur la table, à portée de main.

— Monsieur Flynn, je veux que vous soyez très clair sur ce que vous demandez. Je suppose que vous présentez une requête visant à annuler l'anonymat du Témoin X ?

— Non. La question n'est plus celle de l'anonymat du Témoin X, mais de l'annulation de ce procès.

Pike haussa les sourcils. Je fis glisser le portable de Kennedy dans ma main, prêt à appeler Jimmy. La foule flaira qu'un drame se jouait ; les murmures étouffés commencèrent à se transformer en un chœur de voix excitées. Miriam se pencha en avant, bien décidée à ne pas se laisser faire ; les deux magistrats échangèrent des regards soucieux.

— Vous souhaitez soutenir une requête en annulation ? demanda la juge Pike.

— Non, Votre Honneur. (Je me tournai vers Miriam.) L'accusation va le faire pour moi.

Miriam se leva ; sur son visage se mêlaient la stupéfaction et le dégoût. Son cou avait immédiatement viré au rouge. Elle était tellement en rogne qu'elle jeta son stylo en l'air et le laissa rebondir sur le sol.

— Votre Honneur, commençai-je, vous venez d'entendre le Témoin X déclarer sous serment n'avoir reçu aucune menace de mort. Pas une. L'accusation a trompé le jury. (Je consultai mes notes.) Dans sa déclaration liminaire, Mme Sullivan a présenté mon client comme le chef de la mafia russe ; elle a affirmé que son témoin avait fait l'objet de menaces. Elle a dit, je cite : « Sa vie est menacée. » C'est dans mes notes. Je l'ai même souligné – deux fois. Si le jury a cru que le Témoin X était menacé de mort parce qu'il était un témoin de l'accusation dans un procès où l'accusé est le chef présumé de la mafia russe, cela sous-entend expressément que mon client l'a menacé. Nous savons à présent qu'une telle menace n'a jamais existé, ni de la part de mon client ni de qui que ce soit d'autre. J'ai demandé sans détours au témoin s'il avait reçu une menace de mort, et il a répondu « non ». Le problème, c'est qu'en tenant un discours complètement différent, la procureure a menti au jury.

J'entendis un bruit sourd, alors que Miriam tapait du poing sur son bureau.

—Votre Honneur, le témoin déclarera qu'il faisait partie d'une vaste organisation criminelle, qu'il était un exécuteur pour le compte de la mafia russe. Le sort que l'on réserve aux mouchards dans de telles organisations est tout à fait clair.

—Non, Votre Honneur, il ne l'est pas. Le témoin n'a livré aucune information sur cette organisation présumée. J'ai couvert cet aspect des choses dans mon contre-interrogatoire et j'ai donné plusieurs fois l'occasion au témoin de s'en expliquer – drogue, prostitution, blanchiment, meurtre. Il ne nous a rien dit. Il a refusé de témoigner contre cette organisation. Aucune preuve d'une menace de mort n'a été produite devant le jury, et le témoin nie en avoir reçu une. L'accusation a induit en erreur le jury et la cour. Votre Honneur, nous ne soutenons pas que le bureau du procureur a volontairement trompé le jury, mais la présentation tendancieuse de Mme Sullivan est clairement susceptible de créer des préjugés défavorables à mon client au sein du jury. (Je me tournai vers Miriam.) Nous sommes persuadés que Mme la procureure ne pensait pas à mal ; ainsi, si l'accusation se comporte honorablement en demandant l'annulation, j'encouragerai mon client à ne pas déposer une plainte pour faute professionnelle.

Miriam écarta sa chaise d'un coup de pied et se précipita vers moi, ignorant les admonestations de la juge qui la priait de rester assise. Elle savait que j'avais raison, et ça la rendait folle. Elle avait suffisamment d'expérience pour comprendre que Pike ne laisserait pas le procès aller jusqu'au verdict avec le risque d'un pourvoi en appel presque joué d'avance.

—Espèce de saligaud. Qu'est-ce qui vous prend ?

—Je le fais pour vous, Miriam. Vous allez perdre. Renoncez à ce procès. Recommencez, avec un expert en écriture différent. J'aurais pu demander l'annulation pour vice de procédure, mais si vous le faites, vous avez la liberté de présenter la chose comme il vous plaira.

Elle secoua la tête.

— Vous êtes fini, Eddie. Votre client ne s'en tirera pas comme ça la prochaine fois, j'en fais une affaire personnelle. Et ne vous réjouissez pas trop : vous venez officiellement de faire votre entrée sur la liste noire du bureau du procureur.

Je voulais éviter d'avoir à répondre à des questions sur les raisons qui me poussaient à demander une annulation. En forçant l'accusation à soutenir la requête à ma place, j'avais créé une certaine distance entre moi et le déluge de violence qui s'annonçait.

Miriam ajusta son chemisier et, sans un mot de plus, retourna s'asseoir à sa table où elle prit la parole devant la cour.

— Votre Honneur, dit-elle entre ses dents, à la lumière du point de droit évoqué par M. Flynn, je n'ai pas d'autre solution que de demander à la cour de prononcer une annulation.

Elle retomba lourdement sur sa chaise et croisa les bras.

Dans le box des témoins, Benny avait l'air pensif ; ses doigts tambourinaient sur la barre. Sur son banc, Arturas se pencha en avant, prêt à plonger la main dans la valise.

Volchek inclina son téléphone vers moi, me permettant de lire le SMS qu'il venait de saisir. « Laisse-la partir. »

— Envoyez-le, chuchotai-je, alors que j'appelais Jimmy, dissimulant mon portable sous la table en attendant que la communication soit établie.

Personne ne faisait attention à moi. Tous les regards étaient tournés vers la juge.

Pike ferma les yeux un moment et se balança d'avant en arrière dans son fauteuil, sans avoir conscience que la vie de ma fille de dix ans dépendait de sa décision.

— Je ne pense pas avoir d'autre choix, dit-elle avec un profond soupir. Faites entrer le jury, s'il vous plaît, pour que je puisse le renvoyer. Je prononce l'annulation de ce procès.

Elle commença à chuchoter avec Harry.

La foule laissa exploser sa stupéfaction.

Volchek appuya sur la touche « envoyer ».

Jimmy décrocha.

— Jimmy, il la relâche. Va la chercher.

— J'y vais...

— Jimmy, attends que Youri ait vu le SMS...

Nous fûmes coupés. J'appuyai immédiatement sur la touche « bis ». Pike était trop occupée avec Harry pour s'intéresser à moi. De toute façon, ça n'avait plus la moindre importance à ses yeux. Pour elle, ce procès était terminé.

Le jury revint en file indienne dans la salle d'audience, alors que la sirène d'une alarme envahissait la pièce.

Les portes s'ouvrirent en claquant et un garde se précipita à l'intérieur, criant pour se faire entendre par-dessus le vacarme :

— C'est une alerte à la bombe ! Évacuation immédiate !

Il se pencha et toussa avant d'être emporté par la foule. Des cris s'élevèrent de la tribune publique qui se vida dans un vent de panique. Les spectateurs poussèrent et jouèrent des coudes, chacun essayant de se frayer un passage vers la sortie. Les collaborateurs de Miriam abandonnèrent leurs dossiers et prirent leurs jambes à leur cou. Miriam, elle, ne bougea pas. Elle était clouée sur place, les yeux fixés sur moi, la bouche ouverte, avec sur le visage une expression où se mêlaient l'horreur et le choc. L'un de ses assistants revint l'attraper par le bras et l'entraîner hors de la salle d'audience.

Kennedy courut vers le garde qui haletait, mais ce dernier escortait déjà la première vague de journalistes dans le hall.

Arturas plongea la main dans la valise.

Les Russes n'auraient pas pu rêver meilleure diversion. Tout l'immeuble venait de sombrer dans le chaos, les gens se marchant les uns sur les autres pour atteindre la sortie. Je regardai Harry conduire la juge Pike à la porte de son cabinet.

Au milieu de la panique, Volchek joua son rôle ; il grimpa sur son siège, pointa du doigt Little Benny et s'exclama :

— Le détonateur ! Il est dans sa poche !

L'espace d'une seconde, les cris s'intensifièrent. L'alarme sembla ralentir pour adopter le rythme d'un battement de cœur, et tout le monde se tourna vers Little Benny. Arturas leva les yeux de la valise et regarda son frère avec stupéfaction.

Benny secoua la tête et tapota sa veste. Le garde qui l'escortait dégaina son pistolet et le pointa sur lui. Sortant lui aussi son arme, Kennedy cria des instructions à Benny.

— À terre ! Tout de suite !

Bouche bée, désorienté, Little Benny sentit dans sa poche gauche quelque chose qui n'aurait pas dû s'y trouver. Sa main s'arrêta sur cette bosse inconnue, la peur se lut sur son visage et il commença à trembler. Levant un bras en signe de reddition, il ne put s'empêcher de vérifier ce qu'il y avait dans sa poche. Alors qu'il découvrait le faux détonateur, ses yeux se posèrent sur moi et il comprit. Il tenait le boîtier factice que Volchek m'avait remis dans la salle de réunion, celui que j'avais cassé en deux avant de recoller les morceaux avec un peu de ruban adhésif prélevé sur le chargeur du MP5. J'avais profité de l'occasion, quand Benny m'avait repoussé du box des témoins quelques instants plus tôt, pour le glisser sur lui.

La surprise de Benny et sa soudaine prise de conscience le tétanisèrent aussi sûrement qu'une douche d'azote liquide. Le rythme viscéral de l'alarme sembla de nouveau s'accélérer dans ce moment de choc et d'hésitation fatale. Tout comme moi, Volchek connaissait les protocoles des agences du maintien de l'ordre – un suspect avec un détonateur à la main dicte l'usage immédiat d'une force létale.

Kennedy ouvrit le feu, imité par le garde une fraction de seconde plus tard ; Little Benny mourut l'air étonné, les yeux grands ouverts.

Toute chance d'un nouveau procès contre Volchek venait de disparaître avec le Témoin X. Ça valait bien un acquittement, et c'était le seul marché que j'aurais pu passer avec Volchek en échange de la vie de ma fille. Un hurlement guttural s'éleva derrière moi.

Je n'avais pas besoin de me retourner pour savoir qu'il provenait d'Arturas.

Je fis volte-face juste à temps pour voir Volchek qui courait en direction de la sortie. À mi-chemin dans l'allée centrale, il s'arrêta et regarda les Russes toujours présents enfiler leurs bleus de travail et empoigner leurs MP5 dans la valise. Arturas s'activait sur la grosse télécommande que j'avais aperçue dans la Samsonite. Il l'avait allumée, avait appuyé sur plusieurs touches, puis jeté le boîtier sur le sol. Volchek n'avait pas l'intention de s'éterniser. Il tenait sa victoire. Il se retourna et prit la fuite. Quand Arturas se redressa pour chercher le chef de la Bratva, il n'était déjà plus là.

67

— Ils sont armés ! criai-je, me jetant derrière la table de la défense pour me mettre à l'abri.

Je me penchai légèrement hors de ma cachette, juste assez pour voir Gregor et Victor en bleu de travail, regardant les chargeurs vides de leurs pistolets-mitrailleurs. Les cartouches se trouvaient sous un tas de papiers, dans la mallette que le jeune avocat avait abandonnée dans la salle de réunion. Volchek et moi avions pris soin de retirer les munitions avant de refaire la valise.

— Lâchez vos armes et couchez-vous sur le sol ! ordonna Kennedy aux Russes.

L'agent Coulter vint lui prêter main-forte, son Glock pointé sur Gregor et Victor. Aucun nouveau cri n'émana de la foule ; le dernier des spectateurs avait évacué la salle.

Le garde qui avait escorté Benny avança vers les Russes, son pistolet braqué sur eux.

Mon cœur tambourina dans ma poitrine, alors que je tentais de joindre Jimmy. Il ne décrochait pas. Je levai la tête, malheureusement trop tard pour prévenir les deux fédéraux.

— Pas un geste, dit Levine.

Debout derrière Kennedy et Coulter, il pointait son Glock en direction de ses deux collègues, qui se figèrent. Secouant la tête, Kennedy ferma les yeux en jurant.

— Lâchez votre arme ou ils sont morts, cria Levine par-dessus l'alarme pour se faire entendre du garde.

Ce dernier, le souffle court, terrifié et gonflé d'adrénaline après avoir tué un homme pour la première fois quelques minutes plus tôt, arrivait à peine à tenir son pistolet.

— Levine, ne faites pas ça, dit Kennedy, baissant son Glock.

— Je préférerais ne pas avoir à appuyer sur la détente, Bill. Je viens de lancer les minuteurs de deux engins explosifs dans le parking souterrain ; dans douze minutes, ce bâtiment ne sera plus qu'un tas de décombres. Si une équipe de secours retrouve un jour votre corps, la présence de blessures par balles pourrait susciter des questions. Lâchez vos armes et dites au garde d'en faire autant.

Les agents du FBI déposèrent lentement leurs pistolets sur le sol. Se débarrassant du MP5 inutile, Gregor avança vers le garde et lui arracha son Beretta.

Des pas derrière moi – Arturas. J'entendais le cliquetis du harnais autour de sa ceinture.

Il me souleva par le col et me jeta devant le bureau de la juge.

— À genoux, les mains derrière le dos, dit Levine.

Kennedy et Coulter s'exécutèrent.

— Vous me croyez maintenant, pauvre abruti ? lançai-je à Kennedy qui refusait de croiser mon regard.

Ses yeux étaient fixés sur son arme, posée sur le sol en marbre à moins de soixante centimètres de lui.

Arturas sortit le détonateur de sa poche gauche.

— Vous avez voulu jouer au plus fin en passant un marché avec Olek, monsieur Flynn. Ne vous inquiétez pas. On le retrouvera. Mais vous, vous mourez aujourd'hui. C'est le prix à payer.

Il recula de quelques pas, hors du rayon d'action de la bombe.

L'espace d'un instant, tout sembla se dérouler au ralenti. Je me sentais électrisé, hyper attentif, alerte ; pourtant, mes mouvements étaient lents. Ma tête résonnait au rythme de l'alarme.

Gregor glissa le pistolet du jeune garde dans sa ceinture, puis il lui tordit le cou d'un air désinvolte avec ses mains puissantes.

L'agent fédéral corrompu, Levine, assena un coup de crosse sur le crâne de Coulter et regarda non sans plaisir son collègue tourner de l'œil.

Victor s'empara de l'arme de Coulter et se dirigea vers les portes d'un pas tranquille.

Je tentai de m'éloigner d'Arturas en rampant ; son sourire mortuaire refit son apparition sur ses lèvres.

Il appuya sur le bouton du détonateur de la bombe que j'avais portée dans le dos pendant un jour et demi. Rien ne se produisit.

Son sourire vacilla. Nouvel essai. Toujours rien. Il ignorait qu'il tenait dans sa main la réplique du boîtier que Harry s'était procurée pendant la nuit.

— Tuez-les tous, ordonna-t-il.

Au lieu d'abattre le Glock sur le crâne de Kennedy, Levine baissa l'arme et tira deux balles sur son patron avant de viser ma poitrine.

Je fermai les yeux et vis ma fille allongée dans l'herbe de Prospect Park par une chaude journée d'été.

Un coup de feu.

Je ne sentis ni douleur, ni chaleur, ni froid, rien.

Quand je rouvris les yeux, Levine – immobile – lâchait son pistolet, alors qu'une brume rouge se dissipait à côté de sa tête. Il tomba en avant, une blessure par balle au niveau du cou ; derrière lui se tenait Lézard.

Les Russes cherchèrent immédiatement à se mettre à couvert.

Au fond de la salle d'audience, Lézard visa Victor avec le Beretta que j'avais caché dans la poubelle du parking. Le géant blond ne réagit pas assez vite, tirant au hasard, alors que son adversaire faisait preuve d'une précision mortelle.

La fenêtre derrière moi explosa. Des éclats d'acajou jaillirent de la table de l'accusation, à moins d'un mètre de distance ; je pris conscience que Gregor vidait son chargeur dans ma direction. Me relevant tant bien que mal, je me retournai et pris la fuite. Une autre balle atteignit la table, m'envoyant de la poussière et des fragments de bois au visage.

Il n'y avait aucun abri.

Nulle part où aller.

J'entendis qu'on armait de nouveau un pistolet, mais je n'osai pas m'arrêter.

Ma veste vola sur le côté, alors qu'un tir déchirait la doublure. La fenêtre n'était plus qu'à un mètre cinquante. Je couvris la distance qui m'en séparait à fond de train et me jetai du treizième étage à travers les derniers éclats de verre pour être englouti par l'air froid de New York.

Alors que je regardais la ville monter à ma rencontre, j'espérai n'avoir pas fait une grosse erreur.

68

Je hurlai.

Certains des éclats de verre toujours accrochés au châssis se fêlèrent et se brisèrent sous les coups de feu avant d'être avalés par l'horizon infini.

Et je tombai.

Pendant un moment, je ne vis que le sommet des immeubles et le ciel bleu dégagé, mes fesses fendant l'air en direction du béton cent mètres plus bas. Ma chute sembla durer une éternité, mais il ne s'était probablement écoulé qu'une seconde quand mon épaule gauche explosa de douleur, tandis que je m'écrasais sur la plate-forme de l'échafaudage suspendu et que ma tête heurtait l'acier. J'eus l'impression que des gouttelettes de lumière blanche apparaissaient et éclataient devant mes yeux.

On avait élevé cet échafaudage dans le cadre des travaux de rénovation. C'était l'un des plus longs de toute la ville ; douze mètres de long sur deux de large. La plate-forme était arrimée au toit par des câbles en acier aussi épais que mon poignet ; ils descendaient jusqu'au niveau de la rue. Je m'étais rappelé avoir aperçu des ouvriers à mon arrivée au tribunal, la veille et le matin même. Ça, plus les bleus de travail, les harnais et la télécommande cachée dans la Samsonite.

J'avais compris comment les Russes avaient l'intention de s'éclipser. Pendant que le NYPD mettait en place un cordon de sécurité autour du palais de justice et de la rue du côté de l'entrée ouest, ils descendraient tranquillement en rappel sur la façade est, jusqu'à la plate-forme. Une voiture les attendait probablement en bas. Ni vu ni connu. Les flics et les fédéraux les croiraient morts, enterrés sous les ruines de l'explosion. Après, ils se planqueraient et prendraient les rênes de l'organisation de Volchek à distance. Personne n'aurait même l'idée de venir les chercher.

À l'intérieur, la fusillade cessa.

Je me redressai avec hésitation. Ma chute avait ébranlé l'échafaudage, qui se balançait doucement désormais. Je me relevai en me retenant au rail de sécurité. Les commandes de la plate-forme étaient verrouillées ; une clé était nécessaire pour la manœuvrer. Sans ça, elle refuserait de bouger. Le boîtier qu'Arturas avait brièvement manipulé dans la salle d'audience en permettait sans doute le contrôle à distance.

Derrière moi, l'une des quatre fenêtres cintrées en verre dépoli qui remontaient à la construction du tribunal explosa. Je longeai la plate-forme dans cette direction. La silhouette d'un homme apparut sur le rebord.

Respirant bruyamment, il jeta une chaise derrière lui. Celle dont il venait de se servir pour casser la vitre. Sa robe était blanche de poussière de plâtre. Il toussa et faillit tomber.

C'était Harry. Revenu pour moi.

69

— Fais attention, lui lançai-je.

Harry chancela, puis, prenant conscience de l'altitude, s'agrippa à la maçonnerie décorative. Je pris appui sur le rail de sécurité pour me hisser sur le rebord. Dans la salle d'audience, la fusillade avait repris de plus belle.

L'échafaudage trembla et vibra – Arturas se recevait à l'autre bout de la plate-forme en acier. Il avait sauté par la même fenêtre que moi. Avec un bruit sec, il accrocha au rail de sécurité le cordon de son harnais antichute, solidaire de son bleu de travail. S'agenouillant, il posa le boîtier de télécommande de la plate-forme à ses pieds et sortit son couteau, dissimulé dans le talon de sa chaussure.

— Attrape ma main, Eddie ! cria Harry.

— Monsieur Flynn !

Arturas arborait ce sourire carnassier qu'il m'avait servi la veille, lors de notre première rencontre dans les toilettes de *Chez Ted*. La cicatrice irrégulière qui descendait vers ses lèvres retroussées avait pris une teinte rosâtre dans l'air froid. Il semblait différent, il n'était plus ce tueur imperturbable. Je lus de la douleur dans ses yeux, et une soif de vengeance. Je n'étais pas encore complètement remis de ma chute. Du sang coulait dans mon cou d'une blessure à la tête ; j'aurais probablement des bleus à l'épaule et au dos pendant un bon mois.

— C'est terminé, monsieur Flynn, dit Arturas.

Je reculai aussi rapidement que j'en étais capable. La main tendue de Harry était presque à ma portée. Arturas se tenait à environ six mètres de moi.

— Ces bleus de travail doivent être sacrément lourds.

Arturas ne m'écoutait pas. Il avançait vers moi.

— Tellement lourds qu'on ne remarquerait pas quelques centaines de grammes en plus…

Il se figea et baissa la tête.

Ses mains parcoururent sa poitrine, son dos, avant de s'arrêter sur sa cuisse droite où se trouvait une grande poche. Volchek et moi avions estimé que le bleu de taille L était destiné à Arturas. J'y avais caché la bombe dès que j'avais passé mon marché avec Volchek.

Je sortis le bon détonateur de la poche de mon pantalon pour le lui montrer.

— Je vais te faire passer l'envie de sourire, connard, dis-je.

Attrapant la main de Harry, je bondis vers la fenêtre, alors que j'appuyais sur le bouton du détonateur.

L'ancien capitaine de l'armée des États-Unis me hissa vers lui, juste au moment où l'échafaudage s'écroulait. La déflagration coupa Arturas en deux, réduisant en miettes le boîtier de la télécommande ; puis la plate-forme cahota, avant de tomber vers la rue. Alors que je posais un genou sur le rebord pour me mettre à l'abri, j'entendis le gémissement de l'acier qui dégringolait de plus en plus vite vers la chaussée vide. *Dieu merci, le NYPD a évacué le quartier.* Lors de l'impact, les débris rebondirent violemment dans un vacarme épouvantable, et j'eus l'impression que mes dents vibraient.

— Besoin d'un coup de main ?

Je me détournai de la fenêtre au son de la voix de Coulter. Il portait le corps de Kennedy, à demi conscient, sur son épaule. Kennedy respirait avec difficulté – apparemment, son gilet pare-balles n'avait encaissé qu'un des tirs. Glissant le Beretta dans son pantalon, Lézard arriva au petit trot pour soulager Coulter de son fardeau. Le jeune agent sembla chanceler un peu.

— Le grand Russe est mort, annonça Lézard. C'était le dernier.

— Ne restons pas ici, dit Harry.

Tout s'était déroulé tellement vite. Mais même ainsi, j'estimai que nous avions au mieux six, peut-être sept minutes pour sortir du bâtiment avant l'explosion des camionnettes.

70

L'ascenseur plongea vers le rez-de-chaussée. Nous n'avions pas le temps de prendre l'escalier.

L'alarme semblait égrener les secondes avec une insistance croissante.

Bougeant ses pieds pour trouver une position stable, Lézard souleva Kennedy de manière à répartir le poids de l'homme blessé sur ses épaules. Je ne parvenais pas à contrôler ma respiration – un mélange de panique et d'épuisement total. Coulter se tenait toujours la tête. Seul Harry paraissait calme, mais cette façade masquait une peur profonde, comme l'indiquaient ses yeux fixés sur le panneau de commande.

Il articulait en silence chaque numéro qui s'affichait au fur et à mesure de notre descente.

L'alarme continuait à retentir.

Les secondes s'écoulèrent.

— Est-ce que Jimmy l'a récupérée ? demandai-je.

— Je ne sais pas, répondit Lézard.

J'essayai encore de l'appeler, mais je n'avais pas de réseau.

Dis-moi qu'elle est avec toi. Dis-moi…

L'ascenseur s'arrêta et nous sortîmes dans le hall d'accueil. Par les portes d'entrée grandes ouvertes, je vis les derniers évacués, environ deux cents mètres devant nous, qui se ruaient vers le cordon de police.

Coulter attrapa Harry par le bras et hurla :

— Courez !

Lézard passa devant. Et nous suivîmes.

Alors que nous atteignions les marches du tribunal, nous entendîmes une voix qui s'adressait à nous, amplifiée par un porte-voix. La tête d'un flic apparut au-dessus d'une barrière antiexplosion cinq cents mètres plus loin. Nous dévalâmes l'escalier quatre à quatre. Lézard avait le dos et le pantalon trempés ; le sang de l'agent mortellement blessé avait fini par s'accumuler sur ses chaussures, au risque de le faire glisser.

Harry et Coulter me distancèrent ; je tentai une nouvelle fois de joindre Jimmy sur son portable, laissant sonner alors que je m'élançais vers la barrière.

Mes poumons étaient en feu ; nous avions beau être sortis du bâtiment, j'entendais toujours l'alarme sous mon crâne, marquant le passage du temps. Ce rythme incessant se mêla au claquement de mes talons, mes jambes semblant ralentir, alors que le temps s'accélérait.

J'étais cuit, ou presque ; je n'avais plus ni souffle ni force. Ma tête me faisait un mal de chien. Je dus puiser dans mes ultimes réserves pour que mes jambes et mes bras continuent à bouger – j'avais la bouche grande ouverte, mais j'étais incapable d'inspirer.

Nous étions près du cordon à présent – une cinquantaine de mètres. Je distinguais quelques visages dans la foule à travers la brèche ouverte dans la barrière antiexplosion pour laisser passer des auxiliaires médicaux. Je scrutai les visages, mais ne vis ni Amy ni Jimmy.

Devant moi, Lézard se déchargea de Kennedy sur un brancard venu à sa rencontre.

J'essayai à nouveau d'appeler.

J'étais tout près à présent.

Coulter, Harry et Lézard avaient atteint la barrière et s'étaient réfugiés derrière elle.

J'y étais presque quand j'obtins la communication avec Jimmy.

— Eddie, je…

Puis le monde s'effondra sur lui-même.

L'explosion me rendit sourd immédiatement. Comme si j'avais subitement été plongé dans une eau dense. J'eus l'impression de décoller, bien que je ne garde aucun souvenir du moment où mes pieds quittèrent le sol. Ma tête cogna les dalles de la chaussée avec un son creux, mais je ne ressentis aucune douleur. J'eus la sensation qu'un nuage de gaz nauséabond, de terre et de brique se logeait dans ma gorge et envahissait mes dents.

Étendu sur le sol, je vis qu'un amas terrifiant de particules noires enveloppait l'emplacement où s'était un jour dressé un tribunal. Avec l'effondrement du bâtiment, un grondement terrible secoua la ville tout entière, et bien que je ne puisse rien entendre, je sentis la violence inouïe de ces tonnes de briques qui s'écroulaient. Une forte odeur de métal et de vieux bois en train de brûler me prit à la gorge, avant que je sois englouti sous la poussière, la pierre et la fumée. Alors que je perdais connaissance, je crus distinguer Harry qui m'appelait au-dessus des cris et de la cacophonie d'un milliard d'éclats de verre déchirant l'air.

Après, je ne me souviens plus de rien.

71

Je sentis quelque chose de chaud et d'humide sur ma bouche. Un baiser, tel un baume sur mes lèvres sèches.

Avec difficulté, j'entrouvris un œil et vis le visage de Christine, à quelques centimètres au-dessus du mien.

Il me fallut une seconde pour comprendre que j'étais allongé sur un lit d'hôpital.

Ma femme s'écarta. Elle avait les yeux rouges, les larmes avaient fait couler son maquillage. Elle se couvrit la bouche de ses doigts tremblants ; ses sanglots redoublèrent. Alors qu'elle pleurait, elle s'en prit violemment à moi, me frappant sur la poitrine et les bras. Je levai doucement les mains ; elle s'arrêta et s'éloigna de moi en secouant la tête.

Quand Christine recula, j'aperçus une petite silhouette derrière elle, endormie sur la chaise réservée aux visiteurs. Jamais le soleil d'un milieu d'après-midi n'avait été aussi beau qu'en ce jour où ses rayons dansaient dans les cheveux d'Amy. Je la regardai longuement, sans parvenir à décider si cette lumière provenait du soleil ou de ma fille. Elle portait son blouson couvert de pins et de patchs, un tee-shirt Bruce Springsteen en dessous, un jean vert et ses bottes trop grandes.

Elle avait l'air tellement calme.

— Espèce de salaud, dit doucement Christine, pour ne pas réveiller notre fille. Elle a vraiment eu de la chance. Elle aurait pu se faire tuer. Tu as mis sa vie en danger – toi et ton foutu cabinet.

— Elle est tout pour moi. Jamais je ne…

— C'est pourtant ce que tu as fait. Quand je pense à ce qu'ils auraient pu lui faire…

— Chrissie, je t'aime, et j'aime Amy.

— Ça ne suffit pas, Eddie. Ta vie, tes clients – c'est trop dangereux. Je ne suis pas prête à courir ce risque. Amy ne mérite pas ça.

Elle secoua la tête, en silence.

— Ils n'étaient pas mes clients…

— Je m'en fiche. Ils ont pris notre petite fille. Et je ne te le pardonnerai jamais.

Je n'avais rien à lui répondre.

— Je vais prévenir quelqu'un que tu as repris connaissance.

Elle regarda Amy, toujours endormie sur sa chaise.

— Elle est épuisée. Nous sommes toutes les deux fatiguées, Eddie. Autant la réveiller ; elle attendait. Je vais chercher l'infirmière.

Christine sécha ses larmes avec un mouchoir en papier, puis elle se retourna et sortit. J'eus le sentiment qu'elle ne faisait pas que quitter la pièce. Elle tirait un trait sur notre mariage, définitivement.

— Amy, appelai-je.

Elle ouvrit les yeux et courut vers moi. Je la serrai dans mes bras, plus fort que jamais. J'embrassai ses cheveux, nous pleurions tous deux à chaudes larmes. La douleur dans mon dos et mon épaule ne m'empêcha pas de me lever afin de m'assurer qu'elle n'avait rien – ni bleu ni coupure, pas une égratignure. Elle ne me laissa pas l'examiner bien longtemps. Ses petits bras s'enroulèrent autour de mon cou, et elle m'étreignit avec force, m'enveloppant dans sa merveilleuse odeur – un mélange de laque, de crayon, de toile de jean et de chewing-gum.

— Je suis là. Je suis là… répétai-je.

Quand elle finit par me lâcher, elle s'assit sur le lit à côté de moi et me tint la main.

— Tu vas trouver ça un peu bizarre, papa, mais je veux t'acheter un nouveau stylo, dit-elle.

La prenant à nouveau dans mes bras, je lui expliquai que ça n'avait pas d'importance. Même s'il m'arrivait de me conduire comme un crétin, je l'aimais inconditionnellement et je serais toujours à ses côtés. Toujours. Et je n'avais pas besoin d'une inscription gravée sur un stylo pour me le rappeler.

Je lui dis qu'elle n'avait plus à s'inquiéter dorénavant.

Je ferais en sorte qu'elle soit en sécurité.

Cette nuit-là, je dormis sans rêver d'Hanna Tublowski. Ma première nuit sans qu'elle vienne me rendre visite dans mon sommeil, depuis que je l'avais découverte, séquestrée chez Berkley.

Au bout d'une semaine, je me sentis suffisamment en forme pour avoir une vraie conversation avec Kennedy. Il occupait la chambre à côté de la mienne ; il avait méchamment morflé, mais il était en vie, même s'il n'était pas près de reprendre ses activités. Au vu des événements, je ne m'en étais pas si mal sorti ; j'avais une vilaine commotion cérébrale, quatre côtes cassées, plus quelques coupures et hématomes profonds. Je racontai mon histoire à Kennedy, avec quelques omissions. Harry me soutint, comme il le faisait toujours, en confirmant mes dires. Kennedy se confondit en excuses, allant jusqu'à me prêter main-forte quand ses collègues vinrent m'interroger. Par l'intermédiaire de son avocat, Jimmy rendit le million de dollars vaporisé à l'ADN de marquage ; il en garda deux pour lui et un pour moi.

Lors de ses visites en soirée, Harry introduisit clandestinement de l'alcool dans ma chambre, et je bus avec lui sans scrupules, au cours de longues parties de cartes. Mais surtout, j'avais ce qu'on pouvait rêver de mieux.

J'avais ma fille.

Quelques jours plus tard, Harry vint me chercher à l'hôpital pour me ramener chez moi. Il avait changé les serrures et nettoyé un peu. Il portait ma valise, alors que je marchais prudemment sur le trottoir vers sa vieille décapotable. Au moment où Harry ouvrait la portière de sa voiture, j'entendis un coup de Klaxon. De l'autre côté de la rue, je vis une limousine blanche devant laquelle se tenait Olek Volchek, côté passager ; il me fit signe de le rejoindre.

— Eddie, non, dit Harry.

Mes côtes protestèrent douloureusement alors que je traversais, me frayant un passage dans la circulation.

— Que voulez-vous ? demandai-je.

Volchek leva les mains en signe d'apaisement.

— Simplement savoir ce que vous avez raconté au FBI.

— Ne vous inquiétez pas. J'ai fait porter le chapeau à Arturas. Pour eux, vous êtes une victime, tout comme moi. Dormez tranquille. J'aurais pu vous balancer, ce n'est pas l'envie qui m'a manqué, croyez-moi, mais je ne suis pas stupide. Vous pourriez leur souffler que je suis à l'origine de l'attaque de Severn Towers.

Il sourit – une seconde seulement.

— Parfait. Je suis heureux de constater que nous nous comprenons. Ne vous mettez plus jamais en travers de mon chemin. Nous sommes à peu près quittes. Restons-en là. N'oubliez jamais que je sais où trouver votre fille.

Un autre homme, probablement russe, portant un jean noir et un manteau en cuir de la même couleur, sortit du côté conducteur et fit le tour de la limousine pour ouvrir à Volchek. Le chauffeur était baraqué, la mine patibulaire, avec le nez d'un boxeur et de petits yeux noirs. Il me jeta le regard qu'un doberman aurait pu avoir pour les fesses d'un cambrioleur. Ce type ne devait pas uniquement passer son temps derrière un volant. Volchek reconstruisait la Bratva. Utiliser ce monstre comme larbin constituait un symbole de sa puissance fraîchement recouvrée. Il me montrait ainsi qu'il était encore le patron.

Je m'éloignai d'un pas, m'arrêtai, puis me retournai et lançai :

— Eh ! une dernière chose...

Volchek avait déjà un pied dans la limousine ; il se tourna à moitié dans ma direction, la grosse brute lui tenant toujours la porte.

Ignorant la douleur que me coûtait chaque souffle, je trouvai mon équilibre et donnai un coup de pied de toutes mes forces dans le tibia du chauffeur ; il mit un genou à terre. Alors que j'abattais mon pied, j'ajustai ma position, bloquai ma hanche et lançai un crochet du droit à Volchek dont la tête fit exploser la vitre côté passager. Saisissant la portière restée ouverte, je la claquai violemment contre le visage du chauffeur sonné.

Le patron de ce qui avait un jour été la Bratva gisait sur l'asphalte humide, le torse couvert de minuscules cubes de verre, les mains levées pour se protéger.

— Ça, c'est pour Amy, Jack et sa sœur. Le FBI, c'est le cadet de vos soucis. En revanche, Jimmy Fellini ne vous pardonnera jamais pour la mort de son neveu. Si j'étais vous, je me dépêcherais de sauter dans le premier avion – et n'oubliez pas d'emmener votre grand singe. Et pour votre information : nous ne sommes pas quittes, loin de là. Ma fille est aujourd'hui mieux protégée que le maire en personne. Jimmy et moi avons fait en sorte qu'elle soit sous surveillance vingt-quatre heures sur vingt-quatre. Je n'ai plus peur de vous, espèce d'enfoiré. Si je vous revois, ou si l'un de vos petits soldats s'approche de moi ou de ma famille, je vous regarderai mourir, lentement.

Les voitures et les taxis s'arrêtèrent dans des crissements de pneus, alors je retraversais la rue pour retrouver Harry. Le juge se frotta la tête et me dévisagea d'un air dégoûté.

— C'était vraiment stupide, me dit-il d'une voix douce qui ne masquait pas sa déception.

Et comme la plupart du temps, il avait raison.

72

J'avais quitté l'hôpital depuis un mois. Pour Amy, la vie reprenait lentement son cours. Elle avait toujours peur de sortir seule, mais elle se remettait. Avec un peu de chance, elle pourrait bientôt retourner à l'école. Les hommes de Jimmy veillaient sur elle et Christine, et Volchek ne s'était pas manifesté depuis que je l'avais étendu dans William Street. Amy et moi parlions au téléphone tous les soirs à 20 heures, mais Christine refusait de m'adresser la parole. Je ne pouvais pas lui en vouloir. Comme elle s'opposait également à ce qu'Amy s'aventure hors de sa vue, j'avais droit à moins de visites – deux heures tous les quinze jours, à mon ancien domicile familial.

Après m'être garé au coin de la rue, je sortis de ma Mustang d'occasion en prenant le sac marin sur le siège passager.

Je me trouvais devant une petite maison délabrée à un étage, dans un quartier particulièrement pauvre du Bronx. Les rebords des fenêtres, presque complètement pourris, avaient subi les outrages du temps. Même depuis la rue, je parvenais à sentir l'humidité qui régnait à l'intérieur. J'étais souvent venu par ici ; chaque fois, au moment de m'arrêter, le courage m'avait manqué.

Pas aujourd'hui.

Sept heures passées de cinq minutes, la rue était calme ce matin.

Je posai le sac sur le perron, puis je sonnai.

Des pas dans le couloir.

J'entendis le bruit métallique des verrous et des chaînes de sécurité derrière moi, alors que je remontais à bord de ma Mustang. Je m'éloignais déjà quand Hanna Tublowski ouvrit sa porte. Elle ramassa le sac marin et la lettre qui se trouvait dessus.

Je ne demandais pas son pardon. Je ne voulais pas qu'elle me dise que je n'étais pas responsable.

Je savais ce que j'avais fait ; je savais que je ne ferais plus jamais la même erreur. Tant que je jouerais mon rôle dans le théâtre de la justice, en me rappelant qui j'étais vraiment, les salauds de ce monde ne se verraient pas accorder une seconde chance de faire du mal à qui que ce soit.

Dans mon rétroviseur, Hanna Tublowski lâcha la lettre et ouvrit le sac ; une partie de ses neuf cent mille dollars se répandit sur le sol. Elle leva les yeux vers ma voiture, tandis que je tournais au coin de la rue.

Je passai la troisième et appuyai sur le champignon.

Remerciements

Sans la passion, l'intelligence et le savoir-faire de mon agent, Euan Thorneycroft d'AM Heath, ce livre n'existerait pas. Il a été à la fois un éditeur, un mentor et un ami. J'aimerais remercier tous les employés d'AM Heath qui n'ont pas ménagé leurs efforts pour faire de moi un auteur publié. En particulier, Jennifer, Helene, Pippa et Vickie.

Merci également à la scandaleusement talentueuse Jemima Forrester, éditrice chez Orion Books, pour son travail, sa perspicacité et son enthousiasme inépuisable. Ma collaboration avec Orion est un vrai plaisir ; merci à Graeme Williams, Angela McMahon et toute l'équipe. Mention spéciale à Jon Wood, qui est lui-même un peu un arnaqueur, du moins au billard.

J'ai de la chance d'être représenté et publié par des gens d'une telle valeur.

À ma famille, mes amis, mes compagnons d'écriture et mes premiers lecteurs, en particulier Simon Thompson, Ace, McKee et John « fiasco » Mackell, merci de vos encouragements qui ont beaucoup compté pour moi.

Mon plus grand merci revient à Tracy, ma femme, pour m'avoir supporté, avoir cru en moi et pour toutes les petites choses qu'elle fait chaque jour pour moi et les enfants.

Aubin
IMPRIMEUR

IMPRIM'VERT
Votre imprimeur agit pour l'environnement

Achevé d'imprimer en août 2015
N° d'impression 1506.0503
Dépôt légal, septembre 2015
Imprimé en France
35294885-1